作者照片

一年

朱佳 著

中国财富出版社

图书在版编目（CIP）数据

一年/朱佳著．—北京：中国财富出版社，2016.1（2018.4 重印）

ISBN 978－7－5047－5894－1

Ⅰ.①一…　Ⅱ.①朱…　Ⅲ.①长篇小说—中国—当代　Ⅳ.①I247.5

中国版本图书馆 CIP 数据核字（2015）第 238451 号

策划编辑　谢晓绚　　责任编辑　张冬梅　周　畅

责任印制　梁　凡　　责任校对　饶莉莉　　责任发行　董　倩

出版发行	中国财富出版社		
社　　址	北京市丰台区南四环西路 188 号 5 区 20 楼	邮政编码	100070
电　　话	010－52227588 转 2048/2028（发行部）		010－52227588 转 307（总编室）
	010－68589540（读者服务部）		010－52227588 转 305（质检部）
网　　址	http：//www.cfpress.com.cn		
经　　销	新华书店		
印　　刷	北京京都六环印刷厂		
书　　号	ISBN 978－7－5047－5894－1/I·0205		
开　　本	710mm×1000mm　1/16	版　　次	2016 年 1 月第 1 版
印　　张	17　　彩　页　1	印　　次	2018 年 4 月第 2 次印刷
字　　数	364 千字	定　　价	39.80元

谨以此书献给我的姐姐高丰

她了解我的狂想，并支持我实现

她比我有才华，但她比我更懒，也因此逍遥

不要相信“我”说的话

不要相信我写的字

人类在真理面前永远是孩童

推荐语

认识作者佳佳有好几年了，我知道的她，智慧知性、敏锐幽默……

但万万想不到的是，她居然就有如此的冲劲与才华把作品完成了。

这是第一次，我为一本书题写书名和推荐语。

也是第一次，我被写进一部小说，本色出演一个重要龙套。

她是我十六年的老歌迷，我是她的新书迷。

原来我给她签名，现在她给我签名。

相信你们会和我一样，看她，和这本书。

2008年3月8日

AM 02:13

序

我写序已经不少了，少数是为自己，大多数是给别人。对后者我始终坚持两个原则：一是一定坚持自己写，从不用别人代笔的，按说，这是常识，但现如今，代笔似已司空见惯，说穿了，不外是借个名，可叹的是，被别人借名的人并不怎么珍惜自己的名；二是为了实现头一条，一定坚持自己把作品看完，不肯瞎说和乱说。

为《低俗小说》* 写序，带点偶然性，因为我完全不认识这位作者，纯属崔明芬女士间接给我揽的活。崔明芬是老舍研究者，已认识多年。前些年，崔女士在美国教书，在国内北京师范大学念博士，因论文题目是有关老舍先生的，曾要求我做指导。成功答辩之后她到澳门去教书，仍然和我保持联系。崔明芬给我来信说，有一位女作家写了一部小说。小说在网上连载后反响不错，想正式出版。崔明芬出面替女作家要求我为它写个序。之所以想到我，是因为在47年前小说作者的父亲朱学超曾和老舍先生有过一段故事。

那时中国青年艺术剧院正在上演老舍先生的话剧《神拳》，引起当时还是中学生的朱学超的写作兴趣。他将自己写成的话剧习作《义和团》手稿拿给老舍先生求教。老舍先生在家中热情接待了这位年轻学生，鼓励了他，并真诚地告诉他应该怎样深入生活，怎样积累资料，怎样加强自己的写作基本功，并勉励他要不断地修改，连说了七个“改”字。后来朱学超写了一篇文章《一面之师——忆老舍先生》记述这个事。

《低俗小说》的作者叫朱佳，正是朱学超先生的女儿。也是因为有20世纪她父亲和老舍先生的一面之缘，让她想到了我，遂引出通过崔明芬要我写序的事来。也算是有缘吧。

拿到小说打印稿之后，首先是它的名字《低俗小说》令我有些吃惊，也有些犹豫。及至读起小说来，才慢慢放下心来。所谓“低俗”原来是指低微和世俗，说的是小人物的故事。

对这部小说，第一印象是读得下去，好看。

---

* 《低俗小说》，本书原名，2008年初版时采用。

我从来都认为，好看是评价一部作品最起码的要求。好看，首先是写作技巧问题，要编得有趣，文字有味，耐看，读起来不忍放下；相比之下，内容是比较次要的，因为毕竟文学不是社论，不是报告，不是科技知识的传播手段。文学要感动人。感动之余，让读者去领会一点什么特别的东西，文学的艺术性是它最重要的特质。

《低俗小说》就属于好看的一类作品。好看，已经成功了一半。我读《低俗小说》就觉得这部小说能吸引我，可以一口气读下去。

《低俗小说》是双线结构，一条是公司，另一条是网吧。小说有两条线就便于编织，穿插跳荡，能织出花样翻新的绚丽衣裳来。

《低俗小说》里充满了爱情故事，有爱、有情；有欲、有性，但作者说到性总是点到为止，很干净，不走淫秽的路。

《低俗小说》的内容，里面的事情，说实话，距我相当远。《低俗小说》的作者朱佳很年轻，是个年轻的职业女性，和我这样年纪的人相比，在知识结构上、在人际圈子上、在人生经历上、在兴趣和志向上，客观上存在着巨大的差别。也正因为此，我怀着极大的兴趣去阅读这本小说，从中了解了不少我不熟悉的人物、事情和知识，我觉得很有意思。换句话说，这是一部时代性很鲜明的小说。即便是和朱佳同年龄的读者读起来，我相信也会备感亲切，因为熟悉而亲切，因为亲切而生出好感来。

比如说，上网这件事在年轻人身上究竟能占何等重要的地位，我便是由这部小说中才比较清晰地了解到的，完全是感性的，让我大开眼界。上网居然如此强烈地左右着这些年轻人的生活面貌，包括他们的爱情、婚姻、家庭。小说对此刻画得如此入木三分，我只能为之瞠目结舌。

这难道不是这本书的价值吗？

再看看那些书中描述的网上对谈的话语，是那样的异样，那样的简练，那样的鲜活，那样的生动，须知，这种语言并不是那种普通人看不懂的“火星语”；它还是普通话，可是，写得竟是那样的离奇，那样的不同一般，又让我为之一振。震惊之余，当然是很欣赏，以为是此书的一大亮点，十分了不起。要知道，文学的魅力在于语言。如果语言有独到之处，有开创性，那么，这部著作就有了令人称赞的成就。

朱佳的专业和职业是心理咨询师，在中国这是个很新的行当。据说，她的咨询时间累计已数千小时。在这方面，她虽年轻，但却是有相当丰富实践经验的人。我猜想，一旦拿起笔来写小说，她的生活资料是够用的。她的心理分析有助于小说人物的心理叙述，这对现代小说来说是非常重要的。更重要的是，由此出发，她写出了一些颇为惊人的生活感悟，带着浓重的哲学味道，又俏皮、又深刻。仔细一想她说的那些感悟，还真是那么回事，总结得恰如其分，简直像新式格言。

不觉为她拍案叫绝，真聪明啊。

世界发展很快，由于高科技的带动，出现了大量新事物，人际关系也发生很大变化，这些都给文学带来了新空间。这就需要作家们发挥自己的聪明才智去描述，总结出许多人们彼此相处的新思路、新规律、新模式，帮助人们去理解这个变化多端的新世界。朱佳创作的那些新感悟、新哲理便成了一批可供参考的样本，既有趣又有用，能给读者一些启迪。

这么说，小说作者的智商不低。一个好的小说家，必定有过人的思维能力。我以为，朱佳是个很有前途的作家，凭着她的智商，凭着这本既不低也不俗的《低俗小说》。

舒乙

2008.1.11.

* 舒乙，原中国现代文学馆馆长，当代散文家、书画家、老舍研究学者，中国著名文学家老舍（舒庆春）之子。

目录 Contents

目录 Contents

楔子·1999年7月

7月的一个闷热的夜晚，我推开门，空调的冷空气直扑过来，一瞬间侵入了全身的毛孔。透过呛人的烟雾，有几个人抬头看了看，其他人都紧张地盯着电脑。

我穿过椅背之间的空隙，猫在里屋和几个人打扑克，看见我微微一笑，示意我过去坐在他身边。对面是一个男孩，20岁上下，留着一头浓密的长发，一边出牌一边大声笑骂，看来喜欢引人注目。他有孩子般的眼睛和艺术家的双手，鬓角很长，下巴上新长出的短碴为白净的皮肤添了几分桀骜。

猫偶尔握一下我的手或者低声安慰两句。陌生人在场让我拘谨，但是有猫在，一看到猫，我就感到安稳。他还像一个孩子，总被轻松有趣的东西吸引，此刻显得兴高采烈。

一个身材壮硕的男人两手插在裤兜里，懒洋洋地走进来，他下巴上有一道切口似的裂纹。“你们还打，操！”他说着，用手去拧桌边一个胖子的脖子，“时间到了，不走，我走了——下次别求我。”

“好了好了，罗彬，最后一牌。”胖子嘟哝。

很快，他们从桌旁站起来。长发小子的身高远不及我的想象，只有一米七左右，在几个大个头中像是孩子。一群人伸着懒腰往外走，叫罗彬的忽然回过头向着猫：“你以前是附中的吧，我比你低一届。”说话时他一直看着猫，临了瞥我一眼，那眼光是戏谑的，带着不加掩饰的好奇。

这一帮人里的三个从此经常光顾，和我们渐渐相熟。

胖子范荣大我们两岁，职高毕业后在一家证券公司做保安主管。他至少有170斤，胖得壮实而灵活，他话不多，眼睛始终像没有睡醒，不动声色中带有一股冷冷的幽默。说话时他不看人的脸，偶尔对你看一眼，目光无畏直接，叫你觉得一定有什么就在这一瞬落到他眼里了。他有一个处了几年的女朋友，长得娇小惹眼，她来店里，范荣目不斜视，大部分时间范荣看到女孩就轻蔑地瞟上一眼，假如对方漂亮，就再瞟几眼。同伴们对他是一种亲热的尊敬，开玩笑也很有分寸。

长发男孩叫韩冽，不到20岁，在本地大学艺术学院学音乐。他年轻自负，高谈阔论，以为一切都不在话下，同时还有孩子的天真与脆弱，遇到挫折就暴躁决绝。他笑的时候笑得很开，声音高亢，毫无保留，咒骂时同样不留余地。他很少打游戏，但十分熟谙网络，是聊天爱好者，他和女网友对话打在屏幕上的各种大胆字句常常被人围观。除此之外，他只是个不被以为意的小朋友，只有罗彬和他比较热络。

罗彬和旁人不同，不抽烟，不打牌，除了女人他没有什么嗜好，这也是他的闻名之处。他衣着整齐，头发理成极短的平顶，大约有一点洁癖，脸总是刮得很干净，像长不出胡子。比起那些惯于赊欠赖账的，罗彬是受欢迎的客人，付账及时，但花销有限，看得出不愿与人有任何经济纠葛。而他的乐趣在于向人挑衅，并且装出一副恭顺的表情，巧妙掩盖着自己的侮慢。他时常上下打量我，似笑非笑的。

他们是猫一个朋友的朋友，据说是在另一个网吧里熟悉起来的，男性成年后依然保留着幼年时团队游戏的习性，以合作或者对抗来获得满足，不过这三位最大的共同点是对女性的兴趣与轻视。

猫随和地应酬着每一个人。我和他在一起五年了，他是天性乐观的人，直到去年夏天那件事让他变得颓丧而消沉。消沉是一样可怕的东西，它攫住每一件猎物，阴沉的，无声息地腐蚀、吞灭，在我们之间相互影响着，几乎使人无力抵挡。开网吧就是那时决定的，猫对电脑很感兴趣，游戏一直是他的爱好，而一个小小的但属于自己的“事业”可以让人打起精神。

如今，他已经淡忘了往事，重新开始投入生活。

1

每天晚上我步行去店里。这段三千米的路上有这座老城最繁华的景象，豪华饭店、超级购物中心、大型合资商厦、灯红酒绿的娱乐场所与档次不一的专卖店鳞次栉比。为了符合江南老城的风格，建筑外观都做出古建的飞檐样式，楼层不高，间距也十分紧凑，显得雍容而惬意，不像大城市需要抬头仰望才能看清全貌的摩天楼那样咄咄逼人，因此充满尘世的平易与迷离。

夜色笼罩下，一天之中最喧闹的时刻来临了，各个阶层怀有不同意图的人汇集在城市的中心，大街上熙来攘往，人们抛却白日的匆匆行色，露出带有亢奋的欢乐表情。这样一个盛夏的夜尤其热闹拥挤，身体的燥热使人们越发感到心中躁动难耐，能量需要释放，欲望溢于言表。和白天骄阳下的街市相比，人群膨胀了一倍，蜂拥出入于各种场所，满眼都是红男绿女，黝黑的胳膊、雪白的胸脯。

三五一群、衣着廉价、打扮前卫的少年在舞厅前晃荡，一脸麻木；一对进城不久的打工者在街心花园的长凳上憧憬未来；卖东西的小贩兜售着各式小吃小玩意儿，间或会为了什么扯着嗓子吵起来；黑色奔驰车呼啸而过；闲散的三轮车夫坐在后座上互相吹牛，一面斜睨来往的行人，看见有老板模样步履不稳的人物步出酒楼，或者购物完毕拎着大包小包的摩登女客，便一跃而起，殷勤地招徕。我一个人走在路上，偶尔被出租司机错认作主顾，又每每叫他们失望。

经过沿街一幢高耸的商业楼，折进小巷，喧嚣声渐渐散去。远远看见店门外横七竖八停了许多车辆，镶了毛玻璃的门透出光亮，白蒙蒙地落在门前的地上。有时我感到，在伸手推开店门之前，我已经在寻找我的猫，不是用眼睛，是用知觉，他就在瞳孔后的某个地方。我推开门，看见他被有毒的烟雾包围，耳边充斥着游戏噪声，两眼盯着电脑。

我在电脑前坐下，进入新近的热门聊天室，等待某个和我一样消磨时光的人。不管怎么说，有猫在我身边总是好的，即使……有人在对我说话——

午夜流星：你好。

午夜流星：你好，怎么不回答？

午夜流星：我在家，你老公在网吧吗？

不知从何时起，人们开始把某人有实无名的爱人叫作老婆或者老公，根据是猜测，结论往往接近事实。

这是个陌生的名字，但不是陌生人。

美狄娅：请问哪位。

午夜流星：罗。

美狄娅：？

午夜流星：有很多姓罗的吗？

我只想看他怎么回答，和我以为的一样，他不喜欢被漠视，又不愿意承认。罗彬比猫低一届，是学校里以泡妞和打架闻名的风云人物，高中毕业前夕去广州当兵——这点从他的肤色可以看出。据说他中途曾读过几年军校，现在退伍回来在一家知名旅行社工作，公司老总是他的舅舅。和异性过于复杂的关系使罗彬成为许多人眼里的英雄，他把女人当作随穿随脱的衣服，换正式女友的周期以季度计算。这些是我从猫那里听来的，而猫虽然知道他的一些“事迹”，毕竟一向是个规矩胆小的学生，和这个有名的浪子没有来往。

午夜流星：我在家，一会儿去你那。

午夜流星：又不回答。

美狄娅：在想无关紧要的事。

午夜流星：什么事？

有时候，一个人的语言和文字会呈现出悬殊乃至相左的风格，罗彬平日言谈颇会皮里阳秋，让别人下不了台又发作不了，他的文字却单调呆板，毫无想象力，真是滑稽的对比——可能是没受过太高的教育。这之前我跟他的接触仅限于来时倒茶和走时结账，这两个时刻他很少正眼看我，我却常常感到他从眉毛下面悄悄注视我，碰上我的目光，他并不躲闪，反而胜利般地弯起嘴角。

眼下仗着隔了屏障，我决定揶揄他。

美狄娅：你的网名。

午夜流星：怎么了？

美狄娅：不及午夜牛郎适合。

午夜流星：也许吧。

美狄娅：你我有些相似的地方。

午夜流星：哪些方面？

美狄娅：自知之明。

午夜流星：有道理，还有什么？

美狄娅：目前只此一条。

午夜流星：有空出来吗，看看我们能不能找到更多共同点。

美狄娅：再说吧。

午夜流星：好，我下了，一会儿去你们店里。

我下了线，准备赶在他来之前离开。好比点燃一个二踢脚，你想看它跳到空中撅断自己"嘣嘭"几响的热闹，但是要快跑，绝不能被炸到。

我告诉猫要走了，他站起身送我出门。开始开店的那一段，每晚他都送我出门，最近以来已经很少了。走到拐角，他停下说："回去吧。"分别时，他总是这么说，往往说到四五遍上，我就转身回家。

"猫，小猪肚饿。"

他在口袋里掏了半天，摸出5块钱，笑吟吟地看着我，"给你，"又伸出手摸摸我的头，"最喜欢你呆。"

"人家都说我聪明。"

"我就喜欢你呆。"

"猫。"

"啊？"

"无论以前怎样，以后怎样，小猪会一直爱猫，因为只有和猫在一起小猪才是小猪。"

"我也是。"

我叫他猫，他叫我小猪。

猫像一只猫。在他面前，我是一只小猪，呆嗬嗬的满脸天真。

这是我们的爱情。

这是我的爱情。

好像生来我就和别的孩子不同。从记事起我就在思考着一些同龄人意识不到的模模糊糊的事情，我下意识地观察别人，得出结论，我沉溺于这种心灵游戏，和自己为伴。

成年以前，我是一个表面大胆开朗、内里孤僻敏感的孩子。我所有的朋友都是女孩，在她们中间，我扮演着类似男性的角色，体贴照顾、仗义执言，相反，面对男孩的我，害羞而自卑。我一心想让他们认识我最好的东西，结果反倒手足无措。久而久之，我退缩到自己的内心，在那里我感到安全可靠。

这样过了很多年，我渐渐做出一些怪异的举动，为了只有自己了解的可笑原因，我害怕被理发店里的陌生男人触碰头发，所以我自己剪自己的头发；晚自习时走出教室我总是重重地带上门，因为想要尽快逃避落在背后的目光。我畏惧所有热烈的东西，那些灼人的部分在我心里煎熬，我不知道怎样去控制，只有尽量隐藏。我只会像个男孩一样装作满不在乎，不懂得怎么让那颗属于女性的心也有一个与之相称的温柔外表。

我力图使自己显得普通，最好平凡。我不知道自己怪异，如果一个人知道自己看上去怪异，他就不会再怪异。直到我遇见猫。我蓦然从另一个人眼里了解到自己的过去和未来。

猫的一切都是和煦的，他的笑，他的话语，他的个性。他很普通，他沉默寡言，他喜欢逃避，他既不细致又不体贴，但我仍旧宽慰。一颗平常的心灵仿佛一眼甘泉，能滋润枯竭、重焕生机。我把他当成我最好的朋友。

我开始从茧里一点点挣脱出来，像蝴蝶一样展翅告别。我第一次能够真正面对一个男孩，无论多么滑稽、荒唐、幼稚和庸俗，不用粉饰，也不担心会受到嘲笑。慢慢地我终于敞开胸怀，还原到透明，和他在一起，我仿佛回到了幼年，我们像两个孩子心无旁骛。我为猫，也为自己扮演着一只小猪，简单，快乐，满足。

如今我有一个健康愉快的外表，但那个以前的我并没有完全退场。我继续着自己的心灵游戏，继续建筑封闭的精神世界，但把它对猫开放，没有他，就没有现在的我。我依然怀疑自己，不过不让人察觉，因为我发现锋芒比茧更使人安全。

除了猫，我没有一个追求者。男人们希望看到女性柔弱暧昧的表示，一个直率的对手太有压力，最终会让他们退却。这个世上，只有猫，会让我解除防备，卸掉重负。在他面前，我把最天真的依恋和最纯粹的信任一同托付。

小巷快走到尽头了，街上的车声夹杂着商铺里喧闹的流行音乐涌进来。

“回去吧。”

“好。”

“路上小心。”

“知道了。”

猫掉头走了，我站在原地，他走几步回过头向前抬抬下巴说“回去吧”，他知道我总是这样一直看他，直到看不见。他渐渐走远了，越来越小，最后，他在巷头的路灯下挥挥手拐了进去，我转过身。

五年来，任何时刻，我们都在一起。

2

江南的夏不同于其他地方，潮湿使酷暑陡增，天地密封般闷热一团，热浪滚滚，流淌在人口稠密的城市。体外的热度高于体内，像要把人身体里的水分蒸干。白天大街上，女人们戴上帽子、墨镜，披着白色的薄披肩；公务员样的男子自虐般穿着西裤和黑皮鞋；卖西瓜的汉子赤膊，晒得黝黑的皮肤流油似的淌汗，手里抓着蒲扇；放暑假的少年男女骑上山地车，打着呼哨结伴而行；孩子在四处奔跑，发出欢乐的叫声，他们从来不知道热。

太阳底下，人、物、房子、街道反射出耀眼刺目的光，暴露在外的皮肤晒得脱了皮，风也是热风，不过把那一地的热挪到这一地来，知了竭尽全力一条声地聒噪，似乎清楚这是它们的季节，此刻不肆意，便要待来年。好不容易熬到太阳西下，夜幕降临，暑气极缓慢地稀释，墨色的天终于有了一丝凉意，再过几小时天又亮了。

9 点 20 分，暑气还没有散透，我走在熟悉的街上，太阳穴没有节奏地突突跳动，步子沉重，下脚却有点飘忽。

刚刚散席，我喝得猛了些。房管局这帮人真能喝，加上报社那两个记者——如果被不知情者瞥见，乍一看未必瞧得出他们舞文弄墨的出身。销售部热销的楼盘还没拿到销售许可证，有人到房管局投诉，被自己人按下了，老板设宴答谢。如今家家卖楼花，有什么稀奇，偏我们被投诉，何况有些人家未必能办到许可证，我们却一定能拿下，是竞争对手捣的鬼也未可知。至于两个记者，一个主任是副局长的同乡，另一个是管理科科长的表弟，都在记者部，平日和公司也多有来往。席上全是老熟人，一团和气。

最近老板春风得意，新地块就要批下来，一周前又刚刚进宅。他请教了一位很灵验的相命大师，选下 7 月底进宅的吉日。估计他住在自己开发的小高层上傲睨尘世，一定飘飘然，仿佛多年的奋斗终于使他从一个毫无背景的穷小子跻身社会的上层，到达人生的顶端。

进宅次日，公司同人集体去参观他的家。柚木镶嵌昂贵的花梨和雀眼木，霸壮的灰皮沙发，大理石面茶几摆着鲜艳的仿制插花，博古架上是时尚家居店里的进口抽象瓷器三件套，水晶吊灯值 3000 块，周围一圈射灯，一起打开后明晃晃地照在斑斓的大理石地面上，最令人动容的是圆形蒸汽按摩浴缸，面积比有些人家卫生间还大。大家容忍地啧啧赞叹，看见书房里那套辞海视若无睹，同时也被眼前的奢华程度征服了。

当时，楼上下都在叮叮当当地装修，电钻的声音震耳欲聋。老板为了赶大师的吉日，房子没吹够时间就提前入住了，家里有股刺鼻熏眼睛的味道，大家背后笑他花钱买罪受。

桌上，老板笑逐颜开，长脸都短了些。他带上我是一举两得，一来记者在场，属于我的工作范围，二来酒桌上少了女的，就缺了气氛。办公室主任赵燕本来也该出席，不过下午临时来了两个地税局的人例行查账，她陪他们去了。我远不像脸上那么高兴，这个社会是男人的天下，女人要混出名堂单凭才识不够，还得擅长装出一副热面孔，心里厌恶，还得拿自己的性别为应酬作装点。

公司的宣传部由我一个人负责，但统共只有我一个。老板的用人原则是：男人的工资比女人高，年长的职务比年轻的高。因此实质上我负担所有责任，没有任何头衔，也不享受头衔带来的薪金。跟媒体打了三年的交道，混得脸熟加上做人玲珑，我渐渐成这行的老手，到报社电视台跟进自家一样，走三五步招呼七八声，哪个办公室都能坐下说两句，别人看我觉得这女孩真风光干练。平时承蒙他们关照，合作相当愉快，因此喝酒时也特别照顾。

席间，管理科科长说他见过猫，一副书生气，非常内秀——“内秀”用了重音——正好跟我互补，又问几时发糖发蛋，不要忘了他。旁人问他出多少份子，他把桌子拍得咚咚响：给我妹妹，最起码——一张红木双人床！众人立时捉住话柄，要他先自罚一杯，再敬我一杯赔罪，科长的表弟绕过桌子来给我倒白酒。

我不知道桌上这些人怎么看我，做人有时必须给别人一种错觉。猫呢，其实他不内向，他的不善言辞是懒得去想——什么也不想当然没什么可讲，往好里说内向，往坏里说就是没用。猫毕业后分到市工商局，一晃三年，同事里有人崭露头角，有人成了红人，比如原来和他在一个科后来做了副科长的那个——人家鞍前马后奉承领导一等的本事。我们不屑这些旁门左道，猫也做不出来，然而不进则退，三年过去，他还在原地，渐渐地好像发了霉。猫不是不聪明，而是不上进——如果你整天过事不关己、与世无争的日子，结果什么好事都与你无关，别人也不屑跟你争。

人家芝麻开花——节节高，他瓦匠吃饭——朝下走。去年闯祸之后，到处疏通才把事情压下去，面子和工作保全了，人险些一蹶不振。后来局里组建 12315，领导念他平日老实，安排他去换换环境。地方越小，后台越起决定作用。12315 是新部门，除了他和科长，一下子涌进 4 个人，都是靠裙带关系。某人的太太，某人的小姨子，某人的外甥等，编制虽然在外，整天除了接接电话、看看报纸别无他事，一年就忙“3・15”一趟。科长今年 56 岁，明摆着养老，早上点个卯，下午照例失踪。上行下效，猫因此新添了自由散漫的毛病，动不动去店里打理他心爱的第二职业。

不过，这些对我，并不重要。

说话间，科长的表弟给我倒满了两钱的小杯。应付闹酒，女人扭捏作态与舍命相陪，好比割肉时用钝刀还是快刀，痛痛快快等于相互给足面子，一了百了，何况我有喝酒的天赋，一杯下去，众人都喊好。

轮到敬副局长，他不留神把酒洒在衣服上，科长跳起来找了块餐巾帮领导擦裤子，同乡巴掌一拍质问他："你怎么好在人家女孩面前'湿身'！"

副局长笑眯眯地说："我标标准准是'第一次'。"

大家哄笑，于是热热闹闹地继续。耳热酒酣，一帮半醉的人开始借机风言风语，挨次讲带色的笑话。日里斯文的人都备着像样的黄段子，位置越高越讲得毫无忌惮，绘声绘色，正经着一张脸，更加深了精彩程度。我知道这种场合不必有任何反应，只管坐着不动，低垂了眼睑适时轻声跟笑，表现出女性的娇羞。如果此刻女性还有娇羞的话。

不算桌上的应酬和酒后头疼，我很喜欢白酒。偶尔在家失眠，倒一点佐料酒，置于目下把玩，辛辣清洌直沁心脾，眼观鼻、鼻观心，暗合几分佛理，十分写意。每次微醉，心情都出奇的好，种种不快一扫而空，人前还神色如常，一旦和猫独处我就开始咯咯傻笑，哈哈疯笑，笑个不停，笑得满腹生疼、笑到颠倒仰伏，直笑出眼泪。猫知道我借酒装疯，我知道在他怀里才能这样放任。

推开门时，我觉得今晚的路不像往常那么长，最后一段要打起精神，走到目的地已经疲倦，反而腿脚轻捷，还可以一直走下去。

猫正兴致勃勃地跟一帮玩家钻研新的网络游戏。今天我不会去烦他，我从没像现在这么开心。

韩冽坐在角落里正飞快地敲打键盘，两手戴了不下三个戒指。他的打扮近来越发前卫了，大概是受了韩流的影响，衣裤大得像穿错了尺码，整天斜背一只大包——他说叫臀包，走起路来有节奏地拍着屁股——眼下他正挎着，不清楚是匆忙来不及放下，还是有意如此。可能是学音乐的缘故，他倒也没有因此显得恶俗，配合一张清瘦的脸，颇有几分艺术气质。

我进入聊天室，找到他的网名。我们聊过几次，他是个轻松的交谈者，表面上友好，骨子里敏感多疑。

美狄娅：戒指不错，很晃眼。

皮影戏：谢了，我的耳饰怎么样？

美狄娅：你的耳朵在哪？

皮影戏：现在看。

我向他望过去，不禁笑起来，他撩起头发露出夹在耳郭上的装饰品，正冲我开心地咧着嘴。

美狄娅：很适合你。

皮影戏：当然。问个问题，你网名是希腊神话的什么女神吧？

美狄娅：美狄娅是祭司，科尔喀斯国王的女儿、地狱女神赫卡忒神庙的祭司，她爱上前来索取金羊毛的外邦人伊阿宋，帮助他获得金羊毛，与之远走他乡。后来她替丈夫报仇成功，二人侨居外乡，育有两子。过了十年快乐的放逐生活，伊阿宋欲遗弃美狄娅，将她和两个孩子驱逐出境，另娶柯林斯公主，换取稳定的名位。美狄娅遂展开报复，以巫术杀死情敌，而后亲手杀子。

皮影戏：乖乖，最毒妇人心。

美狄娅：为了爱情，她不惜窃取国宝，背叛父王，害死兄弟，永别故乡，她失去一切，但得到了爱情。于是当她失去爱情，也就一无所有。

皮影戏：够惨烈的。你不会也打算这样吧。

美狄娅：她是个悲剧人物，欧里庇得斯曾写过同名悲剧。

皮影戏：嗯。

和一个孩子谈论爱情与死亡，我感到无话可说。

另一个人在对我说话。

流星：你好，是我。

美狄娅：改名字了？

流星：另一个名字。

流星：我在公司加班，一会儿结束了，还记得上回你答应和我出去，今晚怎么样？

美狄娅：没空。

流星：那就后天。

美狄娅：下周再说吧。

流星：他不会说？

美狄娅：他相信值得相信的。

流星：时间、地点？

美狄娅：中韩广场门口，周六八点。

流星：好。

这酒后劲足，头沉得不像长在肩膀上，我撑着下颌，开始后悔自己喝多了。

3

快7点了，天还没有黑，反而骤然变亮，头顶灰蓝的云层渐渐往下过渡为蔚蓝，在远处的地平线上镶了一道白色的边，从后面透出刺眼的白光，间或有一两声隆隆的雷声传过来，在半空中低沉地消逝了。

一连几天都在傍晚时分显出大雨的征兆，但始终没有下，每回随着暮色偃旗息鼓。今天地上已经下来徐徐凉风，蝉噤声不叫了，看样子真要下了。

不知道猫带没带雨衣，他去参加同事的婚礼。快下班时他来电话："你好。""请问哪位？""我是检察院，明天上午你来一趟……""打错了，我是公安局。""呵呵，被小猪识破了！""干吗？""晚上要去吃喜酒——我忘了。""知道你就有事，不然不会给我打电话。""……""你别喝酒，我在店里等你。""噢。"我听他挂了以后，搁下电话。他还是这样，记得的总不如忘掉的多。

猫的脸庞浮现在我眼前，我不由自主地微笑起来。他有一双含笑的眼睛，带有书卷气的脸，一见之下让人平添几分好感，不过这些没有妨碍他轻易淹没在人群中。20岁之前，我从没想过会爱上这样一个人，他和我截然不同，与我的想象也相去甚远。

百无聊赖，我随手打开一个网站，光怪陆离的画面立刻在眼前跳动不止，有几个词分外眩目：新新人类、网恋、哈韩，都是时下媒体最热衷的内容。前两天，本地晚报也新增了版，开辟出"大话网路""新人类驿站"一类专栏以及更多的广告位，不过相比一些大报已远远滞后。

东西凡是打上了流行的标记，往往生命力强、生命期短。传媒的眼里只有利润，一个个急不可耐地趋附潮流，迎合大众，生怕落在别人后面，根本无视对大众的荼毒。我有时萌生出可怕的怀疑：它们愚人是因为自己先受了愚弄。不过历来只有错买的没有错卖的，就像我一方面鄙夷这些玩意儿，另一方面又觉得对自己的店不无益处。

我开始乏味地点击电脑里的快捷方式，C盘中有一个文本文档叫"海底天窗"，里面是一首诗：

我坐在冬日阳光午后的影子里
看一根烟燃成
灰烬
一点猩红映在沾灰的玻璃窗上
最后一瞥灼痛了
瞳孔
手指抚过……

毫无预告地，雨忽然落下来，打在南窗上，噼啪作响，开始一点一点，猛地变大了，密密匝匝地，而后越来越响，越来越急，铺天盖地地砸过来。光线霎时变暗了，屋里的人躁动起来，提高了音量，嘈杂的人声和雨声汇成一片。过了一会儿，人们安静下来，重新把注意力集中在眼前的屏幕上，雨仿佛小了些，夹杂着雷声不紧不慢熨过天空。

我开了灯，回身坐下找到刚才被打断的地方。

手指抚过琴键像细细的静脉
蓝色液体幽幽
流淌
心，湿漉漉的是一株海底植物
在墨色中生长
喘息
听，没有回音

诗仿佛没写完。写诗人的确像一株水中的植物，不过不长在海底，而是浅水里的水仙。

这是韩洌的手笔，用来发给异性网友。韩洌喜欢网络，喜欢音乐，喜欢写诗，喜欢女人，除了最后一条和同性志趣相投，其余部分男人们是不屑一顾的，但独受女性青睐。在那些世故的大男人中间，他就像他一米六九的身高一样孤独。网络不仅弥补了缺陷又给他施展的空间，不是每个人都能那么幸运，或者不幸。

窗外，雨渐次小下来，淅淅沥沥一阵，悄无声息地停了，有人打开窗，空气里传来雨后清凉而微腥的气息，天全黑了。我上线，开始和韩洌聊天。

美狄娅：听说情鉴要来，看来你进展得不错。
皮影戏：她星期五从上海过来，住两天。

情鉴是上海一家涉外银行的白领，今年 28 岁，网名“才情可鉴”。她和韩洌在网上聊了一个月，据说是美貌与智慧并重的女人，网络里的稀有物种。韩洌有一次兴奋异常地宣称，情鉴刚刚向他透露了三围：36、26、36，加上她一米七的高挑身材，简直让人流鼻血。当下，由于事主的口无遮拦，人人都了解了他的网络情人，好在他一向大方好脾气，本来嘛，单靠打字泡上女人是脸上有光的事。

美狄娅：希望你的热辣美女不会让你失望。

皮影戏：你认为她是恐龙？

美狄娅：那倒不是，既然要见面，女人不会拿自己的相貌开这种玩笑。

皮影戏：那你指什么。

美狄娅：一个动辄拿骄人三围向男人示威的女子，是否会像她的网名一样富有才情？

皮影戏：我对笨女人不感兴趣，你就很聪明，不过太尖锐了。

美狄娅：你是处男吗？

皮影戏：怎么，要对我下手？

美狄娅：你关心的恐怕不是她的才情。

皮影戏：你是不是听谁说过什么？

美狄娅：听你说就够了。凡事自有分晓，我虚长你5岁，就当是做姐姐的絮叨吧！

皮影戏：我不介意，老姐。

美狄娅：亲攀得真快。

皮影戏：认你有面子啊，老姐是知性美人，虽然不够漂亮，我第一次看见你就想，那么没有个性的人居然也能泡到这种女朋友。

这是80年代出生的人最鲜明的特征——赞美一样东西和诋毁一样东西同样毫无保留，如果碰到他们赞美和诋毁同一样东西，那真有的瞧。韩洌现在甜言蜜语，说不定什么时候会破口大骂，全凭一时兴致。个性和年龄共同作用，助长他成为一个酷爱批判、口角讥诮、擅长精神胜利法的和平主义者。

马达声由远而近。

美狄娅：没有个性的人一分钟后进门。

皮影戏：？

美狄娅：他摩托的声音。

皮影戏：嘻嘻，厉害。

美狄娅：再会。

流星：你好，是我。

美狄娅：我要下了。

流星：再见。

美狄娅：周六八点见。

然后，几乎在同时——

流星：下周的事别忘了。

罗彬与我的确有相似之处：既不自信，也不相信别人，凡事总要反复求证才能肯定。不像我的猫，容易满足，随遇而安，自得其乐。一个忠实于自己的人就如同一个心灵上的隐士，无拘无束——这是我无法企及的。

猫推开门，每次一见到他，我就会忘记烦恼。

他是我生命里的阳光，不眩目，也不灿烂，而是和煦的。或许因为人会被与自己不一样的人所吸引，那些不一致令你想要得到，想要用自己去中和。

无论过去怎样，我爱他。

4

看店的亲戚小俞正在主机上跟网友聊天。小俞是猫的远房侄女，小我一岁，家在省城附近的乡下，丈夫也在外打工。她因为结婚3年生不出孩子，又跟婆婆不和的缘故出来做事，平时吃住都在店里。小俞高中没有毕业，有些文化，她笑起来眼睛眯成一线，一张肤色不大均匀的黄黑的脸，上面似乎有些虫斑。她给自己取了“玫”的网名，每天兴致勃勃地告诉我又结识了哪个网友，和谁聊了些什么以及其间种种得意，倒也不失乡下姑娘的淳朴。

考虑速度，主机一般不交给外人，最多做聊天用，这正中小俞下怀。碰到小俞忙着算账，我偶尔帮她聊上几句，看她和别人聊天的内容，有时候真是忍俊不禁。这些话并不蠢，反而透着女性的聪慧和机敏，她把自己描绘成独自经营网吧的未婚女子，每每有男士抛来滚烫的心声。平心而论，背井离乡孤身在外的寂寞很难排遣，这样打发日子也无可厚非，她合理利用网络资源，还说不上荒唐。

来上网的人，大多不外乎两种：打游戏、聊天。后者充分体现出网络的优势——它缔造了自由与公平。小学四年级的男生和游手好闲的街头混混都忙于在此泡妞，不遗余力地用谎言证明个人魅力；女孩们半推半就进行着矜持游戏，对欲擒故纵乐此不疲；还有一些痴心的，坠入一段轰轰烈烈、如泣如诉的网恋，直到有一天如梦初醒，发现每天以文字交心的爱人交出的全是文字，没有心。

最后是这样一种人，现实不能妨碍他们在虚拟中表现伪善，相反，伪善使他们沾沾自喜、信以为真。拿坐在小俞旁边的那个圆脸来说，他和一个西宁女孩聊了两个月，聊着聊着，他们不时当众打起长途，唧唧哝哝个没完。圆脸每次跟我说起这个患有先天性心脏病的19岁女孩，便长吁短叹，言语中十分自得于对方的倾心。那女孩把他当成信仰，他扮演爱情使者也非常尽职，两人已经约定在明年春节见面。圆脸其貌不扬，他更不起眼的女友经常找到店里来和他吵闹，说整天看不见他人魂。圆脸告诉我，追他女友的人成堆（她爸爸在郊区开了个厂，是百万元户），她却偏要跟他，不过这没有改变他对她的简慢。每当我听到他对着手机温柔有加地蜜语，耳边就响起他背后咒骂女友时夹杂的粗话。

在网络里，再没有一样东西比欲望更真实。形形色色的上网者可以随心所欲地扮演各种角色，他们不在乎与之对照的生活中的真面目，不在乎我这个旁观者，也不在乎身边同好——那些活的标本，只要看一眼就会明白自己的拙劣。不是否认虚拟中的真情，而是网络给予人们无度的自由，没有法律约束、道德规范，恶的本质找到了土壤，不要说真情，就连真性情、真性别都不敢肯定。你或许可以保证自己，但也只能保证自己。

不过，我但愿他们每天按时出现。

一阵零乱的脚步声，韩洌背着包冲进来，倒了杯水仰头灌下去，接着把整个人横掼在沙发上。前两天他来过一次，兴冲冲地告诉我马上要去车站接情鉴，他现在的样子和当时差不多，不过激动不安换成了心满意足。

“老姐，情鉴回上海了。你弟弟爱上她了。”

“现在她成了你的女神，需要你供奉肉体和灵魂。”

“我说真的，我爱上她了。她那天晚上要洗澡，我知道宾馆里全是那种烂肥皂，特地先买好夏士莲，她感动死了。”

“——所以以身相许了。我看，你是怕劣质肥皂的气味扫了兴，坏了好事。”

“老姐，你最能看透我，”他又惊又笑，“我就是这么想的。你怎么这么肯定我跟她做过？”

“机会只给有准备的人。”

“我那班朋友跟我打赌，说我这次一定要破身。”

我发现，如果对男人坦率直接，他们便对你推心置腹——至少不再把你当作游戏对象，这样省却许多周折，更减少了不必要的麻烦。

“洌洌，你们这么大的，是不是觉得‘处子之身’很丢人？”

“那当然。难道——姐夫还……”夸张的惊讶，“我说嘛……一看你就是黄脸婆。哈哈，开玩笑的，老姐是外表成熟、内心纯洁。”

我纯洁么？如果纯洁等于无瑕，我不纯洁。我只是个纯粹的女人，有这个性别所有的长处和弱点。

“我们学校现在流行把女人分三类：纯情、烂货，还有纯情烂货——长得那个纯情，其实那个贱啊——”，我听着他的话，心想现在这些时髦言论像石头一样让人吃不消，一眨眼我已经是格格不入的怪物。

“你们姐弟谈心？”罗彬带着一个女孩走进来，狡狯地轮流打量我们。

只看了一眼，我不由得赞叹造化神奇。面前的女子年纪与韩洌相仿，她长得纤巧柔弱，肤若凝脂，五官十分精致，尤其一对清澈无邪的眸子，常人断不敢用的“纯洁”二字要给了她，至少在外表上是成立的。她安静地站在罗彬身边，表情矜持，看上去简直是小红帽与大灰狼，让人既疑惑又惋惜。

罗彬和韩洌闲聊了几句，转身出去加入游戏对仗，女孩偎依一旁，情状很亲昵。他俯耳说了什么，她听了浅浅一笑。

“这女孩怎么样，够纯吧。”韩洌评价道。

“他换了女朋友？”

“不是——她是罗彬的老情人，好像是同学。罗彬的马子长得都不错。这女孩很有名——你不知道吗——她很随便。听说她准备下个月去深圳发展，我看她傍个大款算了。对了，她就是纯情烂货。”

我注视着他们的背影。这样一张天真美丽的面孔——韩洌在说什么，我一时忘了听，只觉得讶异。她抬头看他，脸上多了一股妖冶的神气——也许，是我给她添上的。

我们总是给自己见到的东西加上一些想象，一厢情愿地认定，如果它被打破，头脑也不吸取教训，又开始臆造和轻信另一个真实。

人是唯心的动物，对万物的认识完全来自自身的感知，所谈论的“客观”是大脑对客观事物的某种反应。当人们说，要尊重事实客观看待问题，参照的仅是他们一心以为的真实，这与真实的真实究竟有多少谬差，不得而知。

真实存在吗？也许我不存在，一切不存在。

不必说那股妖冶。

韩洌还在说：“……他对女人有一套。我知道他不是什么好鸟，不过我就服他这一点。”在这一点上，韩洌是很佩服罗彬，罗彬也为能拥有一个年轻的崇拜者并对他有所影响而着迷，正如男性之间的某种友谊，既相互交好又相互轻视。

“你也不错，他在现实里囤积垃圾，好歹你网上有一大堆女人。”

“哭着喊着要和你老弟有一腿。”他得意地接腔，不理会我的弦外之音。

“奈何你执意为情鉴守身如玉。”

“我对情鉴是认真的，告诉你，以前还没有女人让我动过心，这是我的初恋。”他正色道，既而痴笑，“不跟你聊了，我要回去睡觉，从前天晚上起我做了七次。”

他跟来时一样，一阵风似的走了，脚步跟心情一般轻快。我拾起先前在看的书，盯住上面的字看了一会儿，那些字一个一个独立地凸显出来，此起彼伏跳进意识，但我分辨不出它们的意义。

当我还是个孩子的时候，我喜欢过一个男孩。一次课间休息，他和一群男生从我跟前跑过，我无意中看了一眼，其他人大呼小叫，只有他不以为意地笑着，那一瞬，我恍然知晓了爱的意味。分不清是现实临摹理想还是现实勾勒理想，和许多女人一样，最初爱慕的对象总是接近完美。他头脑敏捷、相貌俊朗、品学兼优，样样出色，是老师的宠儿、教育制度的优等品。我虽然聪明，却是恨铁不成钢的典型，还有一副假小子的外表。这是玫瑰与蓟的对照。

没有什么比得上一个孤独的孩子的爱，不计得失、不抱希望，幸福是可以保有秘密，快乐是能够悄悄注视。他的声音犹如动听的音乐，他触碰过的东西好像都会变得神圣，一些无谓的发现让我暗自欣喜。他的家境不好，他清秀的面庞上笼着一层薄薄的忧悒，它有不寻常的魔力，让我起了轻柔的忧心，总想探知究竟。他和我一样擅长作文，我因此觉得我们之间有种特殊联系，有一回他抢去我刚写完的作文想先睹为快，印象里这是他对我最亲密的举动，然而我霎时就变了脸，心急如焚，跺脚发怒直到作文被归还。说来心酸，我怕他看了我的字笑话。

一年夏天放学后的一个傍晚，我看见他做值日，于是独自留下，借着夜幕在花坛后透过树丛远远看着，屏住呼吸凝神分辨他发出的每一个音节，周围是不知名的花香。

如今，我早已没有那双树丛后的眼睛，也早已没有那么无私。这样的爱不是真正的爱，只是一个耽于幻想的孩子做的一个白日梦，它是默默的回味，长久的等候，它终归会无声无息地消弭，但却将一个人的单纯和无私保留下来，不为贪婪与恐惧湮灭。

假使我把这些告诉韩冽，他一定会嘲笑一番，我说不定能同时得到晚辈对前辈的尊敬与不屑。

韩冽只有 20 岁，拥有这个年纪的活力和锐气，非常自信，同时也十分盲目，脑袋里充满了种种危险的暗示，一有机会就身体力行。那些并不是他真正的需要，他以为是；他忘掉了约束，也许他有意忘记；他还没做好准备，但他不用，什么都不带更轻便。

他比我小 5 岁，他的初恋和初夜却同时来自网络，我们已经不是一代人。比我们年轻的人们有太多自由，他们触摸不到坚硬的现实，他们不懂畏惧，在这个世纪的末年，他们越来越迫不及待地摒弃，从几千年绵延下来的道德准则到上一刻还在流行的东西，只要活得快捷，活得自我。在他们身上，传统和美德被视同累赘，东方式的感情已经名存实亡，你想挽留，却心知无法挽留。

也许这些更年轻的人们不能理解我们，就像我们不能理解他们。也许人开始赞美过去，就开始衰老。我衰老了，不平，说教，怀念。

然而，也许现在我在此唏嘘，或者有一天，自己也会身不由己，堕入万劫不复。

5

我小心翼翼地往下走，台阶上有一滩滩水迹，楼梯末端黑黢黢的，心突突地跳，但我不在意，我对自己说：千万不能滑倒，千万不能滑倒。

我觉得很笃定，马上就能见到猫了，他就在前面。我终于下到平地，两腿仍旧发软，走了几步，就到了。站岗的警察拦住我，我知道必须说出这是哪，否则便不能进去。

门前一闪一灭的霓虹灯，上面写着几个字，可惜看不清。月亮很好，照得操场上一片雪亮。传达室里坐着一个人，他也穿着制服，样子很和气。他在里面吗？那人笑了，有点同情地看我。他在里面吗？我又问，忐忑起来。过了一刻，那人好像出去了，很快又回来。我舒了一口气，知道猫是在里面。门口的警察在叫我，他人不坏。

我看见猫走过来，好了，猫来了，我们回去吧。你都知道了。嗯。我做了对不起你的事。刚才的楼梯太长了，不该建那么长的楼梯，我又感到脚下发软，猫还在说。不说了，不早了，我们走吧。我找了个女孩，你能原谅我吗，我不能回去，今天不能走。我无名火起，你说来了就能走，你怎么又骗人，你为什么总是骗我，你说啊。猫难过地低下头，我心软了，挨近他，伸手摸他的头。他忽然跳开去，大笑着：我全是骗你的。又冷冷地看我：我全是骗你的。

所有的人走出来，每个人脸上都笑盈盈。我浑身发抖，心口要爆裂，眼泪就快涌出来，他骗我，他又骗我，他要让我在所有人面前丢脸，我恨他，我恨他，我恨你，我恨你，我杀了你！杀了你！

不对……这是梦，我知道是梦……必须马上醒过来……真闷……喘不上气……眼皮睁不开……身体麻了……瘫痪了……手动不了……这么挣扎……还是不行……有什么重重地压在胸口……真——闷……不能这样……睡下去……我会死么……就这么死……这么痛苦……

猫摇我。我动了一下，终于醒了。我做梦了，不过现在好了，我梦到你骗我。明明你自己做梦。你真的骗我了。我回味着刚才的梦，辛酸刺激着大脑，忍不住还有哭的冲动，但是多好啊，猫在这儿，他躺在我身旁，四周黑暗而寂静。

我睁开眼睛，醒了。我睡在自己的床上。刚才的嘶喊声仿佛戛然而止。上午的阳光透过窗帘，天气好得与梦境不相称，似乎现在眼前的景象才是梦。

我梦见自己醒了，我在梦里醒了。我呆了一呆，一刻之前的梦，除了最后猫在身边，其余已经恍惚了，一些支离破碎的片段，种种不可名状的滋味，焦虑、惶惑、委屈、酸楚依然在意识里起伏，却模糊一片不能成形。这梦仿佛隔了一层薄纸，只要捅破一处，便可窥知全部，然而无论怎样凝神揣摩，怎样竭力追想，那印象却在夏季早晨的阳光下，如潮水般迅速退去了，越来越远，越不可捉摸。

现在是上午十点，空调开着，家里静悄悄的没有人。烧已经退了，人也觉得清爽。下床漱口，喝水，身体还有些虚弱，看了一眼镜子——里面人的脸色蜡白。楼下有一排树，远远望过去在太阳下泛起一片磷光，泛进眼里，一时叫人眩晕。蝉整齐而有节奏地鸣叫，偶尔歇下片刻，很快又开始了。它们是夏天唯一有气力的东西，但不如记忆里小时候的蝉叫得响。现在树少了，城市的绿地都是地。

我又躺回去。

我躺着，不觉用手触摸自己。平躺时，小腹也微微突起，结实而有韧性。好多年前的一个冬天，我也抚摩过同样的地方，那时是凹陷的，柔软的，两侧髋骨像山脊突出来，薄薄一层皮肤覆盖在上面。现在山脊在其中隐没了，顺着两旁往后延伸，多了两处丘陵——据说是妇人才有的，分水岭式的标志。

少女时代的我非常瘦削，到了十七八岁，外表也缺乏鲜明的女性特征。其后有了自然的变化，像春季的雨后，溪水奔涌地流向各地，万物都在暗暗滋生，窸窣作响，蓬勃地疯长，等你发觉时，仿佛一夜之间，一切都已经成熟，蓊蓊郁郁地静候。我后来知道，如果本身是一颗天鹅的蛋，很可以安心地暂时做一只丑小鸭。如今的我是一只一百多斤的天鹅。

每次去浴室洗澡，脱完所有衣服，天鹅喜欢迅速经过穿衣镜，假装不经意地瞥见自己，赤裸的身体仿佛受惊的动物，怯怯的，畏畏缩缩，暴露出所有缺陷，我便有了窥见隐秘的快乐。走进蒸腾的雾气，各种想象得出和想象不出的人体若隐若现，年青、衰老、健硕、瘦小、高挑、臃肿、丰满、苗条、匀称、粗肥、奇形怪状的，但绝没有美丽的。

女人有塑身内衣，收腹提臀裤，加垫钢丝托文胸，红色半透明、黑色镶花边，它们一旦被去掉，身体就露出原形，做了多少努力，受了多少罪，松垮的依然松垮，肥厚的也依然肥厚，事实与理想背道而驰。我常常恶毒地想，要打破男性的遐想，只消让他们看一眼女浴室。并非女人不美，所有的女人自有她的美丽之处——是男人不会欣赏女性的美丽，只会欣赏外表的美丽——女人又自觉地用男人的眼光打量自己。这种眼光限制了人们的幸福。

即便如此，女人总要对男人袒露出身体。起初，她会为自己的身体感到抱歉，仿佛不够“标准”是一种过错，当她对自己有了强烈的信心，把在一个人面前袒露身体当作一种特权，就开始享受到爱情的美好。一件奇异的事是让同一个男人在自己的身体里呼吸，它的奇异不在于发生，而在于一旦她容许重复发生，便赋予其合法性，合法性便会为她带来幸福感。同时，贞操观也使她受到暗示，为她提供合理的道德依据。于是她认为他是她的归属，她要和他一起呼吸，一起了解，一起生长和体验，渴望与他合而为一。

这就是为什么女人会彻底爱上与她有稳定的肌肤之亲的男人——一个男人——的全部原因。猫曾经问我这个问题，因为他从我身上模糊地看到了答案。而男人们常常先性而爱，即使先有了爱情，也会很快滑落到更实际的方面。

在获得爱的同时，也获得了性的快乐。性在某些时刻超越了爱情，比它更有效地统辖所有感官。人们几乎会忘记是出于爱而幸福，不过错觉只存在很短时间——纯粹的性欢乐只存在十几分钟或者几分钟，走和来一样短暂。

性为女人的生活带来很多东西，其中一样是妊娠。对女人来说，肚子不仅会孕育生命，也会孕育巨大的烦恼，一个不合时宜的孩子等于定时炸弹，装的时候简单，拆却要费一番周折。种下祸根的人此刻只会强作镇定——谁都知道他们惊慌——然后嗫嚅地问怎么样，疼吗，要不要紧。在想象中，我很想立刻温柔地对他们说一声：呸！

他们不懂，当一个女人爬上手术床，分开两腿，在清洗器械相互碰撞发出的叮当声中心惊肉跳地等待，当她面对扩阴器坦白唯一秘密，当她忍受着没有麻醉剂作用，被粗暴的金属深入体内，刮、掏、搅，她想到了什么？她想就在这一刻立即死去，免得活着受这种惩罚。她感到了什么？恐惧？羞愧？是怨恨，是的。疼痛以绝对优势压倒了爱情，使每一个女人都肯定那个站在外面的人根本不值得自己如此。爱情在此时显出孱弱的一面。然而，她很快就忘记了，正如对待其他不幸，很快又投进曾经诅咒过的罗网。真愚蠢。我也是。

很久以前，我以为我能为他死，他也能为我死，这是很多人面对“真正”的爱情的一厢情愿。结果我发现他做不到——忠实都成问题，我也做不到——如果他做不到。没有真正的爱情，所有以为的真实和现实存在的真实都有差别，所有理想的完美都存在于理想中。梦想的美妙之处是得不到，得到了反而会被现实灭杀——千辛万苦的结果变成一文不值，臆造得再生动原来都是死气沉沉。要么混沌无知地乐观，要么泰然处之地苟活，单怕明白这一点，还贪图杯中美酒、一时酣醉。

我依然爱他，只是放低了要求，我不预备嘲笑自己，没什么可笑的。

阳光慢慢移动，有一束照在玫瑰上。玫瑰插在窗前的玻璃杯里，是难以形容的褐色，花瓣和叶片皱缩起来，细小的灰尘在四周飞舞，似乎新获得了生命，一会飞出反光不见了。

这是我喜欢的花，黄玫瑰，可能因为花语不合时宜，市场上很少见。猫一共给我买过两次花，第一次在五年前，他当时从大衣底下抽出一个东西——样子很像掏枪，原来是枝弯茎的黄玫瑰，他跑了很多地方才找到，是别人预订而没有取的，花了 15 块才买过来，我拿着意想不到的礼物站在巷子里，欣喜极了。第二次就是这一朵，去年秋天买的，养了很长时间，都冒出绿色的芽，还是枯萎了，以后一直插在杯子里，不舍得扔。

我知道，猫想回到从前，把那件事统统抹掉，他希望我忘记——我要是忘记，就会开心，他就蛮有把握能过原来的日子。我开心，有他就开心，连世上最易打破、最难重建的信任，我都重新给了他。说到回去，是回不去了。一件瓷器摔到地上碎成几块，精心修补后看来外表完好，内里总共打了几个锔子，只有主人知道。我不是昨天的我，更不是从前的我。命运只有向前，绝不会回头。

我抬头看那朵玫瑰，阳光停留了片刻，现在已经移开了。

6

8月末的夜，少有的凉爽怡人，我走在老护城河的堤岸上。昨晚下了一场暴雨，雨水汇集在低洼处，平坦的地方已看不出水迹，潮气连同地表的热气一起蒸发了。低矮茂盛的枝叶在头顶上发出沙沙声，月光穿过树丛在地上投射出繁复的影像，每走一步，在脚下变幻着向后退去。

河对岸是中韩广场，门前的溜冰场聚了不少人，旱冰鞋在水泥地上吱吱作响，人群喧闹嬉戏声隔着河沉闷地传过来。白天浑浊不清的深色河水在夜幕下光影浮动，显得别有风情。

过了桥，离广场越来越近，罗彬似乎还没到——或许我应该晚些来。我不快地意识到，我不必在他面前故作矜持。来之前我洗了澡，一个普通的淡妆用了平时一倍的时间，我在镜子里做出各种表情，反复端详自己，揣摩一个猎艳者的眼光会有怎样的判断，最后放弃了，而且对自己感到十分恼怒。

我走到一段无人的围栏前，看着溜冰场上的人群。我永远没有这种勇气，在别人的注视下跌跌爬爬地溜冰。我从不敢做没有把握的事，比如跳舞。工作三年，我是员工聚会上唯一一个拒绝跳舞的异类。我不会跳舞，可笑的是，不会跳是因为没跳过。我驳过几回老板的面子，后来索性每次借故早退，这种固执几乎使我受到非议。

我记得，在幼儿园，每天中午老师都要让我上台表演舞蹈——我猜想是为了打发多余的课时。大人们说我有自编自演的天赋——这是不假，我根本不会一段固定舞蹈，只有现编。每到快要放学，我就头皮发麻，忐忑不安地等待点名。从座位到讲台好像铺着棉花，路在眼前晃动，蒙了一层薄雾，视线模糊不清，我觉得自己就要晕倒了，结果还是没有。最后，5岁的我站在台上，像普罗米修斯，等待受刑。

就在刚才，我还能感到那时的挣扎。

有时我觉得自己还是当年那个孩子，这么多年也没有改变。

罗彬从停车场走出来。他穿着一件挺括的蓝白方格短袖衬衣，扣子没扣，露出黑色的运动背心，他两肘向后把手指插在皮带上，走路时上身不动，两腿悠闲而笃定。看他的体型，很难想象他行动的轻捷。他大约有一米八，略显臃肿，这是长期运动忽然闲坐下来的结果。

我转过头面向溜冰场，开始感到今天是个错误。身后很快有脚步声传来，我脊背一阵发凉，他出现在身边，手臂搭在围栏上，面朝前不看我，笑道："我原来想拍一下你的肩膀，看你什么反应。"

"你以为呢？"

"要是其他女孩一定会叫起来，我想你不会，所以没拍。"

"这儿太吵了。"今天是周末，这里来往的人太多，我不想被熟人撞见。

"去我家吧，现在没人。"

猫如果知道，我肯定他不会赞同，并且要担心，然而我又肯定，他担心的不是我，他相信我，像我相信自己一样。

我侧坐在罗彬的巡洋舰后，尽量和他保持身体距离，他开得很平稳。他的家离市中心有一段距离，在一所大医院的家属区，周围很安静，像一座孤岛。经过住院部，来到一排人字顶青砖房，屋南有院子，夜来香的味道浮动在夜风里。他在窗台的花盆下找到钥匙，开了门，把我让进屋。

这是 20 世纪 70 年代末的建筑，过时的装修，一度光鲜的老式家具如今和现代电器比肩而立，房子很高，一座楼梯从阁楼延伸下来。罗彬去厨房倒饮料，茶几上有个青莲色瓷钵，里面是些蒙上灰尘的石头，我拿到卫生间里盛满水，瑰丽欲滴的颜色从水里呈现出来。

开始记事时这个斑斓的梦就开始了，我喜欢琢磨每一块有着奇异纹路的小石头，透过它看太阳，然后投在水里，看它的色彩像水墨一样氤氲开来。很多个下雨的日子，在放学的路上，我踩在有砂石的水坑里，蹲在伞下构筑自己异常美丽的世界。在我心里那些石头是有生命的，有一次我央求猫去体会它们的灵性，他苦恼地看了一会儿，表示"是蛮好看的"，一转眼开电脑去了。我和他是太不同了。

罗彬端了饮料出来，见我在摆弄石头。"是我小时候捡的。"

"你？"

"你喜欢，就送你了。"他不知从哪里找出一个塑料袋递给我。一瞬间，我想到猫，猫像个孩子，总在等我为他准备一切。

"那——我拿几颗吧。"

他站在一边等我挑完，走进隔壁房间。这是书房，但没有多少书，一侧有两张旧藤椅，我在就近的一张侧身坐下，两条腿悬在扶手外，两臂环抱膝盖，这样既安全，又显得随便。

罗彬坐在对面，看上去给人一种厚重的印象，不像他希望表现得那么聪明。他总是带着嘲弄的表情，眉毛浓密是肾上腺素过盛的特征，下巴上一道锋利的裂纹预示着个性强悍，嘴唇使微笑浮现出一种不协调的妩媚。他的眼睛不大，略微浮肿，但非常亮，里面有危险的慵懒，像一头正在休憩的野兽。眼下，他比平时有所收敛，友善而殷勤。

“说说看，我们还有哪些共同点。”他说。

“坦率，细致，敏感，多疑，害怕失败，通常不做没有把握的事，喜欢观察和试探。还有，整洁，注重衣着。”

我说话的时候，他从椅子里直起身，忍不住惊笑道：“你怎么知道的——你是不是跟我一样，每天出门前会照镜子，每套衣服事先都搭配好。”看得出，他的每身衣服都是精心准备，同时又细心掩盖住修饰的痕迹，但某些东西无论怎样都隐藏不了。

“人前春风得意，是为了掩饰内心的不自信。”

他很惊讶：“以前还没人能看得出来，你是第一个这么形容我的。”他忽然诡秘地笑着，“注意没有，我们现在的姿势都很像。”他一条腿跨在扶手外，“想听歌吗，我现在下载。”

“有周华健的《怕黑》吗？”

“你喜欢他？”

“是。”

“我也是。”

“真的？”

“真的。”

这个声音澄澈、清越，从少年时代第一次进入我的耳膜起就让我有了一种生理上的依赖，它热切而明快，悲悯而柔和，温暖得令人战栗，是我心里柔软的一角。我忽然对罗彬起了好感，眼下他的缺点也仿佛减少了一半。

接下来，我们聊得很融洽。罗彬态度得体，举止文雅，充分表现出细心的天性，所说的话题轻松有趣，似乎打定主意要推翻我对他抱有的成见。有一段时间，我几乎认为关于他的传闻有失公允，直到一次他在谈话中有意无意地碰了一下我的腿，我若无其事，心里突然非常不快。很快，他在交谈中抓住一个机会恢复了本色。

“我觉得你老公像个小孩。”他说。

“是。”

“你对他满意吗？”他话锋一变。

我不想正面回答他：“理想与现实无关。”

“那就是不满意。”

“聪明女人只有傻男人才能消受……”

“我就喜欢你这样有难度的女人。”他的眼睛变窄了。

“我没有难度，因为别人没有机会。”

“你今天来他知道吗？”

“知不知道，我都一样。”

“我要是你老公就不放心，你想做的事，他肯定管不住。”

“所以他让我自己管住自己。”

“那你相信他吗？”

“男人都不可信，我选了比较可信的一个。”

他笑起来：“你老公蛮有艳福——告诉你不要生气，在你们店里玩的人背后都说你身材好，”他露出一副亲狎的样子，“尤其是一双长腿。”

“我不生气，男人把女人当作可追逐的猎物，因为他们以为自己是猎狗。”

罗彬送我到家。我走上楼梯，他叫住我，欠下身，挽起我的手送到嘴边，狡黠地瞥我一眼，然后轻轻一吻。

7

走出总经理室，我轻轻把门带上，尽管他今天借故握手的时间比平时要长。

赵燕隔着玻璃向我招手。公司里的办公室都装修成整块玻璃朝向走廊，什么人在做什么事一目了然，唯独总经理室密不透风，大家进出都自觉地关上门。权力的大小，决定你能否保有个人的空间，以及多大的空间，甚至决定能否保有隐私，以及什么样的隐私。

办公室只有赵燕一个人在。关系密切的同事可算是密友，比如赵燕跟我就很推心置腹。她是办公室主任，刚过了32岁生日，丈夫在区国税局做科长，有个上托班的女儿，典型的小康家庭。关上门，赵燕小声对我说："他昨天又约我了。"

讲私房话是女人最热心的事业。"你去啦？"

她默认。

"你不是说不去的吗——我说吧。"

"他约我两次了，我不能老说有事。"

"而且好像也太不大方了。"

"是哎。"

"难怪你今天看起来年轻。"

"夸女人年轻就是说她幼稚，我晓得。"

赵燕是旧标准的美女，像中国古典小说中的女子，鸭蛋脸，蛾眉杏目，樱桃小嘴，笑起来一边一个酒窝，任是无情也动人。赵燕好面子，为人处世虽然和气亲切，却很有距离，叫人不敢冒犯，更没有人说她不稳重。私下里，她很孩子气，说到家事，比如丈夫故意不服她管，便会赌咒发誓，嘟起嘴逞凶，十分可爱。

因为工作的关系，赵燕认识了会计师事务所的一个资产评估员，他比赵燕小3岁，不年轻，也不老，长得人高马大。他是这么一种人：单身、自信、神气、热情周到、跟人自来熟。后来一聊，他竟然和赵燕家住在前后楼，在阳台上，还能看得到他家后窗架子上放的杂物。

赵燕第一次看见他就觉得异样，并且知道对方也和自己一样。大概既熟谙世情又孩子气的女人，在男人眼中最有吸引力。蒙昧懵懂的无趣，木讷寡淡的无味，圆通世故的又没劲。情这个东西，只有说不得，又说了；没点破，又点了；不明了，又不全然，曲径通幽处才有意思，才是成年人做的事。

没过多久，赵燕的预感兑现了，那个人——她叫他“他”或者“那个人”——约她出去喝茶，傻子都晓得这是幌子。赵燕欣喜，又烦恼，去吧好像对不起老公，不去又忍不住心痒痒地想知道答案，像小孩因为好奇心的驱使把手伸到火上，看是不是大人说的那样会烫。

“刘恒不晓得吧。”刘恒是她丈夫。

“我没讲。”

“他跟你说什么？”

“哪个他啊？”

“你说哪个。”

“喔。他跟我说：他第一次——你记得，我跟你讲过的，我第一次看到他，也好像觉得在哪儿见过一样——”

“是不是——很熟悉，但完全没印象，也不可能见过。”

“哎，对。他说他也是这种感觉。”

“你没露出什么吧？”

“我那么笨呐。”

“女人最好骗，几句话一说心就软了。”

“我也觉得，他们就是利用我们这种弱点。”

我跟赵燕最投合的地方，就是都不回避自己身为女人的浅薄，并且把它归结到性别上。

“其实刘恒虽然木点，但老实人可靠。”

“男人太花哨了是不好。”

“太迟钝也不好。”

“谈恋爱的时候还马马虎虎，晓得用点心思，现在娶到手——保过险，就不当回事了。我们好像就没有多少变化嘛——不行，要让他有危机感。”

其实，赵燕和丈夫的感情很好，她常常说起他们在家怎么怎么好，又怎么怎么不好，她埋怨丈夫傻、粗心，是长不大的大孩子——这点我最有共鸣，于是我也罗列猫的种种——两个人作践爱人，巩固友谊，笑成一团。也就是因为这一点，另外一个男性的体贴与浪漫显得尤其特别——婚姻里没有也不可能再有的东西，就不能稍微得到一点么——反正，自己有分寸，不会出乱子。

我在心里琢磨这事的趋向，一面看着窗外。夏天的天白得泛蓝，到了下晚，太阳依然毒热，悬在半空迟迟不肯收敛。对面背阳的建筑上，一排琉璃瓦像着了火，褪了原来橙黄的本色，射出一道烫眼的白光，叫人不敢再看。

“你是不是也有点——爱他？”我问她。

“说不清。你有没有过——看到一个人有触电的感觉？”

“我没有。不过我小时候喜欢一个男孩，一看到他就浑身冰凉，好像一桶冷水从头上倒下来。但是我对我男朋友没有。”

“我对刘恒也没有。对了，那个男孩最近没去店里骚扰你？”

作为私房话交换的谈资，我跟赵燕讲过一点关于罗彬的事。

罗彬最近比任何时候来得都勤，有时中途去接上夜班的女友回家，很快又回来。我怀疑他的目的已经从消遣转移到我的身上。他向前进了一步，不时跟我搭讪，试探深浅。不知出于什么用意，有机会他便不断暗示自己和若干女性的复杂关系，列举一些惊世骇俗的风流片段，说完故意停顿下来看我的反应。我每每揶揄两句，从不深究他的话，更不去批驳，这令他颇感困惑。

他常常从眉毛底下盯着我看，等我发觉了，就微微一笑，看向别处。他的一切叫我感到新奇，却并不喜欢。我下意识地截断这些联想。

“他好办，不像老板。”

“刚才又——”

“嗯，老一套——握手，把我往前拽，反正隔了一张桌子，我就跟他拔河。”

“上次他也是，我当时就把脸撂下来：‘邵总，好像没有必要握手吧。’”

“你结过婚了，可以义正词严。我是小姑娘，只好跟他装傻。”

老板老家在郊区北乡的邵庄，穷到鸟不生蛋的地方。他少年丧父，14 岁出来做事，给人拉过板车、干过玩具加工，后来开砖瓦厂，再后来搞建材生意，一点一点做资本的累积。凭着自己的头脑和魄力，在房地产刚刚萌芽的时候，他抓住好机遇，一下子跻身一流的开发商行列。他在公司大会上讲自己的发家史，对听众倒很有启发。

比较起来，他像个投机商，而不是企业家。信用、道德，在他是牟利的障眼法，钻营、钱权交易，才是真正进入社会流通的通行证。他初中没有毕业，但十分好学，大班桌上摊着《成功企业家之路》一类的书。你可以鄙视他的出身和作为，但不能漠视他的成功，几千万元的资产作佐证，叫人肃然起敬。

但凡暴发户，免不了身心膨胀，钱多了，欲望都不一般。邵总在公司很平易，态度可亲，对女员工从不高言，只有个好色的毛病。本来这是男人的通病，到他身上，尤其有了如今的地位和身价，就病入膏肓，连清洁女工的手也要借机摸一下。光有钱，没有底气，想要受到社会尊重，可以置名牌、买文凭、捐助贫困生、做政协委员，但只好把面子上装扮起来，内里的东西还是原来的。

公司里的女同事个个是受害人，有时候一对质，发现他的手法如出一辙，连说的话都分毫不差，真正以不变应万变，大家又好气又好笑。其实，女人大都了解自己的性别地位：附属、陪衬、弱势的象征、审美的对象、男人们得以实现自我的工具。想保护自己，法律没有性骚扰的条款；另谋高就，男性占了高官要职绝对的比重。你是社会预设的不受保护的弱者，只有认命。再想想，自己拿着人家的钱，工作不是那么好找，摸一下手又没有损失，关上经理室那扇门的同时就压下了心里的嫌恶。

“你晓得，老板娘今天又打电话来了，问老板最近有没有跟什么人经常一起出去，还说她已经听到风声了，我真怕她了。”赵燕抱怨道。

“她前一段每天晚饭时间往我家打，先发好多莫名其妙的感慨，又怪我什么话都不告诉她，我天天吃半碗冷饭，还好是夏天。”

“毕竟是大老板，也要给他顾顾面子，再说这么闹下去只有适得其反。”

“其实她样子还不错，可惜没文化，不上台面。”

“她也可怜。”

这对夫妻夫唱妇随，一个在公司对女职员身体骚扰，一个在家打电话进行精神骚扰。不过后者确有苦衷。听老板娘自己说，先前她的家境要好过老板，为这个家里还反对过。结婚的时候，对方什么像样的东西也没有，全靠她带了些陪嫁，往后慢慢把家置齐，一步一步才有了今天。年轻时两个人一起吃苦，日子不好，反而和睦美满，如今老板发达了，要什么有什么，把过去的情分倒忘了精光。

这么多年的夫妻，她怎么会不晓得老板的脾性，外面风气这么坏，多少狐狸精盯着他的钱。自己名义上是风光的老板娘，其实心里说不出的凄凉。掌不了经济大权，地位一落千丈，原先平等的夫妇关系，现在自己只得一个老妈子的下场，自信和自尊统统没有了。于是，她成天疑神疑鬼，看谁都有可能套走她的丈夫，骗他的钱，甚至夺她的位置。大家觉得她又可怜又可嫌。

说起来，老板娘的担心不无道理，公司里就有这样的人。财务科的肖琴和我同岁，高中毕业，虽然只是现金会计，却能对缴钱的客户颐指气使，给来拿支票的工程队吃闭门羹那是家常便饭。她常去总经理室汇报工作，一进去老半天。她的桌子面对大玻璃，眼睛盯着所有进出总经理室的同性，嘴里怪话连篇。她喜欢下班以后加班，休息天加班，她加班的时候碰巧老板都在。提到加班，她是公司的劳动模范，所以奖金也成正比。此外，可靠消息称她每月有一笔不从账目上走的额外津贴。

论长相，肖琴瓜子脸，吊眼梢，直鼻梁，薄嘴唇，不开口是个清秀的小家碧玉。要说缺陷，就是那双眼睛，眼白多过眼黑，又总爱横着瞟人，动不动翻一下，好像谁借了她黄豆种子不还。更可怕的是她一张嘴便把自己彻底出卖了——如果不看人只听话音，准以为是哪个中年泼妇，刀刮水洗的削薄，情急时还夹着高八度的村话，让对方的祖宗赧然地在地下翻身。不仅外面人怕她，同事也不敢相遇。

在公司，她俨然是管家婆。老板娘曾经捕风捉影过一阵，结果不了了之。两个人见面，空气中充满静电，肖琴的眼白更多了。

没有真凭实据，大家一直纳闷她怎么能如此强蛮，直到有一天被她自己证实了。一个男同事买冰激凌请客，肖琴抢去两个，左手自己吃，右手那个跑进总经理室递给老板，体贴得与平时判若两人。门没关严，她脸上的表情全落在别人眼里。

这件事坐实了猜测，立刻传遍公司上下，连外头人也晓得，除了她和老板娘——前者惹不起，后者躲不及。从此往后，谁见她都在心里嘀咕：原来是这么回事。来拿钱的全赔着小心，唯恐触了霉头。她是炮筒子脾气，什么都放在脸上嘴上，如此说也不算太坏。我琢磨她对老板并非一味利用，冰激凌都不忘了他，或许确有真情。

我看看天，太阳下去一点，有一半在对面的屋脊上。“不聊了，下班前我要把招聘简章给他过目。”

“又招人了？”

“公司发展需要——他刚才叫我去就这事。也好，还要给你招个人，张琦一走办公室就剩你一个了。”

我经过走廊，和曹薇打了个照面。她刚出电梯，在接手机，一边使着特有的细声慢语，一边低低地笑。电话那头是个男人，这从她的笑可以看出，她对男人笑时嘴角弯得很美，眼里绝无笑意。

金灰色的斜肩宽袖上装，月白色长裤垂到脚面，底下是金色细带凉鞋，露出染红的趾甲，经过阳光时，鲜艳诱人。她今天又是一身新装，衣服剪裁得很好，衬托出她曼妙的身材，是名牌不会错，而且价格低不了。像很多人一样，我也常常寻思她是怎么来应付这么一笔不小的开销。

8

猫推门进来，挤过两排人中间窄窄的过道，迎向我的目光摇摇头。

他走到我身边，“厕所里没有？”我小声问他。

“没有。”

我们面面相觑，不由得一起叹了口气，笑起来。

之前有个男孩来上网，估摸着二十五六岁，面相还老实，衣着像普通人家已经出来工作的孩子。他从下午起玩到刚才一共五个多小时，一刻钟前他站起来问我厕所在哪里，又再三叮嘱说不要关他的电脑，他马上回来，跟着就匆匆出门，黄鹤一去不复返。当时他睁大了一双眼睛恳切地看我，虽然怀疑一闪而过，我还是打消了顾虑，放他出门。

“看看，这就是你们男人，逃十二块五毛。”

猫做了个苦笑的鬼脸。

类似刚才这样的例子不在少数，有用假币的，大到面额一百，小到拿游戏机币鱼目混珠；有只记账不结账的，最高的记到五百后，就此失踪；有金蝉脱壳的，混在一帮人里开溜，或假装出门打电话；有一回趁文化局稽查大队的突然造访，一大帮人一哄而散。今天这一位谎称上厕所，是迄今为止最富想象力、最考验演技的。损失了银钱，我和猫还是禁不住笑起来。

这些不算可恨。有几个不识相的，屁股一落座就开黄网，不消说，都是男的。男人看这些天性所致，本无可厚非，但在公共场合看，犹如当众脱裤子，他不要脸，别人还要要脸。其中一个，猫警告无用，我气不过，也上前讲过几回，但那人听而不闻，有时还越挫越勇，变本加厉地示威。好在他只对黄色有瘾，不好电脑，一月间只来三五次。

店里也有女孩光顾，她们通常玩得很有节制，结账时会斤斤计较、讨价还价，但从来没有过以上不入流的举动。

子曰：“唯女子与小人难养也。”此话如此理解未尝不可：人分男女，男人分君子与小人，小人必定是男人。

又客满了，猫挤到范荣身边看他打游戏，脸上流露出专心一意的神情。说老实话，店是两个人的，却似乎跟我关系不大，我一边打扫卫生，端茶倒水，查账数钱，一边看着男人们在游戏里厮杀，在聊天室调情，在屏幕前假戏真做，心里却茫然不定。这不像是我的生活。

说来好笑，电脑游戏室是我和他最早的约会场所，因为可以和爱人在一起，瞧着兴味索然的画面也觉得生动有趣。如今我已经没有错觉，他回回哄我坐在身边，以求两全其美——我有他，他有电脑。这时想跟他说上话难如登天，不是说的人隐形了，就是听的人失聪了。他似乎从来不知道我真正想要的是什么，也从来不想知道。

男人有男人的世界，它比女人的世界来得广阔，理想、事业、友谊、家庭、爱好和恶习，这些统统与女人——有时不止一个女人——并存。男人们觉得女人很可爱，可以衬托出男性的力量和尊严，同时也是一个麻烦，因为她们竟然希望成为自己的生活重心，进而左右自己——真愚蠢——从他们的角度来说，不错。

男人像猫。

它想得到食物和宠爱，就定睛看着你喵喵叫；它温顺得好像你可以主宰，当真抱在怀里抚摩，又不耐烦地想要挣脱；它正懒洋洋地晒着太阳，发起怒来照样张牙舞爪；它会旁若无人四仰八叉打个呵欠，也会谨慎地一溜小跑，轻得不让人察觉；你侍弄得好，它尽管晚上出去溜达，白天还会回家；但你不能侍弄得太好，它并不领情，也还要偷腥；不要以为你是它的主人，它不过好气性地敷衍你；你一时能捉住它，但很难一辈子拴住它。

女人似狗。

它看家护主恪尽职守，警惕性高，却有点神经质；它天生嗅觉灵敏，不分场合，嗅出生人味立刻坐直上身一通乱吠，惹得你心烦意乱；它勤勉过头，除了分内事，还去拿不归它管的耗子；它对外人虎视眈眈，对主人亲密无间，有事没事都往前凑；它一旦跟住你，就到东到西，寸步不离，惹不起也躲不掉；它不嫌家贫，只要给根骨头有个窝；它着实忠实可靠，你也着实赞美它，但心下一定觉得它有点愚蠢，还盲目得很。

猫男狗女，所以撵做一团。

或许女人应该学会做猪，简简单单，快快乐乐，别去看，去嗅，去撵他们。这也是他们祷告的。

门开了，范荣的女朋友拎着几包东西进来，左顾右盼，然后径直朝范荣走过去，她似乎刚逛完商场，还沉浸在比试漂亮衣服的热情中，脸上带着心满意足的神气。猫站起来让她坐，她客气地点点头。

范荣的女朋友，就是他“老婆”，是百里挑一的美人胚子，在一家宾馆做前台。她身型小巧，五官清丽，看上去虽说没有多少文化，但透出一种娇媚可人的美——这种美让男人平生出怜香惜玉的气概。美中不足是她长了副凹脸心，侧面看下巴向前翘，还有，她平胸。这些缺陷让我觉得她漂亮得容易接受。她心知自己外表的优势，而不十分炫耀，也不滥用，以她对罗彬疏远的态度为例——当然，有范荣在前，罗彬也知趣地不去招惹她。大面上她和气守礼，看得出心里有分寸，既会跟爱人温柔地撒娇，也会一把扯住对方的耳朵要他服软，这种艳福不知怎么便宜了那个胖子。

范荣素来跟女人有仇，好像她们是必须忍受的一样东西，遇到我分辩，就要鄙夷地斥之“叽叽歪歪”，或者干脆地说“闭嘴”（他绷着张胖脸，口气并不严厉，似乎存心引你发笑）。他待老婆却出奇的温柔，声音也小了一半，俯头顺脑地听话，他惧内惧得理直气壮，众人也不得不服。范荣比我们大，做事老成，我和猫都觉得他是有程度的人，怕老婆不如说有责任心。

不一会儿他退了游戏，乖乖地教老婆上网聊天。

有一回，我碰巧看见范荣短袖下露出一块洗过的文身，在不种牛痘的那只胳膊。看不真切，似乎是龙一类的花样，颜色已经褪成青灰，文身不大，文得很精致，不像一般混混身上线条粗糙的字或符号。

从旁人惧他三分的态度，我一直揣度范荣是那种曾经的狠角色，很早踏入社会使他极有主心骨，通晓人情世故，善于察言观色，为人冷静沉稳，做事当断则断。大概随着年龄的增长，他逐渐收起锋芒，现在甘心被一个女人收服，每天打打游戏填补空虚，老老实实地过平静生活。这使我对他颇有好感。

有人怪叫一声，打了个呵欠，韩冽捏着拳头往半空乱挥两下，站起身奔出门——是方便去了。下午我来的时候，他就在聊天，脸上的表情变幻不定，总之对着屏幕或颦或笑或忍俊不禁或踌躇满志。福尔摩斯只看表情就猜到华生的意识流，我不知道韩冽在想什么，不过他要不是在跟情鉴聊天，我就倒立着出门。

眨眼工夫，韩冽回到座位上。可恶的小子，又冲着对面围墙撒尿，我应该在墙根上种青菜。

沉浸在初恋的狂热和肉体关系成功的喜悦中，韩冽完全迷上了情鉴，只把1/4的精力放在其余那些女网友身上，他成天与她聊天、写邮件、打电话、发传呼，你来我往地招摇。他告诉我，自己花300多块买30毫升的香水亲自送到上海做她的生日礼物；他对我发表关于情鉴的评论，带着情人的偏见，有时无限赞美，有时亲密而粗俗，还有些是两人的隐私，以示炫耀。不过他只许自己对她不敬，绝不准其他人说她一个“不”字，好像这也是一种所有权的象征。

众人对韩冽的爱情渐渐不起劲，罗彬倒有几次当众关心他，问他进度，导师般露出温厚宽容的笑，笑容里还有行家里手的了解和寻开心的劲头。想起韩冽背后跟我讲的话，我不由觉得男人间的友谊并非世俗认为的那么坚实，其实和女人一样，少不了虚情假意的水分。而男女间的友谊呢，相互没有吸引力的不长久，有吸引力的没友谊。或者人的友谊就是如此，或者人就是如此，人在，没有什么能简单。

现在罗彬坐在范荣旁边，打一个通关游戏。他游戏打得一般，只三角洲厉害，所以每次鼓动别人跟他对战，把人打得落花流水，满屋里就听见他得意的叫嚣。今天他穿了件白色翻领T恤，肩袖上一道茶色条纹，白得很耀眼，一个斑点都没有。

和那些一门心思打游戏的邋遢男人不同，罗彬像某一类生来对女人感兴趣的人，看上去干净而考究。他的衣服多是名牌，颜色与款式简单大方，没有过多装饰，显出趣味的雅致。他常常穿运动型休闲装，偶尔也穿正装，举止优雅得体，但仿佛戴上鞍子参加盛装舞步的野马，随时会野性难驯。他似乎也常常会突然对自己的谨慎很不满意，禁不住露出本来的粗鲁。

我盯着他的白衣服，他突然转过脸，我立刻去看范荣的后脑勺。猫恰好走过来，挡在我面前："明天上午文化局开会，你去吧，靠得近。"

"喔，可能要检查了。"

检查一年总有几次，搞不好就要破财。上半年本地有个家长找沉迷网吧的儿子闹上了报纸，报社搞了系列暗访。这一下声讨的举报的相互操蹩脚的声音此起彼伏，文化局加大管理和创收力度，颁布了一系列新规定，违者一经发现，马上没收主机数台，按每台3000元返还，照价交纳后恢复营业。事实上，各行各业与政府职能部门之间存在默契：破财免灾。无非是罚款，交了钱就名正言顺，问题和弊端并没解决。因为业主怨声载道，风声小下去后，现在每逢检查先开通气会。

做生意讲究"和"字，拿网吧来说，不但要和工商、税务打交道，还有文化、电信、派出所、街道办，该办的照一一照办却难得消停。今天文化局发个开会通知，去了发现是要成立由该局牵头的网吧协会，会费3000元，名义上的参与自愿；明天派出所来人说按 ×× 号文件规定要交联防费500元，经过讨价还价200元成交了，但店门前丢了八辆自行车从来没人过问；后天工商局上门要求支持工作，订阅《消费周刊》，一年104块；电信局暂时相安无事，只是某科长的女儿在市剧院，经常要推销演出票，下放200元一张的票十张请你帮忙；街道办主任一个月里来过三次，催小俞办暂住证，不过自从孙子在这儿免费上网之后，她就乐呵呵地缓了口气。

想到街道办主任肥肥的脸上变化多端，我一肚子好笑，边想边穿过横七竖八的椅子，推门出去——得经常看看外面的车。

出了门，我四下张望，蓦地吓了一跳，有人蜷缩在台阶较暗一侧。我退了一步，仔细打量那人，他不像乞丐，穿了件浅色衣服，靠着墙角面朝外跪着，头冲下支在腿上，看上去非常瘦小，他的头发纠成一团从衣领里冒出来——头发很长，这时我才发现，这是个女孩，衣服是粉色的衬衫。

"嗳。"她一动不动。"你不舒服吗？"执拗地不开口。如果她不舒服，不会团成这种姿势，这只能叫她更不舒服。"是不是有什么事？要我帮忙吗？"我赔着小心上前安抚她，想拉她起来。她抽了一下鼻子，倔强地挣脱了。

抬头的一瞬，路灯照见她脸上深色的纹路，是干了的泪痕。她的脸有些扭曲，我也许见过，但认不出来。看情形，她是为哪个在店里找乐子的男孩，店里吵得厉害，兴许两人之前在外面连哭带打也未可知。我继续拉她，店门口有这么一位不速之客总不雅观，而且，我也有点同情她。

正僵持着，一位遛狗的女邻居经过，停下来："她呀，我刚才出去之前就在这块了，问她又不说，要她起来又不动。"站了一会儿，撇撇嘴，往前去了。我丢了她的胳膊，回身推开门："谁的朋友在外面，自己出来一下？别对女孩这样。"喊了两遍，有几个人好奇地看看我。满屋子都是男人，我看不出谁更像要找的那个——也许他根本没注意我说什么。等了一会儿，我合上门，她开始慢慢地干巴巴地抽噎。

我蹲下身，把手放在她背上，她始终保持着固定的姿势。"回家吧，别等了。"

她不知道什么时候走的，半小时后再出去看，她已经不在了。

9

8月过去，江南的午后还像炎夏，傍晚就有了秋凉。日头不再火烧火燎的叫人心慌，热度一点一点降下去，秋风渐起，街上的行人身心舒爽。

猫心血来潮，交了300块去学网页制作，教程三个月，每周两节课，逢到这晚，我就去店里帮小俞照应。

每天罗彬照例出现，凭着女性的敏感，我知道他打定主意要把那套屡试不爽的花样用在我身上。唐璜的声名在外，无论天真的小姑娘、有男友的女孩、快结婚的准新娘、30岁的少妇，还是颇有姿容的老女人，他都有上手记录。在他没有什么不可能，于是我也可以成为目标。我感到不悦，又不免局外人般超然和好笑，想知道事情如何发展。

他又经常装出本分有礼的样子坐下来和我聊天，并且为了某个观点争论不休。我总是占上风，他也总是中肯地恭维我，我并不完全反对，反而十分享受。对女人来说，拒绝也是一种接受，拒绝你，接受你的殷勤，所以她们的反应常常模棱两可。因此，我既对他的动机恼火，虚荣心又使我从中获得了快乐。

真正让我不痛快的是，他最近的言行越来越随便，像老熟人般有几次用手推我的胳膊——露在衣服外面的部分，还有几次故意找碴儿，似乎想激怒我。我克制自己不发作。

今晚猫去上课了。我和暄坐在沙发上。她大我半年，是我儿时的玩伴，一直保持着不太亲密但十分可靠的友谊，实际上我们并没有多少共同点。

暄不漂亮，但睫毛底下沉静的黑，衬了有斑点的白皮肤、卧蚕眉和微微张开的嘴唇，以及嘴唇上孩子般毛茸茸的汗毛，有一种少女的羞怯。她很瘦，用最小号的胸罩还瘪瘪的，像没有发育的小女孩，我因此笑她竟然做了中学老师。

不仅外表生得小，她心智也只有20岁，把什么都想得很简单，精明人听了撇嘴，聪明人听了要笑。我偶尔讲些半黄的笑话，她就正色说“去”，或嗔笑着搡我的肩。她什么都好，可是缺乏灵气，我常常不由得有种优越感。

她最近在上夜校的本科自考课程，非常推崇教中文的大学教授，一会工夫已经跟我说了两回。

“肯定是男的。”

“干吗！”

“问你是不是……”

韩洌百无聊赖地向里张望，忽然站住瞪大眼睛：“周老师！你们认识啊！老姐，她是我高中的历史老师。”他嬉皮笑脸。

站在后头的罗彬打量了暄一眼，从鼻子里出了声冷笑：“老师？什么东西。”说着转身走了。

暄来之前，罗彬已经结过账，小俞在跟人聊天，我找给他一块钱。结完账，他没走，无目的地逗留。他的腔调分明在挑衅，想到这些天他一直有意无意地刁难，我无明火起。

罗彬出了门，听见有人在身后猛然推开门便回过头看，我扬手把一杯水迎面泼过去，一个女孩黑色的身影站在巷子里向这边看过来。

我回到里屋坐下，因为怒气和冲动浑身发抖，罗彬一步跨进来，夺过韩洌手里的杯子就浇过来，我避让不及，条件反射似的起身去拿热水瓶，罗彬一把抓住我的手腕。其他人回过神，暄拽着我，韩洌拦在中间做无谓的和解。我透过脸上下落的水珠看到罗彬发白的脸，心想自己也差不多。罗彬看了看我，头也不回地走了，出门时用力摔门，震得满屋里的人停下手上的动作，四下相觑。

韩洌心有余悸：“老姐，你要不是女的，他已经动手了。”

“有种就来啊。”

“我知道是他不对，不过刚才他女朋友在外面，他这个人最要面子。”

和暄的话头，像落水太久的人打捞不起。她明天有课，过了一刻就走了。

11 点 40 分，店里还剩三两个常客流连不去。我拿起电话，握在手里，犹豫了片刻，照着账本上记的号码开始拨。

电话那头接了，是罗彬的声音，很清醒：“喂？”

“是我——”

“我正在想会不会是你。”

“我是——为我今天的态度向你道歉，我不知道你女朋友在外面，让你尴尬了。”

他仿佛没有听见我的话，用略带鼻音的柔和语调说：“刚才我回到家，掏钥匙，把今天你找给我的那一块钱掉在地下，找了半天才找到。我想，也许以后你不会理我了，我不能把你给我的最后一样东西丢了。”

我一时语噎。

半小时后，我和他走在街上。

这是一个旧日商贾云集、人杰荟萃、盛极一时的古城，见诸历代文人的笔端，那些文字残留着往昔的风雅与繁华。一个多世纪前，失去交通要道的老城同时失去了表面上的光华，衰落下去。如今这里没有火车，有的是没落的文化，有的是安宁的现世，有的是每一个生长于此的人血脉里根深蒂固的闲适和苟安。和一些新兴的城市相比，它像个蹒跚的老人想重新学步，远不及孩童轻盈灵活。

缺乏夜生活使最繁华的市中心现在也沉寂下来，除了偶尔飞驰过一辆车，或晚归的人匆匆骑过，空旷的街道上只听见两个人参差的脚步声，有些惊心。

“你怎么没骑摩托车？”我窘迫地放轻步子。

“我从阁楼的窗子爬下来的——楼梯太响了，车又放在我父母房间的窗子底下，靠得不远，就走过来了。”

我没有搭腔。

一个女人可能会拒绝惊天动地的示爱，却很难对半夜翻下阁楼步行来看她的男人无动于衷。不过，这话从罗彬嘴里出来，听上去不经意，总显得别有用心。一时间我想起猫兴冲冲地从大衣底下往外掏东西的样子。

“我发现你有时口才特好，有时一句话也不说。”罗彬侧过脸。

“我内向。”

“你不像个内向的人。”

“你也不像，但你在乎别人的评价，喜欢观察，善于掩饰，做事讲条理，情绪不外露，这些都是内向的表现。”

“在我认识的女人当中，你是最聪明的一个。”

“因为你通常只量化女人，三围多少，腿有多长，不管内里的货色。”

“别老对我这么厉害嘛。”

我缓和了口气：“我对男人都这样，没有厚此薄彼。”

“对他呢？”

“我爱他。”

他看看我。

“你也爱过什么人吧。”

“当然。”

“什么样的？”

“没你聪明。”

“这不是我的问题。”

他笑笑：“我在广州当兵的时候，和一个战友开车出去，出了车祸，在军区医院躺了一个多月，她是护士。她长得很文静，看上去比较清高，嗯——就是那种标准的好女孩。我战友不相信我能约到她，跟我打了个赌，其实我也没有把握，我根本没想到她会答应。你知道吗，当时我在花园里，看到她走过来，我浑身都在发抖。那种感觉，你知道，那种激动，以前从来没有过。那一瞬间，我才知道我是真的爱上她了。”说到后来，他的声音微微有些抖动。

“一段战地爱情。听说你当兵的时候被处分过，和女人有关。”这是韩冽说的。

“哦，是个女兵，怀孕了。”轻描淡写地。

“是在同时？也对，你不会为爱情收敛。”

“我已经为她改变了。”他辩解道，“我那段时间一共只有两个炮友。”我刚要问他“炮友”是什么，蓦地明白过来，立刻缄口。

他迎向我意味深长地笑着，“除了那个女兵，还有一个少校，今年……36岁了吧。”

“你的军营生活越来越丰富了。”

“老女人有老女人的味道，不用你说，她什么都明白。你用什么香水——我有一次问她这个问题，你知道她怎么回答——体香。她老公做外贸，经常出差。我帮过她一个忙，后来她请我晚上去家里吃饭，我去了发现她老公不在。一进门，她问我要不要先洗个澡……”他笑笑，没有说下去。

“很有意义的晚餐。”

他不知怎么回答，于是出声笑了。

之前说跟他有相似之处不过是信口调侃，眼下，我却越来越感到确实如此。他和我似乎有生来的默契，我们的交谈别人听来可能莫名其妙，对方却能立刻准确领会其中的含义。时而含蓄隐晦，时而坦白直率，冷不防一句讥诮，轻描淡写里暗藏玄机，真真假假，似有若无。这是一种奇妙的游戏，令人兴奋。

“这些事我从来没跟别人讲过，今天是第一次，因为还没人能像你这么了解我。”

“所以你对我不隐瞒，也不掩饰。”

“我知道骗你没用。”他开心地说，“我喜欢和你聊天，聪明的女人让我显得更聪明，还可以锻炼大脑。”

“在男人眼里，女人就像件工具。”我本来要说“玩物”，忽然感到一阵难堪，仿佛一说出来就做了见不得人的事。

“——比如Happy（寻欢作乐）和传宗接代。”他很自然地伸手挽住我的腰。

我拿开他的手：“我比较幸运，还可以锻炼大脑。”

“你很特别。”

“如果你有更新鲜的形容词，我也会觉得你很特别。”我停下脚步，“我到了，再会。”

这一次，他没有任何举动，转身留下我站在原地。他的背影让我联想到一头优雅的野兽，巧妙地绕行着接近猎物，不慌不忙却危险重重，有一瞬间我仿佛感到猎物的恐慌。

10

“这女人天生是个婊子！现在我知道她的腰怎么那么细，原来是给人搞多了！”韩洌亢奋似的谩骂，不顾这话的逻辑性。

他摊开双腿仰面陷在沙发里，头发盖在脸上，胡子有几天没刮，长出参差的短碴儿，他拿烟的手微微发抖，有时抬起来猛吸一口，烟灰就掉在沙发上。半小时之内，他说过的话可以写一本《诋毁的艺术》。

韩洌的热恋好景不长，两人很快就有了嫌隙。他对情鉴心存芥蒂有些日子，这一向闭口不提，最近消失了几天，再次出现就是现在这副样子。原来情鉴渐渐和他疏远，他按捺不住怀疑去了一趟上海，情鉴先是推三阻四，而后姗姗来迟，胳膊上还挂着个小开（比韩洌高出一个头），也不给他们双方做介绍。等到单独相处，韩洌和她论理，情鉴的话自相矛盾，反复无常，连往日情浓时的蜜语亦想否认。尤其可恨的是，这女人非但不顾自己引诱在先，反而冷静地请他不要纠缠。

初恋就此结束了，童贞被这么一个女人夺走，男人经不住诱惑情有可原，女人卖弄风情简直没有廉耻，连传统道德都支持他，不怪他心有不甘愤愤不平。他平时目空一切的神气不见了，被听众都感到尴尬的自暴自弃、妄自菲薄取代，这时他显出他这个年纪受挫时特有的不堪一击。他推翻了从前自己夸耀的一切，唾弃自己和对方，用最刻毒的字眼咒骂往事。

我默默地听他说，偶尔随声附和。他不是没有错，但面对这个男孩触目的消瘦，我不忍心再去苛责。他坐到无话可说就起身走了。我送他出去，站在巷子里，看他跨上半旧的女式自行车，一个人悄没声地往巷子那头去了，他单薄的肩下垂着，影子长长的，拖在地上。

第一次，我当他是弟弟一样怜惜。初涉人事还没来得及品尝爱的甘美就彻底领略了一回冷酷的欺骗，这对他未来的旅程有什么影响，没有先知，不能预言。站在门外，我忽然急切地想和猫在一起，悉心要待他好。

我转过身，正好有人出门，屋里的喧闹一下子喷涌出来又立刻被挡在门后。我擦着对方过去，他站住，问：“你今天怎么了？”黑暗里白光一闪，是罗彬的牙齿。

“没怎么。”

“韩洌跟你说什么？”

“说情鉴。”

“他们还没玩完？”

“刚分手。”

“喔。”听起来他毫不关心。

他跨上巡洋舰：“我下载了《怕黑》，星期天下午3点，我在家等你。”

“这算邀请？”我冷冷地问。

他偏过脸点点头，不容我反应，发动了摩托，即刻在轰鸣中消失在巷子拐角。

店里正热闹，猫和五六个人激烈地游戏对战，周围交织着各种嘈杂的游戏配乐，我俯在他耳边费力地大声说：“一会儿结束了，陪我出去走走。”猫目不转睛地盯着电脑，过了半晌，猛地向我转过头，两眼仍旧看屏幕：“你刚才说什么？”我说什么？一腔的话此刻一起涌上来，却被自己哽住了，我呆站着，一句也说不出。

他继续盯住屏幕，不时痉挛似的敲着键盘和鼠标。我站了一会儿，悄悄开门出去。关门时，我回头看他，他沉浸在眼前的虚拟里，浑然不觉。

小巷空无一人，一阵风停停歇歇地刮过来，还残留着一丝上一个季节的温热，零零星星，时有时无。树叶在墙头上窸窸窣窣，一只白猫从高处的阴影里跳下来，迈着无声的轻盈脚步，一路小跑向前，经过路灯时，像一个白色的光团，看上去受了主家细致的照顾。一家人家门前一地的鞭炮，走近了，闻到硫黄特有的香味，像个孩子似的，我使劲嗅着，忍住眼泪。

人生真是无常，上一刻遇见的人，做出的选择，下一刻将带来什么，又将失去什么，我猜不出。

我曾经像每一个热恋中的女子，以为自己的爱情独一无二。我曾经和他靠得那样紧，幸福就在面前，伸手就能触及。然后，一下子，都休止了，只留下那个夏天的气息，那闷热之中的彻骨寒冷还在周围，挥散不去。都过去了，过去了。选定了一种生活，就是选定了命运的一种戏弄。在这一路上，我原来那些少女天真的幻想，一样样打破、一件件毁灭，我也一步一步长大。

有人走近我，是猫吗？是他。

“干什么呢，小猪？”

“走路。”

“呵呵，刚才生气啦？”

“没有，我跟人约好私奔，结果人家没来。”

“谁呀？”

“不能告诉你。”

“小猪真坏。走，我带你私奔。”

猫拉住我往回走，我顺从地被他攥着，悄悄地叹气。我已经不像过去那么苛求，在他面前，我只想做一只满足的小猪。

“刚才想跟我讲什么？”

“韩洌告诉我他到上海找情鉴，结果被甩了，我挺可怜他。”

“人家本来就是跟他玩玩。”猫不近人情地说。

“但是那女人也太不要脸了。”

“怪他自己——我就从来不信什么网恋。”

“你那么呆，只有我要。”

“呵呵。”

“猫，你爱我吗？”

“嗯。”

“我要听你说你爱我。”

“你知道我不喜欢说。”

“那你要待小猪好。”

“好！”

我很想乘此机会告诉他罗彬的事，又怕破坏了现在的和谐，一路上犹豫不决。

推开门，只听见范荣大声在说：“老板——稀客嘛——你跑出去陪老婆，店都不要了！”说着摇头啧嘴，又喊：“三对三，就等你，快上快上！老板娘，倒茶！”有人笑出声来。

只要我在，范荣就喊我做这做那，他对小俞总在主机前聊天很不以为然，甚至于建议我们换人。此外，我想，他也喜欢逗逗我，不过从不出格，大家很乐意看他满脸正经地呼喝，所以我也就乐于扮演被他呼来喝去的老板娘。

猫重新坐下来，开始进入游戏。他已经从去年的消沉中恢复过来。我常常想，那虽然是件祸事，也还有好处，我们毕竟经受住了，况且它可以就此了断猫对于艳遇的遐想——离声名扫地、前途毁殖只差一步——即便他这么一个好了伤疤忘记痛的人，这教训也足够了。男人呐，是很难依靠的，你体贴入微，他就忽视你；你循循善诱，他就敷衍你；你信任他，他就辜负你；你爱，他就加倍地伤害。至少，无论如何，他们都太迟钝。

猫好像从未发觉罗彬和我之间的异样，作为和气生财的老板和脾气温厚的伙伴，大概他以为罗彬与范荣一样，只是男人无伤大雅地逗弄女人。

对有理智的女人，罗彬是个精力充沛的危险人物、大胆无情的及时行乐者。但罗彬明白对我与其欺瞒不如老老实实地坦白，于是公开放纵自己的言行，或许这反而是件好事——他的危险于我不如说是安全——没有信任就没有受蒙蔽的可能。

而且，他让我觉得猫犯的全是不值一提的小错——有这样一个唐璜做比较，还有什么不能原谅——事实上，或许反而是猫使我的眼光发生了变化，一年前的我绝不会心平气和地看待一个猎艳者。我爱猫，就意味着必须接受男人最大的劣根。

后天是周日。没有什么可担心的，我找不出什么可担心的。我决定赴约，因为我不想让他以为我是胆怯了，因为胆怯有时意味着提防，提防往往因为虚弱。

是虚弱吗？我想不是，还是我不敢承认，所以想要证明。

11

我敲门，门开了，没有锁。

来之前我打电话给猫，想象他要是强烈地要求我去陪他，我就顺理成章说服自己，不来冒险。他照例在玩电脑，有一句没一句地回答，电话里透出纷乱的游戏配乐，他叫我晚点去，反正有他在店里。做出体贴的样子借机摆脱，没有我去搅他的好事，我想他不知多愉快。

书房里传来乐声，我站住凝神听，是《怕黑》。我走进去，罗彬坐在电脑前："昨晚我没睡，一直在下歌。"

"你喜欢谁的歌？"

"跟你一样。"然后他缄口不语。

我找了张椅子坐下，等他开口。

过了半天，他突兀地说，"昨晚我打电话到广州，她说她交了一个男朋友。"

"是吗？"

"我告诉她我还在爱她，她不说话，我就挂了。"

"你还爱她吗？"

他不回答。

"你一共有过多少个女人？"

"不知道，太多了。"在这之前，他一直面向电脑，这时猛地回过头："和我上过床的女人很多，但不是每一个我都想结婚。"他住了口，然后又暴躁地说："那次我几乎和她做成了，她说疼，我都没敢继续——如果换了别的女孩我早就——"

我尴尬地说："好了，别那么任性。"

"我不！"

他变得像孩子一样固执和蛮横无理，不仅不可爱，而且令人反感。我换了一个话题："你们为什么分手？"

"当时我就要退伍了，本来希望她和我一起回来，我当然是要回来的——家里只有我一个儿子，她父母知道以后坚决反对我们来往。她家在深圳，我坐火车赶过去下了车直接到她家，他们看都不看就把我的行李从四楼上扔下去，你知道他们是怎么形容我的？”他声音高上去。

“她自己没有坚持吗？”

“她很听父母的话，而且，她不想来小城市。”

“我想她——应该长相清秀，不爱笑，看上去单纯，骨子里现实，有主见。”

“对！”他显得很惊讶，“我给你看看她的照片。”

我跟在他身后，沿着吱呀作响的楼梯向上直到他的房间门前。传闻中罗彬的卧室是一个陷阱，踏进去的女孩生还的可能微乎其微。他打开门，这是一个用人字顶的中间部分分隔成的房间，朝南的坡面有凹窗，房间很窄，陈设也很简单，除了比较整洁以外没有什么特征。靠门的书柜里有一层用来放磁带和CD（唱片），我迅速浏览了一遍，有几个走红歌手的名字，但没有我要找的。

他走到临窗的书桌前拉开抽屉，拿出一个面朝下放着的相框递给我。相框是前两年流行过的木质品，里面是一个表情严肃的女孩，紧闭的双唇破坏了她柔美的面部线条。

如果稍加留意，世上有很多两极相吸的例子，好比灵与肉、善与恶、纯洁与污秽，不是我毁灭你，就是你毁灭我。

太绝对了，我摇摇头，把这些联想驱走。

她穿着护士服，身材单薄，却不给人弱不禁风的感觉，你会想用“正经”这个词来形容她，因为这是端庄正派最好的注解。讽刺的是，她端正的气质招来了异性的垂涎，反而因为讲求实际的个性得以幸免。我盯着她看了一会儿，她也用严肃的眼光注视着我。

有一种女人貌似单纯柔弱，需要别人的保护，她们对待感情热烈而盲目，不过一旦感情和现实发生冲突，后者立刻会占上风，哪怕她还爱着对方也会听从自己的需要。所有那些所谓的客观困难其实都不重要，关键是她有一颗现实的心。这样看来，身边这个男人也有可怜之处。

抽屉里散乱地堆叠着一些纸张，我拿起一张，是一个女孩写的，开头很亲昵——“亲爱的老公”，他凑过来看了一眼，立刻从我手中抽走：“当兵时这边一个同学写的。”

“一个同学？一颗到嘴的葡萄吧。果真是吃不到的才叫人心酸。”

“你错了，我想娶她。”

“我看她的选择倒不错。”

“如果我和一个女人结婚，我会对她很好。”

“但不会对她忠诚。”

“也许。”

“如果是我，会跟着我爱的人。”过了一会儿，我说。

他颇感意外地望着我，像要说点什么，停了片刻，忽然伸手向我胸前。我暗暗吃惊，一刹那有点想向后倒退，但他只是拿起我项链上的坠子——一颗银色心形镂空吊饰。

为了掩饰窘迫，我勉强笑着说："这是我的铁石心肠。"

"我不喜欢看你戴。"他口气粗暴，然后又若无其事地问，"他给你买的？"

"是。"这是谎话。

他轻蔑地松开坠子，开始在狭窄的阁楼里来回踱步，像一头困兽，表情阴沉凶狠。我紧张地预感，他有可能突然扑过来，他身上蕴藏着太多原始的野性，以及天生的精明狡诈。

末了，他停下脚步，恢复了轻松自在："下楼吧。"

天色逐渐暗下来，书房笼罩着一团阴霾，歌声在狭长的空间里回荡。

……如果我说我忍住眼泪／如果我说我不会后悔／在这个夜深人静的时候／请不要让我如此心碎／如果我说我忍住伤悲／如果我说我觉得好累／在这个夜深人静的时候／我只愿能与你紧紧相依相偎……

旷然，幽咽，像暗河一样，从岩石缝隙里流淌出的声音，让人恍然置身一个四下弥漫的黑夜。生命中总有一首歌，一个人，一段往事，让你伤感。

半晌，他开口说："我们很相像。"

我没有回答。

"你怎么了？"

"人都相像，内心柔软，外表坚强。"

"像刺猬。"他轻声地笑。

良久，他说："我在想如果你嫁给我，会怎么样。"

"你会娶吗？"

"你会嫁吗？"

"我会嫁我爱的人。"

他疑惑地看着我，最后叹了一口气："如果是别的女孩，我会只想和她做爱，但是，我想和你躺着说话。"

他走过来，小心地，轻轻揽住我。不知为什么，我没有拒绝。他的拥抱厚实而轻柔，毫无轻薄的意味，几乎是虔诚的。他身上有香水的味道，是动物型的，味道肉感，有点辛辣刺鼻。

他不再说话，也没有动作，只是一动不动地揽着我，好像是一种祷告的仪式，连我也不能打扰。

一片静默。只有歌声。

……就在这样的一个夜里／不要把心围上层层堡垒／就在这样的一个夜里／不要说你永远无法体会／就在这样的一个夜里／不要让疲倦的心再枯萎／就在这

样的一个夜里 / 就让我说一声请你给我安慰……

不知是受了他的感染，还是被什么支配，我的心起了温柔的变化，对这个外表强悍，却依赖于一个女人的男人生出怜悯。

在别人眼里，他追逐着女人，是一个完全被肉欲占据的堕落者，而我触摸到他还未泯灭的纯良，就像一个母亲看待自己的孩子，一个医生看待自己的病人，一个神甫看待自己的教民。

就像我在看着另一个自己，伤痛的、孤独的、脆弱的。

我还在这儿，心却走得很远。

……因为我会怕黑 / 因为我无法入睡 / 因为我心中疲惫 / 因为我厌倦雨打风吹 / 因为我会怕黑 / 因为我觉得意冷心灰 / 因为我隐藏我的眼泪 / 请不要让这一切变成不对……

过了一会儿，他抬起头，神情庄重，嘴角却停留着一丝难以捉摸的笑。我想到他的书柜，那些磁带和 CD。

“你喜欢谁的歌？”我问。

“跟你一样。”

“谁？”

“说过的话我不想重复。”

我奇怪他毫不隐瞒各种艳史以至得意地夸耀，为什么单单要在这桩小事上说谎。老实说，我庆幸自己从未真正相信过他。

12

下午四点，暄到公司来找我。

暄是这么一种人，既有普通人的实际，也有普通人的幻想，但我得知她和那位中文系教授发生感情时，还是不小地吃了一惊。之前她和我打过几次电话，每次都会不经意地提到教授。

教授年届40，事业有成，出过几本书，有公认的幸福家庭，太太在医院做护士长，儿子刚被送去上了外地的贵族学校。夜校开办不久，他注意到好学的暄，而她每次都把问题留到放学，一问一答的时间逐渐延长，成了心照不宣、充满期待的惯例。

男人到了不惑之年，即使不够成功也逐渐稳定，停下脚回顾时，他们开始质疑生命，抗拒衰老，感到错过了人生中最好的年华，却不曾享受过生命的乐趣。余下的岁月精彩无多，一个年轻女孩是弥补遗憾的最后希望。

放学后，暄和教授同一段路，一块推车漫步在树影下，他滔滔不绝地说，她屏息宁神地听，夜色加深了语言的魅力。教授博闻强识，令人钦佩，从暄的形容里，可以想象教授儒雅的风度和忧悒的气质，我猜他只是想为自己发表的演说安排一位忠实听众。

同时他是理想主义，心里有许多完不成的人生追求，他照例流露出对婚姻的失望，说和妻子经人介绍相识，当初看她文静温柔，不料她缺乏情趣，事业心却强得厉害。不善言辞里若有若无的暗示，他没有作过表白，甚至也没有说过露骨的过头话，暄也知趣地不问。

恐怕暄隐隐知道，这事是没有结果的，只是还没到需要结果的时候，姑且容着自己不去想，权当一切太平。她自我安慰地保证不会效仿社会新闻里的主角。看她一边说话，一边无缘无故对着空气笑，我情知不妙。

她不断注意时间，快到五点半就站起身走了，没等我下班。可能晚上夜校有课，她没说，我也没问。

我从大街上拐进巷子，喧闹的世声立刻减弱了，隐隐约约回荡在外面，这里像施了魔法与世隔绝的禁地，幽深静谧，行人只听到自己的足音。老城的市中心依旧是十八二十年前的老样子，除了脚下的青石条换做水泥方砖，或者镶铜钹的木门改成防盗门。夜色把小巷的变更都隐去了，似乎和我出生时一样朴素，一条条纵横交错，绵延不绝。

人是乖戾的动物，周围越幽静，心里的妄念越多，像在安静的房间不能安睡。外在的静谧放大了内里的噪声，所以有时人们会去热闹欢乐的地方忘情。

走到近处，已经能听见店里的喧嚣。推开门，猫正跟一帮常客对垒，这个人一旦在电脑前坐下，连厕所也不用去，我直疑心他中了邪。我进了里屋，范荣在自己倒茶，看见我："你看——要我亲自倒茶。"

"你不叫小俞吗？"

"不高兴。"

"好好，我来倒。"

"哼。"他愤愤地点着头，端上杯子自顾出去了。女朋友在座位上等他，一脸娇俏。

韩洌也在电脑前，他另有正题。那段情殇之后，他对网恋彻底清醒了——不就是情种的摇篮、一夜情的温床，因而彻底地享受着，这样才对得起良心，也只有这样，才能血洗前耻。似乎为了证明，韩洌偏爱年长于他的女人——他叫她们"老女人"或者"姑娘们"。此刻，他想必在和某位不明就里或期待奇遇的少妇互送秋波。

在这虚拟与现实交错的世界，他触觉敏锐、谈吐犀利的才能得到充分体现。他很聪明，对任何问题都有自己独到的见解，虽然偏激但不落巢窠，这些都是主旋律的前奏。他钓女人自有一套，对方矜持他便出言挑破，对方高傲时他格外冷淡，对方萌生兴趣他却若即若离，等到对方模棱两可，他就直接告诉姑娘，他想要她——行就是行，不行就此打住，友好地再见，他不做无用功，更不会死缠烂打，把自己树立的形象毁灭。除了这种与众不同的态度，适时地，他会表现出幽默与浪漫，以及孩子般的狂妄和天真。据我所知，那些手段极其巧妙，女性是难以抗拒的。于是，短短数周内，他布下的情网已经猎获了三四只猎物，参考电邮来的照片，不乏秀外慧中者，这样的成绩恐怕个中高手亦望尘莫及。

我还记得韩洌情绪激动的措辞：……老姐，我完了……被这荡妇害死了……我对女人已经没有感觉了……我要戒网……言犹在耳，不出一个月，他已经和一个接一个的女人谈起一段又一段似是而非的恋爱，快得一如他初恋破灭的速度。一段感情之后，人们常说：我不能再爱了。他当然还会再爱，不过这一次比较无私，再以后就变得精明，需要别人的热情来填补自己的贫乏。

小俞在主机前兴致勃勃地聊着，她打字越来越娴熟了。我也坐下来，进入常去的聊天室。

皮影戏：老姐好。

美狄娅：洌洌好。

皮影戏：下星期六我要去苏州见幽谷百合。

美狄娅：炒股的富婆？

皮影戏：富婆叫爱玛，在青岛。百合是老公在德国的留守。

美狄娅：苏州工业园区的高薪白领？

皮影戏：嗯。

美狄娅：你女伴太多，老姐年纪大了，分不清。

皮影戏：她不肯发照片给我，要是头恐龙，我肯定吐血吐死。

美狄娅：你和富婆进展如何？

皮影戏：我们正在调情。

美狄娅：你不是说要去见她。

皮影戏：前天我刚从青岛回来。

美狄娅：噢，她怎么样？

皮影戏：长相一般，不过胸很大。

美狄娅：你又得手了。

皮影戏：是。

美狄娅：洌洌，她大你十多岁，又是有家的人，你小心闹出事来。

皮影戏：和她上床不是我的本意。她说她以前没爱过任何人，虽然她丈夫很爱她，甚至尊重她的意思一直没要孩子。老姐，我只是不想伤害她，所以没有拒绝。

美狄娅：这算一种善良？

皮影戏：你弟弟是人渣。

美狄娅：你爱她吗？我想不。

皮影戏：嗯。

美狄娅：现在快活不假，长此以往，会彻底改变你的生活。

皮影戏：已经改变了。

美狄娅：洌洌，你是要用一步走错来做一直走错的借口。

皮影戏：老姐，你知道我为什么和你相处？因为你能明白我，你不会不分青红皂白，不会一味说教，也不会逼我。

美狄娅：你是成年人，应该能分清是非，多说无益。

皮影戏：是的。

韩洌声称自己被生活践踏了，所以毅然决然地践踏生活。我真心实意把他当弟弟看待，虽然隐约看到恶果，却因为他的遭遇偏袒他，因为他的秉性对他姑息。不错，他是成年人，多说无益，但如果他真是我有血亲的兄弟，我还会坐视不管吗？

“老板娘，倒两杯水！”

我抬起头，罗彬在什么时候进来坐下了。如果还没更换的话，身边不是他的现任女友。只一瞥，我已经把那女孩上下打量了一番：她穿一件薄薄的低胸贴身的东西，从黑色衣料里透出肉色，短裙下是齐膝的高筒靴，中间露出一截白白的大腿。这姑娘的装束俗不可耐，火热无比，是男人都会多看她两眼，而女人，因为对“这一类女人”天生的好奇心和优越感，也不会视而不见。

我端来水，客气地关照刚烧开，别烫着了。罗彬斜睨了一眼，表情很古怪。

韩洌说得不错，罗彬的马子在外表上确实可圈可点。她有一张艳丽的脸，身材匀称，略显丰满，富有弹性的胸部在富有弹性的衣服下起伏。“艳丽”喜欢半张着嘴，不时讨好地看着罗彬，露出痴蠢的笑容，罗彬则明显把她当成玩物，随随便便地应付。这一位与上次的“纯情”风格迥异，是韩洌所谓的“烂货”。爱肉的男人和有肉的女人，很般配，我粗俗地想。

女人看待女人总是刻薄而准确，比她好的便去妒忌，不如她的就要鄙夷。有一瞬间，我心生怀疑。罗彬有什么用心——他那种表情——是想挑动一个女人的嫉妒？凭这样的货色？我嫉妒吗——不，丝毫不。

如果是别的女孩，我会只想和她做爱。

但是，我想和你躺着说话。

这是真话。对别的女人，他想和她们上床，对我，他不只想上床。我不否认，这个唐璜虽然长相难看，但他运动员式的身材、肆无忌惮的言行和大胆直率的态度对女人很有吸引力。他和猫是完全相反的两种类型，我不知道这种对立是否他让我感兴趣的原因。

每次他的出现都叫我兴奋，虽然这兴奋不令人愉快。我喜欢听他的赞美，还有什么比猎手的恭维更叫人醉心；我喜欢在一场游戏中占据优势，而不用付出什么代价；我喜欢被异性热切的目光追随，只要在安全的范围内；我喜欢成为一个男人眼中聪明漂亮的女人，谁不喜欢。

那天之后，我不禁想入非非，近乎涌起一种高尚的念头：我是那个唯一能把罗彬引到正道上来的人。他对我似乎不仅仅是性别上的兴趣，还有精神上的需要。能对一个浪子有向善的影响，这桩事极大地满足了女人的虚荣，不能不使人沾沾自喜。但不久，我便自我否定了——罗彬对我非但不曾变得尊重，反而更放肆。那天那些话，恐怕是他一时软弱所至，或者更坏——是惯用的伎俩。

让我心安理得的是，那个拥抱证实了罗彬并不能让我动心，但当他用狎昵的眼光看我，似乎在说：我们有一个共同的秘密，我就感到忍受不了。

猫还在打游戏，他对一切都浑然不觉。我很想告诉他，但是又想，假使告诉猫，他大概会拍拍我的头说：小猪真坏！一般来说，女人担心告诉男人会惹出祸来，而我却担心他不以为意。他对我放心得放任——或许，男人还是傻的好，太活泛会招惹是非，本来，他们就很难对一个女人专心。我呢，我会管好自己，这事就到此为止。然而，我隐隐约约又觉得还没有完。

五年来，我和猫之间没有秘密，至少我对他完全坦白，这是第一件有所隐瞒的事。

事实上，我感到郁郁不乐。

13

赵燕坐在桌子对面，隔一会儿叹一口气。

有了第一次的安全做保证，赵燕又去了茶楼。这次，那个人大胆多了，不但和盘托出心下的爱慕，还捉住她搁在桌上的手，要她应承相信他才肯放。赵燕和丈夫是相亲认识，一路平静地走过来的，没见过这样热烈的场面，真是又危险又新鲜。他送她到家——反正他也回家，赵燕在楼梯上决定还是要让丈夫知道。

过一天，赵燕找了个时间，措辞谨慎地告诉丈夫，可他只是笑着说，哦，我看他不如我。而后就岔到其他事上，也不追问，丢下她白白生了一回闷气。赵燕拿两个人做比较，觉得丈夫粗心漠然，他却热情浪漫，明知道他有心哄她（也许，他说的都是真的呢），她还愿意相信，有人骗总强过没人搭理。一边是失望的现实，另一边是梦。

赵燕给我看他发在寻呼机上的留言，都是热恋中情人的痴话，只有石头看了不动心，赵燕不是石头，所以也会动心。他一天发几个，赵燕把寻呼机调成震动，免得办公室同事说闲话。她告诉他自己和先生感情坚实，他不信；她告诫他不要固执，他不听；反过来，他还说赵燕守旧，应该大胆地追求幸福，而不是束缚自己。赵燕知道这样下去不妥，又贪图这感觉，想让它延续得久一点。

“我看这事在你——你自己就拿不定主张。”

“嗳，你又来笑我。”

“我怕你吃亏。这种事最后倒霉的都是女人。”

“这话不假——对了，你晓得张琦为什么要走？”

“她不是找到新单位了，工资职位都比这边好。”

“她是因为姚建国走的。”

张琦在一个多月前离开了公司。她和赵燕一般大，风风火火的一个人。她不爱修饰，五官粗大，又粗又硬的头发扎成一把，脾气像头发一样，说话直接，喜欢较真，得罪了不少人。有时我还能跟她说说笑笑，别人都对她敬而远之，走得近的就只有同在一个办公室的赵燕。张琦虽然没有女人味，但家庭幸福，丈夫是复旦毕业的硕士，在研究所做副所长，人看着不声不响的，每年都有机会出国考察。

说到姚建国，那是公司元老了，老板真正发家前他就一直跟着，早先是建材科科长，去年提了副总。他40岁出头，人不坏，但酷爱吹牛——俗话叫“托天”，又喜欢喝酒，假使听信他酒后的话，吐血也来不及。他离过婚，孩子跟着前妻，单身日子有了年头，上个月却突然发出结婚请柬，娶了个花店的老板娘。公司里的人喝了他的喜酒，背后讨论他结婚证办没办。

这两个人不在一处，又无甚来往，不会有工作上的矛盾。我只有一个印象，记得有一回听姚建国抱怨张琦态度不好。

接下来，赵燕的注解让人吃惊。从今年夏初起张琦晚上经常借口加班，等人都走了就去姚建国的办公室，一聊几个小时，赵燕心里有数，但不好明说。他们这样交往有一两个月时间，直到姚建国结婚。他要结婚的事之前她一点儿都不晓得，跟别人一样也是拿到请柬才知道。张琦说什么也接受不了，要找他问个明白，新郎请了假办喜事去了。以前她断断续续对赵燕透露过一些，如今心里凄苦，一下子全说了出来。婚宴那天张琦没去，她不能拿自己的痛凑别人的热闹。赵燕替她鸣不平，又为她不值，那一阵天天陪着她，安慰她，怕她冲动做错事，好不容易劝得她平静。张琦不愿触目伤情，就决定一走了之。

“谁想得到，她这个人大大咧咧，又乐观自信，会有这种事。你别看张琦平常好像什么都不在乎，她也是女人。”赵燕补充说，“有一次张琦还问我，你是不是跟姚建国挺好——我说你怎么可能，你跟谁不好——不过可见她是真的——你这么聪明，也没看出来吧。”

“你要说张琦，大概全公司也没人看得出来。”凭她的相貌和作风，很难想象会跟婚姻以外的男人扯上关系。

赵燕会意地说：“所以说只要是女人，遇到感情，一样要痛苦。”

我站起来走到窗边倒水，向外看了一眼，下午的太阳很好，很有些夏末的余威，但却已是秋的景象，薄薄地蒙着一层雾气。

“我记得张琦跟她先生一直不错嘛。”

“其实她走到这一步，也是因为她丈夫。”赵燕告诉我，张琦丈夫所里有个下属，年纪轻轻就死了男人，一个人拖着孩子。他同情她，私底下一直相帮，她也织些手套围巾回送给他，结果晒伏时手套泄了密。夫妻争执中，丈夫说脱口，指张琦没有她温柔、善解人意。双方后来虽然和解，但落下心病，貌合神离。一次张琦跟姚建国说起心事，从此觉得找到了安慰。张琦一直硬气地讲，要是先生提出离婚，她立刻就走，哪晓得另一个男人反而先抛下她。

“我有时候觉得说不定刘恒也有什么瞒着我，看上去老实——老实更好伪装。”赵燕使气地推断。

“老话说，男人都不是好东西。”

“一点不假。我听说那个人谈了有十几个，挑来挑去，都30岁了，还以为自己小呢。”

“我是不会给这种人机会的。”

“我就是没你聪明。”

说到真诚，我不如赵燕。她是60年代出生的人，带着那个时代的烙印，对一切东西都抱有美好的理想，在精神上是天生的富有者，不像我这一代人那么自我。所以，她显得更天真，也更诚实。比如，我告诉她关于罗彬的事，一定有所保留，对细节只透露满足虚荣的部分，态度上也表现得坚定、从容。

事实上，这一阵他放慢了脚步，除了一贯的随便，并没有进一步的表示，似乎对我失去了觊觎的企图。除了猫，我从未允许其他男人靠近——他们每每知难而退，半途而废。不过我始终是个女人，所以我对与罗彬之间保持的适当距离既感到安心，又觉得失落。

有人敲我身后的玻璃，我回过头，脸上的笑容几乎僵直了，罗彬隔着玻璃点点头。一刹那，我以为真有千里传音这回事。

“一个熟人，我去看看有什么事。”我站起来，告诉赵燕。

罗彬站在走廊里，装出文雅的笑容，身后还有一个陌生人在四下张望。“我同事，想看看你们公司的房子。另外，”他探求地看我，低声说，“能借我400块钱吗，我最近手头紧，准备跟人合开公司，下个月就还你。”

“400？你要干吗？开公司？”

“有个女孩怀孕了，我不想声张——对她不好。”

这么说，他借钱是出于善良，找我借钱是出于信任。

“好吧，看在那女孩面上。我只有300，请你早点还。”

销售部就在附近的工地外，里面人来客往，一派春天景象。自从开始实行业绩提成，众人发现原来自己还有巨大的潜力可挖，都斗志昂扬，最近借了新楼盘的东风，看客户的表情和看工资条一样充满期待。曹薇闲着，我跟她打招呼，她看我带了人来，殷勤地迎上来，往我身后看。不知是不是错觉，她的脸色好像变了一下。接下来，我尽了地主之谊，留双方坐下详谈。

回到办公室，我没有再去找赵燕。我想安静一下，但是不能。思想在下午接触的各种人事之间打转，时而是那个人在烛光下握住赵燕的手的情境，时而望见罗彬说话时虚假的笑脸，时而张琦的苦痛仿佛换在我身上，压迫得我只想大哭一场。

下班时，我经过销售部，看他们还在，罗彬探着身饶有兴趣地参加，时不时插问，仿佛比买主本人还要关心。夕阳的余晖透过玻璃照在这一群人的身上。

14

范荣今天约了一帮人来打热门游戏，自己来早了，无聊地在网上看 AV（成人电影）女优写真。我翻着小俞计的账，最近她老是心神不宁，还嘀咕过几句丈夫要她回老家的话，现在又拿了 IP（网际协议）卡到巷口小卖部打长途电话。

从记录上看，韩洌从中午聊到现在。他新近把头发染成粟色，光线不同深浅也不一样，据说是最流行的，我一看他的头，就不由自主地想起那句“转眼看花花不定”。他依然进行着网上的精神自渎和网下的欲望交割。他没有多少游戏天分，总是对战时的冤桶，对女人却有着不寻常的魔力。他告诉我，手机是炒股的富婆给他买的，2000 多元，又寄了 1000 元给他付话费，以便随时联系。那富婆对他有母性的爱，想用一根电话线把他拴在身边。我不知道这里有没有钱的暗示，猫听了背后讥笑他做了鸭子。

堕落，是明知会堕落还要跳下去。韩洌时常跟我抱怨，叫嚷自己孤独、不被理解，承认自己可耻、生活颓废，同时对这一切又很享受。外人见他活得有声有色，他也确实如此。我想他是孤独，一个人应付那么多女人，却没有一个想真正厮守。她们被他连心带肉一起俘获了，却只能得到他的身体。他一边懊恼那些女人愚蠢，一边害怕真有了感情自己承担不起，揣着一颗没有归属的心，疲倦，又无处停歇。

对韩洌的成绩罗彬显然感到吃惊，而且不由得嫉妒。有两次他不动声色地向我打听有关韩洌和那些“老女人”的事，听后很有风度地夸奖事主，一面不以为然地笑，像是说“网络，小孩子的把戏”。他自己是十足的文字低能儿，只好临渊羡鱼，但在现实中他仍旧是个很有吸引力的人。从上回去公司找我借钱，他又开始频频接近我，他的确和别的男人不同，身上有着粗野的优雅——如果有这么一种优雅的话，用中立的眼光来看，其中充满了力量、野性、敏捷和勃勃生机，令人赏心悦目。

人们总是屈服于最浅薄的欲望，有时是自尊心，有时是虚荣心，有时是野心，还有些时候是善心——它们相互扭作一团，谁占了上风，谁就一时主宰起那颗跳动着的软弱的东西。

韩洌接了一个电话，很快站起身：“老姐，结账。”

“就走了？”

“我签了卖身契，到陶吧拉琴。噢对了，今年我要去北京过圣诞。”

“瞻仰首都？”

“我跟一个杭州美女约好一起去——你见过照片的。”

“你哪来那么多闲钱？”

他警觉地说：“我打工挣的。拉一小时15块，劳动力狂廉价！”

我把韩冽送到门口，他摆摆手，骑上车走了，臀包挂在背后。

有人从巷子的另一头走过来，是罗彬，可能刚从厕所回来。

“嗳。”他漫不经心地笑着，“你最近和韩冽走得挺近嘛。”

“我是他老姐。”

“就这么简单？”

“你以为。”

他忽然凑近我：“我不喜欢看到你和别人在一起。”跟着推开门径直走进去。

从来没有人这么对我说话。他的目光明白无误，让我无法怀疑自己的角色：一只猎物。它激起了一种更屈辱的念头——似乎成为一只猎物正是我所希望的，一只千方百计想要逃脱又想方设法逗引猎手的猎物——我被一种说中心事的狂怒攫住了。

我站在黑地里，感到腿上的肌肉收紧，全身开始瑟瑟地发抖。他怎么敢这么放肆！他当我是什么！他算什么东西！我现在不能和他理论……猫，是了，猫是我的依靠，我一看见猫，就能忘记所有烦恼。

猫在玩一个新游戏。“我有话跟你说。”“等一下，把这局玩掉。”“就停一下，一会儿还让你玩。”“……”“你先下不行吗？”“马上就好了。”“范荣约的人来晚了，人家不是在等吗。”“……”“你开网吧是给自己玩的？”“就这一局。”“一局多长时间？”“快了。”“这局不是才开始吗？”“……”“你又骗人。”“……”“我说话你不听是吧。”

我简直忘了为什么要找他，马上想起来越发恨了——他不管我，根本不关心我，别人欺负我不也是看他敷衍怕事——罗彬敢动范荣的老婆吗？受了别人的气不够，你也要给我气受，我制不了其他人还制不了你么——“我说话你不听是吧。”——血直冲上来，凭了一冲到顶的狂怒我拿起鼠标就砸，后盖“劈”的一声在桌上迸开来。众人惊得目瞪口呆，不知道发生了什么。

猫没动，也不说话，我毫无表情地站在他背后，料想他的脸难看至极，心不由瑟缩了一下。片刻，猫抽开椅子站起来，谁也不看，穿过屋子进了里间。我跟进去，他坐在沙发上，掏出香烟点着，一言不发。他会笑的眼睛此刻结了冰——同样一张脸，它已经忘了那死灰，我还记得。想到这里，我五脏六腑都要翻腾了。

“你到底想怎么样？啊？我现在说的话全没用是吧。我看你的魂给电脑勾去了！你不小了，也该有点责任心了。我早就想说你不是一天了。开店就是让你跟一帮人一块玩物丧志的吗？你每天玩能玩出什么出息？你去年的事还不够，你还不发奋，你说你对得起谁？对你好有什么用？你顶好就这么下去，一辈子混混算了。”

他继续一言不发，叼着烟置我于度外。毫无反应比其他任何一种反应都令人挫伤，他知道怎样最能刺痛我。我想拉他起来，他看都不看让过我的手。我原先怕他难过，已失了勇气，现在瞧他这样，不由既伤心又恼火——“好，我走了，你以后别想再跟我说话。”——我站起身——他不动，我直直地走出去。

我出门急走，走出二十步，还不见他来追，脚底下不由得放慢了。刚才说狠话仗的声势，如今全泄了底，他是不会来追了，回又回不去，手机不在，钱也没带，打电话把他骂出来也不能了。胸口闷得慌，想大哭一场，却哭不出。

这么多年逢到争吵都像我一个人在场，他不争辩也不屑争辩，自己消失于无形，对手竟在苦苦地自说自话。如果我这时走，他十有八九留在原地，反正她会回来——我知道他心里的想法——我是会回去，连那件事，我都没有离开。他已经全忘了，而我，什么都记得。

我记得……一年前那个夏天……的气息……溽暑下的彻骨寒冷……焦灼，把胸腔炸裂把心肺扯出来绞碎卡住脖颈喑哑窒息的焦灼。黑沉沉偌大一个鬼魅横在胸口，横在前面茫茫的去处，摸不着，却分明知道。我就在那鬼魅附近等着猫。猫在哪儿，他在哪儿，没有一点消息，他从未有过的彻夜不归，他母亲一早在电话里焦躁：你晓得他人在哪儿？我不知道。他的手机为什么沉默，寻呼台的线路出了故障么，他去哪儿了，去哪儿了。我去所有他可能去的地方，我在街上走着，我骑车，我辨认每一辆摩托，心一会儿停顿了，一会儿又止不住突突地跳。空气是透明的热油，缓缓流动，偶尔一阵风，吹破了一个油泡，放出一股毒热，裹紧打冷战的身体。

我用沿路的公用电话，手指拨同一个号码，我对不同的寻呼员说话，我在想象里听到铃声响起，打断眼前的迷惘。电话有各种式样，全都是寂静的。我像一个人在旷野里跑，脚底忽而是乱石忽而是莽原，跌跌撞撞停不下来，我惊恐地狂叫，声嘶力竭，却发不出人声，到处是寂静，静止的寂静。

猫是不是出了什么事，卷进了意外，他会不会受伤，有没有一个好心人的帮忙，也许他忘记自己是谁，忘记回家的路，独自在陌生的地方，也许他没有了知觉，也许他已经不能再回电话，不能再说话，血红的幻象紧紧蒙住了双眼。我问110、问120、问112、问医院，没有，他们说没有，他们都说没有。阳光好得骇人，它一刻钻进云里马上又出来，像我错乱的举止。我企求、我惶惑、我镇静、我在酷热里冷汗淋漓、我对人微笑、我深呼吸，我在每一个公用电话前等十分钟，我看表，我告诉寻呼员完全一样和完全不同的话。从一天的清晨到夜幕降临。

我记得最后一次留言：看在四年的情分上，无论如何请回个电话。在夜色笼罩的幽静的巷子里，只有杂货店橙黄色的灯光，我抬起头，光秃秃的灯泡照得人晕眩。时间被表一秒一秒地吞食干净，我又开始往前走，一步两步十步，忽然我听到铃声，是真的铃声，每一个毛孔都颤动了，是猫。我像梦游者浑身僵硬地往回跑，却歪歪斜斜的踉跄起来。是猫。是猫。

他没事，我立刻听出来，但是他的声音多么奇怪，镇静、柔和、疏远的，他似乎存心要安抚我，又像在安慰自己。我在外面有事，现在还没结束。你别担心了，要么你去 ×× 酒吧等我——就在……我靠那儿很近，我要挂了，再见。我挂上电话，他很安全，我放了心，但随即又生出了新的疑虑。他在哪儿？为什么不说？到底他遇到了什么事？什么事让他脱不了身？心像吊井里的水桶，一边提上来，一边又沉下去。

我拦下计程车，说了地址，司机很健谈，一路上数落交警的专横，我心事重重地随声附和。车拐了弯，我打起精神向外看，沿路经过一个住宅区、一个公安分局、一两座商业楼就到了目的地。

酒吧的招牌不大，在一个黑暗的楼梯道旁，霓虹灯一闪一灭，像瞌睡的眼睛。我摸索着上了楼，不知道什么地方在漏水，楼梯上湿漉漉的，转角处有一扇对开门，里面传出含混的萨克斯音乐，暗红的光透过磨砂玻璃，影影绰绰。我推开门，两个化着浓妆的女孩从吧台后面好奇地看着我，她们都很瘦，有点无精打采，深色的眼线下是黑眼圈。按捺下涌上来的焦炙，我开始环视四周，这个酒吧不大，看来生意不好，几个角落里坐着人，在微弱的烛光下小声交谈，一个看不出年龄的女人把手放在裸露的膝盖上。这是我第一次踏进这样的地方，觉得浑身不适，忽然我意识到，奇怪的不是别人，是我。

猫不在，也不知道什么时候会来，一切都是未知。猫说他就在附近，他会在哪儿呢？附近没有繁华热闹的去处，只有一两个住宅区和沿街开发的商业楼、一个公安分局，还有……神经蓦地警觉起来——我不动声色地出了门，扶着墙走下潮湿的台阶，黑洞洞的楼梯直伸下去，看了叫人两腿发软。下面的去处在哪儿，我不敢想，也抵挡住不想……

一个黑影轻巧地从身边经过，它跑到路灯下停住，回头看我——是一只猫，黄白相间的杂色，它转身跑开了，隐没在前头的黑暗里。秋风渐起，几片落叶在不远处盘旋。

就像猫认为的，我会回到他身边。在物质上，我能够独立，在精神上，却是一个依附于人的懦弱者。望着无人的幽深小巷，路灯蒙着薄雾的点点黄光，我不禁凄然地想。

15

下午老板去开会了，到政协积累政治资本。各个办公室的人寥寥无几，公司里一片寂静，偶尔被一阵无人接听的电话铃声打破。

我拉上窗页，遮住秋天午后萧瑟的阳光。面前是四摞分好类的应聘资料，总共有六七十份，需要逐一写上简评，为了明天面试时叫老板一目了然。还有一些不合要求的剔除在一边，也有四十多份。这次招聘除了办公室秘书，一概要求有三年以上工作经验，老板的意思是挖墙脚。

四个职位来了一百多人。

我拟的招聘简章很清楚，报纸刊出也明白无误，但仍旧有很多应届生找过来，执意要留下资料——他们的资料总是其中最光鲜的，封面是有象征意义的彩色图案，首页上印着一句座右铭，里面是各种奖励与荣誉证明——有些作了假，并且我也确实发现过一页一模一样的建筑设计图出现在两份资料里。总之人人都花了一番心思设计编排，让学校附近的文印社狠赚了一笔。

大学刚毕业的学生是社会上最单纯的一群人，到了应该独立的时候，既没有机会过早接触到世事人情而抛却幻想，又因为多读了几年书多出几分抱负。到了最后一学期，他们多半才猛然悟到毕业就等于失业，原来玩心重爱胡闹的，也都老老实实地筹划将来，准备面试题目。等他们正式跨出校门，忐忑而兴冲冲地参加第一轮招聘会，在每一个有可能的洽谈桌前留下资料，然后是等待面试通知或面试后等待通知，接下来开始留意报纸与电视上的广告。何去何从的茫然与猝不及防的失落交织在一起，这时才真正对现实的严酷有了些体会。后来机会慢慢地少下去，耳边越来越多地听说有人依靠父母、有人凭本事都找到了好去处，或者看见同寝室不如自己的入了选，骄傲的心一点点熄灭，又一回回重新萌发希望，并且为这反复的折磨而备受煎熬。

假如找到一份工作又怎样呢。有些成为廉价劳动力在试用期将满时遭辞退，或者中了计，做了用人单位多选一的棋子；有些好高骛远却不知天高地厚，在人际上幼稚、工作上低能，很快被老江湖们看穿了；有些倒兢兢业业，勤勤恳恳，但不是找不到自我，就是受了不公的待遇。第一种可以怨运气，第二种只能怨自己，最后一种没得怨，只好怨天。这最后一种的后一种情形尤其普遍，有些想法的年轻人多数开头便吃过这类苦头。

人性本真或许是善，但恶的种子长得最快，前者是芳草，后者倒成为大树。柿子要拣软的捏、马要找善的骑，太天真老实就要受欺；水至清则无鱼，人至察无徒，太认真刻板则寸步难行。活着哪能没有点通达，总比不近人情的狷介更像美德。于是老下脸一步步学着世故，学着察言观色、三思后行、模棱两可、左右逢源，在领导讲笑话时痛快地笑，看同事穿了新衣卖力地笑，见可厌的客户登门灿烂地笑。等自己挣足了经验和时间，挣出头才渐渐还回本色，可惜本色里已多了污浊。

这是一个怎样的社会啊！看到每夜豪华饭店里觥筹交错的场面，看到街上奔驰黑色玻璃后隐约可见的名贵西服，看到橱窗里似乎永远也不会有人购买的天价商品，看到成功者穷奢极侈的气派，听到他们不可一世的笑声，年轻的充满幻想的心不能不对照自己的处境，而把它当作一种理想境界，想象有一天自己也可以登上人生的顶峰。这种气氛无处不在，它套上梦想的外衣，比任何东西更有腐蚀力。欲望歌唱着，在每个人的胸腔里跳动。

电话铃响。是电视台的广告部主任，他想了解买房子直接找老板能有多少幅度的优惠。我不经意地抬头，看到对面的大玻璃里自己脸上正在露出甜美的微笑。

走廊里高跟鞋磕托磕托声，由远而近，很快曹薇经过大玻璃，偏过脸冲我一笑，酒红色的毛衫一闪而过，在白墙上留下一块隐隐的红渍，半晌才褪去。曹薇的五官并不美，却十分吸引人，她有一种又冷又艳又野的动人之处，掩盖了宽脸庞、大而微突的眼睛、下垂的嘴角，以及所有这些缺点。再加上她高挑的、凹凸有致的身材和诱惑性的曼声低语，就不难理解为什么会成为男女共同瞩目的焦点。

除此之外，关于她的新闻也接二连三。销售部来的人多，嘴也杂，一个开饭店的客户说，曹薇每次去他店里都和不同的男人；另外一位讲，上个月好几天清早他买菜时碰见曹薇从他住的小区里出来；还有一个高深莫测地扔下一句话：她不简单啊。公司里追求她未果的小开摇头叹息她心比天高，其他男同事看她的眼光好奇多过遐想，像在光天化日下看见一只夜行动物。

曹薇是去年春天应聘进公司的，当时曾经引起一场震动，大家传说销售部要来一个黄头发黑嘴唇的新同事，纷纷找我证实。之前我曾经委婉地向老板提出异议，老板随声附和，一面恋恋不舍地把她的简历抓在手里端详照片——不久，被择出去的简历又出现在面试用的那沓里。

说实话，早先见过曹薇的人不约而同联想到坐台女，而她的履历中填着前一份工作：导游。等她正式上班时，头发洗成棕褐色，嘴也用了较浅的紫，看来细心改变过。

进销售部之前要到各部门实习，曹薇先到了我的企宣部。一开始，她表现很谨慎，谈吐尚得体，我们还算聊得来，我对她的看法也有转变。她大我一岁，但没有男朋友，她告诉我，原来的男友是大男子主义，不希望她有过多个人空间，所以好了三年最终还是告吹，他现在仍旧来约她，不过两人见面就起争执。她每回提起，都要惋惜：对方已经做到保险公司高层，事业与收入节节高攀，对自己又确实宠爱，要什么买什么，各方面条件再好没有了，可惜自己天性如此，受不得限制。我听了她的话，觉得她固然现实，现实到真诚也不容易。

我没什么事给曹薇做，她也乐得逍遥，经常用公司电话打给朋友，包括说英语的朋友——很多次我听见她低声说着流利的英语，忽而旁若无人地笑出来。我一面猜疑，一面在心里善意地辩护：她做过导游吗，认识个把外国人也不奇怪。有一次她不在，我替她收了一大捧玫瑰，过一天，她拿来一个精致的首饰盒告诉我是另一个追求者送的——那人讨厌，纠缠不清，现在又送东西，不知怎么好。我试探地教她把礼物原封退回，她嘴上应承，心下却不情愿，我看穿了她的心思，于是又收回些好感。果然，几个月之后，我在销售部曹薇的抽屉里瞥见了久违的首饰盒。

曹薇用化妆包，里面内容一应俱全，好比搬进去一个梳妆台，这在我们这个老城很少见。她经常好兴致地给相熟的女同事打粉底、画唇线、卷睫毛、涂眼影，绝不吝惜自己的高档化妆品。她还会拖着别人逛街，声明要替她们重塑形象。

面对不投合的人，曹薇显得很生硬，比方说肖琴。肖琴从一开始就对曹薇表现出明确的敌意，曹薇并不买她的账，当面疏远，背后跟别人笑那翻了的醋坛。与此同时，老板娘如临大敌，亲自到公司探望传言的中心人物，那段时间员工们纷纷接到电话，电话中老板娘对丈夫的新艳情言之凿凿，仿佛她一五一十全看见了，然而，人们并没有发现二者有过从甚密的迹象。

总之，你也许不喜欢曹薇，但也不至于讨厌她，而且还有感于她的某些神秘——她身上特殊的气质，那种把衣着都感染了的气质——通俗来说，就是风尘味。

一来公司，曹薇就在衣着的款式、价格和数量上把别人统统比下去。用“一来”不够准确，实际情况是过了一个来月，她便不再迁就周围人，而恢复了原先一天一套的习惯——从长远看，“一个来月”和“一来”没有多少区别。同样，她逐渐不按时上班，有时连着几天见不到面，这事似乎得到默许，无人过问，又似乎因为她的种种与众不同而顺理成章。

磕托磕托的高跟鞋声从走廊深处传过来，曹薇经过大玻璃，她拿着手机靠近耳边，把另一只手插进头发，露出享受而轻蔑的笑，那是我熟悉的笑容。

离开企宣部的最后几天，她显得无精打采，若有所思，微突的大眼睛走失了神采，目光冷淡而漠然。一天快下班时她忽然问我：如果有一天他背叛你，你会怎么做。

我想了一下，回答：我不会原谅他，但我会留在他身边。

她惊奇地看我：我做不到，他找到你真幸福。

然后，她向我吐露了心事。原先的男友管束她不假，真正导致分手的是他的一次酒后越轨。事件女主角是本市的媒体新秀，电台红人，在电视台也担任一档节目主持，近来出镜率相当高，我回味起那张面孔，觉得眉眼间果真有祸水的痕迹。虽然男友一心悔改，频频找她希望复合，曹薇却决意不委曲求全。

曹薇毫不讳言，如果得不到确凿的爱情，就找一张确凿的饭票，男人都靠不住，只有钱最可靠——如果什么人爱她，又有足够的经济基础，愿意出资让她进行一番自己的事业，那就嫁给他。曹薇说这话时不出声地冷笑，语气异常决绝，仿佛在讨论卖身，而不是嫁人，听者感到说不出的苍凉。我终于明白她冲男人笑时的表情——我一直觉得她的笑有些吓人，两颊牵动嘴角，眼里闪着寒光——那是在估摸对方的身价。

我相信她真如自己所说不愿受羁绊，然而情绊不了的，钱却可以绊住。和大多数同性不同，她是个猫样的女人，致力于成为猫样的异性的鸩毒。即便如此，也许在所有观点与她相背的人当中，我最能理解她。再好的男人也在等待一次艳遇，再坏的女人也渴望有个家。

争执的第二天，我和猫言归于好。我知道，他不去追我因为心里有气——被人一条条说得还不了嘴，有罪的人因此气闷，只要不去理他，不过半天他就忘了，但每回我都固执地为难自己，为的是要看他到底在不在乎我。曹薇问的问题，当时我的回答出于本心，后来也这么做了，但为一个不回身找你的人值不值得，我不知道。

赵燕说得不假，到手的女人男人便不再稀罕。你就是稀世珍宝，他也只在高兴时拿出来把玩。让男人对自己保持热情的方法是若即若离，既不让他得到又不让他认为没有机会得到，可惜点到为止的甜头远远不够，没有人对旷日持久的游戏有旷日持久的兴趣。

自从去年一劫，猫和我的未来就此牢靠——他彻底把我看成内人，于是省下本来就稀少的好听话，免得浪费脑筋。有些事因为知道他不会上心，我也开始懒得跟他说。我们天天见面，却离得越来越远，渐渐相敬如宾起来。

去年此时我只想过平淡的生活，像所有风雨兼程的疲惫旅人，平静可以治愈心悸，安宁是一贴良药。我得到了，也曾经安于现状，如今又不够了。就像这连日的晴天，没有一丝风，好得叫人气闷。

16

白天下了一场大雨，空气里带着一股鱼腥味，到处湿漉漉的返潮，墙壁也渗出水来，走到哪里，脚下都滞涩而滑腻。傍晚雨住了，天迅速暗下来，很快从灰过渡到黑，街市上的灯不知什么时候亮起来，城市的夜景映照得天幕漆黑一团，那深处仿佛孕育了什么，没有半点星光。

下午暄打电话约我晚上逛商场，听话音我晓得不对。见了面，她一脸的心事，以为自己看上去很平静。

在两排刚上柜的秋冬装之间，我问她："你跟教授怎么样？""没怎么样。"她垂着眼皮，用手揉搓一件上衣的料子，那件衣服适合中年发福的妇人。

她很迟疑，看情形不是不想说，是不晓得怎么启齿。我不追问，由她自己斗争，她又意兴阑珊地转了两个专厅，才开口。原来，和她一起上学的有几个同校的老师，她和教授不寻常的来往已经引起注意。证据就是夜校一下课同事们抓起包就走，仿佛知道她不走，还有一回一个女同事等男友来接走晚了，在路上见他俩并肩而行，低下头装作没看见。

暄直觉学校已经有人风言风语，同事看她的眼神有些古怪，似乎常常背着她议论什么，等她一来就住了口，暄只好每天强装安详。学校老师比较节制，但目光如炬，不消说什么，看你一眼就全在里头了。这事毕竟不是正大光明的，恐怕旁人不察，她自己倒先心虚了一截也未可知。一想到可能出现的各种后果——她其实并不敢深想，她就六神无主，觉得要大祸临头，头顶上越积越多的乌云，不知什么时候便会劈下闪电来。

暄讲话时若有所思，有一次短促地笑了一声，接着似乎被自己吓住了，半天不出声。我细细看她，憔悴了许多，肤色暗淡，脸上的斑点全显现出来，一双眼睛黑得没有光泽，而且呆钝，老在出神。她的胸比往常更平了。

感情投入就像股票投资，风险与收益并存，假如先尝了涨的甜头，套牢后便舍不得抛，结果大多既忍了长痛又血本无归，得不偿失——也许炒股者还耗得起，第三者呢？更可畏的是世俗眼光，女人总是口头十字架上的牺牲品，假如暄不是我的朋友，我又以讹传讹听说了一个大概，恐怕也要道貌岸然地声讨一番。

暄不住地问我应该怎么办，自己却心不在焉。她只需要安慰，并不真正想得到什么建议，即使给了她，她也只会下意识的按照自己的打算来做。暄既非不通世情的无知少女，亦非不负责任的轻浮女子，可惜道理人人懂，当局者却看不破。她的口气里有种听天由命的味道，说实话，我并不担心她，我相信她不会闹得沸沸扬扬，或者做出什么惊人之举，但我也说不准眼下这事会怎样收场——也许，不了了之。

这一年来，我确实变了很多，心越发硬了，经常产生事不关己的漠然，有时对人，有时对自己。各人有各人的生活，旁人替代不了，改变不了，播种的时候就该了解将要收获什么，如果要到收获时才能知道，那就等到那时。日子只有靠自己过下去。

一个晚上，两个人没有买到合意的衣服，也没有讨论出任何结果。

9点不到，推开门，我看见猫坐在电脑前，周围是男人、烟雾和喧闹。进到里屋，我在长沙发上躺下，翻开《德泊家的苔丝》。

我曾经问猫，如果他因为一个女子的清新和纯洁爱上她，会不会在得知她过去的污点后，由于想象覆灭而遗弃她。猫说不会，与普通男人相比猫几乎没有占有欲，他不在乎爱人的过去，甚至将来。经过去年的事，我疑心他多少因为自己的劣迹感到没有资格要求对方，或者希望通过宽容来得到原谅。其实，我已经原谅了他，连带原谅了男性。老实的男人莫过祥子，一样受了引诱，泼辣的女人莫过虎妞，一样以死告终。

伟大的爱情多数以死——女人的死来结束。随便列举出一些名字，比如林黛玉和朱丽叶，她们总是义无反顾，倾其所有，付出远远超过男性，结局却是被忽略、被辜负、被出卖、被遗弃，被男人的冲动和愚蠢毁灭。

“在一切有理智、有灵性的生物当中，我们女人算是最不幸的。”美狄亚说。她没有选择死，但选择了比死更痛苦的方式。

日光灯刺眼的白光让人犯困，我叹了口气，把书盖在脸上，迷迷糊糊有了睡意。

朦胧中，有人走进来，我觉察他站着看我，忽然睡意全消。挪开书，我困惑地眨了眨眼，看清楚罗彬背光的脸，他弯起一边的嘴角笑着，看得人发毛。我翻身坐起来，下意识地用手去梳头发。

他两手插在裤袋里，慢悠悠地在我身旁坐下，睇了一眼我手里的书：“书这么旧。”

“用书才是爱惜书。”

“我对女人也这样。”

“恰当的类比。”

“我跟女朋友分手了，这两天心情不好。”他看上去精力充沛，兴致盎然。

他会因为与女朋友分手而心情不好？我不以为然。“怎么了？”

“上星期我们吵了一架，她掉头就走，原来我都会去追，这次没有。我没找她，她也不来找我。”

“正好开始一段新生活。”

“我不过不想在她动不动掉头就走的时候再跟着她！——她也可以反过来跟着我！”

不管怎样，她比我的待遇好。

“你知道，”他微微一笑，“她是这个月底的生日，跟我差了半个月，昨天提前跟我同一天过——是她公司的人告诉我的。”

我不禁可怜起她来。韩洌曾经告诉我，罗彬的现任——前任女友是一家外贸公司的冷美人，她有许多追求者，却被这个浪子蒙住了心。我在店里只见过她一回，印象不深，是个沉默孤傲的女子，她如果来，也总是站在门外等着，仿佛不愿意沾染鱼龙混杂的气息。大抵是受青睐惯了，她不肯主动回头，又止不住心痛，于是负气做出这事，要让薄情者动容。我敢说，这样只会给罗彬添了炫耀的本钱，她对他来说，只是一项数字中的一个。好像她还为他打过一个孩子，或许就是用我的钱。

“你该还钱了。”

“今天没带够，只有一百……六十三块……”

“那就先还一百六。”

他看了我一眼，笑笑，递过钱，忽然问道：“那天你干吗发那么大的火？”

“他整天打游戏。”我简单地说。

“你对他不满意？”

“是我脾气不好。”

“我原来脾气也很暴，现在一想发火，就去 Happy。”

罗彬只会一个英文单词：Happy。这个词在这里的意思是：寻欢作乐。

“还不如吸大麻。”我不耐烦地说。

他两眼盯着我从沙发上直起身子，一字一句地说：“如果你碰一点毒品——只要你碰了——我就再也不会和你说一句话。”

他自负得令人厌恶，又认真得滑稽。刚才的话，我不过信口说说，况且在这么一个安逸消停的老城，毒品对一个安分女子的生活无异于天方夜谭。但我从没见过他这样严肃，这样真切。

他了解地看了我一眼，开始说：“我在广州当兵时，有个感情最好的战友，他是浙江人——你记得我说的那次车祸，就是和他一起。他女朋友为他辞职到广州打工——他们原来准备等他退伍就回家结婚。有个休息日他上午出去一直都没回来，后来到了晚上，他给我打电话，要我立刻想办法出去，到他女朋友的住处。我快 12 点才有机会出去，到了地方，看见他女朋友在房间里，好像喝醉了，不停地甩头。”说话时，他的面颊微微抽搐着，露出一种奇异的、不端正的表情，却使那张难看的脸显得严峻了。

“他说他们吵了架，她一个人去跳舞，可能吃了摇头丸，从他把她带回来起，已经折腾了将近一个小时，他快弄不住了。她一刻不停地晃头，嘴里说胡话，手到处乱挥，我们两个男人都控制不了。当时我们不知道那东西的厉害，他也不想把这事闹大，所以硬撑着。后来她可能太累了，不像之前闹得那么凶，但浑身还是不停地抽，没见过那种情景的人，根本无法想象。”他一面说，一面睁大眼睛，紧张而空茫地瞪着前方，仿佛这情景就在眼前。“我们不敢留下她一个人，准备豁出去第二天受处分，原来以为等药性过去就好了，没想到半夜她出现呼吸困难，等我们送到医院的时候，她实际上已经死了。他是看着她死的。”

罗彬呼出一口气，继续说：“医生说死因是心脏功能衰竭，如果早点送来也许有救。他当时整个人都麻木了，不会哭，也不说话。医院手续全是我一个人办的。我们一夜没回去，回去肯定要受处分，我想这事情已经这样了，传出去可能会影响他，就求医生通融——那医生人还不错，给他开了急性肠炎的病假条——我赶回去替他请假。还好，他没事，我只受了点小处分。原来他体重和我差不多，半个月就掉了十几斤。当时，他还差三个月退伍。”

叙述者停下来，沉默了。

我被这惊心动魄的事实撼动着，说不出话。

亲眼看着生命一分一分从一个人的躯体里流失，化为乌有的记忆永远不会磨灭，这具躯体原来是活生生的，自己却眼睁睁看它变得死气沉沉。此刻，面前的这个男人显出深沉的温柔。

只有一瞬间，罗彬就恢复了常态，他转过脸，带着戏谑的笑：“你知道部队是不能随便外出的，那天还是老女人帮忙，所以我很感谢她。”他似乎也感到一切美德都与自己不相称，每次偶然袒露出真情，便立刻加以掩饰，仿佛那是耻辱。

“你一定好好谢了她。”

他愉快地默认。“你老公周四晚上上课吧，下周四我带你去看样东西——你现在不要问，我不会说——不过我知道你一定喜欢。”

“好。”我答得很爽快，自己也吃了一惊。

范荣从门外探头进来，见我和罗彬坐在沙发上，一脸狐疑。他刚到，暂时没有空位，不满地四处转悠。罗彬站起来走出去，很快就听见他和范荣的笑骂声。

我抬起头，正好透过窗子看见外面的天，漆黑的，没有一颗星。明天又是一个阴天。

17

面试从下午三点开始，到晚上七点结束。逢到面试，我就占用总经理室对面赵燕的办公室，她有空便帮衬我，或者两个人得空聊聊天，今天她去开会，留我打坐，顺便帮她接电话，应付访客。

七十多个人分批到达，先在会议室等，然后到我这儿初试，筛掉少数明显不合要求的，余下由老板殿试，中途不断有人拿着报告和发票进总经理室签字。那扇门隔音很好，里面的动静极小，我想象得出，桌上的仿古电话和手机会不时骤然响起来，让大班桌前忐忑的心一阵紧缩。

这次来应聘的人和往常一样良莠不齐，但大多有一副愁苦的表情，烙在脸上似的，挤出的笑容遮掩不住，另有一些明明踌躇不安，却故意表现得胸有成竹，真正意得志满想往高处走的微乎其微，只有刚毕业的学生脸上心里都没有皱纹，睁着明亮的眼睛张望未来。这些面孔背后有怎样的际遇，像地下水一般流淌在各人心里，这一刻他们汇集于此，下一刻有人向东，有人往西。

因为入选的概率低，几次面试都有人想要塞些钱之类的给我，我只能婉拒。主我做不了多少，能做的，是对每个人保持微笑，尽量客气周到，遇到声低气短的格外关照。

筛选殿试候选人员有一套不成文的规则，一般留下的是：老板审阅时重点圈定的（简历上画着记号，通常是个圈）、其他房产公司的在职人员（这部分最终要侧面调查）、其他大型公司或企业的中层以上人员、长相漂亮的女性。最后一条最好辨别，单靠眼睛，而且我也慢慢练就了一副以假乱真的火眼，一看就有数，是不是老板欣赏的类型——基本上，他和张艺谋的审美标准类似，喜欢明眸皓齿，也包括曹薇。

老板殿试时间因人而异，有的仿佛才坐下就起身出来了，低着头迅速离开，有的谈上半个钟点，出来的时候红光满面。接近下班时间，我的初试已经结束，殿试人才下去一半，我估摸着要在公司解决晚饭，打了附近的快餐外卖电话，从打电话起，到快餐送到，到我吃完擦擦嘴重新涂了口红，打电话前进去殿试的那位才出来，她满面春风，隔着玻璃朝我笑笑，露出几颗门牙，脚步咚咚地踩在无人的走廊上远去了。

厉萍，34岁，简历表明她目前在本市唯一一家上市企业做财务主管，这次的招聘岗位是普通财务人员，她的出现叫人纳闷。下午初试时，厉萍给我的印象很特别。她穿着浅黄色的套装，肤色暗黑，两颊下陷，塌鼻子凹眼眶，一双眼睛却又尖又亮，她笑盈盈的，言行自若，仿佛来之前打定主意要和颜悦色。

之前老板曾经对“上市”二字——这是他的人生目标之一——表现出浓厚的兴趣。殿试时间这么久可能与此有关——因为我想不出其他的关联。

耗了一个下午，见了一群潦倒的人，晚饭还没吃，老板不耐烦起来，随后进去的人倒了霉，进出的速度和上厕所小解差不多。四十分钟后来人均被遣散，老板叫我过去，又花了十分钟总结，交代下一步工作，最后以他要求握手作为当天工作的结束。

我直接去了店里，一进门就看见猫坐在电脑后，看样子在跟人联机打星际争霸。我走过去挨着他的脸想撒个娇，“面试完啦，”他两眼盯着屏幕不动，朝里屋抬抬下巴：“韩洌找你。”

韩洌倒在沙发里团成一团，闭着眼睛不出声，卷曲蓬松的头发盖着脸，看得我直想伸手去挠。我倒了杯水，挨着他坐下。

“又怎么了？”

“爱玛的老公知道了。”

“知道什么了？”我赶快回想一下，确定爱玛就是富婆。

“他用爱玛的信箱，结果看到我给她的信，还有她给我的——存在草稿箱里。她在信上写了几十个‘我爱你’，他看得火死了——他们结婚那么多年，爱玛从来没跟他说过。她只好说闹着玩的，她老公又不是白痴，跟她要我的手机号码，她吓得要命只好给他，他马上就打过来。幸亏我昨晚没带手机，放在宿舍充电，不然死定了——不过他就算打过来我也不怕，自己看不住老婆，有脸问我，脑袋有屎！××！”

“我说吧，早晚有这天。”

“我叫她当心！我从来不留这些东西！她今天给我打电话，哭了半个小时，好像我手机是单向收费，我本来就烦这老女人，要不是看她哭我早挂了，不过她对我真不错。唉，恐怕以后没什么机会再见了。”韩洌躺着叹息道。

她绝想不到这种恋爱是他的消遣，当消遣成为牢笼，爱人就变成犯人，接下来是计划越狱。

“你别再跟已婚妇女胡闹了。”

“你弟弟是人渣。算了，我不想说了。老姐，我跟百合见过面了，她声音特好听，人长得不错，猛一看像二十五六岁，个子和我差不多高，胸很大，就是腰粗了点——不过，她蛮有韵味。苏州人真有钱，她穿的用的全是名牌。我知道她喜欢我——”他挣起身，眼里闪出一道光，“我们已经约好她老公从德国回来之前再见一面，春节前……”他向后倒下去，浮想联翩。

“百合是哪一种，纯情、烂货、纯情烂货？”我抑制不住声调里的讥讽。

“这种说法过时了，老姐，根本没有纯洁的女人。女人都下贱，又蠢，但她们可以满足我——呵——哈——”他打了一个大大的哈欠，转过身子面冲里，“我要睡一会儿，昨天那个杭州姑娘太猛了。”

当女人一个接一个地从生活中走过，韩冽逐渐改变了一个又一个人生信条，有的模棱两可，有的完全扭转。他知道放纵是诱惑人的魔鬼，消磨精力，削弱意志，摆脱不了就要听它摆布，也知道自己无力摆脱，瞧见它就浑身酥软。人们或许可以原谅一些天才的艺术家纵欲无度，从女人身上汲取灵感，但他不是天才，至今也没有成为天才的迹象。

对肉体的轻蔑和对肉体的热爱使他每次都感到失望，每次又不可抑制地堕入其中，时而兴奋，时而恍惚，时而心灰意懒，疟疾病人般辗转反侧。他更加沉痛地自我剖析，把“人渣”挂在嘴边，把自己说得一文不值，凭艺术性的敏感愤世嫉俗，从小我以至一切。他的厌世是真实的。

我还记得几个月前第一次见到他，那个少年不谙世事、举止轻狂，有着孩子般清澈的眼睛。现在他的面容起了奇特的变化，就像自杀者从一道悬崖纵身跳下时脸上的恐惧、绝望、狂热、快慰，越接近谷底速度越快，最后砰然落地粉身碎骨。

我闭上眼睛，惊骇于突如其来的联想。他还年轻，年轻得不足以恐惧。他不了解现实比任何一部小说更离奇、更严酷，命运充满了转折，它们幻化成最平常的面貌，毫无征兆地出现，经过，然后彻底改变生活。

而那些女人呢，那些可怜的女人。

在所有自欺欺人者中间，恋爱中的女人最愚蠢，她一心以为自己的痴心和忠诚能获得一份真正的爱情；一心以为自己比任何人都敏锐，再细微的疑点都瞒不过——但恰恰是前者蒙住了后者，感情魔住了理智。与其说她相信自己的眼光、自己的直觉，毋宁说她宁肯怀疑这些，也不愿怀疑自己的爱情。

我打了个寒噤。

那个夏天的气息，那溽暑中的彻骨寒冷还在周围。

一年前的我就是那样一个傻头傻脑的女人，爱像团火烧着我，他是我最好的朋友，最信任的人，是我每天的阳光，我可以为他去死——有时候我暗自希望出现什么危险。我相信他和我一样，他说他和我一样。

我爱了他四年，只用一天就明白再深的爱不抵一句轻飘的谎言。它在空气里弥漫，成了赖以呼吸的真实，如果不曾事发，我想象得出自己将是一个被蒙在鼓里的女人，满心欢喜以为握住了幸福。

忽然间，我的命运改变了，从不省心的爱人到有资格的怨妇，从心怀梦想的女孩到饱经世事的女子，多少年的辛苦成了无名的浪费。那件事电光火石般照亮了我原先看不到的暗处，我一个小时一个小时地坐着不说话，大脑里像狂风一样翻滚着思想。我走在阳光普照的路上，心却漆黑一团。

整整一夜，蜷缩在床上，温热的眼泪顺着脸颊滚落，继而滂沱直下。我紧紧抓住胸口的衣被，忍住向外喷涌的哭声，害怕因为一声呼吸泄露了隐秘。苦痛滚滚而来向内翻腾，压迫着肋骨，牵扯着心腔，每跳一下都像走在针尖上。抽泣，哽咽，呜咽，直到没有眼泪，身体还在惯性地抽搐。靠在淹湿的枕头上，耳旁是风干的泪痕，我睁着眼睛，看熟悉的生活在面前一点一点亮起来，仿佛昨夜一场铺天盖地的黑暗从未降临。我赶在尘世苏醒前起床，为红肿的双眼涂上厚厚粉底，迎接新的黎明。

像黎明之前等待死刑的人，猫的脸上有一种默认的死灰，不原谅自己，也得不到原谅。我全部的苦痛蓦然失去了知觉——没有他，就没有现在的我，他是我爱的人，我不能叫我爱的人受这样的苦，哪怕是他应得的——这比我的痛更痛。我不会离开你，我说。他不相信。我不会离开他，我对自己说，我是他的依靠。我镇静得如同一个旁观者，没有眼泪，也没有时间。

信任千疮百孔，爱情奄奄一息，梦想苟延残喘，没有什么剩下，但一股力量牢牢抓住我，指使我。我仿佛又回到儿时，从座位到讲台的路上好像铺着棉花，我觉得自己就要晕倒了，但我没有，站上讲台的那一刻，我知道我必须面对。

等到事情平息了，麻木也随之消失，秘密犹如心头之痒，我忍不住开始问他，我想知道一切细节，我拘泥于每一个字眼。你和她做什么了？你们是怎么开始的？她长什么样？她漂亮吗？她身材好吗？她很有技巧吗？她对你做了什么？她是不是让你特别满足？我哪里不如她？我愿意学我真的愿意我想让你满意我应该怎么做求求你教教我。

像躺在手术台上的人仰起身想看看从未得见的血肉——究竟那些女人和那些见不得人的事有什么魔力和奥妙使自己的爱人不惜背弃，所有规矩的女人都忍不住想要探究，哪怕这些细节中任何一个无关紧要的字都会刺穿薄弱的神经。盘问的人歇斯底里，被盘问的人疲惫不堪，我有时竟是个疯妇。

终于有一天，我醒悟了。为什么折磨他呢，为什么折磨我唯一的朋友、我唯一的伴侣，只有他能和我相互安慰。我和他被命运紧紧地连在一起，守着秘密，守着对方一直到老。

劫后余生者需要平静，没有人知道发生过什么，别人看我依然享有这个年纪应该拥有的一切。但是从此，我对男人、对爱情、对世事有了不同的看法。我并不是认为猫还会再背叛我——我知道他不会了，我是变得不再能无忧无虑地生活，变得不再相信任何东西。我从每一件事中都体会出无常，考虑每一个问题都想到最坏的结果，打量每一个人都隐隐地看到不幸。

我望向将来时，眼里是严峻的目光。

18

今晚，从我进门起，小俞就一动不动地坐在桌子后面看着地板。她用手转着记账的笔，每转三四下就“啪”的一声掉在桌上，然后捡起来继续转。有一次，她把笔滚到桌子下面，终于活动了一下身体弯腰捡起笔，而且不再转了。她叹了口气，看起来犹豫不决，过了一刻，忽然站起身，蹭过来挨到我旁边说：“我想星期六回一下家……”

“家里有事吗？”我心里不情愿，佯作关心。

“我老公下午来电话，那边有个亲戚结婚……嗯，要我去帮忙。”

“哦。”乡下人的事不可理喻。“你去多长时间？”

“我星期六早上走，星期天下午就回来。”她连忙说，仿佛慢了我会变卦。

“好吧。”我说。她张开嘴一笑，但眼角挂着，笑得很牵强。

今天是星期一。虽然我不想把罗彬的约定当一回事，但始终计算着日子。我后悔当时答应得痛快，眼下却开始惴惴不安，我明白自己应该和他保持距离，好比不论免疫力多高的人都不该随便接触病毒。

当然，我不属于任何人，我可以自由地选择爱情对象，但恋爱就不需要忠实吗。更糟的是，我绝不会选择和罗彬谈一场恋爱，只要想象一下别人知道我——和罗彬扯上任何关系，我宁可去死。那么，我在做什么，瞒着爱人，和一只种马做游戏？虽然只是勒住它的嚼子，抽打它的背。

门“哐”的一声被推开，猫和范荣一前一后走进来，他们去买新出的游戏碟。日光灯白色的光照在猫脸上，他弯着嘴角，愉快地四处打量。我每次看到他就会忘掉烦恼。我下了决心，让他知道。

仲秋的气候温暖宜人，月悬在树梢上，渐渐圆了，这样的夜色下行人往往放慢脚步，露出安详的神态。小巷一眼看不到尽头，弯弯曲曲地向深处去，路灯隔得很远，在中间的黑暗里月光把树影投在地上。两旁是入夜的人家，间或有说话声传出来，模糊不清的低语使得四周显得愈加静谧。我挽着猫的胳膊，被这种安静包围着，虽然谁都不说，可是都感到息息相关，因而更加亲密。

我悄悄看着猫柔和的侧面，他的轮廓越发分明了，但神情还像个孩子，岁月没有给他留下多少痕迹，只有眉宇间透出一丝外人不易察觉的隐忧。他有含笑的眼睛和嘴角，我想到他，会首先想到他的笑容，一想到他的笑容，温暖便充满了肋骨左下方一小块柔软的地方。比起周围陌生的人事，我们有太多共同的回忆，没有什么能够把我们分开，除了自己。

“我们有好久不一起走了，你现在也不送我了，还有，你什么时候能改掉打游戏的病？”

“知道了。”

他打了个哈欠，东张西望。

“猫。”

“唔。”

“最近我老觉得孤单。”

“怎么了？”

“不知道。”

“小猪又乱想了。”

“有时候我真后悔让你开这个店。”

“现在总不能关掉吧。小猪，你不要老把注意力放在我身上，你应该有自己的生活圈子，多交点朋友，我又不是那种人——会限制你。”

我默默琢磨他的话，他说得不错，我一直把他当成生活的重心，等于给身边这个原本就害怕压力的男人肩头添上一副重担，他并没有用心对我，只是好脾气地敷衍我。但他是我唯一的朋友，除了他再没有一个人能和我一起分担往事，那些往事。

“其实我只想有个人能跟我说说话，你知道，你是我最好的朋友——我看你根本没听我说，现在你重复我刚才的话！”

“噢，我——嗯——你是我的好朋友——嗯——”

“跟你说话等于面壁！你还不如墙，墙也比你称职！你没有？你这个三字经！你听，连笑都是三声！还笑！不准笑！”抓住其乐融融的间隙，我转到正题，“告诉你，我最近在网上遇到一个男的，是本地人。”不知怎么，我一阵心虚，没有直接说出罗彬。

“噢。”

“我跟他见过面了。”

“噢。”

“你也不问问他人怎么样？”

“他人怎么样？”

“他以前当过兵，学历不高，但还谈得来，块头很大，脸长得有点粗，最大的特点是好色——他倒没瞒我。”我小心地把罗彬的形象一点点透露出来，投石问路。

“噢。”他无动于衷。

“另外，他跟我在个性上有几分像，比较细致敏感。”

“像个女的。”猫笑起来。

我忍不住疑惑，他竟没有发现两者之间的联系，同时也感到一阵沮丧。像往常一样，他对我的放心是彻底的放任，一个不容易嫉妒的男人会让女人缺少安全感，缺少自信。

“假如我和这么一个人相处，你放心吗？”

“不放心。”

“不放心？”我一时糊涂了，然后醒转过来，“你是——不放心他？”

“那当然，小猪我还不知道——小猪是烈女！”他开心地大笑，非常欣赏自己的话。

“说真的，我跟他来往，你真不担心吗？有些我一直想要的东西你没有，而他有——比如说他比你细心，会耐心听我说话——你就不担心？”

“担心干吗，有人听你说话蛮好，省得你一天到晚问我。”

“万一——万一我爱上他了呢？”

“你要真喜欢别人，我也没办法。”

“你不会争取？”

“你都决定了，就算争取，也不一定有用。”

“假如真有一个人比你更适合我，你希望我怎么选择？”

“那你就跟他在一起。”

“你不想跟我在一起？”

“想啊，可是我不能妨碍你的幸福。”

我不知道这是一个男人的故作大方，还是真实愿望，或者他对我太有把握了——他那种过分信任的态度，难道能够用心无旁骛、随遇而安来解释。他没有发觉，在一连串追问中掩藏着危险的假设和深深的失望。他没有发觉，自己的短短数语像一个隐蔽的黑洞，让某些东西一点一点流失不见。

“猫，你爱我吗？”

“嗯。”

“爱不爱？”

“嗯。”

“我要听你说你爱我。”

“不想说。”

“为什么？”

“你知道我不喜欢说。”

“好吧。”

我像个孤注一掷的赌徒，把最后一块筹码压上去，然后输了。

猫不在乎我，他不像我需要他那样需要我，多少年来我一直这样想。出事以后，我问他找那个女人时有没有过一刹那的犹豫，他说没有。那是因为你一刹那也没有想到过我，他默认——我真希望他不要那么老实，在不该老实的时候。后来我屡屡受理智的诘问：在他一无所有时，你用自己的未来去偿付，他难道因此就在乎你——他只会越发看轻你。

撇开那些热烈的瞬间，猫对我好像并没有强烈的爱情，如果问他爱我的原因，他会说“因为你呆”，而不是因为我的外貌和头脑——后者解释一个男人对女人的爱或许肤浅，但前者就成立吗？是的，他了解我的过去，了解我丑陋的茧子；他了解我的未来，了解我没有勇气离开。他给了我安全和自信，却又生生撕碎。在这个男人眼里，我永远是个先天不足的女人。

我爱猫，没有改变。但那些炽烈的感情有时会忽然冷却，像沸水，能凝结成冰；那些义无反顾的信任有时会被犹疑代替，像蚌，心中孕育的明明是珍珠，它却感到是颗沙砾。

“忘了告诉你，最近罗彬老跟我炫耀他那些艳遇，”我的声音有点急促，“上次他说有个30多岁的老女人请他去家里吃饭，进了门就问他要不要洗澡，他以为我会怎么反应，我就说了一句‘很有意义的晚餐’，哈！你没看到他那种表情！”仿佛这真是一桩乐事，我的语气兴高采烈，眼睑却沉重得抬不起来。

这番半真半假的话是谎言的预防针和镇痛剂。我承认，女人是天生的阴谋家，男人满心以为她们性情温柔，擅长撒娇，贪慕虚荣，需要的不过是几句温言软语和一些闪闪发光的玩意儿，所以对她们轻易信服了。然而，再天真的女人都有一套缜密的诡计。

我要做什么，报复？报复这个对我毫不在意的男人，用另一个男人？用嫉妒？用放纵？虽然我不确定他是否会因此难过。这样想着，我被自己刺痛了。

猫笑得很开心：“碰见小猪算他倒霉。”

巷子深处有只猫轻捷地跳下院墙窜到对面，像一道白光隐没在黑暗里，它嘶叫了几声，之后一片沉寂。

19

上完厕所，赵燕顺路到我这儿。她最近心情很愉快，好几次我瞧见她在没人的时候独自微笑。

“你听说没有，厉萍是在原来单位待不下去了——好像账目上出了什么问题。”赵燕坐在一张转椅上，左右摆动。

这事昨天我听说了，设计室的包雯讲得绘声绘色，她有点一惊一乍，是所有小道消息的来源。但我听到的是另一番话。“不是因为她和一个副总关系暧昧吗，说那个人的老婆大闹过一阵，后来那人辞职了，就不了了之。”

“是吗，我真想不出有人会喜欢她。”

“不好说，她面试的时间最长。”

“对了，早上老板跟我说，下个月先把厉萍的关系办进来。”

招聘后不久，公司多出一些新面孔，最引人注目的是厉萍，她之前在一家上市企业做财务主管，现在竟心甘情愿到这儿当普通的财务科科员，不免叫人好奇。

然而，最特别的是她的长相——公司上下都知道老板讲究企业形象，这次却破了例。厉萍不仅脸蛋不漂亮，而且胸部扁平、屁股宽肥，个子不高，上身倒比下身长。她走路速度很快，两手喜欢在两边摆动，像跳一支滑稽的芭蕾舞。但她也有值得称道的，就是但凡见过她的人都对她过目不忘——她有一双发亮的眼睛、一副自信的笑容和一张活泼的嘴，不过一周已经和周围人熟悉了。她一面酬应裕如，一面低调地表示自己是隔了行的门外汉。众人猜不透老板葫芦里卖的什么药，又对新同事的做派不以为然，私下里议论纷纷。

“刚才我到财务科，肖琴不知道跟她谈什么，鬼鬼祟祟的，我一进去就不说了。”赵燕嘀咕。

“我看肖琴要小心，搞不好这才是她的对手。”

“都不是省油的灯——你干吗，老这么看我。”

“我看你好几天了，说，什么事那么高兴？”

“哪有什么事。”

“他又约你了？”

赵燕起先还扭捏，然后就忍不住竹筒倒豆子。那个人约她见面，拿了一大束白百合，她不肯收——收了怎么说得清，难道能带回家。他诚恳地请求了两遍，后来沉下脸，沉默不语，跟着做了一件叫她惊讶的事，他把花随手塞给一个过路的女孩，转身就走。赵燕并不打算去追，但转身的时候她瞧见他眼里有泪光，心陡然一软，不由得跟上去，他果然在流泪，还冲她大声申诉。赵燕既感动又怕丢人，赶紧拉着他去了茶楼。他们第一次聊得那么畅快，那么开诚布公，竟然不察觉时间的流逝，一直聊到 12 点。

关系因为这件事发生了扭转，赵燕从心里接受了这个追求者，她虽然感到不安，但至少轻松了。他们频频约会，成为茶楼的常客。他告诉赵燕，她是他在芸芸众生中寻觅了很久的那个人；他责备赵燕的丈夫不懂得疼惜她，换了自己不知要如何呵护；他又痴人说梦，说有一天一定会娶她，并且设想婚后的生活。赵燕不知道这是孩子的疯话，还是成人的承诺，而且这些话无形中提醒她，自己是有家的，可眼前的甜蜜让她目不暇接，来不及，也索性不去想那些烦恼。

“你跟他到哪一步了？”女人守得住还有退路。

“最多——也就是，让他亲一下。”

“底下你怎么办？”

“不知道。”她垂着眼睑，用手指来回拨弄桌上的一支笔，随后绽出一个羞怯的笑容，“再说吧。”

我懂得赵燕的感觉，就好像做一个梦，梦里的事由不得人，只管做下去，无论怎样自己都会相信。我应该提醒她，劝告她，却沉默着。爱情是女人的一个梦，只有梦才能那么美，梦醒了人才会醒。这美梦那么真实，仿佛就在手中，连我这个旁观者都不忍惊动。

说完体己话，赵燕转而关心我：“你那个男孩最近还去店里吗？”

“我那个男孩”是指罗彬，我决定不说。“你放心，我不像你。”

赵燕跳起来拧我，她的佯怒被电话铃打断了，办公室新来的小王说厉萍拿了些劳资的材料来。赵燕不情愿地放下电话，出去了。

有一会儿，我才注意到自己呆呆地看着面前的大玻璃。

即使明明不对，赵燕也不见得真在乎，她被他迷住了，从一开始。爱情是盲目的，女人总在最需要心明眼亮的时候被猪油蒙了心，洁身自好的人也不例外，因为不轻易投入，一旦开始反而投入更多。日后赵燕少不得吃苦，但眼下她还有爱情，还有一个热烈的爱人，还有一个可以倾吐秘密的朋友，我呢？

自从猫出了那件事以后，我已经骗不住自己。我像守财奴似的把秘密守在心里，却无法像守财奴一样享受。那样的事，那样讳莫如深的、刺心的事能和谁说，自己的辛酸苦楚是别人眼里的笑话，别人的善意也会变得跟盐一样腌心。像好了的创伤碰到阴天还要发作，哪怕最幸福的时刻，它也会悄悄溜出来抹去脸上的笑容，让我重新审视这幸福的分量。

不过没关系，我还能和猫——和给我痛苦的人一起分享痛苦，一起重新获得幸福。临了，他对我说：不能妨碍你的幸福。这冠冕堂皇的话意味着随随便便丢下我一个人，就像伊阿宋。他还不如罗彬，我从罗彬那里还能觉出自己的一点价值——哪怕是最廉价的。

我尽了一个女人能尽的力，我的爱情已经磨得褪了色，我的心已经学会两可地看待，做一个规矩的女人有什么用。

我真有种冲动想尝尝的堕落滋味，想把那些束缚身心的道德统统抛在脑后，我想报复猫，让他也因为我而痛心！美狄娅！美狄娅！人们不能理解她为什么亲手杀子，我知道，她要让他受和她完全一样的痛苦，她有多痛苦，他就有多痛苦！

我在做什么，我疯了吗，我在想些什么？

电话铃歇斯底里地响起来，仿佛它觉察出这静悄悄的房间空无一人。我惊跳起来，拿起话筒，里面传来一句外语："Hello（喂）。"一瞬间我把过去所学的英文都忘得精光，接下来的几秒钟里，我在一片云雾中抓住一个名字：曹薇。我结结巴巴地用不知文法不通还是时态不对的蹩脚英语回答，她现在不在，她不在这个办公室，她回家了大概。对方遗憾地嘟哝，我连忙跟他再见，烫手似的赶紧把话筒挂上，这时我想起来应该把曹薇的手机号码给他，而那些语法和句式此刻又全回来了。

电话冲散了之前各种阴郁的思绪，室内光线很充足，这是一个初秋的午后，日照虽然越来越短，阳光还不吝惜。

听声音，是个老外，可能因为曹薇先前在这儿待过所以阴错阳差地打过来。我琢磨着要不要告诉她，转念又想，自己好像拿赃问贼，这好人做得尴尬，人家未必领情。

对敏感的话题，人们总是当着事主的面装聋作哑，背后却说得有声有色。曹薇的异国友人是去年公司里热闹了一回的谈资——她到销售部后依然我行我素地打电话，很快人人都知道了。当月电话费高得离奇，据肖琴透露其中有一个国际长途，老板下令彻查，最终不了了之。这事在明白人眼里也不蹊跷，我揣想，那多半是她为了寻觅合适饭票做的工作。

别人背后的议论，曹薇大致也猜到一些，却并不上心。她可以不假思索地将背叛自己的男人剔除，可以冷静地出卖未来，可以旁若无人地、有章有法地进行自己的计划，虽然偶尔免不了伤感。追求物质，耽于享乐，极端自我的生活能让人精力旺盛，生气勃勃；良心、道德、尊严有时只会成为沉重的累赘。我羡慕那种旁若无人、无所顾忌、不为所动的人，那样活着，一定非常痛快。

可惜我是个软弱的人，既没有勇气不爱，也没有勇气对欺骗视而不见。我知道想要重新开始，就得装作什么都没发生一样，不让它影响好日子、好心情，照样无忧无虑地生活，然而假装受过玷污的爱情像婴儿一样纯洁就像假装把黑色看成白色。

假如猫从此对我用心，不仅足以弥补他的过错，还会让我因为挽救了自己的幸福而欣慰——这样的欣慰，我没有。猫之所以对我毫不在意，是因为他在下意识里把我看透了——那么大的事都能被轻易原谅，这女人已是囊中之物——哪有人对笃定的所有物还念念不忘。女人一朝主动，注定日后被动，不是叫自己的心，就是叫男人的自我压得喘不过气。

男女之间再无私的爱情终究出于利己，没有人肯一直捧着心供人冷落，爱是会磨损的，还会磨灭。回味这一路，我恹恹地觉得索然，也确切地感到有样东西慢慢冷下来。它烧得太久，已经没什么可烧了。

既然猫不在乎，我还有什么必要在乎，他的建议很对，我应该少烦他，多交些异性朋友称他的心，现成的就有罗彬。罗彬身上有一种奇怪的矛盾，他不可信，但善解人意；他厚颜无耻，但直言不讳；他有一副强悍的外表，却不能算是个强者；他敏感、脆弱，甚至羞怯，他小心翼翼害怕被人窥探内心，又大大方方地承认欲望。这些是我熟悉的，如同一面镜子，映照出自己。

我常常禁不住地拿他和猫比较，这两个男人不管从什么角度来看都是对立的两极。如果说猫是一碗温开水，他就是一瓶烈性酒。如果猫爱我，我甘愿过平淡如水的生活，但是不，那么就来一杯烈酒吧。

一想到罗彬，我仿佛又有了活力，有了生活的兴趣。它既不来自我的生活，又与其他生活部分毫不相关，这使得它缺少合法性，却增添了吸引力。

我怀着自己也分辨不清的复杂心情，突然渴望起明晚的到来。

20

小俞兴高采烈地让我看她的QICQ（QQ的前身）。这种新近开始流行的网络聊天服务器大受青睐，一瞬间所有人都在注册使用。小俞的好友名单里不下几十人，一眼看上去密密麻麻，无穷无尽，许多闪烁的头像跳跃不定，此起彼伏。韩洌则有过之而无不及。我也注册了一个，好友栏里只有猫和韩洌。

我应景地敷衍着，一边心神不定地注意时间。快9点了，罗彬还没有出现，我有点恼怒地怀疑是否要等下去。

门被人一把推开，“匡”地磕在墙上，罗彬摇摇晃晃地走进来。他神情呆板，目光生硬而尖利，面孔通红肿胀，双眼泛出淡红色，我意识到他是喝多了。他一看到我，就径直走过来，浑身裹挟着酒气，样子令人害怕，我直起腰，抑制住想要后退的念头。

“倒杯水给我。”他经过我身边时小声说。

我停了一会儿，走进里屋倒水，罗彬仰躺在沙发上，仿佛睡着了。没有开灯，他的脸笼罩在半明半暗的光线里，嘴角松弛了，下巴上的裂缝不像白天那么锋利，揶揄的神情也消失不见。我在想是否该叫醒他，他忽然睁开眼睛看着我，呓语一般：“我不想来找你，你知道么，我怕自己会爱上你……我一直在想你，做梦都梦到你……”

“别傻了。”我递过杯子，遏止他的话。

他喝了两口，放松下来，又睡了。

女人的心软弱而虚荣，黑暗中我再看他时不禁起了一种温情。这样的话他一定说了很多次，是酒后真言，还是酒后乱性，只有自己知道。我端详着他，他才24岁，看上去像一个开始发福的中年男人，过度纵欲在形容上留下了痕迹，只有此刻被睡眠抹平了。

提到青春，人们总是联想到年轻、纯洁、热情、梦想，其实它还意味着无所顾忌、冲动、决绝、脆弱和无助。

我悄悄叹了口气，走出去看小俞聊天。没过多久，罗彬从沙发上一跃而起，连跌带撞地奔出门，我停了一下，跟出去，看他弯腰扶墙在角落里吐了，便转回身倒了杯水。他摆摆手不让我靠近，好一阵子才面无血色地回过头：“我带你去吧。”

出人意料，一路上他兴致很高，谈笑风生，大概是酒醉之后的亢奋。我受了他的感染，不由得心情畅快。他车开得很快，方向往郊外去。路逐渐颠簸起来，我跨坐在他车后，紧紧抓住背后的金属扶手，尽量和他的身体保持一段距离，有几次我因为惯性猛地撞上他的后背，但他似乎专注于驾驶，完全没有在意。

过去三四条街上了一条林荫道。道旁矗立着水杉，绿森森的高且直，像被劈开似的向两边飞驰，我的头发飞舞起来，扑打在脸上。远处，农田在深色的天幕下向山脚前铺展开去，山风夹带秋野的湿润肆意驰骋，猎猎而过，传来不可捉摸的低语。

林荫道通往城郊的一座古刹。古刹在半山间，山以寺灵，一条石阶蜿蜒而上，直抵声名远播的唐代佛塔，山前是以曲折有致闻名的湖，这个世纪有几位文章大家曾对它描摹。白天这里香客络绎，入夜便杳无人烟。

罗彬在山脚停好车，打开后备箱，拿出一瓶矿泉水，灌了几口又吐在地上，然后往前走。半路他停下脚，掏出根烟来，用手遮住打火机点着了。他平时很少抽烟，眼下是为了去味。

我跟着他走向岸边，顺着他指的方向望去：这是湖的尽头，因为湖岸蜿蜒形如小池，一弯碧泓静卧眼前，水平如镜，迎面的佛塔倒映其间，塔身被基座的灯照得金碧通透，塔尖高耸直入天幕，墨色穹隆衬托之下，像洗濯过的，澄澈、空明，伸手可及又深不可测。

山中的塔和水中的塔仿佛相隔一个尘世。

在这个地方我生活了二十多年，对被誉为人间仙境的本地名胜已经漠然，想不到还有这样的景致。踩着绵软的青草，我往岸边走去，被眼前的幻景吸引，不由自主地坐下来。仰面四顾，头上天高气爽，身下绿草如茵，秋虫不知在哪里低低地啾鸣。四处旷然，天地之间只有一个小小的我。

小时候，偶然抬头看天，原来视线里少了人和物，天是那么高，那么纯粹的蓝，轻轻展开，淹没了眼睛，我像双脚离地腾空飞起来一样想张开手臂，直到脖子酸疼才回过神来。一时间，我恍然又回到童年，但立刻起了稍纵即逝的仓皇。

罗彬在我身边坐下，半晌，他说：“你是第一个跟我来的女孩。”

我没有开口。

“今天我几个战友从外地过来，晚上陪他们吃饭。”

停了一会儿，他问道：“我一直奇怪，你跟他是怎么到一起的？”

虽然猫不在，但我喜欢能和别人谈到他。“大学时我们在一个系。他很简单，也很乐观，和我相反，也许这就是为什么我们会在一起。这是我第一次，也是唯一一次恋爱，一辈子恋爱一次是幸运的，至少只会被一个人伤害。”

不知为什么，我不想告诉罗彬过多细节，事实上，我对他一直很防备，很少和他谈论我的生活——因为我不想让他真正介入。

"我第一次谈恋爱是在中学，你应该知道——以前这事在我们学校很轰动。她爸爸是个新加坡老板，其实是她先找我的——我一直很有女人缘。她比这边的女孩开放得多，后来我常常去她家。"

我隐约记起曾经耳闻那个新加坡女孩，她似乎是以大胆不羁著称，名声遍布这个老城的各所中学。在学校里，有几类人会成为焦点：天生丽质者、言行不羁者、天才学生、不良分子和行为怪异的另类。毕业以后我才发现很多人都认识我，因为我是最后一种。现在并肩交谈的，是昔日的不良少年和问题少女。

"照你的眼光，她应该很漂亮。"

"她一点也不漂亮，比较胖，皮肤也不好，你知道，东南亚那个地方的女人都——"他做了个手势，"我也说不清为什么，可能感觉她像个小孩，自己比她懂得多——实际上她比我大。"他声音平稳，用一种陈述的口吻，不加评判，也不带任何色彩。"我们还一起出走过一次，去北京玩了4天，最后钱快用完了才回来。现在想起来都好笑，那时候我们出了火车站，两个人还手拉手，一蹦一跳地往前走。"他抓起我的手摇晃着比画。

看着他一脸孩子气的认真，我想象他笨拙而兴奋地向一无所知的前途奔去。他也有一个远离现实的、活在过去的世界，岁月过滤了杂质，时间隐去了挣扎，记忆保留下最直接的影像和气息，单纯的，不再褪色，只有辛酸还在。

"我曾经想过和她结婚。她父母都对我很好，有一次在她家里我们正在沙发上做，她妈回家看见一句话没说就走了，临走还把门关上。"他轻轻地笑出声，"其实我以前什么都不懂，还是这个女孩教会我怎么做爱。真的，虽然后来有过那么多女人，我还是记得她，毕竟她是第一个。"

他停顿了一下，"高二寒假她跟父母回新加坡，她想带我一起走，我家里没有同意。那段时间我很失意，从那以后我对感情就不大认真了。"

"每个人都有一些伤感故事，这不是荒唐的理由。"

"不完全是我的问题，跟我在一块的女人很多都有丈夫和男朋友，你信不信——还有结婚前一夜跟我睡觉的。不管什么学历、职位、年龄，不论哪种女人都可能出轨。真的，现在我很害怕结婚。虽然我是不好，但不代表我愿意找个会出去偷情的女人做老婆，与其那样，还不如现在Happy。"

"你是和你那些女人待久了，对忠实失去信心了。"

"是啊。"他老实地承认。

命运施展淫威时总是青睐弱者，十五六岁时罗彬已经有了性的实践和认识——那是一种怎样幼稚、偏颇的认识。一个人成熟以后方能领会的美妙激情，他过早地体验了，这从开始就预示了他不平凡的将来，越往后，加速度越大，他离原来的路越远，如今更远得回不来了。

我理解，不寻常的经历使罗彬有了不寻常的经验，别人抱以美好愿望的东西，他却心怀疑惧。那些美丽的外表下到底包藏多少不贞，这念头让他不寒而栗，也许有一天他真正爱着的女人背地里也会做出那样的事来。发生在自己身上的事实下意识提醒他：谁也不可信任，唯有现在——现在的Happy最可靠。

“其实，结婚也没什么用。有人说：结婚是因为相互不信任，你怎么想？”他问。

“结婚是因为相互信任，相信对方值得相信，所以甘愿约束自己。”

“你好像说过，你对你老公也不完全相信，假如有一天他背叛你，你怎么办？”

如果有一天他背叛你，你会怎么做？

我不会原谅他，但我会留在他身边。

“我会留在他身边，也会原谅他。”

“为什么？”他很诧异。

“他并非绝对忠贞不渝，也未必轻易见异思迁。女人应该了解男人的天性。”

“我真有点嫉妒你老公了——不是为他得到你，”他停顿一下，“是为他遇到你。你这样的女孩现在不多，可惜没让我碰上。”他接着说：“如果是我先遇到你，你猜会怎么样？”

我禁不住在心里讪笑：凭他现在的德行与好女人是无缘了，就算碰上，他也只会作践。“好不容易有了花生米，却没了牙。”

他没吭声，没有明白，显然不知道这话的出处，也许连意思都不懂——但是他不说，只用沉默回避。我知道他是害怕露怯，我也会这样。不知为什么，我不能好好跟他说话，总是忍不住要嘲讽，但我并不想讥笑他的无知——这就像在讥笑自己，另一个自己——如同我对他怜惜，就像怜惜自己。

他和我是一种人，紧紧收拢着内心，外表无懈可击，一面渴望有人能了解，一面精明地存有戒心。也许他比我诚恳——把我看作朋友，我却只想做自私的旁观者，对自己的一切缄口不言，听他诉说，或鄙夷，或怜悯。

这是十月的夜，乡野的寒气驱散了之前因为兴奋带来的热度，让人渐渐难以抵御。“走吧，再坐要受凉了。”我站起来掸着衣服，罗彬跟着起身，毫无预兆，他突然伸出手臂揽过来。

我心里猛地惊跳了一下，立刻镇定下来，“我看你是喝多了。”

他掐住我的胳膊，执拗地不放，威胁般凑近我低声说：“我没有。”浓重的酒精味混合着香水味直冲过来。比较力量时，女人就是弱者，此刻，以卵击石只会火上加油。

“你不适合用香水，还是改了这习惯的好。”

他一愣，臂上不觉卸了力量，只需轻轻一挣，我就自由了。

忽然，他柔声说道：“我只想抱你一下。”

他的声音像耳边的一声叹息，在黑夜里有黑夜的质地。

我向来疑虑，现在却少有地确信，自己很安全。每个人一生当中，总有某些时刻情感比理智更加强壮，如果一个拥抱可以带来安慰，有谁会吝惜呢？我沉默了。

他试探着重新抱住我，这一次，拥抱是轻柔的，然后，仿佛踏实下来，他像孩子似的埋下脸靠在我肩上，开始喃喃自语。有时像在和什么人争辩，有时又像对自己热切地坦白，似乎因为对方看不到自己的表情，他说得冗长而陶醉。我感到他嘴里吹出的热气，闻到他身上那种肉质香水的气息，他说的话我只听到只言片语。

刚才是什么触动了我，异样的温存吗，孩子般的委屈吗——我竭力思索着，但被刺鼻的香水味扰乱了，这味道和上次一样，很肉感，与他相得益彰。我冷冷地想：那些女人不知怎么受得了，不过，也许她们受用得很。

他的拥抱并不胶着，也并不安慰，我的视线只能看到他的前胸。我喜欢猫的怀抱，猫会突然紧紧抱住我，我就不能呼吸了，还有他身体的味道，那么熟悉。我打了个寒噤，冰冷的感觉长出触角迅速爬满全身。我竟然和另一个男人如此亲近。我不由自主地簌簌发抖。

“你在发抖。”

“是。”

“怎么了？”

“**别的**男人让我紧张。”

“看着我。”

我感觉他在黑暗里盯着我的脸，我不涉险。

“你真聪明。”他笑起来，放开我，“别的女孩都会抬头——我想你知道结果。”

“我知道。”

“有时候你太冷静了，我不喜欢你这样。”

不，不是所有时刻我都能保持冷静，也不是所有时刻都那么拘谨。至少，在今夜。

21

我停下笔，一阵无声的挫折感袭来。“啻”怎么写？离了键盘，我还不如一个高中生。叹了口气，我懒洋洋地打开电脑。学会一样新知识，人们就丢开了基础；发明一桩新工具，就抛弃了老方法；看到新面孔，就忘了旧爱人。也许被弃之不顾的才最可靠，可惜最可靠的常常最普通，普通得叫人忽视。

新楼盘5层沿街商业楼明天封顶，按照常规总得炒作一番，稿子上午要发到报社，下午还要去现场挂布幅。销售部早在几个月前就启动了，有几户位置好的商铺还被不通声气、各自为营的销售员一女多嫁，闹出纠纷。其实销售许可证至今没有拿到，不过看老板气定神闲，谁管那么多。

我试图为这篇必定受到冷遇的文字增添些生气，同时对这种想法生自己的气。二类新闻报社每个字收一块钱，做这种表面文章主要为了满足老板的好大喜功，即便有人看，也只掸一眼标题罢了。眼下我手里的工作是自欺欺人，而我还想着怎样让它尽善尽美。

我起来倒水，脑子里考虑怎么给它一个有力的结尾，直到开水漫出来烫了手，我想先搁下杯子再关饮水器，结果水全溅到身上。挫折感马上回来了。该死的！我真想一把把杯子摔到大玻璃上——但只是赶紧找地方放下，然后用凉水冲手指。

很小的时候，每当我做一件简单的事却屡屡失败，比如把一块积木放在最上面却总是掉下来，我就会气急败坏地把所有搭好的积木都推倒，现在我也有这种冲动。我坐回去，盯着电脑屏幕。近来我变得容易动怒、容易沮丧，觉得自己不管做什么都注定是失败者。

那晚回到家，我躺在床上反复回味每句话和每个细节，像任何一个沉浸在征服的胜利中的女人。我知道，罗彬的话不是醉鬼的醉话，就是男人的谎言——并非我高尚到可以克服虚荣，而是没有把握相信他。事实上我为此感到愉快，甚至兴奋，但我一想到自己的表现，想到那一刹那的软弱，思想就像被烈焰燎疼似的猛缩回头，或者像被人窥见私处一般窘迫。于是我又由衷地希望他是真醉了，最好醉到什么都不记得。

对待异性，男人可以任意妄为，女人却要如履薄冰。软弱是女人天性中可怜的缺陷，如果一味让它占了上风，就会将自己拖入不堪的境地。如果对一个游戏对象认了真，我就真可笑了，而且违背了自己的初衷。在各种念头中，有一次眼前浮起了猫温暖的微笑，我稍稍安了心，同时打定主意明天照常对待罗彬，不叫他心存妄想。

第二天晚上罗彬推门进来，四下与熟人招呼，唯独不看我一眼。平时他一到，总要故意引起我的注意。我本来很想趁照面时向他大方地微笑，让他知道一切照常，没有丝毫改变，计划虽好却落了空。后来我刚坐下核对欠账，范荣就开始支使我端茶倒水，顺便发表一番诋毁女性的牢骚，惹来众人大笑，罗彬却一反常态，似乎失去了戏谑的兴致，一声不吭。在他出现之前我还心安理得，之后却被他弄得心神不宁。

他的举止令人琢磨不透。难道他真的全不记得，还是他后悔对我说了那些话——我想不出他这样一个人还有什么顾虑。开始我觉得别扭，不料以后几天里他一直明显地回避我，那副表情仿佛举止放肆的不是他，而是我，应该疏远对方的不是我，而是他。没有什么比一个你轻视的人收回对你的爱慕更令人恼怒的，我感到自己像被耍弄了，又为自己那么在意他的举动而越发恼怒。我原来要把“若无其事”做给他看，这下却要做给所有人。我不能被人看出破绽——好比不能把杯子砸上大玻璃。

下一天，他带着“艳丽”出现在店里，另一天刚坐下不久接了一个女孩的电话就走了，这一周他干脆不来了，连范荣也在纳闷他忙些什么。一方面，我有种眼不见为净的安慰；另一方面，我控制不住地想到他。这种情形令人不快地扰乱了我的生活，使得我做每一件事都被这心绪烦扰着。开始的那些骄傲现在都变成可笑，变成深深的羞耻。有时我不免想，说不定他当真爱上了我，他这么自大，想必后悔酒后失言表白，但和往常一样我没有足够的自信来肯定，只能当作一种美妙的可能，仅此而已。多数时候我依然感到自己是个失败者。

在想象中我一直希望自己冷静而智慧，像从前一样对追求者的种种把戏不屑一顾，不给对方也不给自己半点余地，但是现在全乱了套。我原打算和罗彬建立一种轻松无害的关系，想不到自己竟为了这么一个男人变得心烦意乱、暴躁易怒。我分辨不清这个男人于我，是强心针还是鸦片，是围炉取暖的碳还是飞蛾扑向的火。

现在的我比刚刚认识罗彬时又大大地进了一步，他推心置腹的态度一点点消减了我的戒心，他恰到好处又略带狎昵的恭维使我很受用，我已经逐渐依赖有这样一个男人填补我缺少寄托的感情空虚。我不想就这么失去一个快乐的来源，一位野性十足的爱慕者，一段值得夸耀的艳遇，一种似乎系着安全带的危险游戏。

这期间我很少把心思转到猫身上，伸手推开店门之后，我常常在寻找另一张面孔。猫不知道他原先的属地在渐渐萎缩，他像是我和过去生活的一点关联，只在意识的背景中显现，有时我惊觉很久不关心他了。

我对着杯子发怔，透过它看放大变形的东西。有人经过大玻璃，我拿起手边一份资料专心阅读。老板娘拎着包走过去。她穿了一身灰色的套装，美容过度的脸始终红灿灿的。

单纯看相貌老板娘长得不错，杏仁脸，直鼻梁，薄嘴唇，黑黑的眼珠，只是文过的眉毛和眼线、发红的浅黑皮肤、盘起来的焦黄头发使她终究脱不掉那层土气。尤其是她走路的神情——挺胸抬头，垂眼抿嘴，不时抬起眼皮瞄一眼，似笑非笑，想摆出身份却又底气不足，越怕被人看穿偏偏越容易被看穿。今天她又来查岗，顺便震慑那些心怀鬼胎的人。

老板娘没有工作，家里用了钟点工，连职业家庭妇女的位置都被剥夺了，除了一些阔太太打发时间的活动外无所事事。老板一度给她在外面找了份工作，想让她少无事生非，但她做了几个月就回到老路上来。她和老板有一儿一女。女儿职业中专毕业后，在一家幼儿园当老师，乡下人对女孩不大看中，没有把家业传给她的心。儿子今年也有十六七岁了，长相结合了父母的优点，不过很不争气，成天逃课谈恋爱出入舞厅游戏厅。她无力管教儿女，无权约束丈夫，也掌握不了自己的命运。

可怜的女人，传说她为了报复老板的风流，加上寂寞，一度和一个男人有过一段，也许自己也曾经不忠的经历促使她更疑心老板。在自责和怨恨的双重折磨中生活，严防死守的紧张和患得患失的焦虑让她琐碎、多疑、神经质，完全变成了一个弃妇，连第一次见面的人都能敏感地了解。有些人出现仿佛能带来阳光和新鲜空气，她一出现那些就都烟消云散了。

世事多与愿违，求不得的苦是太想求得，老板娘想牢牢抓住的人对她退避三舍，待她还不如待女员工。老板单独和女下属谈工作时，常常突然冒出一句："她最近没打电话给你吧，不要睬她。"我被问过两三次。问话者并不要答案，说时满脸厌恶，似乎联想起那张看了二十年的脸，这常常是在她来过公司或某一天在家大发作后。即使明知隐情，谁会去告诉老板娘呢，手上捧的又不是她给的饭碗。

归根结底，老板娘捧的也是老板的饭碗。几个月前她有一回闹到提出离婚的地步，不料老板一口应允，同时许诺给她一百万和一套房子，她要住现在的家也由她，平时要买什么只管拿钱去花。那段时间，老板待她非常好，温存体贴，嘘寒问暖，每天回家吃饭，倒像有心改过，协议离婚手续却在有条不紊地办理。到签字前夕，她终于反悔了，一场闹剧偃旗息鼓。这件事是陆续拼凑起来的，老板娘给人打电话的爱好暴露了不少细节，后来一个来买房的法院法官在销售部抖出不少内情。结发妻子是最可靠的，老板不会不知道，对方不是真心要离他也清楚得很，所以要了手段哄她回心转意。再说，一百万值什么，你们老板少说几千万，他说。老板娘的伤心事，老板的得意之举，只是别人嘴里的逸闻。

一百万值什么？不考虑通货膨胀的话可能我一辈子也挣不到这么多，但它对一个处处依靠男人、既企求他的能力又企求他的感情的女人，就像把藤缠蔓生的大树换成细竹竿。他是不会抛弃她的，假如她安心当他的管家、孩子的妈不是皆大欢喜么，她不甘心，然而她注定跟在男人的背后，而且越来越跟不上他的步伐。且不说她，女性总是某种程度地依赖着男性，经济、地位、情感、心理，一个或者几个。

我承认，女人多数没什么见地，她们过于感性，过分细腻，常常流于琐碎和狭隘，纵有慧心使的也是小处的智慧、细节上的精明。她们没有男性广阔的视野、宏观的思维方式、讲求实际的心和煤气炉般适宜调节的情感。清楚地认识到这些，我不禁感到沮丧。

男性兼有兽性与智慧，他们更有力量，更有雄心，更有头脑。而女人是身心上先天的弱者，柔弱使之可爱，也使之可怜，最可悲哀的是她们必须像个女人，必须设法成为男人标尺中的女人，成为社会标尺中的女人，成为自己心理标尺中的女人——温柔善感，洁身自好。真的必须如此吗？

我几乎愤愤地转向电脑，为稿子添上一个临时想到的结尾，跟着不假思索地拿起电话拨了罗彬的手机，但立刻就挂断了。定了定神，我又拨了一遍号码，小心地搁在耳旁，响了几声后，他接了，“喂。”

挨着话筒的太阳穴突地一紧，我突然后悔了。“是我。”

“找我什么事？”

“问你什么时候还钱。”

“最近手头有点紧。”

“这是不还的理由？”

“你听说过我借钱不还吗？”

“好，我等着。”

“这样吧，周五上午，你来我家拿。”

“我——去拿？”

“算我请你帮忙，最近我打算跟朋友开个公司，周五调休，约好在家谈事情——这事忙了好多天了，你看我都没怎么去你店里。”

我迟疑了一下：“好吧。”

“知道我在干什么，我正在看《男性欺骗女性的二十招》，要不要读给你听……”他兴致勃勃。

“不必。你也不必看，你自己就能写。”

“那也骗不了你。”

“是。好了我还有事，再会。”

我赶在他前面搁下电话，神经还因为刚才高度紧张而不能完全放松。他的态度听不出有什么异样，好像昨天还跟我照过面。装佯的话也太高明了，难道是我多心。

虽然将信将疑，多日的郁积却拨云见日般逐渐消散了。

22

隔着大玻璃，厉萍和肖琴一边往前走一边小声交谈，前者一副不敢相信的惊奇表情，后者似乎刚下了断语，神气地撇着嘴。不知她们又在算计什么，算计谁，看这两人消失在视野里，我不由得感到一丝忧心。

渐渐熟悉之后，人们从厉萍嘴里得知了她的家庭情况：一个女儿上四年级，丈夫是保险公司的部门经理，去年被派驻外地分公司，为期两年，他每到周末就回来团聚，一家三口亲亲热热的形象。包雯打听到，她丈夫在那边租了一套100多平方米的房子，还高档装潢了一番，一个月难得回家一次。

来了不久，厉萍就和肖琴打得火热，她们的友谊发展迅猛。肖琴仍旧硬比花岗岩，厉萍则对谁都亲密无间，整天笑盈盈的，叫人看了心慌。两人之中，肖琴是老实的那个，她尖刻蛮横，但绝不虚伪。人人都能看出厉萍和肖琴结交是有企图的，少不得是“强强联手”。公司多了这对奇特的组合，大家越发觉得她们相好真是相宜。

除了老板肖琴从没对谁那么上过心，她难得交到一个知心的朋友，十分珍惜，出去吃早饭总给对方带包子。像一切感情偏执的人，她有强烈而泾渭分明的爱憎，依靠这股热诚持续着女人之间少有的热烈友谊。不光如此，她觉得自己比对方资格老，又恃宠，很想显示自己的本事，于是处处关照朋友、维护朋友，殊不知这位朋友最擅长的就是照顾自己。

电话铃响，我懒散地接起来，未待说话，听筒里幽幽地传来：“喂——是我。”

“噢老板娘听出来了今天怎么有空来电话？”我伪装甜蜜的声调，一口气憋得几乎要呛起来。

“我不打电话来，你又不会给我打。”

谁会给她打电话呢，但她次次都这么开场。

“也不是……主要最近太忙了。”

“是吠，你们都忙。”她停了一下，叹了口气“唉——”这一声叹得我心里发毛，讪讪地开不了口，她接着说，“我也不想老打电话烦人，其实公司有什么事，来了什么人，他跟什么人，到什么地方，什么时间，我全晓得。”她这样说的时候，似乎在神经质地抽动面庞。

“……”

“我知道，你们晓得也不告诉我。我跟你说，我现在也不要晓得，他在外面做过什么我一试就试出来了，这个容易得很，不过呢，我现在是不管了。”

试？莫非她是指试验枕边人的疲软程度？我惊诧地不敢作声，不是对她的方法，是对她的话。

办公室新来的小王在大玻璃外探了一下头，然后转动门把走进来：“邵总刚才来电话，叫你过10分钟下楼跟他去看什么地。”

“哦，去看新地块，我马上就来。”我大声说道，转回去对着听筒，“老板娘，不好意思，我马上要出去。”

“你快去忙吧，我也不打搅你了。”意犹未尽的落寞。

“老板娘太客气了，下次有空再聊。”我小心地搁好听筒，表情松弛下来。

小王一直没走，她看着我笑，神情有些发讪。

这次招聘来的新人里只有小王一个应届学生，她分到办公室，分内的事情不外接电话打文件等，跟着赵燕，倒受不着什么气。她长了一张讨喜的圆脸和一双大大的圆眼睛，眉毛很浓，皮肤白里透红，个子虽然高，人还怯嫩，手脚常常不知往哪里摆。招聘时我对她颇有好感，得空闲聊过几回。

“有事吗？”

“唔，昨天下午，”她吞吞吐吐，“我一个人在办公室……老板过来……他问我有没有谈恋爱。”

“你怎么说的？”

“我说还没有呢。他说，要我把心先放在工作上，太早谈恋爱不好，他自己就是的。正好有人来办事，他手机又响了，后来就走了。面试时他就问过我一次，我觉得……他说话的样子有点不对劲。”

“以后不管他说什么你都装傻，另外，尽量不要跟他单独在一起。他么——时间长了你就知道了。”

“我都有点怕了。”

“别怕，他也不会把你怎么样，以后有事告诉我，或者跟赵燕说。时间差不多了，我要走了。”

她信服地点头答应，转身回去，还带上门。收拾好包，我对着镜子补了点口红，出走廊等电梯，迎面碰见姚建国急匆匆地出电梯。

“这么漂亮到哪去？现在都不到我办公室玩了。”他油嘴打花。

“怕你不欢迎。”

自从赵燕告诉我他和张琦的事，我再看他便不同往日，眼前老出现他们在一起的种种形容。一个红颜知己，一段风流逸事，虽非有情有义、可歌可泣，却是男人的本色，他倒比过去多了些血肉，不单是托天的醉鬼。

出了大楼，我在街前等着。尾号是8的黑色丰田拐过来，停稳，黑色的车窗滑下来，老板瘦长的脸出现在里面，他扬扬自得地咧开嘴，露出一排牙齿。

老板个头偏高，骨骼粗大，不像一般暴发户那么大腹便便，他前额的头发吹成凉棚式样，和费翔在春晚露面时的发型相仿。平时他喜欢穿双排扣西装，冬天穿银狐毛领子的棕色皮衣，套在那副大骨架外面，心理上自觉很气派。他有一张富于表情的长脸和一副深深的笑纹，时嗔时喜，转换自如，还有一对闪烁的黑眼珠，常常直直地盯住别人，样子近乎贪婪，透过这两扇心灵的窗户，可以瞅见主人活动的七情六欲，但猜不出他下一步的动作。

打开车门，我小心地坐进去。坐老板的车是最苦恼的一桩事，你只能坐在副驾驶席上，因为你不能坐在后座上把老板当成司机。在这种情况下，副驾驶席不仅具备了行驶中的危险，还有其他风险：一个半密闭全隔音的狭小空间对一个身为下属的女性意味着什么呢。

“拙（昨）天让你嗽（受）累了。”他用普通话说。他的普通话带有浓厚的乡音，最著名的是把“这个”说成“鸡沟”，即便如此，他偏偏爱说，尤其在心情好的时候。

“应该的。”

昨天在本地的重点中学举行了他捐助贫困生的仪式，各路媒体均到场报道，我跟他一同前往，听他在台上读我写的稿子。总的来说，老板称得上乐善好施，一来有发达后积德的心理，二来也有生意人的算盘。明年儿子就要上高中了，这位接班人玩上很精通，学习却一塌糊涂，进普通高中都成问题。他反观自己，感到文化知识的重要性，想让儿子上重点学校接受熏陶，不致在差校和差生同流合污。

为了保证牌子和质量，重点中学光靠钱是进不去的，或者说要看你怎么花，花多少。学校意思想要老板立个奖学金之类，也不要多，一次性给十万，儿子的入学自然迎刃而解，数目是有点大，老板目前只同意捐助部分贫困生，他和我商议时不避讳自己的想法——他是这么想的：话也不说死，钱也不多花，对方反而有盼头，事情反而好办。一个学生一千，学校列了十个，老板提出减两个，他喜欢八。

“我们握个手吧。”他说。

“不用了。”我堆起笑容。

“来，握一下。”

我伸过手去，抽回来时庆幸他没有为难。他张口想要说什么，忽然被一阵剧烈的咳嗽打断了，于是腾出手从口袋里掏出一条手帕捂住嘴。咳了一阵，他清清嗓子说：“你会看手相吧，给我看一下。”

“我上次跟他们看着玩的。”

“你也给我看着玩。”他用左手开车，摊开右手掌伸到我眼前。

“手相不宜多看，会不准。”我勉强地说。

“你就是不想给我看——来，看着玩。”他一直举着右手，现在顺势搁在我的大腿上。我连忙把他的手捧起来，小心托着。

“邵总，你的事业线很好，”他根本没有事业线，而且上个月在他办公室里，有过一模一样的对话。“——换过不少工作，但一次比一次成功。生命线旁边有一条保护线，逢凶化吉。命运线前浅后深，小时候家境一般，主要靠后天努力。”上次我都说了些什么大脑一片空白，此刻我像个蹩脚的江湖术士拼命搜肠刮肚。“健康线——唔，胃可能不太好。”

“嗯，人到了 40 岁身体就不行了，我最近老咳嗽。”

“最近天气变化，可能受凉了。”

“爱情线呢？”他答非所问。

“爱情，比较——稳定。”

“是吗——我说不对，你没好好看。”前面要拐弯，他把手放回方向盘，我悄悄舒了一口气。

他换了话题：“每次公司聚会一到跳舞你人就不在了。”

“我不太会跳。”

“你是怕男朋友吃醋。”他的声音又软又黏，像溶化的奶糖，“其实你可以同时爱一个小的，再爱一个老的。”

“邵总，下次聚会我保证不早走，到时候，我请你跳舞。”

“好！一言为定，我们来拉个勾。”

23

这是典型的仲秋时节，阳光下还有些烫人，背阴处却阴冷难耐。夏季蔓生的各种植物已经枯败，菊花从一丛丛凋零的同伴中高出来盛放着，鲜艳得刺目。一阵风匍匐而过，金黄的花朵瑟瑟地摇摆了几下。这种属于秋天的热烈的色彩没有改变气候一天比一天冷的事实，不适宜地显出落寞和寂寥，仿佛季节的回光返照。

我小心地拉开栅栏，穿过小径，在门前停下，拿出带镜子的唇膏盒审视自己，镜子里的女人有一双既热切又犹疑的眼睛。我想补一补口红，转念一想还是不要显得太刻意。我伸手按响门铃，注意听屋里的动静，头上有一扇窗忽然打开，咯托一声不知撞在哪里。“门没锁！”是罗彬的声音。

屋子里很寂静，阳光透过门窗照在水泥地上，暖洋洋的。阁楼上有轻柔的音乐，我径直走上吱呀作响的木楼梯，一面侧耳聆听，呼吸有点急促。

他房间的门关着，敲了三下没有人应，我推开了。罗彬盖着被子躺在床上，还没起床，他闭着眼睛，毫无表情的脸上好像留有一抹笑容。屋里没有第二个人。

我站着不动。“你朋友呢？”

“他有事不来了。”

进门的那一刻，我还认为他真有客人在，但眼下我并不意外，我早该知道，这个朋友一定会取消计划。女人很少真正反感男人为自己玩的把戏，浅薄的殷勤不会妨碍浅薄的虚荣。

阳光穿过一面不大的凹窗斜射着书橱玻璃，映在白墙上，晕出透明的光。书桌上的电脑正在放《怕黑》，幽幽的乐声在一派明媚中柔和了许多。这是一个惬意的秋天的上午。

开头我还有些局促，现在已经完全平静下来。出于女性调情的本能，我没有立刻催问他还钱。

“你就这样等债主上门？”

他“哼”了一声，睁开眼，慢慢弯起嘴角，眯缝着眼睛盯住我，像揣摩什么只有自己知道并为之自鸣得意，回味无穷的想法。

我虽然喜欢有人无伤大雅地献献殷勤，但讨厌他这种直接明了的目光。我更喜欢用智力控制事态的发展，利用一句话一个思想的空隙，把对方逼到死角里再松开手反复逗引。和猫玩弄老鼠的唯一区别是，我不要战利品。我不要他。

“你今天真漂亮。”他换了个更舒服的姿势，露出一个慢吞吞的笑。

“你今天真自然。”我打量他的床。

“我起来过了，洗过脸又回来睡。昨天太累了。”他不会让自己的失态落到别人眼里，尤其是女人。

“夜里做贼了？”刚说完，我就意识到他正等着。

“一个处女。”

“一个昨天的处女。”

他对这句补充很满意。“她是自愿的。”

“你也是。”

罗彬并不是想要伤害那些女孩，他不认为自己会伤害她们。他只是说她们爱听的话，做她们喜欢的事，扮演她们需要的角色，然后等着她们自动送上门来。没有人会为她们难过，因为也许，人们只会自己伤害自己。

“我从来不强迫女人。”

“你从来不拒绝。”

“男人每天都有需要。”

“你每天都把自己当成发情期的动物。”

他兴致勃勃地争辩：“男人不可能一辈子只想跟一个女人做爱。”

长期沉湎肉欲，男性的喜新不厌旧在他身上发挥到极致，肉体对他已经没有多少神秘，面对一两个女人的肉体简直匪夷所思，只有攫取源源不断的女人才能获得感官享受，哪怕是一瞬间。一辈子拥有数不清的女人对他不光是炫耀的资本、生活的习惯，还是日益衰竭的感官感觉的需要，它要更加强烈的刺激，不停顿的刺激，否则就会干涸。这就是为什么他不断追逐猎物，物色新欢。

但他说的不错，男人并不满足于与一个女人建立性行为。

生物进化自然选择的结果使雄性动物有一种天然的本能：追求年轻的雌性，尽可能繁殖，使种群壮大。男人们可以用情感、责任、道德观念或者利害关系来克服自己的原始冲动，但这像节食一样困难，一样违背自然。

同样的动物本能女人也有，比如说母爱，人们赞美它伟大、高尚，因为它无私。自私是人类的本性，一种超然于本性的东西便令所有者欣喜若狂，推崇备至。殊不知它是一种更原始、更强大、更天然的本性，与母鸡的母爱没有什么不同，并且，母爱也是自私的，母亲只爱自己的孩子。

也许人与其他动物的区别在于他们千方百计想用意志和智慧摆脱生而有之的强有力的动物性，而不是受它摆布。

“有道理，但不充分。”

“我知道，你老公就不会跟别的女人上床。”

我真想冲着他的脸放声大笑：谁说他不会跟别的女人上床！

“他也是男人。”

“哦，你这么看得开？”他很好奇。

“是否看开，不改变事实。”

他考虑了一下，不知道除了赞成还能说什么，只好点点头。对话偏离了调情，气氛很生涩，他注意到了，立刻回到自己擅长的话题上。

“那天我喝醉了，你给我倒水，正好背对我，那双长腿，要是让它夹住……”他放肆地笑着，眼睛像一条细小的缝口。

我警觉起来，难道他那天并没有醉，但他确实吐了。我不想让他觉察出我的疑虑，冷淡地说：“又怎样？”

“范荣说，如果他没有女朋友肯定要追你。”

“他怎么想是他的自由。”

我被刚才的怀疑纠缠着，我一直认为他对我和对别的女人不一样——他想和我躺着**说话**。现在看来，他的确欣赏我——烂醉如泥地说“我爱你”，还不忘欣赏我的腿，他只是把我当作那些女人中的一个。他不了解这些隐秘的思想，继续以大胆亲昵的态度说话。有一阵子，我不知道他在说什么，反应也很迟缓，他感到有点迷惑，忽然说道：“你还记得我上次陪人到你公司看房子，后来销售部有个女孩接待我们——你知道她在外面做什么？”他停下来，故弄玄虚。

一瞬间，我在头脑里闪过关于曹薇的各种逸事，她的衣着、她神秘的外国朋友、她奇特的笑容。

“她在芭芭莉专门坐老外的台。”

罗彬十分享受我的表情。即使我猜到七八分，一听之下也不免震惊，猜测与事实相比毫无分量，前者可以推翻，后者却不容置疑，活生生地在眼前紧逼。

芭芭莉是这个老城最红的夜总会之一，它在旅游风景区与市中心的交界处，地点虽然僻静，但靠近几家四星级宾馆，以外国人聚集闻名。我从来没进过这类场所，也知道芭芭莉里很有些名堂，听说里面的酒水是普通酒吧或迪厅的两倍，里面的小姐与众不同——她们多数学历不低，家庭条件良好，有的还有一份正经工作，她们的容貌可能算不上最好，但综合素质高，价码也高，在某种圈子里相当有市场。

罗彬有几回去芭芭莉都碰到曹薇，这个身材高挑外表冷艳的女人很自然地引起了他的兴趣。“她在芭芭莉叫 Vivian（薇薇安），不是纯做台的，是票友。她被包过两回，有一个是加拿大的，××集团专家，去年回国了。她专钓老外。”

在那样一个场所，欲望心照不宣。罗彬用极简单的方法跟她搭讪，为她点饮，同时说些轻佻的话，她不冷不热地接受了，神态自若。罗彬曾经想和她建立轻松友好的炮友关系，不过对方并不热衷，所以除了一次非交易的性爱（假使他没有吹嘘），两人并无瓜葛。怎么讨女人的欢心他在行，但讨一个物欲至上的女人的欢心——就他的目的而言，这不值得。之后罗彬与她断了来往，直到那天在售楼部又一次见面。曹薇没有料到一个知晓她底细的男人会出现在这种场合。

所有那些围绕着她的谜团霎时有了答案，丝丝缕缕连成一片，她的生活展现在我面前，声色形容，清晰可见，我原先认识的那个曹薇反而暗淡单薄，纸似的被一阵疾风刮走，叫人不寒而栗。

“为开公司的事，我最近跟她联络了几次，价格太高，没谈成。”

“嗯。”

“她跟你们老板有一腿，不过她想找个老外带她出国。”

“她心气是高。”

“再高也是鸡。”

“是。”我说。

罗彬打了个呵欠，伸出两只手上下搓着脸，显然厌倦了前面的话题。他穿了一件几何图案的睡衣，看上去很傻气。他摊开自己的左手，仔细查看，他的手掌厚实，手指短而粗，像凭空少了一截。他边看边说：“昨天那个女孩会看手相，她说我 28 岁前会结婚，35 岁事业有成。”

“她应该先给自己看。”

“她说她很舒服。”

“但愿。”

“什么时候我们试试？”

“找对你有兴趣的女人吧。”

“没试你怎么知道没兴趣？”

“没兴趣怎么试？”

他换了一个角度：“还没有一个女孩对我不满意。”

“看来我不可能了解了。”

他占不了上风，干脆简单地说：“总有一天我会上你的。”

我被突如其来的恼怒和想要寻衅的冲动摄住了，性，不就是性么，这些该死的男人仿佛天生掌握着主动，难道女人就该受到侮辱和损害。

我尖声回答：“假如不是什么都像你的手指那么短。”

他一体会到这话的含义就愣住了，两眼圆睁，张着嘴惊笑。他尽可能地恢复常态，但反而弄得不知所措，一时说不出话来，默默地笑着，露出一脸蠢相。我越发轻蔑。“不幸言中了？”

“你可以检验一下。”他终于活过来，“我现在没穿内裤。”

“不需要。”

“你不敢。”

我伸手抓住下端的被角用力一掀。有一秒钟，我和他都呆住了。他说的是真话。

他的私处一览无余，可笑地半立着，像一株生了病的植物，大小也与传闻中的叱咤风云相去甚远。

植物的主人看起来扭捏不安，他黝黑的皮肤下泛出红色，“别看了。”他沙哑着嗓子。

“说真的，你实在没什么可看的。”眼前的一切太滑稽了，我忍不住大笑起来。

罗彬不作声，猛地起身不知从哪扯过一条睡裤飞快地套起来，跳下床，我没反应过来，他已经一把将我摔倒在床上，随即把全部重量压在我身上，肉感的香水味和人酣睡之后的气息紧跟着扑过来。如果说我微微有些惊恐，更多的是难堪和窘迫。他至少有 180 斤，力大无比，我被他脸对脸压得死死的，只看到他浮肿的双眼在面前晃动。我浑身的肌肉紧张僵硬，完全使不出力气，两耳轰鸣，眼前发黑，唯一能做的是偏过头躲避他的嘴唇。时间停滞了，也许只僵持了几秒，我明白挣扎全是无谓，突然感到筋疲力尽，一下子被屈辱压倒，眼泪不自主地流出来，整个人也松弛下来。

他料不到我会哭，呆了一呆，双手一撑站起来，悉悉窣窣地，不知从哪儿抽了一张纸巾递给我。这种东西是以备不时之需吧，一瞬间我鄙弃地想。

我翻身挨下地，走到一个老式五斗抽前，上面有面圆镜子，旁边并排摆着上回倒扣在抽屉里的那副相框。对着镜子，我吓了一跳，里面是个头发蓬乱、满脸潮红、双眼肿胀、面目扭曲的女人。我擦干眼睛，站着不动，用手来回梳理打了结的头发。他体贴地别过脸，不看我。

阳光照在白色的电脑外壳上发出刺目的光，音乐还在继续，听起来像拖长了的笑声，在狭小的房间里蔓延，平静得令人尴尬。

24

月初例会一结束，公司就聚集了三五一群的小团体，神色凝重地悄声议论，看见有人经过走廊立刻缄口不言，发现来人不相干，又继续刚才被打断的话题。

人事上重大的调整使气氛起了微妙变化，厉萍被任命为办公室副主任兼财务科副科长。

赵燕在晨会中一直拉着脸。老板事前征求过她的意见，说征求不如说委婉通知，局面像鸡蛋里长了骨头，不能打破，又挑不走。副主任的位置虽然空着，众人对此并无异议，赵燕也习以为常，现在忽然起了变化，而且来的又是这么一位唯恐避之不及的人物。她平时刻意和厉萍保持距离，如今却要低头不见抬头见，好在厉萍人在财务科办公。

财务科科长的脸上表情漠然，似乎没有受到任何影响——这一点瞎子也不相信。众所周知，在做账的问题上，老板一直对她的胆小怕事不满，现在来一个能人，焉有不用之理。话说回来，她爱人下岗在家，儿子要考大学，正是需要钱的时候，纵有不快，也不能跟一份月收入 2000 多的工作作对。

反应最激烈的是肖琴，她从财务一科调到了财务二科，失去的不仅仅是观察老板动向的最佳位置，还有老板亲信的位置。一科负责总公司账目，二科负责下属装潢、物业公司账目和一些杂七杂八的事，是前妻的孩子。大家纷纷猜测这是肖琴失宠的征兆，而且与厉萍有莫大关系。厉萍以前和肖琴打得火热是假，摸底是真，现在终于可以铲除前进道路上的一大障碍了。众人咂舌幸亏没有和厉萍靠得太近，很多人暗自嘀咕这女人能量巨大绝不能得罪，还有一些打定主意今天开始认购这只潜力股。

两个月的友谊葬送了肖琴，正应了小人之交甜蜜蜜的俗话。她一定醒悟自己成了一场骗局的牺牲品，自己为他付出那么多的男人竟然和如此蛇蝎心肠的女人合起来坑害自己。她不是打落牙往肚里咽的人，晨会一完她就站起来往后一推椅子气冲冲地出门。按道理她应该做工作交接，但她就是坐着不动，旁人知道她的脾气，这时节谁也不愿讨没趣。半小时后，厉萍光彩照人地从老板办公室出来，发现肖琴还没动静，立刻笑吟吟地说："咦，你不赶紧交接吗，那边的桌子都准备好了。”口气之轻松坦然好像她们还像昨天一样亲密无间。

遇到这样的架势，肖琴只有摔东西掼板凳拿各种物件撒气，闹了一上午。下午，她在新环境怨气难平，不久便不指名道姓地破口大骂，每隔几分钟间歇性发作一回，听者的耳朵备受折磨，靠近的办公室都受到波及，总经理现在离得远又关着门所以听不见。又过了几天，她平息下来，竟然一反常态地表现出对周围人的关心和对友谊的渴望，态度谦卑待人和气得叫人受宠若惊。她感叹男人都花心，还悄悄透露老板不是好东西，一天总要有好几回。

命运不偏不倚地看顾每一个人，这一时风光无限，下一刻也许厄运连连；爬得越高越不胜寒，摔得也越狠。同样，这边遭了难，那处就得了益——像肖琴昨天还是泼妇，今天就成了惹人怜惜的苦主。

人恃宠得势时，得不到别人由衷的好感，一旦倒霉落魄，反而能赢得发自肺腑的同情。一来弱者可怜，二来弱者可以衬托出自身的优越，三来施舍同情可以加深这种优越感，更可以使追求高尚情操的心灵得到满足。难免有人笑话她当初的不可一世，但还是好人多，大家把对厉萍的畏惧和反感转化为对肖琴的善意，跟她温言好语，不提她的伤心事，她祥林嫂式的感慨也默默听任。

很多人想不通老板为什么要这么重用厉萍。看中才气？不大可能。看中姿色？大不可能。但有一种说法得到了多数人赞同：老板看中她手段狠辣。老板喜欢搞势力均衡，用甲制约乙，乙制约丙，丙制约甲，谁也别想把好处占全，而他把他们全拿在手里。公道地说，老板称得上和颜悦色，心慈手软，但他总是苦于情面——尤其是那些越来越不叫人满意的元老，又对他们狠不下心。厉萍是他寻找已久的人选，她对权力的热情一目了然，对人情毫无顾忌。有了她，他可以扮白脸，让她做恶人，想拿谁开刀就是谁。两人相互利用，各得其所。

“怎么有这么不要脸的女人？”赵燕愤愤不平，“她肯定还能往上爬，像我们老老实实的有什么用，真不公平。”

“她付出了就该有收获。你不能付出她付出的，当然得不到她得到的——再说你也不要，还是公平。要我说，她现在嚣张，早晚一天你能看到她的下场——肖琴就是例子。”赵燕点点头，若有所思。“当然，也别以为厉萍会在乎报应，风光过了，钱捞足了，她才不怕丢人出丑，怕倒不是她了。”

人只要不要脸，要什么都不难。

每到秋冬之交，这里都阴雨绵绵，一连下了十几天，周遭的景色灰沉沉的，呼吸里充满了潮湿的腥味，墙壁上渗出水珠来，连成行往下淌。

衬托这阴郁的天气，三年来，公司里第一次让身处其中者感到危机四伏。人人都盘算着一本账，怎么才能应对新局势确保自己的利益，这本账不管是之于某副总，还是之于普通员工，意义都同等重大。出于生存的本能，再没有什么比金钱更叫人崇拜的了，即使不是崇拜，人们也会给予恰如其分的敬畏。它们能带来的好处真是数之不尽，不要说那不是一切，只要你每月缴水电煤气费，那就是一切。

有一个人始终不把周围的变化当成一回事。曹薇照常迟到早退，她显现出的不是沉着坦然，而是漠不关心，你可以理解成她的工作不受环境影响，或者她的境遇不受工作影响。

销售科刚搞无底薪纯业绩提成后的一阵子曹薇曾经来得很勤。她可能觉得这也是一条来钱的途径，但很快发现要时刻候在科里，要费精劳神跟一起又一起客户反复讲解，洽谈过程中牵涉到工程、审核、财务各部门，还要警惕别让同事把客户撬过去，至于成不成功另当别论。她喜欢自由，没有坐性，志向又不止于此，因此人家拿四五千一个月时她拿七十五块钱，脸上也没有难堪。同事对她的作为熟视无睹——少一个人抢客户求之不得。

以前曹薇还经常心血来潮地给女同事化妆，后来渐渐疏懒了，尤其是科里的几个女孩为了业绩你争我抢几乎撕破脸之后。她一直游离于公司，并且一天比一天疏远。别人拿她作谈资的新鲜劲早过了，除了工资表上有她的名字，大家已经习惯当她不存在。

我相信罗彬关于她的描述是确切的，我同样相信曹薇向往一段美好的爱情，虽然她选择了更实际的方向。不管怎么说，都是出卖，其他人走的路不见得比她正当。

25

江南的气候四季分明，秋雨一下就冷得快了。雨住了，路上落下法国梧桐的叶子，厚厚的一层，一阵风起，一小簇树叶像一只只黄色的手掌急速盘旋着向上飞扬，和徐徐下落的同伴一起漫天飞舞。这是一年中最诗意的景色，叫游子思乡，诗人作赋，爱侣觉得浪漫得没法形容，失意者看了更加凄惶。行人无心欣赏美景，缩起脖子捂紧胸口抵挡那一阵寒意。

公司里的动荡使人人自危，而我，受着另一种煎熬。表面上我与平时并无两样，内里却无时不感到焦躁烦乱，像有一片乌云，人走到哪里它跟到哪里。事实推翻了我以前的判断。罗彬感兴趣的一直是我的身体，一具除了新鲜没有什么不同的女人的肉体。想到罗彬，他赧然的脸和一瞬间的惊惶窘迫便在记忆中交叉，在耳边噼啪作响，在眼前放大，到无限大。

我不甘心，我的自尊不允许。我在脑海里编造各种场景各种方式，有强迫的，有引诱的，有巧妙的，有不经意的，幻想罗彬终于拜倒在我面前对我坦白，然后我肆意地嘲弄他，让他无地自容。我甚至有一种疯狂的念头，想放下自尊跪在罗彬脚下恳求他亲口告诉我他需要我不全是为了上我。

就像我不止一次地想在猫面前跪下，求他不要总是那样一张无动于衷的脸，求他不要粉碎我的信心，求他多给我一点爱。

我以为我是为了报复，我从不知道自己如此渴望一个男人热烈的肯定，肯定我是一个有魅力的女人，一个有智慧的女人，一个有尊严的女人，一个有身体、有头脑、有心灵的女人，一个不折不扣的女人。只有这样我才对自己有足够的信心。

我想要的太多了。

还是因为我本来一无所有。

我已经不再是那个坚定的我，不再是那只容易满足的小猪。我不知道我要什么，我像一个没有目标的人，只想抓住眼前的一点甜头，其他全不在乎。也许我是厌倦了，厌倦装作一头无知的小猪，厌倦了无足轻重，逆来顺受；厌倦了猫爱我的理由：我呆——这是什么狗屁理由；厌倦了自己的想法：他只在床上才会有热情。他是我爱的人，是我唯一的朋友啊。

心里压着一个沉重的秘密却不能对他说——我该怎么说，说你辜负了我，你让我失去了自信，你把我推进报复和放纵，你使我要从别人的怀抱里寻找安慰，到头来连自我都失掉了，这全是你的错？不，我无法向他解释自己为什么面临现在的处境，所有人之中，只有他，我无法解释。所有人之中，只有他，是我的朋友。我忽然恨起他来。

但是，如果没有猫，我不知道自己会怎样。

“……你欢得很呢……”推开门，范荣边说边走进来，他后面是一张我最不想见到的脸。

“老板娘倒茶。”范荣看也不看重重地落座了。

“我不要茶叶。”罗彬的声音好像有什么值得开心的事。

猫在电脑前专心致志，小俞正给两个学生算账。我把杯子给客人端过去，疏远地走开了。

罗彬叫起来：“妈的这么烫！”

我克制住自己，拿着茶杯进里屋悄悄拧开自来水龙头，然后端回去。罗彬喝了一口，没再说话。离那天他的粗鲁举动有些日子了，他识相地闭口不提，但一有机会就暧昧地笑笑。他大概认为总该和某个女人发生点什么才像样。

我坐下来，重新被恐慌包围了。此刻我真希望能有一个人可以听我卸下心头的重负，但是没有，一个都没有，我身边没有一个可以给予我安慰的人。我不是缺少朋友，我是无法袒露自己，除了猫我却不敢向任何人透露出自己的软弱，我害怕失败，我害怕嘲笑，我害怕承认——承认我害怕。我害怕。这一刻，我一下子认清了自己的生活，我从未挣脱出紧紧缚住自己的茧子，过去，现在，将来，我都是孤独的一个。

韩冽嚷着叫小俞把计时暂停，要活动一下几个小时来都保持同一种姿势的身体。他走进来，浑身扭动着抱怨说脚麻了。我振作精神，拿出平常的气定神闲。

他骑在沙发扶手上，晃着腿用一只脚后跟敲打水泥地。他新近打薄了头发扎成一把，又开始蓄鬓角，目前修剪成方正的猫王样式。

“老姐，你觉得范荣这个人怎么样？”

“他比较沉稳，做事有分寸——我没大注意过他。”

“我就知道你也有走眼的时候。”他扬扬得意，“他最近在跟罗彬抢一个姑娘。”

“不会吧？他不是跟他老婆很好么。”

“切！什么老婆，他又没结婚，结婚又怎么样，你以为谁都像你那么保守，姐夫那么胆小。”

“到底怎么回事？”我不耐烦地问，心下却不禁好奇。

“罗彬在网上钓了一个 81 年的女孩，在这儿上大一，他不是聊天不行么，就叫范荣用自己的 OICQ 帮他套话，结果那姑娘约范荣见面，罗彬气疯了，也约她出去。现在两个人对上了，有好戏看了。”

我回过味来，觉得今天进门时那两人之间的气氛是有些不同。

“哼，她不是什么好货，听说她要范荣给她买衣服。”

如果大胆地预测一下，这姑娘很快就会堕落了。她满不在乎地和男人们交往，一门心思追求感官和物质享受，除了眼前所见什么都不考虑。她可能有时翻到社会的浪尖上风光得令人惊羡不已，最后却往往不知所踪，沉下去被吞没了，成为这个社会每天发生的最常见的一幕。

20 世纪 80 年代生人和我们竟有那么大的差别，他们并非一味荒唐放浪，但他们的价值观、人生观和我们完全不同。他们更自我、更主动、更自觉地追求个人快乐的最大化；他们自负、轻信、偏激、脆弱；他们讨厌承担责任；他们怀疑所谓的高尚品格；他们不能也不愿承载一切有重量的东西，比如几千年的文化、生命的尊严，乃至一个承诺、一次挫折。到他们这一代，这个古老民族的凝重被轻而易举地消解，浅薄甚嚣尘上。就拿我的种种困惑来讲，这个女孩一定觉得不值一提，可笑之至。

“范荣是跟她谈恋爱？”

“玩玩。”

“他老婆知道吗？”

“怎么可能！”

我似乎看到她那张美丽的面孔因为意想不到的背叛扭曲了，不过她会最后一个知道。范荣绝非高尚的男人，但关于浪子回头的揣测和他对爱人的忠实专一确实叫人感动，然而——

“何必呢？”

“他也是看不惯罗彬。”

我懂了。范荣看不惯罗彬自以为是，偏要为难他。轻松漂亮地赢一仗当然痛快，但更多是受天性的驱使，看他平时对老婆服软便依此以为他是病猫就错了，那是换取安宁的策略。这么做他想过自己的爱人么，想过自己的责任么，想过可能导致的各种后果么，还是他计算好了万无一失，或者就算事发也不足以让他放弃眼前的享乐。

不过，这是他的生活，他有权决定。

看来这阵子罗彬又在物色新的猎物，酝酿新的艳遇，我有一点轻微的失落，但并不感到嫉妒——他的情事对我毫无影响，而其实我的烦恼也跟他没有多少关系。

韩洌见我蹙着眉头不出声，又说：“姐夫可是打着灯笼找不到的好人，知足吧。”

这样的称赞和劝慰，犹如背着一只沉重的口袋，别人以为是黄金，其实是石头。人不可貌相，猫或许比很多男人来的要好，但他首先是一个男人，照样会在口袋里有点钱时去找个女人来满足蠢蠢欲动的身心。

人啊，谁能认清谁，连自己都不能认清；谁能保证谁，连自己都不能保证。

猫是我唯一的朋友，我失去了他。

26

“后来呢？”

“我第二次去，他太太还在。她倒还客气，但我晓得不对——估计她知道什么了。”暄说。

“她没对你怎么样吧？”

“没有，她就说了一句：‘有我照顾他，就不麻烦你了。’”

“喔。”我说。这是地道的女人的智慧。

“我坐在那儿，也不敢多看他，他装得什么事都没有一样。我又不好就走，就说了一点代课老师的事，唉，我也不知道自己说了什么。”

“他现在出院了？”

“他现在在家里。”

“你后来没去找他？”

“他手机不开，我又不能往他家里打。”她随即说，“这样也好，反正迟早有这一天。”

暄的忘年恋意外地结束了。教授白天讲课时突发急性胃穿孔，被学生送到他太太所在的医院。那天晚上暄去上课发现没有老师，等她知道的时候，手术已经做完，太太也到了他身边。

她焦急不安地等了几天，夜校的同学里才有人提议去医院探望病人。暄特意买了他爱吃的桂圆，和在一群同学中间去了医院。学校出面找人，安排下单人的干部病房，他开了刀，精神不错，还拿自己的胃说笑，暄刚刚放下心来，他太太就进了病房。

那是暄第一次见到她。她长得还端正大方，有一股对生活很有把握的神气劲和在自己的领地上的干练。大家拜见师母，一番寒暄热闹后，她看见桂圆，于是说：“你们老师最喜欢吃桂圆，每次都吃得上火。”又转过脸对他说：“不要馋！”大家都应景地笑，暄也笑，自觉脸上被说破心事般发烧。

第一回去人多，一句知己话也不能说，暄心烦意乱，有件要紧事没做完似的。第二回，暄想好了，如果她在，就说自己有事到医院顺便来看看。那天是连日阴雨里第一天出太阳，天气晴冷，暄暗自觉得是好兆头，忐忑地去了，没想到她真在，态度礼貌得冷淡。暄用目光求救，不知是否为了脱清干系，教授没给她任何帮助，反而显得格外生分，暄挨了一会儿，终于讪讪地走了。她来时还带着希望，谁知落了空，又受了两重的委屈，深秋的太阳到底抵不过心里的寒意，走时的滋味不知苦涩了多少倍。

打那以后，教授没了声息。教授原先跟她说，太太因为好强、事业心重，顾不上家庭——连孩子也送出去住校，对他又不细心，他心里想的她全不知道，他常常为此苦闷。不过，这次她为服侍他特地调了夜班，白天也常常陪在左右，足见还是很体贴的，与教授私下里的怨言并不完全相符——老夫老妻了，哪还能花前月下的——再说，不是患难见真情么。

暄还不糊涂，知道这结果对她倒是件好事，她不想破坏别人的家庭，况且那个家庭还没有需要破坏，她更不想做了别人情感的寄托，而不能寄托自己的感情。她说自己的决定时，脸上有股执拗。我看她心里有了底，人也有了支撑，比上次见到时精神多了，像大病将愈的人，一天比一天好起来。

我送暄出门，她弯下腰开车锁，脸上浮现出一缕光泽。

“老牛过时了，给你找个处男吧。”

“过了年我 26 岁，自己都老牛了。”她发出哧哧的笑声。

送走她，我独自信步向前，走到两盏路灯之间的一大片黑暗中，路旁的暗处有什么动了动，冷不防一激灵，已经有人走到我面前。

今晚没有月亮，他虽然背着光，我仍看得出来人是罗彬。他没有解释为什么会在这里，只是柔声说：“陪你散步吧。”

我有一次在电话中听到过这样的语调。

很长一段路，彼此都默不作声，拘谨地走着。走到下一处黑地里，他忽然停下脚步，拿出一样白色的东西：“现在不要看。”他说得很含混，我一时不敢肯定他的话。

“是什么？”我接过来，是一张折叠起来的纸。

“一封信。”他轻声说，听上去几乎像害羞。

“电脑打印的吧。”

“你怎么知道？”他诧异地提高了声调。

“我看过你的字，你这么好胜会不藏拙？”

他温和地笑出声：“好了，我先回店里，他们都在等我。记住，现在别打开，回家再看。”

我继续不紧不慢地向前走，在前面的路口拐弯，确定周围没有人以后，我打开信，飞快地读了一遍：

其实我们刚开始时我是很高兴的，对我来说是一种新的游戏，现在它是可怕的。我开始对你有了依赖。想见到你——不管是不是因为情欲还是就想见你，想听到你——不管是从电话里还是从心里，想拥抱你——不要说我在占你的便宜，我只是很喜欢抱你的感觉，想抚摸你——有一点点情欲最多的是对你的向往，想和你交谈——我喜欢事后的那种疲惫感，和你聊天会很累。我发现这些想法后我害怕了，我的无敌要结束了。我和你在一起时不是说都在想那些东西而是不敢想得更多，你知道吗？

第一感觉是写这信的人文字功底欠佳，短短的一段话读起来磕磕绊绊，还有几处语病。我简直有一种想笑的冲动。这是情书么，没写一个爱字，倒有两处用了“情欲”，当然，在他是相宜的。如果这算情书的话，那么是我收到的第一封情书，我微微带点落寞地想。

然后我又读了一遍，才看懂他的意思。

信用紫色的楷体打印，没有抬头和署名，被小心地折了两折。我照样折好，又打开，这一回，我细细体味着字里行间隐藏的含义。他的醉话竟有几分真实，我一阵狂喜，他到底还是承认了。他把我区别于其他任何一个女人，这极大地满足了我的虚荣——征服一个纵欲者的心好比驯服一头猛兽，是一桩不折不扣的胜利。这头猛兽眼下忘了嗜血，变得像羊羔一样怯弱温顺，一心想得到新主人的爱抚。

这信他不用手写，恐怕不单是为藏拙，也许正像年幼的我不顾一切要抢回作文本。他花了些时间来计划，早早揣着信，不知什么时候避开其他人出门，想在路上碰到我，也不知他等了多久，这期间有多少奇怪的假设一个接一个占据着头脑。他那么害怕失败，总显得玩世不恭，现在却肯对一向看轻他的我袒露心迹，不顾它可能反过来成为对手手中的利器。是的，我不该嘲笑他，我自己的心意也被人随意丢弃。但是，不管怎样，这是我应得的奖赏。

我几乎要唱出来，然而却模模糊糊地感到一阵不安。此刻，他说过的那些话、他信上的字句、他的眼神和口吻全都在我面前聚拢起来，化成一股炽烈的东西，其中最灼热的部分立刻在我心里找到一处空虚——这是我一直渴望的——如同我自己的感情——现在得到了。这念头像一声霹雳落在脚下，令我惊惧交加，像一阵无形的大风，吹得我站立不稳。

我从来不认为他是我的朋友，我不能坦然地说自己和一个有名的好色之徒有过两次充满友谊的拥抱，我也不敢真正相信他。那么，我应该怎样看待他？这问题让我猛地一怔，与此同时，所有因他而起的喜悦、骄傲、厌恶、轻蔑、困惑和焦虑，这些反复无常、起伏不定的情感统统翻涌上来。转瞬之间，我和他的位置调换了，他还是那个精明的猎手，而我——

我不知是被什么推着走回去的，一抬头已经到了。仿佛做梦般，我推开门，看到各种面孔在眼前晃动，听见很多嗡嗡作响的人声，其中最响的一个是罗彬，这一下，我从恍惚中惊醒了。猫坐在里屋的沙发上看报纸，我低着头匆匆穿过人群挨着他坐下，把胳膊套进他的臂弯。

罗彬的声音高过众人从外面传进来，他和先前判若两人，兴致勃勃地大声说笑，似乎对一切都产生了好感。如果这时有人留心，会发现他神情亢奋，心不在焉，就像急于隐瞒秘密过了头的人。他用侧脸的间隙不断看向我，想知道我是否在注意他，一旦感到自己可能被发觉，又赶紧掉转。他眼光闪烁不定，面颊不自然的发红，似乎正被火一样的欲念炙烤。这一阵大火来势凶猛，竟连同引发的人——连同猫身边的我一起吞没了。

我忍不住拿眼角的余光去扫那个身影，每次都赶在他之前移开。没有人察觉出任何异样，我的自制力保持了外表的镇静，甚至我还出于自卫的本能在罗彬看过来时和猫亲昵。他一次也没有接触到我的目光，所以不知道此时在镇静的外表下，无数相互矛盾、难以言表的意识同时在我脑海里急遽旋转，此起彼伏，互为抵触，形成一个个旋涡、震荡、摇撼，让我忽冷忽热、神志昏乱。

我为什么不能控制自己，我为什么用这样的眼神注视着他，我受了怎样的支配竟要对他做出回应。我试图用对猫的感情来遏制，却发现自己无能为力，在新的火焰面前，旧的那簇变得奄奄一息。我好像一个在沙漠里长途跋涉的人，猛然看到海市蜃楼，就剧烈地发起高烧来，说着可怕的谵语。

要是天真优柔的仰慕者，我会带点轻蔑的好言打发，对矫情自大的，就客气多礼的冷淡。偏偏他是毫无忌惮的人，一切常理在他面前都失去效力，他的柔情远比任何一种激情更猛烈，这柔情甚至为他难看的脸增添了魅力。

从没有人这么热烈地对待我，他是第一个让我了解自己是一个**女人**的男人，这近乎赤裸的念头让人震惊。此刻在我眼里，他浑身充满了邪恶的力量。我无法漠视他，无法漠视自己，难道我爱他么，我忍不住发抖了。如果我爱他，我就必须离开猫，不能违心地欺骗，但是——一想到他的手触摸我，我就有一种克制不住的生理上的厌恶和恐惧，厌恶自己，厌恶所有的联想，不，不，这不是爱，如果是，我宁愿现在就死。

猫心无旁骛地翻着报纸，对周围发生的事浑然不知，我突然愧疚难当，几乎要失声痛哭。我竟会是这样一个女人，一个浅薄、轻率、虚荣、寡情，屈从于最卑微的欲望的女人。不，我不会，我不会这样，不是这样，爱不是这样，爱让人温暖，那张面孔只会让我胆寒。也许，也许这都不是真的，是一个噩梦，对，我要尽快清醒过来。

我不由得靠紧猫，挨着他的肩膀，把他的手臂拉过来围住自己，仿佛在我们之外筑起了一道壁垒，我稍微感到一点安慰，也冷静了一些。

这时罗彬在外面宣布：他累了，不想玩了。随后他丢下连声抱怨的同伴走进里屋，倚着门，开始很感兴趣地和猫搭讪。

“这帮怂人……”他说。

我忽然不能够装作若无其事，突兀地站起来，猝然离开。

27

我躺着，昏昏沉沉睡了一个下午。昨天天气骤冷，受了凉，自从去年第三次去医院，人就明显地衰弱了。

窗外的天幕迅速暗下来，变成深紫色，显出初冬的征兆。这时节，气温往往冷了几天又回过来像小阳春似的粲然，如此冷冷热热交替着麻痹人们，在水银柱上一毫米一毫米地往下掉，忽然有一天好像没有傍晚的转圜便从下午直接跨入夜幕之中，这时冬天已至。

不过是几天时间，却形容不出的漫长难熬，洗脸、走路、工作、吃饭、睡觉，无论做什么，总有一个声音在沉默地追问着我。看起来我的思想全神贯注于一点，着力要解释眼前的困境，实际上却完全不受自己的支配，反而如同精神的奴隶、思维的囚徒，在视野广阔、空间狭窄的笼子里左冲右撞；我又仿佛是个车轮，只知道不停地转动，下一刻往哪里去，怎么去，何时去，全不由自己。

时而我忽然抓住一个差一点掠过的想法，心里欢叫着终于找到出口，可以让一切迎刃而解，随即又由新证据的出现完全否定了，不得不丢弃刚刚还非常重要的念头，继续追索。这样反复不休地提问，寻找解答，然后否定，自己也糊涂了，好像不断追赶着一样东西，眼看就能抓住，它却立刻改变了形容，并且加快了速度，而我来不及适应，只得继续追下去。

很多时候，我在嘴里来回默念着一句话劝服自己相信，似乎可以因此获得冷静，暂时摆脱思想的纠结，但片刻之后这句话只剩下毫无意义的几个音节拼凑在一起。我竭力思索，想弄懂一切，结果却使头脑更不清晰，旧有的和新冒出来的头绪缠绕在一起，混沌一片，连最早的追问都被抛在脑后，然而它很快就再次出现，忠实地尾随着我。

从清晨到夜晚，我无数次地肯定和否定，也许有很多次是重复的问答。我变得不想关心这一切，只希望快点结束，快点入睡。睡梦中，白天的种种疑虑幻化成许多古怪而狰狞的梦境，偶尔在里面看到一两张熟悉的脸，表情奇特，仿佛谨慎地嘲笑着什么，在醒来的那一刻还在眼前。

我爱罗彬（我一直避免去想这两个字，每次想到就像受了针刺一般）吗？每当这个问题浮现便得到断然的回答，快得来不及质疑，坚决得不容我不信。不，我不爱他，但他改变了我的生活，罗彬动摇了我生活的基础。我对一切都产生了可怕的怀疑，怀疑我是否曾经了解过自己，是否曾在过去的五年里那样真切地爱着一个人。

我模糊地体会到为什么有人心甘情愿做罗彬的猎物。凭借天赋和多年的猎艳生涯，他已经完全洞悉女人的弱点。他有一种惊人的影响力，使她们渐渐放松警惕，催眠般不知不觉间接受他那一套及时行乐的人生哲学，他使她们明白自己性别的魅力，也使她们触摸到自己最原始的欲望。受了这样的侵浸，女人们会自我麻醉，忘记之前十几二十年刻板的贞操教育，蠢蠢欲动地等待，寻找机会爆发出压抑了的本性，说出以前绝不会说出的话，做出连自己都不敢相信的事情，变成完全不同的另一个人。

我比任何时刻都更加怀念往日的平静。

几天来，我逼着自己照旧去店里，罗彬一出现便热切地盯着我，观察我的反应。我避开他的目光，紧挨在猫身边，不管游戏多么枯燥吵闹也寸步不离。和往常不同，猫总是腾出一只手臂抱着我的肩膀，他似乎也感到了异样的气氛，感到有什么人会看着我们。

“猫。”

“唔。”

“你爱我吗？”

“那当然。”他说。

在他身边时，我有种错觉，仿佛他一直一心一意地对我，从没辜负过我，他是这么宽厚，我却欺骗了他，这种思想使我痛苦难当。沉重的罪恶感压在心头，我不能用坦白来解脱，我不能看着他的脸，我不能对他提起这件事，哪怕一个字，好像一个字都会让自己无地自容。他也从不询问——也许什么都没想到。我以前没有发觉有这样一个爱人的好处，他的缄默给了我片刻的安宁。

在越来越深的暮霭中，窗前显现出那朵枯萎的玫瑰的剪影，插在玻璃杯里，一动不动，像一颗沉思的头颅。我恹恹地望着窗外的天，又躺了一刻，挣坐起来。

猫的一个同事在店里，他们边抽烟边闲聊。罗彬还没来，我松了一口气，无目的地在一台电脑前坐下。打开 OICQ，韩洌在线上。假如事不关己，韩洌是头脑清晰的合理主义，说话切中要害，只要你能忍受他的刻薄。

除了猫，我不向人谈论心事，但隔着网络让我感到安全，最主要的是我肯定自己的困难尚无人知晓。

美狄娅：洌洌。

皮影戏：老姐好。

美狄娅：我有点麻烦。

皮影戏：说。

美狄娅：我遇见一个男人。

皮影戏：继续。

美狄娅：他和我很相像。

皮影戏：你爱上他了。

这话令我心惊肉跳，想到韩洌不问情由就信口开河的脾性，我勉强透了口气。

美狄娅：不。他是个纵欲的人。

皮影戏：那就是他爱上你了。

美狄娅：也许不过是想给征服清单添上一笔。

皮影戏：呵呵，老姐是很有难度的，得到你代表一种境界。

美狄娅：我不希望这件事影响生活。

皮影戏：算了，你就放纵一回。

美狄娅：我只对一个人放纵。

皮影戏：鱼与熊掌，你必须选择一样。

美狄娅：我会选择不可缺少的。

皮影戏：姐夫这样的好男人不多。

美狄娅：是。

皮影戏：你说的不会是罗彬吧？

要不是还有点理智的话，我简直会叫出声。

美狄娅：你不认识。

皮影戏：那就好。

美狄娅：你怎么会想到他？

皮影戏：罗彬可能在打你的主意，前两天他问我是不是和你有关系，我反问他我和我老姐应该有什么关系。

他怀疑我和韩洌之间有那种——关系！

皮影戏：他这个人就是这么龌龊，你别放在心上，更别问他，他报复心很强。

罗彬的声音在门外响起，我决定尽快结束目前的谈话。

美狄娅：我对坏男人免疫。那件事我会解决的。

皮影戏：我相信。

韩洌的话让我大大起了疑心，罗彬当然不可能怀有纯洁的爱情，情欲，情欲，白纸黑字写着，但他问那种问题绝非出于爱慕者的猜忌，而是要考证我的节操底线。同时，韩洌的话也忽然叫我醒悟到，这场当事人全神贯注的角逐不过是他、是旁人眼里寻常的情事，和其他任何一件毫无分别。

莫非从头至尾都是罗彬的圈套。他对我可能耳闻的事实供认不讳，使我放松提防；他拿自己的隐秘让我相信他的诚意，而且不担心泄露；他常常受了我的嘲弄还虚心服气，叫我误以为他软弱可欺；他时而温柔多情时而故意冷淡，用忽冷忽热的方式动摇我；他观察我的弱点，也许还精明地嗅到猫和我之间微妙的变化；他试探了很久认定到了用适合我的方式打动我的时候；现在我知道他为什么一口咬定和我的爱好相同，那是为了在一开始博取我的好感，消除顾虑，拉近距离。

一个人处心积虑地谋划，冷静无情地实施，所有聪明才智只为肉欲，只为一个如此简单的目的。如果这是实情——看来毫无疑问，那么他对我纵有情意，也是不怀好意，我越想越肯定，不由暗暗心惊。我愚蠢透顶地被别人利用了弱点，就差充当葬送自己的帮凶。说不定主谋现在正提前庆贺——想象一个清高傲慢、拒人千里、处处和自己作对、从不给一点情面的女人一步一步落到自己手里，成为自己的俘虏真是痛快！

人们都听过这样的故事，一段平静的感情因为一句耳语、一次热烈的交谈、一个暧昧的眼神就瓦解了。到头来，那个女人或早或晚要陷入无法摆脱的不幸，她要忍受一个恶棍的拥抱，要遭受旁人的唾弃，要面对断送幸福的自己，也许还要用一生来追悔。

我觉得太痛心了。我自诩聪明，自以为能看透男人的把戏，最终却对谎话信以为真。我向来为高出罗彬一筹自鸣得意，后来又对他的倾心沾沾自喜，几天之前，我几乎受了诱惑上了他的当，意志不坚和遇人不淑兼而有之。最可耻的是，我辜负猫的信任，把厚意看成漠然，差一点让他蒙羞。

罗彬走过来，我假装全神贯注于屏幕，全部注意力集中在后背，仿佛刺猬受了惊扰竖起背上的刺。我能感到他的目光紧盯着我，叫人不寒而栗，他的声音在说不相干的话题，却像一支利箭刺穿了耳膜。他从身后走过时，我不由厌恶地哆嗦了一下。

28

仿佛做了一次深呼吸，从肺里吐出郁积已久的污浊，吸进一大口新鲜空气，我蓦然重新感到爱情的沁人心脾。我知道这空气就围绕在周围，随时可以享用，不必急于一时。因为有了新发现，我比以前任何时刻都感到有把握，不止对自己，也对猫。

天越发冷了，晚上开始下霜，说话时会呼出白色的雾气。猫学完300块钱每周两课的网页制作，回来继续打他的游戏。我去店里的次数逐渐少了，每回去我总要在猫身边坐一会儿，偎在他肩上，“小猪，你重死了。”他抱怨说，同时紧张地在键盘上忙碌着。我们又恢复到老样子，不过彼此间多了种温情。我终于没有把和罗彬之间发生的事告诉猫。

有时我在几排电脑间遇到罗彬，彼此都装作没有看见，如果他不在，我便如释重负。开始他对我的反应感到迷惑不解，很快发现我在有意回避，他立刻拿出毫不关心的态度，但还不时审慎地观察我和猫之间的气氛。有时我面无表情地迎着他的目光，有一种明明占了上风却不能公开的遗憾，不过，我并不真正想去弥补。

我不爱他，从来也没有爱过。多数女人沾上他等于沾上一场灾难，如果玩得起，他是个不错的游戏对象，但我太认真。事实上，他对我的影响还在，生理上的厌恶迟迟不能消退，其中夹杂着对自己的恼恨和难以言表的羞惭。对他的好感已荡然无存，但我相信他曾经流露出的一些情感是真实的。一个无赖的优点，会被偶然的发现者放大，好比黑夜的星星比清晨的星星更明亮，更容易察觉。

他唯一带来的益处，是让我安心和猫在一起。

我和韩洌也渐渐疏远了。他最近的女伴是本地外语学院大三的学姐，从网上结识而后近水楼台。他们设定了一些暗语，比如做爱叫入党，如果要问对方今天想做么——就说，你今天交入党申请了吗？这样当着旁人的面也可以公开做私下的交流，并且因为旁人困惑不解的表情越发得势。

随着网络疆域的开拓，韩洌对女人的需求量越来越大，因为他越来越觉得眼前没有一个女人能满足他灵肉的两重需要，她们不是贱就是蠢，总之随便的贱，认真的蠢，于是他得到的女人被证明没有一个好货，只有收集更多的女人，从中找出自己真正想要的。他很聪明，却不了解泛滥无度的性会耗尽身心，一刹那的快乐之后只剩下厌倦、乏味、失望和孤独。

他出师了，再也不对罗彬的情史啧啧称羡，而今他自己就是别人艳羡的对象。我原来还对他抱有希望，希望他能和罗彬有所不同，他们的确不同，一个和无数女人睡觉，却一个也没能拥有；一个拥有无数女人，却一个也不爱。

店里的生意还算稳定，只是小俞两个周末都请了假，一次是亲戚结婚，一次又是什么理由，猫只好睡在店里过夜。有一回有个个头不高、形容猥琐的男人来找她，小俞不情愿地跟他进了里屋，两人压低声音谈了很久，他走之后小俞一直闷闷不乐，见了我也笑得很勉强。后来我才知道那是她丈夫，并且想起他以前也来过两次。

阳历年前，猫的父母拿到一套两室两厅的房子，在这座房价还没有虚高起来的老城面积不算大，两个人住正够。我去看了，结构要做些改动，只是楼间间距小，冬天下午3点就没有太阳了。这些没有影响我的热情，我本着主妇的天性开始设想，找朋友咨询，借各种装潢书，去熟人家参考。

赵燕从厨房出来，端了杯橙汁。她平时盘着的头发现在放下来，把中国旧小说里的脸衬得说不出的妩媚，身后的阳光透过发丝，映出一圈光晕。我要是男人，恐怕也会想入非非——不管她有多谨慎——而且，假如她是用现在看我的这种毫不设防的笑容。

上午我去广告公司，她同路去房管局，约好时间充裕就去看她家里的装修。她去年换了120平方米的新房子，是丈夫单位赶在最后一批福利分房买的。她家里有点乱，也不干净，随处可见衣服，有些可能是她上班前匆忙拖出来比试的，还有有孩子的家庭特有的各种小东西。一路上，她已经一再为家里的现状打了伏笔。

装修是她先生一个人操的心，和很多女人一样，赵燕不喜欢管家里的“大事”，她高兴时也对装修表达个人意见，但并不切实地做什么，只在最后为挑家具跑了几趟。她对装修毫无发言权，但我有，最近我着实见识了不少内部装潢，瞧得出她家有去年时髦过的元素：流线型天花、射灯、强化木地板、对称的花架隔断。

对一些显然主人费了思量的细节适度地加以赞美，又这里那里应景地夸上几句，我把衣服归拢到一旁，在沙发上坐下。

“刘恒真不错。”这是真心话。

“好什么啊。”

“身在福中不知福，你看着，装修肯定是我忙。”

“谁叫你能干。”

“你敢放心他，我不敢。”

“是他不放心我，活该他忙。”

她说起丈夫，像母亲对孩子既宠爱又轻蔑的态度，仿佛在说：他——我什么不晓得，有种笃定和坦然。这和讲到那个人时假装无谓，却慌张喜悦，同时欲言又止的样子完全不同。可能她自己也没有意识到。

“嗳，那个人呢——最近又去喝茶了？”

“还那样。”

“那样是哪样？”

“讨厌。”

“我倒想看看他长什么样，把你勾去了。”

“你看了肯定要奇怪我怎么会看上他。个子又不高，又瘦。”

“他有多高？”

“一米七六吧。”

“你要多高？”

“刘恒一米八二呢，可能习惯了，所以我老觉得他不高。”

面对两个男人时，女人总不由自主地把他们进行比较，从身高外貌、脾气禀性到谈吐举止，他哪里比他好，他哪里不如他，试图比出一个高下。之所以比较，是因为她们的心只能容下一个。

“他长得不怎么样，真的，不过好多女孩都蛮喜欢他的——就是那种——”赵燕忽然腼腆起来，“唉，我也说不清。”

这是男人里最危险的一种，他们不英俊，多数还带着显而易见的缺点，但身上的某个地方——眼神、笑容、言行举止，或者是其他什么——有那么一股子感染力，甚至称得上一股摄人心魂的魅力，女人瞧见了会怦然心动，不由自主地被吸引。他们自己也非常了解这一点，运用起来得心应手。

“这比有一张漂亮脸的更坏，等你发现要小心，已经晚了。”

我忽然住口了。这番话倒像是为自己准备的。

“我说么，我就是没你聪明。”赵燕老调重弹，“对了，告诉你，星期天我去新世纪超市碰到张琦了。她刚做完离子烫，拉着我在路上谈了半个小时，把姚建国骂得狗血喷头的。”

原来，张琦因祸得福，在新单位做了部门领导，丈夫后来知道她受人欺负，倒替她心疼。他那事其实也没什么，两人扯平了，和好如初。事情仿佛平白兜了一圈又回到原处，还走原路。

“也算是修成正果。”我说。

事实上，女人大多并不真正对生活失望，她们总是真实地融入生活，情愿为此付出，那么，是什么让女人同时还拥有幻想，为得到它甚至不惜毁灭原有的一切，是什么让她们把现世的幸福和虚妄的快乐割裂开来，是现实的落差，还是永无止息的欲望？

我不知道。

我只知道在这个阳光明媚的冬天的上午，自己的生活流入了一条安静的河道，两岸葱绿，富有生气。日子如河床底的细沙一般流逝，比任何时候都缓慢。

29

从总经理室里出来之后，姚建国一直在办公室关着门抽烟。烟雾缭绕中，他煞有介事地打电话，对大玻璃外经过的人视而不见，别人也都晓得他不痛快，识相地不去讨嫌。

上任不久厉萍就显示出过人的才能。她花了三天时间跟财务科长交接归属她的部分，留下话口说原来的问题还由原来的负责人负责。接下来，她似乎放慢了脚步，不再急于求成，像要平息别人的议论。赵燕看她没有来事正在奇怪，过了半个月，她主动去找赵燕说老板要她俩对施行了三年的公司制度进行修订。老板的话竟由厉萍通知赵燕，后者心里气闷、表面疏懒，让厉萍先拿方案，她雷厉风行，一周就完成了，并且直承老板，回来笑眯眯地说新制度基本通过了。

公司例会确定并公布了细则。这一次面面俱到，巨细不靡：使用办公室复印机必须填表说明情况；外出打的需部门负责人同意；固定电话一律换成充值座机，根据级别充值；手机费全报改中层以上全报，普通员工报一半；全员每月例会变成每周一例会，此外每周五还有一个领导层例会，无故缺席者一律按工资比例扣钱。

细心的人发现，新制度有一个共同点，为难别人便宜厉萍，某些更为她划分了等级的界限，增加了权力的砝码。对元老——那几个副总来说，无疑是一场严峻的危机，一个女人（长得这么丑）居然能如此左右老板颠倒乾坤，再不力争，往后怕是真要爬到自己头上来了，公司里呈现出一触即发的紧张。

就在此时，姚建国勇拔头筹。周五下午开第一次领导层例会，只他一个缺席，手机怎么打都不接。缘故很容易就猜到，而且离事实不远：中午业务单位请他吃饭，他照例喝醉了去休闲中心洗澡，一觉睡到傍晚。本来就事论事不算什么，但在目前的时局格外醒目，厉萍正中下怀，硬生生扣了姚建国工资，弹性十足的公司制度突然变成旧家庭的家法，摆明要拿他儆猴。在外姚建国是呼风唤雨的一号人物，身后一堆人呵着他、看他脸色，在内论职务论资历，厉萍没法比，他怎么咽得下这口气。反过来，要是厉萍能降住他，证明已经牢牢站稳，前途一片光明。一场斗法正式开锣——说到底，他们仰仗的都是老板，所以考验的时刻到了。

所有人都敏感地认识到这不是一场普通的公司内部革新，而是权力的角逐。

公司上下虽然有人准备投靠厉萍，实际还很齐心，无不抱着一线希望等待有人给她点颜色，同时担心下一个掸到她眼里的是自己。罚款有章可循，姚建国不会为这点钱找老板，他要的是杀杀厉萍的威风，扳回面子。关着门谈了一个上午，如果不是对结果不满意，他一准大模大样到处宣扬战果。新结论对每一个人都不利。

比较落难的人，赵燕觉得自己还算安慰，虽然改制度的事她很窝火，但老板让她负责施行新制度，主持两个例会，保全了她的体面。她分析这事，言之凿凿地认为老板在搞权力平衡。

有人心下不平，不免追根溯源，问起早先招聘时怎么早没把这祸水泼掉，我向总经理室方向撇撇嘴，对方便会意地缄口了。事实上乍一看她来者不善，我就设法旁敲侧击了几次，可惜因为经常跟老板拔河，我力气是够了，说话的分量却不足。碍于应聘时的情面，厉萍对我比旁人友善些，但她绝不是讲交情的人，能不算计我就是好的。

新制度事件后，厉萍成了公司来得最早、走得最晚的人，晚上下班后又没完没了地应酬。她保持着活泼的神采、旺盛的精力，暗黄的脸始终笑嘻嘻的，似乎永不疲倦。身负重任，顾不上孩子，厉萍就叫办公室的小王带自己的女儿吃晚饭，钱却忘记给，这事逐渐养成习惯。小王家在外地，和几个同事合租公司卖不掉的办公楼，她拿 800 块钱，管自己吃穿都嫌少，每次假装乐意地照顾领导的女儿，其实快哭出来了。她悄悄问我有什么办法，我也一筹莫展。

小孩子总是最单纯的，厉萍的女儿不像是她妈妈的孩子，对关门过节还没开窍。她每天放学来公司，趴在桌上写作业。人们不是抱着通常对待小孩子特有的和善与温柔，而是利用年幼无知套她的话。大家幸灾乐祸地听小女孩说：爸爸一个月只回来一次，妈妈和他老吵架，家长会没人去开，老师说了好几回。女儿的话彻底打破了厉萍渲染出的美满景象，做妈妈的浑然不知。

跟着发生了几件事。一是厉萍接到了一个匿名电话。打电话的似乎是个年轻女人，点名找厉主任，厉萍接起电话后连说几个“什么？你说什么！”，话筒里的声响很大，附近的人听不清内容，但可以判断对方口气异常激烈，像骂街，大家唬得不敢出气。接电话的人脸上颜色都变了，黄里渗出红，红里透出白，白得发黄，挂上电话她两眼圆睁，似笑非笑，声音岔了调：“说什么东西啊！说她自己！”包雯当时正好在场，形容得绘声绘色。

二是公司出了盗窃案，一共两起。物管科放在办公室的电表箱少掉两只，公司为此特地在例会上强调了安全意识。没过两天又出了入室拎包案，有人看见一个 40 岁上下的男人在公司走廊里探头探脑，不久，厉萍上厕所回来发现包没了，一番询问立刻奔出去大喊抓贼，贼早下班了。偏巧那天财务一科只有厉萍一个人在，包里的 3000 块钱和一部新手机送给贼回家过年。

世风日下，人心不古，众人不去责难骂人的泼妇和拎包的小偷，背地里幸灾乐祸，拍手称快。

这期间老板娘又来过几次电话，依然打着云山雾罩的谜语，大意是老板和某女（该女在公司内部）到什么地方去快活，她早已知道，而我知情不报——她不怪我，她已经看透了，不想再管了。我体谅她的心情，但实在猜不出我应当知道的答案——对她而言嫌疑人不止一个。后来有一回，她忍不住含沙射影地泄愤："提拔得快呢""不得了了""我倒要看看她几斤几两"，我这才领悟。

女同事们陆续接到电话，大家习以为常，担待敏感的第一夫人，想想老板虽然罪有应得日子也真不好过。

下野之后肖琴做了公司时事评论员，冷眼旁观，冷嘲热讽，似乎大彻大悟了，她现在不能对任何人构成威胁，因此无人看重，连老板娘都对她失去了兴趣。老板大概真的厌倦了她，公事公办不失为最好的了断。她明显瘦了，冬天衣服厚，身上看不出显在脸上，眼睛凹下去，周围有一圈阴影。

对这些争权夺利的名堂，我敬而远之，眼下装修是头等大事。异地考察结束了，下一步是靠着一知半解着手设计。这一堵墙要敲掉让客厅采光充足些，但两边必须各留40厘米保证承重；那一个门的朝向要改一下提高书房的利用率；阳台要布水电好放洗衣机；卧室进门处和两个床头柜附近要安三个双开开关；等等。接下来，是跟工程队就包工不包料的报价单讨价还价，价格确定以后我开始疑心那个表面老实的工头到底报了多少花头赚了我多少钱，为什么他总是悄悄浮现出一丝笑容。

先期进驻的是瓦工和水电工，结构改造，水电布放。房子里转眼灰尘漫天，东一堆水泥西一堆墙砖，满地大大小小的碎渣，人在里面被隆隆的打墙声震得发麻。

瓦匠说，要买瓷砖。到了装饰城陶瓷专卖区，我们发现首先必须清楚厨、卫、阳台所需六种瓷砖各自的精确面积，尤其是计算厨房先要选定整体橱柜，这又牵涉到另一桩事。要做这一件先得去做那一件，追溯个没完，像童话里身负重任的王子，疲于奔命。

从此，两个人频频往来于装饰城，几天之中见识了无数装修材料，与各式各样狡猾的老板周旋。买任何一样东西，哪怕是地漏都得货比三家，价钱、牌子、质量、式样、风格，大件还要问是否送货，送到二楼加多少钱。我们从未经历过这样的场面，看得眼花缭乱不免气馁，有时盲目地买下一样了事。等完全了解装修的第一步，装饰城已经跑了不下十趟。

无论如何，装修正按部就班地进行。卫生间的瓷砖贴好了，一块块横竖对线，看上去光滑平整。面盆、坐便器、大理石台面、镜子陆续就位，上门安装淋浴间的人也完工了。

到整体厨房装好的那一天傍晚，我站在黄色的灯光下对着它长长透出一口气，心里盘算明天要去买木工板、三合板、五合板、实木、红榉板，还要选地板，再看看木线条——假如花式繁复就用实木条——不管木匠叫得多响，请他自己做。

客厅黑沉沉地映出外面灰蓝的暮色，猫弯腰从电水壶里倒了一杯水，他喝了一大口，把杯子递给我，自己鼓着腮帮子慢慢咽下去，喉咙里咕嘟咕嘟直响。他瞧见我瞅着他，突然兴高采烈地把我拉到卫生间的镜子前："小猪，你看你的样子，像个呆子。"

镜子里的我皱着脸，吸着下嘴唇，自己盯住自己，一脸迷惑，不时眨一下眼睛。

"我最喜欢你呆。"猫说。

我又是他的小猪了。

30

进入隆冬季节后，低温澄清了空气，这几天阳光很好，照在发白的马路上、人面上、空气里，泛出寒冷的白光。大街上的行人习惯了扛着肩，遇上一连几天的好天气，心里又开始侥幸，嘴上说还要冷，却觉得晴朗会就此延续，即便是冬天的晴朗。

今年的阳历新年不同以往，圣诞的风头被彻底抢下去，1999 年年末是 21 世纪的起点，各级媒体和大小商家早按捺不住，把世纪之交看成当仁不让的卖点。刚进 12 月，商场、银行、公园、酒店、饭店、茶楼、休闲中心、家具城、服装一条街，所有的门外都挂着、贴着、写着红色的“千禧送……”字样，一千年一回的好处全被活着的人赶上了，果真热闹起来。红色的字喜气洋洋，比阳光更能给人脸上映上红光，看了又增添些热气。

在年轻的人们中间，是另一番景象。韩冽同窗好友里最后一个处男正在物色女伴，决心在新世纪来临的时刻结束自己令人尴尬的身份。而韩冽，他赌咒发誓要来个“世纪之交”。我没有女人了，他说。他没有新货了。

“老姐，给我介绍个女人吧，不一定漂亮，但要有钱。”

最近我满脑子都是某个灯的式样和某张床的价钱，很久不来店里，一来就听他这样说。

“你就不能找个好好的女孩，好好谈回恋爱？”

“没人爱我。”

“是你不爱任何人。”包括你自己。

“屁话，我已经吃素很久了。”

“你这么胡闹只会害自己，哪个好女孩敢跟你？”

“我想要的女人没有弄不到的。”

“是是。”

他懒洋洋地坐着，一挺身打了个长长的呵欠，然后像块忽然拦腰撅断的木板，重新陷到沙发里，继续摆弄新手机。

我在一旁气闷。一会儿，他旁若无人地痴笑起来，一边急速地发短信一边像在自言自语："靠！留守叫我元旦过去。"

"谁？"

"留守——就是百合，老公在德国的。"

我记得他说过，上次去苏州——是苏州吧，和百合见面。一个有着年轻面孔、成熟气质的女人。又一个有钱有貌有事业有家庭有幻想唯独缺少爱情的女人。

繁盛的夏、丰美的秋，每个女人在生命的这两个季节都渴望着奇遇。另一个说法是婚姻的平淡葬送了爱情，日复一日，年复一年，消磨掉一切热望，除了热情的种子，漫长的岁月里任何一点土壤都可能将它催生。我相信，她们并不是游戏生活，不同于罗彬的炮友，她们真正渴望着一段爱情，一段在自己的生命里已经寻觅不见的爱情，一段悱恻缠绵、需要全身投入烧尽一切的爱情。

韩洌正是老天为她们安排的人选。他有孩子的天真，有时是轻狂的不羁，有时是稚气的温顺，让她母性蓬勃；他有爱人的魔力，有时是执拗的甜蜜，有时是狡黠的逗弄，让她少女般喜悦；他有男人的欲望，这欲望加上她的，让她彻底了解自己，因此彻底屈服了。一个年轻的男孩比任何一剂药都有效，她潜伏的活力重新汹涌起来，青春还没有失去，又被证明增添了成熟的魅力。

即使她们开始还有自知，不久就被越来越强烈的爱与情欲左右了，一头栽进去，落入了可笑的爱情故事的俗套。可怜的女人，她得到了他，用自己的肉体，却发现抓不住他的心，心不是心就能换来的，上一刻的融合与下一刻的距离毫无关联。这一切又让她感到无尽的烦恼和痛苦。她不知道，这个年轻男孩不过是寂寞了，他需要的只是刺激和经历。而她，将会得到损毁的生活、枯萎的信念和燃烧后的灰烬。

我甚至可以想象出百合那双眼睛，美丽、明亮、聪慧，充满了诱惑的渴望，大胆的羞涩，无谓的挣扎。她清楚自己的愿望，不过不相信，她明白自己的处境，不过不在意，她甚至了解自己的结局，不过现在不关心。

我并不为她特别惋惜，谁都有选择生活的权利，对错是另一回事。我只是对她感到漠然的好奇。

"你们不是约定在她先生春节回国前见面吗，又改了？"

"她想我了。"

他的手指在狭小的平面上敏捷地飞舞，手机不时短促地响起，意味着一条新的短信。

"我要是像你这样按个不停早抽筋了。"

"你老弟没钱打电话。昨天晚上我跟她从 10 点发到 3 点，困死了。"

当初你跟情鉴也整天打传呼。我很想这么说一句。他对情鉴忌讳至极，要是谁当面提起，他准立刻冷下脸破口大骂，仿佛是别人诬陷了他。对我，他会说："少跟我提这个荡妇！这是客气的。"

"没钱，怎么又买新手机？"

韩洌发着短信，没有回答，仿佛问题与他无关。我无话可说，站起身走出去。

猫和一帮常客在电脑前联机对战，脸上是他此刻特有的表情：他一生中最专注的目光再加上一点惊奇。电脑里有他的黄金屋和颜如玉。

翻翻记账簿，我不常来的这一段，店里生意一如既往的好——欠账也只增不减，我不禁有一点怅然若失。这个店仿佛知道我对它的态度，因此并不认我的账，而它显然了解自己能够牢牢吸引着男主人。沮丧刚一闪过就被一件真正的大事代替了：房子。是的，我有更重要的事要做。

近来我每天在心里盘算客厅与小餐厅的隔断样式；卧室的梳妆台是买是打；自己坚持而木匠鄙弃为此来回游移了大半天的窗框尺寸千万别砸了；已经用了多少钱，最后能不能控制在他父母答应的预算里。同时，我又长出了新智慧，眼光尤其敏锐，随便看一样东西立刻能说出几厘米，比如电脑显示器边框、办公桌面厚度、手纸的半径。

每天和猫见面的时间改在白天。两边单位放宽政策，照顾快结婚的人。我和猫或者在震耳欲聋的房子里招呼工人，或者一起去装饰城买东西，在通风情况极差的环境里一路疾走，挑款式、量尺寸、还价。我们第一次为了一个实际的目标而一同奔忙，这期间两个人产生了与以往完全不同的战友情谊，亲密而踏实。

猫顺和地受我指派做这做那，他聪明地把一切决定权都交给我，省却许多麻烦，除了听我犹豫不决地絮叨。他心里也对最初的家庭建设产生出一些好奇和责任，像小孩子忽然被单独赋予一项任务，马上感到自己很重要，但你并不能依靠他。

晚上，猫回店里，他肯定地说要去。我累了一天懒得和他较劲，回到家吃完饭，陪父母看两集无聊电视剧，早早洗漱开了电热毯坐上床研究装潢图集，拿了纸笔画来画去，有时从床上跳起来光着腿跑到卧室门背面拿尺画出某个实际尺寸再钻回被子远远端详。为了加深感性认识，家里的家具我都量过几遍，卧室门口常有一条条橡皮屑，是晚上擦门留下的。

生活很单调，也很实在。东西一样样买回来，一样样用起来，房子一天比一天包含了更多主人的意愿，设想从忐忑不安到逐渐清晰。成就可以触摸得到，喜悦也有真实的形状。

猫心满意足地大声打了个呵欠，他刚刚打赢了一仗。

31

2000年的元旦来临了，一个新世纪，一个原来心目中的未来蓦然在脚下展开。电视屏幕里可以看到整个世界的沸腾，人们庆贺自己千载十逢的幸运，把所有关于将来的美好祝愿都寄托在此时此刻，欢乐的脸上暂时忘却了忧愁，忘却了将来除了希望和梦想的实现还隐藏着各种不幸与灾难。这是人天生的弱点，一有机会就忘乎所以，也许这也是生存至今的力量来源。

人类的进化于时间仅止一个瞬间，在有时间这个概念之前已经经过若干个千年，它把生命带来，又将它们湮灭，这一个世纪活跃着的灵魂，只有极少的名字还会出现在下一个世纪的记忆中。世间有两种东西堪称无限，一个是时间，另一个是人类的无知，而前者是后者的创造。

这场热闹过后，春节接踵而来。它对孩子是越来越缺乏吸引力的节日，对学生意味着严峻的期终考试临近，对上班族等于长假前的紧张和充满揣测的年终奖，对下岗者是与节日的欢庆丰足对比鲜明的窘迫困苦，对老年人是儿女接连回家吃团圆饭的忙碌以及之后迅速来临的冷清。还有一月之久，中国人最重视的节日已经像冬季流行病一样迅速感染了每个人，人们几乎毫无理由的越来越兴奋。

天气就像每逢过年前那样阴冷灰暗，街道上洋溢着与气候截然相反的气氛，而且热度还在一天天上升。街上川流不息的自行车后座上绑着柑橘、色拉油一类的年货，骑车的人因此骑得不快，看上去个个归心似箭。白天市中心和商业区人流汹涌，仿佛有一只巨手抓过几万人丢落在城市中，逛街购物的人群步履匆匆却喜气洋洋，手上拎着大大小小的物件。这时节人们花钱似乎不再心疼了，大商家和小商贩全发了一笔。市政府门前又开始聚集了上访的人，是破产或改制企业的职工。

春节临近，人人都懒懒散散。房子在进行装修最主要的部分，木工各自分工操着不同的手艺在屋里敲打，但显然越来越拖拉，有一回去竟然只有一个人在钉钉子，看见我咧开嘴一笑。门窗和地板完工了，家具刚刚开头，照目前的进度必定要拖到节后，这样也好，有几件的样式还没有最后确定。

装潢图集里夹的纸条渐渐少下去，而我脑子里仍旧充塞着各种形状，因为想象不出效果一会倾向于这个，一会儿对那个犹豫不决，这种无人商量的焦虑一面使我高兴隔一个春节缓期执行，一面又使我迫不及待想验证最终的裁决。

买材料暂告一段落，设计全不用他费心，猫重新把店里的事放到首要位置。虽然少了应考学生却多了不少心情轻松的成年人，平时偶尔为之的现在也每天玩上几个小时，店里因此人满为患，热气腾腾。

除去上网和记账算账，小俞还在继续织她那件难以完工的绿毛衣，打打停停，先打好的部分时间长了颜色显得有点暗淡。她黄黑的脸因为几个月来很少暴露在阳光下变得白嫩了，虫斑也淡了许多，神情却不如从前愉快，独个时常常表情呆滞，似乎受着什么烦扰。她丈夫来了一回，两人复进里屋关上门待了很久，隐约听出一两句间隔很长的争执声，有时沉默下去，也许叫游戏音乐盖住了，两人出来时小俞脸色发灰，笑都不装了。我越发讨厌那个阴郁的男人。

在我面前小俞对店里的生意兴隆表现了恰如其分的高兴，看得出并不那么由衷——本来谁也不会真心实意地关心别人的东西，但她这一阵恍惚得很。她接连算错了几笔账被人家当场发现，还有一次收了一张五十的假币找了四十多块真钱出去，那张钱假得厉害一直用不掉。我没有责难，毕竟是亲戚，还有就是她比较可靠，给她的工资也不算高，假如有合适的人再回了她不迟。

其他人各行其是，活得多姿多彩。

临近考试，韩洌最近来去匆匆，我见过他两次，两次都在查欧洲留学的资料，好像是有个女网友去欧洲了，建议他跟去。问到苏州之行的结果，这小子忽然谨慎起来，神秘地笑而不答，接着就岔开话。

“老姐，你的脸上火了。”

“我是敏感型皮肤，冬天一热就这样。”

“农村红！农村红！哈哈！”

我尴尬地笑笑，只想立刻掐住他的脖子。

看得出罗彬与范荣关系比从前紧张，但并没有彻底翻脸。罗彬礼貌地和我保持距离，他也许比我想象得更不在乎，但偶尔，我还是发现他盯着我看，目光里审视大于撩拨。他又开始带各色姑娘出入，其中有一个肤色浅黑身材骨感的听说是他前任女友的同事。他差我的那一百多块钱一直没还，我觉得他那么要面子不见得会赖，所以把当面去讨的时间又往后挪了挪。有时我从韩洌嘴里了解到他一直在筹备的公司，如他自己所言，他出去应酬时经常用小姐款待对方，这事他深谙其道，驾轻就熟。

范荣选择安全时机与新泡的女大学生出现在我们店里，用完全不同于对待女朋友的亲狎和轻视对待那姑娘。他与罗彬的这一仗赢得漂亮痛快，众人看他抛开原先的面目无不暗暗称奇，他一言不发，虎着脸表明自己的态度。

女学生脸上完全没有学生的单纯，也没有女性的温柔矜持。乍一看她给人老于世故的印象，实际却很幼稚。她举止粗俗，不但毫无教养，简直看不出受过教育。在店里旁若无人地坐在范荣腿上，不知道是根本无所谓别人的眼光，或者完全不了解自己的言行，还是故意做出的叛逆。

“那女孩在抽烟。”我用膝盖敲猫的腿。

“看到了。”

“现在这些女孩，真不得了。”说这话时，我有九斤老太的口气。

随着节庆味道的日益浓烈，公司里的紧张气氛被冲淡了，众人又开始麻木不仁地过日子，单等过年。一切似乎恢复了平静，只有两件事。

在年终全员大会上，厉萍被撤销办公室副主任，重新任命为总经理助理，财务科副科长职务不变。在如今的私营企业中，老板对一个女人青眼有加，她就是一人之下。

人们低估了厉萍的能力，对她面前大道的平坦程度认识不足。原以为她刚进公司没几个月就身兼两职，叫内当家肖琴坐足冷板凳，给姚元老生生的下马威，已经前无古人，现在竟接连高升到这样显赫的位置，简直后无来者。她彻底颠覆老板那套用工原则——男人的工资高，资历老的职务高，来得早的福利好——不过只她例外，可见事在人为不是妄言。话说回头，老板委以重任，必定是对她上任后的举措非常满意。

曹薇辞职了，和来时的光景不同，她走得悄无声息，因为本来不怎么上班，所以事情过了好几天才陆续传开。消息是从财务科传出来的，老板提前给了她年终奖。有人猜她要出国，有人传她开公司去了，还有人嘻嘻笑着说她一定有更好的去处。大家并不感到特别留恋，她外面的朋友很多，不过没有在公司里发展到什么友谊。

她走以后，很快被人遗忘了，仿佛从未在这儿成为议论的中心。过了年之后她有一笔迟到的客户回笼生成工资，财务科一方面根据合同公事公办地通知她，另一方面也是好奇她的下落，为此大费周折打了若干电话找到本人——她当时似乎在外地。她答应来取，但始终没来，也许她觉得为了几十块钱跑这一趟不值得。

离过年还有几天，下了一场雪。前一日还出了太阳，早上醒来，窗外已是煞白一片。天地白茫茫的，轮廓模糊，只剩雪的形状。屋脊上、树上、地上，一切裸露在外的东西都被大雪掩埋，周围的人声吸进雪里，静悄悄的没有一点声响。

不久，城市活跃起来，新的一天开始了。这个日子与往常没有多少不同，厚厚的雪没能阻碍奔波的人们，有人慢下脚步，小心地踏进雪里，有人止不住流泪，因为冷空气和白色刺激着角膜。天冷透了，走在雪上，咯吱作响，空气清冽极了，吸到肺里像喝了冰透的酒，再呼出来，化成一团白色的雾。

在雪化为泥水之前，大地是洁净的。

32

过年总是令人愉快，一年到头难得的轻松与团圆，自然使人联想到冬夜一大家人团聚在热气腾腾的桌边的场景，尽管好一点的家庭如今都去饭店吃年夜饭。年的气氛一年比一年稀薄，其他老习俗旧东西莫不是如此，但并没有影响过年的心情。

春节联欢晚会照例无趣，也照例在看，权作年的仪式。看电视的间隙，外面鞭炮响了几遭，手机、寻呼机也叫个不住，抽空打电话给朋友同事拜年。翻到暄的号码，我想起她有一阵没跟我联系了，不消说，老友撂在一边，自然平安无事。拿起电话来，她的声音比前些日子高出几度。

一串四字祝福之后，我问："嘿嘿，教授跟你拜年没？"

"没有。"她含糊地说。电话里听见那头的鞭炮声和她父母的说话声。

"真的？"

"不骗你。"

"是，不然早来烦我了。怎么样，要我做媒吗？"

"不要。"

"有男朋友了？"

她不答，只是笑。

"好——你等着！"

除了家境平常，论条件暄不差，但只在大学里随俗似的谈过一次恋爱。了解不深的人以为这女孩文静柔顺，胆小规矩，却不知道她充满了各种的幻想——现实可以成功地遏止幻想，所以她不会做出格的事。

老实说，我并不像电话里那么惊奇，有些人生来长着一副波澜不惊的外表，底下却有一颗喜欢冒险的心。也可能，我很难真正再对什么感到惊奇，这世上的每个人，每天都会遇到意想不到的遭际，过去的一切可能完全被推翻，人生由此有了天翻地覆的改变。人们只能掌握生活的一部分——命运还是公道的，多少给了我们一部分。

快乐的人不善于隐瞒，也不需要隐瞒，转天我打电话给她，一问她就交代了。

阴历年底有人给她介绍了几起对象，其中一个IT（信息技术）精英外表俊朗，温文尔雅，见多识广，自己开一间电脑公司，整天拎着电脑包打的来去。他对暄一见倾心，双方交往了三周，进过三五回烛光晚餐，听暄的口气，她已堕入情网了。

此外，还有一个在机关工作的，事业编制。他老家在郊区，家境一般，人是老实人，但沉闷木讷，个子也矮了点，已经被否决了，他是题外话。

至于教授，病好之后趁上课来找过暄一次，含糊其词地为自己辩护，最终也没说出什么来。有了新爱人个中真伪已无关紧要，暄不大乐意地听着。教授敏感地察觉出暄的态度，终于不再来找她，夜校课间休息时，他常常远远地看着她，眼神流露出对昔日的追怀，好在年后没有他的课了。他是个不甘寂寞的人，不久就转移目标，和本校一个女学生传出绯闻，估计还是那一套说辞，只是换了对象而已。

这些是年前的旧事了。

农历春节是春的节日，过到这节果然就有春的气象。正月里小暖了一阵，太阳照在身上，直像冬衣都穿不住了，要不是半夜还会上冻，清早地下还有薄冰，中午的当口几乎以为春天就在跟前。此时人们习惯了冬日的天寒地冻，肌体有了抵抗力和耐受力，所以不大觉得冷，连日的自由、懒散和消闲也滋养出好心情。各家的门上倒贴着“福”字，不少是银行和保险公司散的；桌上点缀着糖果、点心、瓜子、橘子；房里堆了些数量不等的年货；电视声和麻将声是春节的背景音乐，从各处窗户门缝里传出来，此起彼伏，不绝于耳，听了怪痒的。一转眼，一年中最快的七天过去了。

热闹快活的春节像一张松软的席梦思，把人包裹在温柔乡中不愿醒来，即使醒来，也不舍得离开，打着呵欠，闭着眼回味，接下来的半个月总要循着惯性懒散一阵。

初八中午小俞从老家上来。过了一个年，她看上去很疲惫，整个人懈怠下来，不是躲懒，倒是迟钝，我估摸是年还没过够。她继续织那件绿毛衣，有时手底下织着，人却出了神，呆呆地定睛凝视着，叫她，她会惊醒似的坐直身体，张皇地笑笑。

到元宵节前，毛衣打完了，式样是男式的，胸前有几条鱼的图案，就在这时她提出要走，说联系好了和几个老家的姐妹一起去上海打工，工资一月650元还包吃住，可见是年前就有眉目的事，待落实妥当才讲。我们来了个措手不及，原想过年后慢慢物色合适的人替换她，没料想被她替换了，这一下唯有让人家奔更好的去处。她答应到月底再走，但是直到她走，我们都没寻着老实可靠的人。

临走前一天，她把东西早早收拾好了，样子有点兴奋，又有点茫然。我回想起她在这儿的种种好处不禁不舍。第二天，我们在劳务市场找到一个下岗女工白天看店，猫晚上下班过来换她回家，遇到有人玩通宵就只有睡在店里了。

几天之后我整理抽屉发现几张夹在旧记账本里的信，信纸印着老式的红线，发了褐色，圆珠笔写的字迹歪歪斜斜的，很重，像是下了很大力气。

小李：

自从和你相识到今天，有五个年头整了吧！

我们从相识而组合成家庭，一个小小的家庭，在我心中这小小的家庭，是很不简单的，也许你不感觉，可是在我心中感觉我们家庭的重担全部落在我一个人身上，经常把我压得喘不过气来，而做（作）为一个男人的你对我们的家庭做到了什么义务？是挣多少钱回来和我一起分担家庭的重担吗？没有。

前年你在南京做活到过年结了1800元，这1800元你借给你妈500元，剩余还了小三（因为你买摩托车欠的），你一年共挣1800元，全部用了。去年你找不到工作，苦一点你又不肯做，想想你走（从）哪里来钱用的，无由是我挣来的，这说明是你在用我的钱。

用钱没有关系，本来夫妻俩就不计较这些的，但是"夫妻"这个名词是你能承受的（得）起吗？本来男人和女人的结合，是互相之间爱护、扶持、同甘共苦、相互理解的，还要多一分宽容，"宽容"你懂吗？而你相反，你想想你上面做到那（哪）方面了。你一点也没有，你让我失望，彻底失望。孩子的事，我也没有办法，而我的宽容、爱护、理解换来你的却是你的无理取闹拳打脚蹋（踢），你是一个不讲理的野兽。我忍了又忍，不过每个人的忍耐性是有限的，所以我不想再忍气吞声了。

每个女人找丈夫，就是要丈夫能给爱护，嫁汉嫁汉穿衣吃饭，既然你一样都不能给我，你只能给我的是拳头，无理起（取）闹，真的我受够了，我的精神麻木了，我想到死。真的想想我的命也满（蛮）苦的，我也不怪你，真的，我不怪你，只怪我的命苦。人说房外气好受房里气难受，真的我受够了，我也不想再受了。

每个人对待每件事，不要怪别人，真的，你得先想想自己，看看自己是否有错的，我想我是拿你没有办法了，所以我们离婚吧！

至于离婚，到时候由法院来判决吧！至于房子、财产我一样也不会要的，你愿意我们离婚的话，你就把这封信带到法院去吧！我给你打了一件毛线衣，放在你妈那，留个纪念吧！

好了我也不想多说了，我也希望你好置（自）为之。

俞广兰

2000年2月17日中午

我放下信，一阵难言的悲苦。早先小俞那张黄黑的脸浮现在我眼前，她的笑容之后是一个男人的自私、愚昧、暴虐和懦弱。她离我近在咫尺，我却完全不了解她的生活，也从未想要了解，甚至，我不知道她的名字。她在时，我生意人般考量，她走，我也只是出于私利而惋惜。如果了解，或许我可以给予她一些帮助，至少是一些安慰。

我知道，此刻的愧疚实在是一种伪善，一种想要自我补偿的心理。本来，对一个乡下姑娘，人们不会施予太多的目光。

33

元宵节后，天时冷时热，但明显一天比一天暖和起来。腊梅还没有败，迎春花已经含苞，空气里弥漫着植物发芽吐出的清香，从人们的鼻腔中驱赶逐渐逝去的凛冽。

工人回到房子里作业，到处都是木屑、木块和钉子。我无暇顾及店里的事，把主要精力全放在装修上，要打的家具透视图都画好了，上面标注了需要的所有尺寸。即便如此我还是对未来忐忑不安，人生中很多事是难以挽回的，大到婚姻小到马桶样式。猫又陪我跑了好几次装饰城，他偶尔对材料的质地发表意见，其余由我定夺，价位两人共同商量，很有默契。

在新角色中，猫兴致勃勃，带着爱人，兜里揣着父母给的几万块钱，神气地感到自己终于独立做主了。他也经常感到疲劳乏味，在迷宫似的装饰城里拖着脚跟住神经紧绷的未婚妻四处奔走真叫人厌倦透顶，但这样一来可以让他培养出一点男人的责任感。还有一点，就是他喜欢看我三脚猫似的假充内行跟人交涉，往往开始还自以为讨了巧，得意得止不住要笑，后来却越想越不对，觉得其实吃了亏，嘟起一张嘴。他喜欢我呆，喜欢我在他面前毫无遮掩。

装修开始后，我几乎从店里绝迹了。白天猫不是上班，就是跟我去买材料，晚上下了班还要接着去店里，经常照看到深夜，碰到打通宵就要住下。吃不定时，睡不安稳，我心疼他这一向的辛苦，晚上很少去店里，让他玩得放松尽兴。

房子在我们之间建立了一条与爱情完全不同的纽带，使我们的关系结合得更紧密、更稳定、更妥帖。它把未来以一个实物的形式呈现出来，它有限的空间里包含着一股浓度稠密的亲密，以至我和他都感到不再需要时刻厮守。

从元旦起，我就再没见过暄，她给我打过几个电话。这个人向来报忧不报喜，眼下一反常态，满嘴说的都是各种恋爱细节，他的一句话、一个动作、一种眼神……IT精英热烈之至，他们的爱情热烈之至，他会在晚上12点打的去超市买她当时想吃的德芙巧克力，假使星星可以摘到他会立刻去借梯子，童话中的王子也不过如此。

IT精英在两个女人之间有了正式的代称：愤青。因为他不仅英俊，而且有思想，激烈的思想。这思想包括天文地理、文化经济、政治军事，主题是“丑陋的中国人”。愤青一直想出国，体验国外优越文明的氛围——这里的国外指欧美发达国家，尤其是法国——所以在没有出国之前做了电脑生意。电脑如今和网络密不可分，和因特网沾上边，好比可以随时精神出国。

“他出国，你怎么办？”

“他说说而已，哪有钱出国，每天上网上到半夜，下午才去公司。他根本不是个生意人，唉。”听口气，暄对这一点是欣赏的。

除了愤青糟糕的生活习惯——每天凌晨四五点睡觉，下午一两点上班，似乎没什么缺点。我很纳闷他公司的经营状况。

暄昏了头。她会爱上两种男人，要么镇得住她，要么勾得住她，愤青兼备。听她翻来覆去，絮絮叨叨地说，作为朋友我并不持乐观态度。

3 月初的一天下午，我接到韩洌的电话，问我晚上去不去店里，他有事找我，问他什么事，只说见面谈。大约很久不来，范荣望见我妖怪似的把一双睡不醒的眼睛睁大了，他冲我点点头，转向电脑说：“老板娘，稀客稀客，我指望你被老板拐卖了。”

听者照例哄笑。暖融融的笑声中，有一种不受时间销蚀的熟悉感，老面孔，老气氛，一切都是老样子，我还是这里的一部分。我几乎娇嗔地朝范荣媚笑了一下。

7点半，韩洌到了。他像往常一样径直走进里屋（喝水或者把臂包甩在沙发上），经过我身边时小声叫了声老姐，但没有和旁人招呼。他气色不大好，面孔发黄，神情也有点萎靡。我在外屋又晃了一刻，把记账本看了一回，看有没有人要添茶之类就进去了。韩洌正在沙发上调他过年买的 MP3，一脸不快：“你在外面干吗，怎么半天不进来，有事？有什么事？有事姐夫不会做。”

“明明是你找我……”

“别说了，我烦着呢，没工夫跟你啰唆。”

“洌洌，你要改改自己的脾气。”我拉下脸。

“好了好了，是我不对，我心情不好，老姐，只有你能帮我。”

“什么事，说吧。”

“我想跟你借点钱，下星期就还。”

“多少钱？”

“不知道，1000 吧。”

“这么多——你要干吗？”

他望着某个地方出神，在心里权衡。

“你不说，我有钱也不借。”

“你保证不跟人讲，跟姐夫也别讲。”

我看着他。

“我可能得病了。那种病。”

“哪种病？”

他用口型无声地说了一个词。

“你是说——”我不吭声，跟着问他：“你怎么弄的？”

“不知道，我怀疑是上次那个大连的，她蛮花的。”

“你什么时候又去大连了？”

“是她过来的。我真后悔跟她做。”

“你没用措施？”

“安全套？——我用的都是进口的，拜托——不过据说对有的病无效。”

“你怎么知道自己一定是。”

“我看过书，症状一样。”

“你自找的。”

“我是人渣。”

“是是。”

“我要戒网。”

“戒戒。你知道去哪家医院？我听报社的人说，上次他们暗访，只有二院比较正规，估计两三百就够了。”

“那我不用借了。”

“需要再找我。”

“我现在只担心会传给百合。”

他果然还是……“你先去查查，也许是虚惊一场，而且好像男人不容易传给女人——当然我也不清楚，你先去查是正经。”

“只有这样了。如果她有，一定晓得是我，因为她丈夫推迟到3月回国，她又没别的男人。”

但你有别的女人。

“春节上的手？”

“是情人节，因为她丈夫推迟时间她才下决心，觉得以后没机会了吧——你到底关心什么，你弟弟都快死了！”

“明天就去看，死不了。”

外面有人要结账，猫大声叫我，他正在电脑上和范荣对战。

有时候，我对那个机器又羡慕又嫉妒——他看它的专注眼神从来没给过我，但一想到韩洌惹出来的乱子，我又释然。猫的好处是不会花言巧语，平常对我都没有多话，上网跟人聊天更勉为其难。虽说恨他一心只在电脑上，我多少也聊以自慰。

这个男人也许没有如何看重我，但男人的世界如此广阔，有谁会把女人和爱情视作生活的中心。他曾经因为肉欲的驱使犯过错，又有多少男人能完全抵御诱惑。不管怎样，他始终在我身边，我们的过去和将来被牢牢地拴在一起，因为爱，也因为隐秘。

34

未婚夫不会凭空冒出来，所以过完年，肖琴要结婚的消息传开以后，没有人能够质疑。

肖琴是有男朋友的，只是别人并不真当他存在，他像稀薄的空气，似有若无。他很少来公司，最老的员工也只见过三两回。肖琴倒还不时说起他，说他在图书馆上班，除了单位把空闲的门面出租给个体老板开浴室因此洗澡不要钱以外什么外快都没有，真正是清水衙门。旁人好意说，现在那么多下岗失业的，又是事业编制又清闲还要怎么好，肖琴听了，在鼻子里哼哼并不领情。

现在看来，他们确实在交往。那男孩长相其实不坏，脸孔还端正，瘦瘦的，很文弱，到底为什么和母夜叉似的肖琴在一起不得而知。据说肖琴要结婚是因为图书馆要给他分一套80年代末建的一室半一厅，自己只贴3万块，反过来只有结婚才能分到房子。一看肖琴就知道她有个小市民家庭，按理说该努力高攀个好人家才是，但她偏偏有重男轻女的父母和一个还没结婚的兄弟，加上她脾气那么坏，一般人恐怕吃不消。年龄不小了，眼看和老板已经了戏，耽搁下去弊多于利，大家私下评价她这步棋不失为识时务。

正说着，喜帖已经发到手上，发的时候还被顶着面问当晚有没有事，既然没事务必要到。大有强买强卖的架势。我装出一脸笑容恭喜她，心里暗暗叫苦，再打听，原来她一视同仁。众人没料到这事来得这么快，本来准备借故告假的都不好意思当面撒谎，去，人情是卯不掉的，过后再找托词等于打自己的嘴巴。

动作这么快是有原因的。既然是旧房子，肖琴觉得犯不着装修，找工程科叫几个工地上的工人去简单整整这点面子总是有的，钱也不用给。买好家具和电器，就剩下操办婚事，购置衣服用物。所有这一切不到一个月全办好了，发喜帖时才3月初，其中还有一个缘故。肖琴买电器跟着同事找人时发过一回牢骚，内容是男方家如何如何穷，如何负担重，根本没给几个钱让他们结婚，她就差要二姑娘倒贴。没有钱，终身大事因陋就简。

并非每个人都遵循家丑不可外扬，肖琴天生直肠子，并不避讳。细问之下知道，这男孩老家是本地一个有名的贫困乡，年人均收入不足1000元。父母务农，有一弟一妹在上学，家境贫寒自不必说，还好他自己有出息靠奖学金读到本科。像上述情况，男人孤身一人想在城市扎根最好是找个当地的老婆，融入土生土长的家庭当作靠山——这样一来，往往男方非常出色，或者女方有些什么缺陷，两相抵消才能成就。于是有人据此认为，肖琴和老板的事，他未必一无所知。果真如此的话，我不免对他抱以几分同情。

公司成立之后有过几次红白喜事，出人情的苦恼或躲人情的麻烦成了每个人的条件反射。中国是礼仪之邦，最讲究人情往来，送的是人情，失的也是人情。死人 50 块，拿小商品市场批发的毛巾、肥皂、洗衣粉各一份；生孩子 50 块，拿 29 个鸡蛋——这两项还好，没有交情的可以不出。最可恶的是结婚，一个不少全体请到，100 块合三口之家五天的口粮就吃了一顿，又常常是大路菜。肖琴果然是肖琴，择日不如撞日，请将不如激将。

结婚当天下雨，是过年后的第一场雨。雨从中午就开始下，沥沥地，时大时小，空气中翻腾着一股雨天特有的腥味。5 点多天已经黑了，路面湿漉漉的，不断有骑车人经过，轮胎留下一道道水迹，模糊了映在地上的街灯和霓虹。

饭店门口有两对新人，一式的白色婚纱，搽了面粉似的脸配上高高挑起一个尖的眉毛。都说新娘子在结婚这天最漂亮，参加过婚礼的再没人相信这鬼话。新娘子不仅不美，简直丑得不食人间烟火，幸而有婚纱做障眼法，宾主都愉快地接受了结婚这天可以失去自我打扮成另外一个人的这种特权。

打伞的，穿雨衣的，滴滴答答一路攀上台阶，新人就站在上面，来宾走近了才敢相认，递红包。肖琴的瓜子脸粉白，一对眼睛滴溜溜地直转，她抱怨说天太冷，客人来得又太晚，穿着高跟鞋站了 40 分钟腿都木了。老城的闲适和舒缓渗透到当地人的骨子里，喜帖上写着 6 点，非到 7 点不能开席。经验告诉人们来早了只有瞪着桌上的冷碟干坐，遇到不熟悉的同席者更是别扭。人人都以为别人会来得更晚，结果个个都姗姗来迟。

陆续又来了很多人，年轻女人都凑近新娘的脸亲密地说笑，男人们拍着新郎的新西装，开些无伤大雅的玩笑，上年纪的人上下打量新人连声说好，小孩子好奇地看着这一幅幸福场景，朦朦胧胧地有一点了解，转身蹦蹦跳跳去了，还有不少人不认得主角，径直去找他们的父母。

我看见几个样子土气的人悄悄地站在新人后面，是新郎那边的亲戚，淡黄的头发、乡风吹黑的肤色像打上乡下人的标签。他们面露喜色，态度却有些畏缩，似乎不好意思，而且手足无措，一会儿搓着手，一会儿相互张望，不时小声嘀咕。今天是儿子大喜的日子，他们特地穿了新衣服，做了头发，举止僵硬，和衣服、头发一样。

厉萍也来了。从那时起，肖琴和她自然地决裂了，两人碰面，肖琴气汹汹地翻着白眼，假如要交给对方什么东西必定往桌上一掼，厉萍局外人般轻松，还对近旁的人说：真好笑，我又没得罪她。一个人失败得倔强，一个人胜利得张狂。

众人都说厉萍一定会来的，她现在是公司高层，宁可出100块也要参加下属的婚礼。肖琴请她恐怕有请也不白请的心理。请柬大概是转交的，人情提前一并出了，双方不用照会。

本地有种说法，说请客时下雨，东家一定小气。不过这次的东家并不吝啬，大家了解到酒席一共18桌，总数不多，比例却不合通常的规矩，明显东风压倒西风。男方5桌，除了至亲就是同学、朋友、同事，乡下的穷亲戚等到下乡再办；女方13桌，有3桌是公司同事，家里三姑六婆亲戚老表来了一大把。

又过了半小时才开席，每个人都已经饥肠辘辘。祝完酒，众人松了一口气，认识的不认识的开始同心协力风卷残云，同时不忘应景地弄出噪声或者在新娘换了衣服以后行注目礼。喜宴常常开席迟而结束早，饿得久和吃不饱是惯例。最可怜的是一对新人，紧张不安，还不断被叫到台上为看客做各种表演。

司仪在台上拿着麦克风声嘶力竭地调侃，油嘴滑舌像个小丑，一套一套念着口诀，普通话夹杂地方话，还有“努力创造革命接班人”一类半黄语言，食客一面忙吃，一面起哄。就小丑而言司仪是专业的，乐队非常娴熟，紧跟司仪的步调配合默契，几个人漫不经心，对眼前的一切司空见惯。介绍人、证婚人、单位代表、双方父母轮番登场，场面大而混乱。这些过场在本地的每一个喜宴上演，大俗堂皇地登上大雅之堂。不时传来下面一个楼层另一桩喜事现场的巨大声响，表明它正在进行的程序，彼此呼应。

按照席卡老板、老板娘和公司高、中层坐了一桌，有两个人没来，椅子空着。我坐在女同事那一桌，老板叫赵燕把我拉过去，坐下来正对着老板娘。冷碟撤完热菜上到第二轮的当儿新人换了大红色的露肩晚礼服过来敬酒。老板笑逐颜开，先称赞新郎眼光好娶到贤妻，又夸新娘子工作认真负责对公司贡献很大，老板娘幽幽地站起来碰杯，冷笑着抿了一口。肖琴眼光看向别处，粉白的脸被酒气蒸出微红，他们很快又转到其他桌上。落座后，老板娘两眼盯着面前的盘子说：“我是睁一只眼闭一只眼。”声音不大不小，刚好叫桌上的人听见。

第二天这句话传遍了公司。新人正在去海南的路上。

35

江南的3月天像姑娘的脸，阴晴不定，忽而阳光明媚，忽而阴雨连绵，上午还春意蒸腾，傍晚却刮起狂风，两天间的气温能差10℃。就是这样的天气，人们也已经逐渐感到春困的侵扰。经过整个冬天，为抵御寒意簇紧得酸疼的肩头在和风中松弛了，肌肤上的每一个毛孔都写意地伸展开，像睡了长长一觉后伸一个懒腰。

在这日益温暖的季节里，有一件煞风景的事。暄约我跟愤青吃饭，我相信她不是要我掌眼，是为了把爱人介绍给自己的朋友。就餐地点是一家西餐厅，天一黑就点蜡烛，巧妙地以节省开支来增加情调。光线暗，我谨慎地摸着餐厅里各种突出物走到他们面前，他们并排坐着，我像个局外人。

愤青很瘦，并非没有长开不够饱满的瘦，是面容憔悴，让人条件反射联想起他无规律的生存状态。一番寒暄之后，我又看了两眼，发现愤青长得还不错，文质彬彬，棱角分明，胡子是两天前刮的，符合愤青的性质。但他的面相有点奸，我直觉不喜欢他。

浏览了菜单，我心想挑这个地方的人，要么虚荣，要么物质。我选了价格偏低的套餐，他俩选好后，愤青又单点了几样贵而不实的，三个人开始交谈。他的精神十分高亢，富有激情，我从没真正认识过一个愤青，他使我迅速质疑起是否应该把这个内涵不错的词冠以眼前人。愤青叫他最向往的国度法（第三声）国法（第四声）国——发音时特地加重。他语速极快，高谈阔论，听取不同意见时用一种忍耐的表情。话题莫名其妙地从两性关系转到台湾政治上去，愤青更激昂了，他赞美台独，认为中国的政治形势绝无出路，最后他准备把中国交给任何一个发达国家管理。和普通女人一样，我对政治毫无兴趣，但被一个同胞如此的民族情感所震惊。

在我们勉强维持和平的同时，暄默不作声，她插不上嘴，又不能显得太无知。她保持自尊的微笑，对一些听上去不正统的见解摆出反对态度，可愤青根本没注意。她的一切心理状态都跟随着他，因为她崇拜面前这个男人，害怕让他轻视。我只想踹她一脚。她比我更不懂政治，我比她更懂男人。

剩下一只鸡翅时，每个人都表示不想消化它，饭终于吃完了，大家恢复了风度。

愤青违心地邀请我去喝茶，听到我婉拒很欣慰，我估计他讨厌我的程度和我一般无二。三个人起身，沿着烛光摸出门，就此分手。愤青拎着电脑包在街上拦出租车，暄跟在他身后。

第二天，暄来电话。

"我晓得你昨天肯定不高兴了，他这人就这样……"

"不用替他道歉，要跟他过日子的不是我，我倒替你担心，你真要考虑清楚。"说话时，我对猫充满了真挚的爱情。

装修接近木工的尾声，书房顶上有一道裂纹，工头游说了数日，威吓说新房这样不成，坚持要吊一个平顶——我认定他想多做工日，不过事到如今，人怠懒起来，也歇了先前那份精明和执着。房子有了雏形，没有上漆的家具保持着原色和原味，仿佛没有装扮的新妇，气息淳朴。

有一件打制家具的尺寸弄错了，要返工，还有些木料超过了预计的用量，于是得再跑一趟装饰城，顺便把谈好价格的玻璃带回来。猫和我一起去，返回的时候我坐在运木材的三轮机动车上指路，他带着运玻璃的人力车。到玻璃上楼一切停当，天已经黑了，我们松了一口气，一块去了店里。

猫靠在里屋沙发上，忽然小声笑出来："小猪，你坐在人家的车后面一颠一颠地，看起来像屁股上安了弹簧。"

"你真幽默。"

"说真话，你觉得我幽默吗？"他追问。

"一般。"

"有人说我挺幽默的。"他自顾自地说。

"谁啊？"

"网上聊天的一个女孩。"

"哦，她对幽默的理解很独特。"我说，"你什么时候开始聊天的？"

"也没怎么聊，碰到就说几句。"

"我怎么不知道？"

"不晓得你。"

"她叫什么名字？"

"兰什么吧。"

"你连人家的名字都不记得？"

"想不起来了。"

"这倒像你。"

"小猪，我越来越爱你了。"他突然说，搂紧了我，"你知道我爱你吗？"

他很少向我表白，除了偶尔会一时兴起或者一时冲动，让他说一声"我爱你"都很难，近来他却常常如此。我一直渴望他热情勃发，但真来了反而感到这热情无缘无故，无依无凭。但是，他对我从未像现在这样好过。怀着矛盾的心情，我向他紧贴过去。

不管怎样，我是多么爱他啊！这一段日子，实在的目标使生活紧凑而干净，表面的游离和内里的联系增添了一种新的吸引力，一种柔和的亲密与牵挂。我比以往任何时候都更爱身边这个男人，过去的伤害已经过去，我把它们淡忘了。

“呦呦！肉麻死了！”有人直冲进来把包甩在沙发上。经过诊断，韩冽身体健康，没有得暗病。他明显神气起来，把畏惧带来的懊恼和后悔全抛在脑后，不过他发誓今后一定要加倍小心，再也不和来历不明的女人上床，防患于未然。

“咦——脸红了！”他指着我们又跳又嚷。

“我们出去走走，叫韩冽先照看一会儿。”我对猫说。

“好，等那几个时间到了。”

“那我先上会儿网。”我乘机摆脱了韩冽。

打开 OICQ，我收到一条消息，很简短：老板娘，加我。我接受了申请，但谨慎地加入陌生人栏，对方在线。

美狄娅：哪位？

74 年：你说呢。

美狄娅：我不喜欢猜。

74 年：你旁边的后面。

我回头看了看，是范荣，他对着电脑点头。

74 年：最近你忙什么呢？

美狄娅：装修。

74 年：要结婚了？呵呵。

美狄娅：你也该准备了，你女朋友不错，对她好一点，别再跟那个大学生来往了。

他沉默了一会儿，突然发话。

74 年：有件事想问你。

美狄娅：说吧。

74 年：你跟我的一个朋友走得很近。

我猛地颤抖了一下。罗彬对他说了什么？一种灭顶之灾的恐惧直逼上来。我最害怕的事终于发生了。一个女人最不愿为人知的就是和一个不堪的男人有过沾染，这是丑闻，这是她的致命伤。我仿佛已经看到，名声、信誉、道德、苦心营造起来的表象统统被这件只想要湮灭在记忆里埋葬在时间里的往事揭破了，摧毁了，接下来就是当面的轻侮和背后的嘲笑，再也没有人会尊重自取其辱的女人。极度紧张中，我忘了呼吸，用尽全部力气使自己镇静，迅速做出反应。

美狄娅：没有你认为的那么近。
74年：那最好。
美狄娅：当然。怎么会问这个？
74年：随便问问。
美狄娅：不如不问。
74年：你老公蛮好的。
美狄娅：所以我不瞒他。
74年：是吗？

一时间我竭力维护自己的谎言，几乎对它信以为真。

美狄娅：有什么可隐瞒的么？
74年：也许吧。

猫走过来催我出门。“等一下。”我低声说。

美狄娅：好了，我要和他去散步了。
74年：呵呵。
美狄娅：一会儿见。

我站起来，全身的关节像脱了臼，虚弱无力。刚才心里充盈的柔情顷刻间烟消云散，突如其来的变化击中了我，不过我还没有垮掉。我对猫露出快活的笑，两颊的肌肉因为用力而僵硬。我拖着脚向外走，竭力走得平稳，一面使自己显得轻松愉快，仿佛什么事都没有发生，即使发生也不重要，不能影响我分毫，我希望范荣能这样想。

夜色立时包裹住两个人，身后关上的门过滤了喧嚣。四周一片安宁，温暖的空气中，我抑制发抖的身体。以前我从不知道，安静远比嘈杂更令人恐惧，它无限放大了内心的杂音，让人清楚地听到每一寸思想，让听者毛骨悚然，无处可逃。

散步使我逃避了知情者的探问，却使我无法集中精力，冷静思考。罗彬像瘟疫一样缠住我，我以为他会为所谓“朋友妻不可欺”的准则守口如瓶，想不到他是个彻底的无赖。一句话有千百种说法，一个事实有千百种解释，只有众口铄金，没有清者自清——那是无能为力的自欺。他为什么要这么做，为了炫耀，还是报复？我不知道他到底说了些什么，怎么说。从范荣的话里看不出端倪，这意味着，什么都有可能。

我应该告诉猫么，在秘密行将破败事情不可收拾的时候向他坦白一切以求原谅——真可耻——但这样做，至少让我刚刚对范荣所说的谎言变成真实，至少没有用一个谎言弥补另一个，用更多谎言巩固将要来临的坍塌。或者继续隐瞒，也许我还有机会，也许事情不像想象的那么糟，似乎三言两语就让范荣信服了，我又心存侥幸。

猫牵着我的手，他不知道口口声声说爱他的女人竟怀着这样可怕的心事，她倾听他的话，不时给他一个微笑，她表情平和，既不兴奋也不低落，她稍微有点心不在焉，但是他看不出。

有多少次我急切地需要一个能给我安慰的爱人，但总是被他的漠然拒绝，然而最终拒绝我的是自己，是我认为他不能给我安慰，他不想给我安慰，是我把这扇门关上了。我像个贼，不走自己的门却翻别人的窗，放着身边老实可靠的男人不顾，偏偏去跟浪子周旋。那个欺骗者不知何时变成了我。

我是个聪明的女人，聪明到总不满足，总是要得太多，到头来误了自己。

36

2月店里的电话费单据上赫然印着574元，平时每个月连上网包月不到300元。为了弄清原委我们前后跑了三趟电信局，开始以为电信局系统出了故障，后来怀疑有人盗打电话，最后把话单打出来一一核对才不得不相信，问题出在店里。话单上有几十个长途，最远的是贵阳，大多集中在南通。除了小俞，再没有人能拿到锁电话的抽屉钥匙，2月是她临走的那个月。

因为那封信我对她产生的同情和善意被这200多块抵消得一干二净，任何人都不该可怜，你当她柔弱，她却叫你做了窦娥。我心有不甘，明知道这钱再难追回来，还是打了电话去她婆家，一个声音嘎亮的妇女说不知道她去哪里了，月底家来了一趟就出去了，现在他们也在寻她。不过听她的口气并不着急找人，而有一股怒气。我说她不是去上海打工了，那边蛮横地回道：她没去！没等我反应就挂了。再打电话去娘家，还是同样的说法，不过话音冷淡，语气呆板，仿佛要避开不知名的祸事。我白花了两个电话费，越发不快，同时想到那些长途电话不知和她的离家有没有关系，想必是打给她那些网友的。这样一个年轻的女子在茫茫人海中随时都可能失去方向，从此杳无音信。

也许应该把号码告诉她的家人，但听起来他们并不关心，我犹豫了一下，没有打。

电话费是这一段时光中的一个小瑕疵。装修有条不紊地进行，琐碎的表面下蕴含着条理，像富有节奏的音乐。我忙着料理房子，店里的一切交给猫，两人相安无事，日子平淡，也安稳实在。

我害怕的事没有发生，范荣此后便埋头于游戏，再也不提当日的旧话。罗彬已经很久不来店里，他本应被逐渐淡忘，现在却成为未来的隐患，记忆剥落，他却放大了几倍，时不时跳出来阻挡在思想的视线前。我像个被判了缓刑的人，更加珍惜眼下的安乐。

天气早晚还凉，但日照长了，阳光呈现出金黄的色泽，一点点攒起暖意，3月和煦的春风痒痒地拂着人们的面颊，让人们的身心懒洋洋的。我坐在猫的摩托车后去装饰城看沙发。

我拿不准墙漆的颜色，问他浅绿好鹅黄好，他脖子不动，嘴里一面应着，脸微微往右拧。我向右看，人行道上有个时髦的年轻女人迎面走过去，胸前随着步伐波涛汹涌，烫过的卷发垂落在两侧。

“突出的东西总是引人注意——是吧。”我说。

猫嘿嘿地笑起来。

我笑着伸手抱住他，忽然惊异地发觉隔着外套可以摸到他的肋骨，一根一根的，锁骨也凸出来，架在肩膀上。

“你怎么这么瘦——是不是最近熬夜熬的？”

“嗯。”

猫一向很瘦，但现在已经不能再瘦了。店里的常客经常待到凌晨一两点，猫只有等到关门才能回家，如果有人通宵，他就要睡在店里。长期睡眠不足和每天连续数小时坐在电脑前对体力的损耗，对精力的涣散使他不知不觉憔悴下去。

“以后到了 12 点，你就跟他们好好说，叫他们早点走，我们不挣那个钱。”

“不好弄，都是常客。”

“唉，等底下找到合适的人看店就好了。”我把头挨在他后背上，小心地环抱着我的爱人，害怕稍微用力就会弄疼他。“猫，以后你每天晚上到家时打个电话给我，不管多晚都要告诉我。在楼下打，别吵了你爸妈。”

临睡前，我把手机音量调到最小搁在枕头边，闹钟调到 2 点——在之前接到电话就取消，接不到也会叫醒我打过去。猫很守约，有时 12 点打来，有时一两点，我总是从熟睡中醒来听到他的声音，往往他到家，我已经睡了很久。有一回电话响，我以为他就在我身边，伸手在被子里摸他的胳膊，半晌才如梦初醒。

一个阳光明媚的下午，我接到暄的电话。自从那次三人烛光晚餐后，我们各忙各的，没再联系。

她声音喑哑：“我看到他原来女朋友的一封信。”

热恋持续了两个月，愤青撕下温情脉脉的面纱，露出本性。种种美妙的假象早已使暄毫无保留，一头栽进去，而他征服了暄，便不再下功夫，开始颐指气使。他对暄不闻不问，甚至不耐烦听她说完一句整话。他的口头禅是“你要听话”。如果他兴致高，就对她开恩，施舍给她爱情。他应酬喝醉了，半夜打电话撒野，威吓她出来陪他，暄说太晚了不方便，他就让她“想想清楚什么后果”。他其实很了解自己的话会给她什么影响——她会六神无主、忐忑不安，既担心他的安危，又担忧感情的前景。

面前的还是两个月前的同一个人么，之前那个外表温文、内心火热的爱人到哪里去了，同样一个人怎么竟让自己在人生短短一段旅程中尝尽极喜和极悲，为什么他要伤害一个深爱自己的人，暄想不通。爱情变化为一场灾难，但她不想轻易放弃，尚不久远的回忆使她抱有一线幻想，她爱他，所以软弱而犹豫。

上午，她为他收拾房间，无意中看到一封信，信是愤青某一任女友临别留赠的，被随便塞在一叠沾满灰尘的光盘里。信的内容带有写信人激烈的主观色彩，但句句敲在读信人的心上：冷酷、自私、狭隘、偏激、势利、阴暗——这都是暄明明知觉，而不肯承认的。“她说他只爱自己，他真是这样。”我握着电话，不由得打了个寒战。

前女友的遭遇和暄如出一辙，暄看得从头凉到脚，直凉到心里。还有更让她震惊的内容：他是独身主义，对爱情抱有来去自由、自生自灭的观念，并把性当作纯粹的生理需要。回想起来，这点他确实说过，并未避讳，但暄没有上心。

“你和他上过床了？”我问。

她默认。

往下问，我了解到事情的全貌。两个月里，他们完成了恋爱中的一切流程，再无任何悬念，爱也相应缩短了寿命。

这回，暄是真正地爱上了一个人，因为毫无经验，她爱得毫无技巧。她不知道，大多数的爱情是不并行的，男人春意正浓，女人还包裹着冰霜；他置身火热的夏，她刚刚苏醒了春的萌芽；她经受酷暑煎熬，他却把秋的果实收获完了；她品尝到秋的萧索，他已步入严冬。

关键是，先行一步的愤青显然认为，一个业已得到的女人应该听话，尤其是个安分的、幼稚的、缺乏魅力的女人。

暄熬到现在才告诉我，是怕讨了朋友的骂，心里更苦。我听得一阵内疚和心酸。

我可怜的朋友。

“现在你打算怎么办？”

“我不知道。”

“跟他在一起，你觉得幸福吗？”

“以前是，现在不了。”

“你觉得和他还可能重新幸福吗？”

电话那头沉默了。

“你有能力让他接受婚姻吗？”

还是沉默。

“没有幸福，没有婚姻，要知道，你要的全没有。”

临了，她说，“我知道了。”

几天后，在不断的反复中，暄起了置之死地而后生的念头，去和他分手，没有说明理由。愤青有点惊讶，但并未追问和挽留，这个事实说明了许多其他事实，最后的希望破灭了。

整个晚上，暄伏在我肩头痛哭，听我佯装乐观的劝慰，她只在我把“愤青”改成“粪轻”的那刻破涕一笑，旋即哽咽，继而爆发出一阵更猛烈的哭声。我轻轻拍着她的后背，心像一张洇湿的纸，浸得出水来，一揉就烂成浆。

疲惫不堪地回到家，洗洗漱漱，终于躺下来，夜使一切静止了，我需要把这个晚上梳理一遍……

……什么东西，沉闷地扑打着脑膜。我从朦胧中半醒，大脑吃力地转动，有什么在远处响。我被睡意沉沉地压着，迷迷糊糊待了几秒钟，周围一片漆黑，现在是半夜，手机屏幕在枕边一闪一闪地发亮。我困难地伸出手。

“喂——”

“是我。”是猫，他的声音在四周的黑暗里很清楚。

“哦。”

“睡着啦？”

“嗯。”

“我到家了，在楼下。”

“几点啦？”

“3 点多。”

“你快上楼吧，乖乖的。”

“知道了，你睡吧。”

“唔，小猪爱你。”

“我也是。”

“你挂吧。”

“好，我挂了。”

“再见，猫猫。”

我满足地在心里叹了口气，很快睡去了。

37

“这个月迟了5天，你说，会不会……”暄声音小小的。

正当我逐渐淡忘朋友的伤心事时，伤心人又来了电话。

“你去买张试孕纸试试，药店都有，大概两三块钱。”

“什么纸？”

“试孕纸——就是——试验有没有怀孕的。”

“怎么用啊？”

“上面有使用说明，很简单，你回家就试。如果真有我陪你去医院，别耽误。”

“哦，那个——疼不疼？”

“疼总要有点，不过是小手术，做完就可以走，再说消除后患，总得吃点苦。”

“我知道。”

“要让他知道吗？”

“不要，我跟他已经没关系了，告诉他好像要他负责一样。”她自尊地说。

“也好。”

“假如有怎么办呢，我是说我以后？”

“以后？”

“万一被人知道我打过——”

“要怕你早该怕，现在面对现实！”眼下不能把她当病人，你越小心她越怕，“有，肯定要做掉，没有，更好。怀孕是性行为的结果之一，假如怀孕丢人，那性行为也丢人，要这么想横竖你都丢人——你当封建社会——封建社会没有未婚先孕？封建社会堕胎还死人呢。好了，万一有我陪你去。”

放下电话，一口气淤在胸口，我不由得有种兔死狐悲的味道。事关风月，受苦的总是女人。

到我了。

例假不来，胸口发胀，小腹下坠，便秘两天，各种迹象最终归结在一张显示阳性的试孕纸上。怀孕的不是暄，是我。我应该小心，但还是马虎了。

过去的六年里，我杀死了两个孩子。我叫他们大猫、二猫。

大猫是在我20岁时走的。那一年，我还是个孩子，迟钝、麻木、侥幸，隐约可见的后果使我过着担惊受怕又孤注一掷的日子，只想推迟了解真相的时间，这一推就是三个月。临到做手术的前一天猫问我害怕吗，我说不怕，因为我知道他怕。怕有什么用呢，孩子在我肚子里，只能由我承担，我不想死，只有他死。

这是一家大疗养院被人承包的专科门诊部，经常出现在电视剧的插播广告中。钱是我借的，我没有400块，猫也没有。一个夏末的下午，在开着广玉兰的院落里，我把猫留在身后，走进一间光线昏暗的手术室。

我爬上手术台，平躺下，蜷起两腿时，心里很清楚，再没有什么能够救得了我。医生们懒洋洋地聊天，仿佛忘了还有个活生生的东西就在身边，等待屠宰。她们无休止地清洗器械，它们发出冰冷而清脆的声响，像不为所动的欢乐的笑声，让人瑟瑟发抖。放松放松，医生说。我呼出一口气。炫目的黄色灯光照在我看不到的地方，一个箍状的东西撑开我，她们在清洗它。她们打开了一个嗡嗡作响的东西，让人联想到电钻，无影灯没有开，我从灯罩上看到一个样子怪异的器械不动声色地消失了。我的天，我不能呼吸，我只能喘气。疼，我说，疼——疼——疼，一个护士走过来紧紧地掐我的手，把我的肉嵌到骨头里。我知道她想让我忘了疼。我睁着眼睛望着无影灯，我哭不出来，我没有哭的力气，眼泪流回身体里去了。

一扇小窗子开在手术室的一面墙上，蓝窗帘没有拉好，外面有暗淡的阳光。猫在那儿么。医生聚在一起，聚精会神地观察，不时低声讨论几句，说什么我听不清。嗡嗡声有时逐渐小下来，停止了，我舒了一口气。它又开始转动起来，我的内脏被外力搅动着，有规律地扭成一团，随着微微震动的空气，皮肤也在抽搐。猫在哪儿。每次它停下我都以为它不会再响了。我忽然觉得只要数数，数到十就会结束，我断断续续，数到十就又从一开始。汗浸透了衣服，从耳边滚落，从身体下渗出来，我感到冷，阴冷。我不知道为什么在这儿，我用力想，我把猫忘了。终于嗡嗡声停了二十下。结束了。

我仰起头，想确定它不会再响了。黄色的光圈中，一个医生戴着白色的塑胶手套，她拿着一小截往下淌血水的东西，有点像白色的弹簧。“看，这是脊椎。”她对别人说。

后来我常常想起那个医生，她的相貌已经模糊，但我还能听见她说：“看，这是脊椎。”

第二次是翌年，二猫一个月大时我去做了药流。没有第一次做引产手术那么痛苦，也不像第一次失去孩子那样无名地伤感，二猫是个乖孩子。后来我变得像一个成年人那样谨慎。现在，我要向三猫告别了。

院子里的芍药开得很好，结出大朵粉白色的花，太阳当头透过树叶洒在有青苔的地面上，发出耀眼的白光。猫陪我过来，看我进去又走了，没几天就是“3·15”，他忙得厉害。我等着他。

这次的药流不彻底，做了清宫手术，躺在铺了棉被仍旧硬邦邦的观察床上，看着头上白色的墙角，觉得清明坦然。手术后的如释重负和身体里的空虚，使心里涌起一股自甘柔弱的温情，我越来越像个女人了。

手机响了，我摸索了半天，希望铃声在找到之前挂断，但打电话的人很固执。

“你在哪儿呢？”是暄。

“在医院。”我轻声说。

“生病了？”

“被你咒的，做人流。”

“啊！我不知道，现在怎么样？”

“出来了，躺着呢。”

“那我快点说。就是——他刚才打电话给我，我正好在上课，放在振动上，下课才看到，他后来又发短信，说‘打电话没别的意思，只想问问你的近况’，你说我回不回？”

“回了就有来有往，后患无穷，除非你想。”

“我不想。”

“我看他是寂寞无聊了，想到你。”

“我也觉得。”她的自尊心复苏了，“那我就不理他。”

“从今往后都不要理，否则重蹈覆辙。”

“知道了，你休息吧，不说了。要不要我来看你？”

“不用，今天‘3・15’，他去忙了，等等来接我。”

躺了一会儿，我试着用手肘支撑起身体移动了一下，没有成功。真可悲，人靠智慧站在食物链的顶端，却没有进化出利爪、尖角和保护色，更不能主宰自己的命运，把一个社会人置于纯粹的自然规律之下，或许还不如一只甲虫。

医生进来问我怎么样。还好，我露出一个微笑。这家专科也许不上台面，但医生的态度都和蔼可亲，细致体贴。据说那些大医院的医生常常对做流产的年轻女子施以白眼与呵斥，我是个好人吧，有这样的运气，这让我安慰。过了 20 分钟，我一点一点地挪动，终于坐起来，心口一阵发虚，好像被掏空了。震动对刚做完手术的身体是一种威胁，观察床很高，想要跳下地的念头折磨着我。又过了几分钟，我慢慢下地，扶着墙，挪到院子里的长椅上。

阳光真好，芍药开得那么硕大。我现在又是一个人了。猫还没有来。多么好啊，我是这样爱他。

38

俗话说，心定自然凉，可叹人生在世，正当年时，一个眼风能叫你神魂颠倒，一句闲言能叫你心胆俱裂。

为一句话，赵燕和那个人断了来往，已经半个多月了。他们一直保持着热烈而温柔的情愫，传呼留言虽然稀少下来，每隔几天总要去不同的茶楼相会。仿佛是两人间的一个游戏，他还是口口声声说要娶她，对现实视而不见，自顾渲染未来的美好图景；赵燕满足了虚荣心，也还是不肯相信——倒不是这事太不可能，而是这人太不可靠。有些蜜语说一遍两遍确实动听，说得多了不是蠢话，就是谎言。

让赵燕感到不快的，是他一味指责情敌——说赵燕的丈夫不懂浪漫、不解风情，忽略这么一个好女子；说他人才平平、工作一般，哪一条也配不上身边人——这不是那不是他无一是处，而她应该趁早决断，免得蹉跎韶华。这话开始还入耳，仿佛是爱情引发的嫉妒和怜惜，几次三番下来，赵燕越听越不是味道，难道自己当初挑中的人这么不成，自己的眼光就这么差，自己的恋爱婚姻就这么糟，唯有说这一番话的人才有资格？何况男人说旁人的坏话总归不够体面，令人起疑，这样对比倒显出丈夫憨厚大度。

其实赵燕对丈夫始终有愧，她知道他为人好，又憨厚，虽说缺了些请调却有种依恋她的孩子气，而且夫妻间的亲密无间比情人间的遮遮掩掩舒心得多。本来对丈夫的不满并不至于如此，只怪自己迷了心窍，如今既要做贤惠正派的妻子，又要做欲拒还迎的情人，不知哪天会穿帮，想到结局她更怯场了，日子并不好过。

多年夫妻知根知底，遇事是靠得住的，赵燕对丈夫远比情人有把握，知道把未来建筑在情人身上未免荒唐。假如她扪心自问，究竟喜欢那个人，还是那种感觉，也必定要承认，这段感情好比空中楼阁，眼下流连在温柔乡里是自我陶醉呢。

对赵燕这一段微妙的心思，那个人全蒙在鼓里，自忖在对方心目中的地位稳固，每逢相会必挑拨赵燕和丈夫的感情，种种关于幸福的预言越发不着边际。眼见情人不足为信，赵燕一笑置之，暗自忧心今后如何收场，无奈心未死情犹在，割舍不下，管不住自己，唯有一日少似一日地且行且看。

观望中，有一晚他们约在初次见面的茶楼。绵绵情话说毕，谈到近期赵燕丈夫局里的提干，那个人无端地推断情敌这回升迁不利，他确定自己有资格评论，偏偏赵燕不这么认为。言多必失，他丝毫没有察觉情人的心理变化，露出一副自负的小人嘴脸。

赵燕陡然无名火起，当下忍无可忍，脱口一句“请你别再说我先生，我看我们以后不要联系了”，抓起包气冲冲地走了。他愣在当场，也没有追。

跟着几天，赵燕原以为他会来找她，却杳无音信，仿佛两个人从未相识，一切不了了之。冷静下来，赵燕打听到，他没有生病，没有出差，没有旅游，没有失忆，没有遭遇车祸，没有牢狱之灾，总之导致他失踪的可能性都不存在，倒是新交了一个女友。他表白的爱情，许诺的未来，因为几句争执便梦一般烟消云散了。几个月的投注，十多天的煎熬，换来一个结论——他是个混账。

“我肯定不会找他——我正愁没办法了结，现在最好，要不然还不晓得拖到哪天！”

我思忖她一定期望对方出现，嘴上逞强，心里自苦。

“我就是气，一个电话都没有，我觉得我真傻，以前居然相信这种人。”她到底忍不住。

“不能怪你，遇人不淑说明你是好人么。”

赵燕由衷地说：“幸亏我没跟他怎么样，不然现在一定呕死了。”

“所以你也没对不起刘恒，说不定两个人倒更好了。”

“你真会安慰人。我最近跟他是蛮好的”，她抿起嘴笑，眉头舒展开，“真的，现在想想还是老公最好，最靠得住。”

就这么结束了，最后的一刻，虽然惆怅，虽然留恋，虽然不甘，也要告别。

“不提这个人，反正都过去了，以后我们也不要谈他。”赵燕甩甩头，“对了，你看到肖琴身上那件羊绒衫了吗？”

“说是老板给她买的？”

几乎每天都会在媒体上看到和听到这么一句话——“一道亮丽的风景线”，虽然使用者也不明白它究竟指什么，但它的确生动形象地烘托出某种气氛。自从曹薇离开公司，公司就失去了这道亮丽，再无人单单靠穿着打扮就足够吸引住所有人的目光，这需要天赋。

公司里长相最好的赵燕爱好浅蓝粉红，这类颜色虽和她的白皮肤相称，却不够气派；肖琴贵为老板的旧爱，可惜有廉价情结，专门买便宜货，还有非常俗气的情趣，喜欢亮片和蕾丝，近来却破天荒穿了件式样简单的毛衣。

蜜月期间，财务科秘密传出消息，肖琴婚礼有六桌酒席的钱是公司报销的，有人猜测这是老板做的一部分补偿，还掉一点情债。海南归来，肖琴在大衣里穿了一件淡紫的毛衣，上面没有花纹图案，并不起眼。包雯眼尖地瞧出那是件羊绒衫，在本地最好的商城专厅里待过。羊绒衫是今年冬天刚流行的，一件要八九百，好的上千，以衣服主人的品位，花到这个钱至少买到两身，而且绝不可能这么素。

它是老板的补偿之一，还是藕断丝连的证据？

心直口快是肖琴的优点，不足为外人道的事她也会拿出来讲，比如婚后的家庭财务管理——她声明和丈夫实行独立核算，除了日常开销均摊，买衣服、出人情、应酬朋友、孝敬父母全从当事人工资中支出，如果周转不灵就向对方暂借，总之亲夫妻明算账。听众对如此先进的AA制张口结舌，搭不上话。她向同事历数自己为结婚添置的衣服首饰，唯独对紫色羊绒衫闭口不提。

当人们从一个喜怒形于色的人脸上看不出任何蛛丝马迹，就越发感到他的缄默背后有什么内情——当然，还有一种可能，猜测者的臆断歪曲了无辜的被猜测者。无论如何，这是她下野之后又一次成为焦点，往后这样的机会恐怕没有多少了。

现在衣着最昂贵的是厉萍，上千一件不稀奇，可惜她的样貌身材辱没了衣服的身价，女儿也还是跟着小王蹭饭。去年厉萍的到来打破了公司旧有的格局，这个不寻常的女人使权力角逐日趋激烈，几次到了剑拔弩张的态势，更明朗，也更无情。有人被踩在脚下当作垫脚石，另一些人则在重建的风起云涌中崭露头角。

老板越来越器重厉萍，人们越来越莫名其妙，如此丑而把老板迷得如此五迷三道的女人绝对是妖精，对她和老板之间未经证实的风流事大家不忍想象。她的手腕不止于此，她追随老板，表现得忠心耿耿，死心塌地，从而使老板对她死心塌地。

有消息说她要被提拔为副总，她也仿佛真正掌握了生杀予夺的权力，在她（当然是她）的建议下老板进行了一番人事调整，几个可能对她造成威胁的人都被肃清。接着，公司又开始招聘了。

私下里，大家给她取了一个代号：二娘。厉萍—母夜叉—孙二娘—二娘，也暗讽老板和她之间琢磨不透的惺惺相惜：二娘是小妈，或者后妈，公司如今全员白雪公主，比老板娘时代不知艰苦多少。众人敢怒敢言，以代号嬉笑怒骂。

但人言对她毫不可畏——这是常有的，你珍惜的东西人家偏偏出卖，你替他羞愧他若无其事，你谴责的人正好最不在意被谴责的事——没有这几点，以上的情形就不成立了。然而，有多少人能对权力、地位、金钱、成功无动于衷，它们的确吸引人，那些为这一类正派人鄙视的东西不择手段者当然卑下，却卑下得光明正大。

去医院的那个周五下午是这一次招聘面视会的初试。靠近中午，老板来电话要我过去。五分钟后，我关上总经理室的门，镇定自若地往办公室走。一路上每个办公室的大玻璃后传来各种声响，有人在谈公事，有人在说笑，有人在打电话，有人抬头看到我从玻璃外经过，这是一个别人的平常的下午。

三年来公司的招聘一直由我负责，因为得老板信任，我是同事眼里的忙人与红人，别人看我的眼光都带着敬意，有关公司人事的动向也总是向我探听。我做得得心应手，于是顺理成章地认为这样的位置不会被动摇。当几分钟前，我听到老板说，以后你和厉萍共同主持招聘面试，几乎不能立刻明白发生了什么。

下午的天忽阴忽晴，气压很低，像有一团棉絮堵住咽喉，需要不时深吸一口缓和被压迫的肺。厉萍带着小姑娘般天真得叫人毛骨悚然的笑容走进会议室，初试开始了。我沉默地注视着面前这张陌生的脸，这张脸似乎毫不知情，对我亲热无比，对面试厌烦无谓，对面试者俨然摆出生杀予夺的态度。这张脸在变幻多端的角色中游刃有余，将面前的观众抛诸脑后，进行着一场忘我的表演。

看着她越来越成功的演出，我突然意识到，人生是一些人镁光灯下的舞台，他们明白，与其终其一生默默地扮演一个配角，不如把别人都变成自己的配角。

初试结束后，她很自然地把所有简历收拾好，留给我一个泰然自若的背影，消失在总经理室门里，这意味着，我和这件事的关系到此为止。

一周后招聘的结果揭晓了，只要了一个男孩到开发科，是土地局局长的本家远亲，另两个位置：财务科副科长和新成立的开发科科长——两个肥缺空缺。面对一手炮制的局面，厉萍动作迅速地举荐了两个能人，那两人在她陪同下分别前往总经理室，出来后含蓄地微笑。

这时节，五楼的窗外阳光明媚，不知名的鸟儿在城市上空啾鸣，毛衣很快就穿不住了。将来的是一年中最好的季节，气候适宜，风和日丽，草木苁蓉，生机勃勃。同样的阳光下，有人成功，有人失败；有人欢喜，有人忧伤；有人坚定，有人迷茫。

39

新鲜血液未及输入，姚建国就辞职了，这事在意料之外，情理之中。早在他还没去找老板，全公司已经沸沸扬扬，口口相传了。虽说姚建国是出名的大嘴，消息传得也真快，不必说，煽风点火的人是二娘。

今天谁气不过说句怪话，第二天一早保证传到老板耳朵里；同时，你跟老板单独讲的内容，厉萍也一清二楚——她做耳目和心腹比当年的肖琴不知高明多少。假如有人流露出去意则正中她下怀，一分要渲成十分，在老板这边，绝没有不相信的，你不走他心里也安了根，好歹不中留了。她又装作不知内情，笑眯眯地逢人便问——姚建国的事多少人就是经她一问才知道——这下原来不知道的全知道了，弄到裨众周知后，赌气说走的人简直骑虎难下。

诚然，姚建国是横下心要走，所以拿出十二万分的精气神昭示同志、安抚战友、勉励后继者等也未可知。这几天，他格外高昂，仿佛将要跳出火坑，奔赴无限光明的前程般精神抖擞，不禁叫余者有一丝羡慕：他可好了。问他的好去处，笑得神秘莫测，其实大家早风闻他未雨绸缪，一家新成立的监理公司有他的股份。

春节前后是人事变动多发时节，3月过了一半，又有两个男同事辞职，其中一位副科长跟着姚建国走了，一去就独当一面，另一个去了政府机关。总之走了的都佳音频传，在春天微醺的空气里，产生一波波涟漪。

从一样新物种进入一个安逸稳定的生态环境的第一天起，就注定要打破原有的平衡。对老板来说，那个女人是一条搅水的鲶鱼，对其他人来说，她是一颗老鼠屎。公司成立三年多，因为各种原因离开的前后只有五六个，说来也巧，张琦之后就是姚建国，跟着便接二连三。老板并不患得患失，偶尔提起就只是不耐烦，或者倒像去了一块心病，已经有别于人们印象中的优柔了，有多不同，谁也掸不到底。

我想我应该找他谈谈。我的工作无可指摘，我也不是随便就被取代的，何况招聘这项需要中肯和公正的工作让厉萍染指简直可笑——归根结底，这是一种令人羞耻的失败。于是我设想了许多话，振振有词，足以说服任何人，又把这些话对着虚拟的听众颠来倒去在心里演示了若干遍，每一次都有新的例证加入，新的雄辩充实。先把自己的工作成绩摆出来，证明自己更胜任这项工作，不能一味指责厉萍——那不合老板的脾胃，最好含而不露地说上两句有分量的话——为公司利益着想之类。这对有些人来说是一次生存的交锋，对于我，是一场尊严的战役。一面踌躇满志，一面忐忑不安，然而不管如何酝酿，我始终惶惑地直觉怎样努力都是徒劳，像一个大势已去者，抱着些微的希望博一博，输了便是证实自己的预见。

正踌躇间，机会来了。

一天下午快五点时，内线电话响起来。我接了，是老板的声音，叫我马上下楼，他在车里等，一起去看什么房子。

我抓起包，匆忙锁门，在电梯里补了口红。三分钟后我走出大楼看见老板从丰田驾驶席兴致高涨地向我招手。他常常做出一些滑稽的举动，和千万身家应有的气派完全不匹配。有一回他路过销售中心逗留了一会儿，走后在场的客户问他是不是工程队工头，大家为此乐了好久。

"我才把车停过来你就到了——这件衣服没看你穿过嘛，啧，我发现你蛮会穿衣服的。"

我笑笑："邵总，你刚才说要去看什么房子？"

他恢复了一本正经："是新区区长的房子——对外不要讲——他想先把旧房子卖掉再到我们公司买，要我帮他看看，估个价。"

这事怎么叫我？"邵总，你叫公司里哪个去看就行了，何必自己跑一趟？"

"这种事要保密，给外人知道就不好了。"

目前我不是外人。

"——来，我们拉个钩，房子的事就我们两个知道。"他把右手小拇指伸过来。

"开车的时候最好不要分心，邵总，安全第一。"

"好，到了房子里再拉！"他把手缩回去搁在方向盘上。

看着前挡外繁忙的街道，我一路琢磨该怎么向他开口。车在城市中心穿行，不久，拐进闹市背后的一个住宅区。小区面积不大，只有几栋房子，绿化很少，稀稀拉拉种了一点花草，但地点绝佳，房龄也不过五六年。沿街的高大商业楼阻挡了喧腾的市声，里面很僻静。

下了车，他一改刚才的谈笑风生，噤声不语，一个人走在前面，我跟在他身后蹑手蹑脚走上楼梯。如果这时有什么人看见我，可能会产生和我此刻一样的错觉——我是某个和老板出来幽会的小蜜。

房子在四楼，钥匙插进锁里涩得像捅进干水泥，他投了四五次才转动，我局促地站在一旁，直到门打开。屋里有一股久不住人的气味，采光不错，也还干净，但给人灰蒙蒙的印象。我随他到处看了看，三室两厅的结构，不少于110平方米，客厅有一套浅色转角皮沙发、茶几，餐厅还有几张椅子，式样都是曾经风光如今过气的。令我有些不安的是主卧室里一张白色圆靠背大床，油漆颜色已经变成暧昧的淡黄。

隐隐地，我感到选择这样的环境和老板交换意见是个下策，当务之急尽快脱身。

空气不流通，屋里的霉味散不掉，吸到喉咙里叫人憋闷。他咳了一声，跟着用手握住嘴接二连三地咳起来，我尴尬地站着，半晌，他还在不停地清嗓子。

“邵总，你是不是感冒了？”

“最近老是咳嗽，不晓得怎么搞的，我已经看过几回了，现在开的中药吃了又不好，妈妈的，这个医生还名医呢。”

“工作不能太紧张，休息天可以出去短途旅游放松一下。”

“嗳，这个想法蛮好的，下次我们一起去。”

“邵总，房子看得差不多了，先回公司吧。”

“好。”

走到门口，我伸手去拉锁闩，他忽然按住门，我心里突地一跳，他说：“我们跳个舞吧。”

“这儿太小了——而且又没有音乐，等下回公司聚会一定陪你跳。”我勉强找到理由。

“你每次都有借口，说话不算话。”他不悦地沉下脸。

“我下回一定……”

他像想起什么说：“你把户型大概画一下——来，我们坐在沙发上画。”等他落座后我挑了转角的另一边坐下，掏出纸笔伏在茶几开始画，他把脸凑过来，我只好直起身子免得跟他的头碰到一起。

他啧啧嘴：“我发现你的手长得又细又长。”

“邵总过奖了。”

他忽然往我这边挪了一大步，低声说：“来，给我看看手相。”

“邵总，手相不能经常看……”

“就看一次。”口吻充满了哄骗。

“上次我坐你的车刚给你看过。”

“我忘了。”他声音变了，像个撒娇的女人。

“再看一遍还是会忘。”

“那我给你看。”他笑着，眼光游移不定。

大脑里有一个声音在狂叫：怎么办怎么办怎么办！

“过来，坐到我旁边。”他继续用诱导的语气，受到抑制的喘息低沉而短促，紧跟着，他猛地抓住我的手，我差点惊跳起来。

“邵总，我就坐这儿挺好的。”

他用一只手抓住我硬往自己那边拖，然后又加上另一只手，拽住我的手臂，嘴里还在不停地劝说，几乎把我拖得离开沙发。我用了全身的力气拼命往后拔，有个声音在嘶叫，大脑轰鸣，心脏狂跳，头晕目眩，我什么也听不见，不知道自己说了什么。我不敢看他的脸，只看见两只手青筋暴突，一只手骨节发白。

这样僵持了大约有半分钟，我的一条胳膊几乎脱臼了，太阳穴剧烈地震动，小腹也开始阵阵坠痛。我强迫自己镇定，控制住呼吸，尽可能平静地说：

"邵总，现在不早了，"我的声音又干又涩，像刚才那把钥匙，听起来很奇怪，"图也画好了，我看就回公司吧……"

"不着急，再坐一下。"

"我还要准备一下材料，明天一早报社的人要来。"

"好吧。"他忽然决定放弃，松开手。

他扫兴地站起身，我赶紧收拾好东西，把包拽到身前，惊魂未定地和他保持一段距离。这次他没有留难，打开门径直走出去，像来时一样，我跟在他后面默默地走下楼，他走得很快，仿佛一直在公事公办。

上了车，他佯装微笑地关照我："今天的事是我们两个人的秘密，你不要说，要是公司其他人知道了，会觉得我对你太好，来，现在可以拉个勾了吧。"

40

事实胜于雄辩，老板对我太好，已经无以为报，再觍着脸提什么要求是给脸不要脸了。看着一桌1200元的冷肴，我怔怔地想，不由轻轻笑出声。

这是以美食文化闻名的商业街区一家人声鼎沸的饭店三楼一个隔音很好的包厢。在这个以饮食闻名的老城，人们挑剔烹饪的口味，却并不讲究排场——除了在推杯换盏间完成的商场斡旋。这顿饭的起因是电视台的一块闲置地，想找家房产公司合作开发，广告部主任得了信透给老板，双方一拍即合，于是先请分管基建的副台长吃饭疏通。

在座的有许多熟脸。电视台资深男主持人，据说他和同样资深的某女主持人曾互掴耳光；女主持人，她的男友们能拍成月历；年轻有为的栏目编导，父亲是宣传部副部长；制片人，第二任太太结识于舞场；栏目部主任，第二次婚姻岌岌可危；广告部主任，广电系统拥有私家车第一人；副台长，外表风流倜傥，屡次荣获业内大奖，私生活可媲美电视剧，去年因为一次政治斗争贬谪去管基建。

两瓶一斤装的白酒空了，第三瓶还剩一半，人人春光满面，趁着酒劲撒野，隐晦的风话频率越来越高，男人们尽情享受性别的优越。中国文化中，宴饮是诗词歌赋乃至各种艺术的推动者，想必当地历代的文人雅士不仅受惠于江南的灵秀，也得益于美酒佳肴，此风至今不衰。文人古时即席赋诗，现在即席说黄，黄文学精致机巧又不失含蓄，正如此地的文风：才情富余，风力不足。

老板酒量窄，遇到这样的场合，向来三缄其口。暴发户的风雅像文化人的粗俗，人们对自己难以支配的东西总有无限渴望，时不时地找机会满足一番。他跟客人讲自己从不抽烟，最近却咳得厉害，换了许多医生都不奏效云云，如此又叹了一番创业苦经。

“邵总，这个时候你要保重革命的本钱，不能忙着大干快上。”栏目部主任十分欣赏自己的一语双关。

副台长不赞成：“邵总一座青山在，还怕没柴烧？”

广告部主任向栏目部主任：“你水平低了吧。”

栏目部主任：“张台在9楼，我在7楼，他在我上头，我肯定没他高。”

副台长正襟危坐："你又不是女的，我在你上头。"

众人哄笑，忙叫小姐斟满了，干掉一杯。

同席的还有厉萍和赵燕。厉萍深得以攻为守的三昧，自己没喝多少，一桌人早叫她闹遍了。一般说来，女性是应酬中的装饰与消遣——如果回避就会陷入被动，反之，正中下怀者却能把握主动。她坐在老板身边，脸色兴奋得黄里透红，动不动端着酒杯跳起来，身子活像条泥鳅，口红被咽光了，一笑白寥寥的两片嘴唇里露出几道牙缝。来之前她扭着颈子，噘嘴说：现在天天应酬，还不如在家喝稀饭。是啊，成功者才有资格厌倦。

无论从哪个角度看，她都获得了世人公认的成功，虽然刻薄的人会说是"暂时"的成功。我对她确实鄙夷不屑，同时也由衷地佩服，在男人当道的社会里，不管以什么方式，一个女人掌握主动权，把握自己的命运总不简单。

事先赵燕打了招呼说不会喝，众人看她是个冷美人，又有活跃的厉萍在，也不去为难。桌上不少人知道我能喝，凡是来敬酒的我都老老实实地干了，为的是少些纠缠，而且，今天我想喝。对爱酒的人，酒是不添烦恼的爱人，一醉解千愁，醉了，身体麻痹，大脑停滞，神志模糊，混混沌沌，快快乐乐，无忧无虑，再不会胡思乱想。

左手的编导刚向我打听完公司一处商铺的价格，右手的赵燕戳戳我，使了个眼色。厉萍又在挤对人喝酒，从开席就没停过，心有余而力又足，看她眉飞色舞了两个小时，我两侧的面颊都酸胀起来。

前天的事我告诉赵燕，她大惊失色，气得要命，连声说真想不到，以后更要离他远点，这时候冷冷地注视着老板。

我也告诉了猫，他无可奈何地撇撇嘴，说："要么你就辞职。"

快9点了，兴致正高的丢下筷子，开始第二轮闹酒，百无聊赖的则不耐烦起来，照例要喝完杯中酒才算结束。在应酬中，菜是排场的象征、等级的体现，酒是友谊的纽带、感情的桥梁，所以人们看菜、喝酒。醉翁之意不在酒，然而，被需要是最好的命运，酒的命比菜好。多么好的一桌菜啊，可惜冷了。我呆呆地看着它们，渐渐模糊了焦距，这些菜已经了解自己的结局，过一会儿被倒进泔水缸，以后就不知去到哪儿了。

宴席已近尾声，又一天快过去了。

一片声嘶力竭的闹酒声中，手机响起来。我看了看号码，几个似曾相识的数字，罗彬。是他？接吗？接吧。一个声音说。有人在看我，我慢吞吞地接了。

"你在哪儿？"他说。

他还是那样，对横在他和某个女人之间的时间与陌生感忽略不计，一笔勾销。事实上，我已经很久没有见过他，最后一次也许是上个月，不，装修后我来店里的两次他似乎都不在，那么是过年前。我不记得了。

"哪位？"

“是我。”

“噢，有事吗？”

“你在哪儿？”

“××街。”

“在吃饭？”

“是。”

“我在附近，一会儿来接你。”

“不用了。”

“那我在魁星阁等你。”不等我回答，他挂了。

我讨厌自以为是的男人，用命令的口吻和姿态，认为一切应该围绕他的意愿，不容置疑，不由分说。但女人还是受用，我还是受用，他到底来找我了。

哈哈。哈哈。我在心底里肆意地笑。去吧，去吧。一个声音说。至少他和你是平等的，不会高高在上地支配你，漫不经心地无视你。你不在乎他，对他你不必顾虑，怎么想就怎么来。

“他的电话？”赵燕问。她以为是猫。

“一个熟人。”我说，“等会儿会不会去跳舞？”

“不知道，我肯定要走，孩子下午还挂水呢。”

十分钟后，晚宴结束。老板带几位客人去附近的舞厅。赵燕立刻走了。厉萍凑到老板耳边说了什么，也知趣地拿上包准备回家。今晚，是另有安排。

41

我慢慢向前走。

几天来我都坐公交车上下班，这一回明显和前两次不同，人虚弱得很。我再经不起折腾，以后要加倍当心，不过猫很体贴，不许我过问装修——木工收尾了，下面的漆工不需劳神，他渐渐像个大人，知道疼人。

出了饭店，一路走下去就走到魁星阁。两边都是大大小小的饭店、酒楼、食府，以及一些供饭后消食或尽兴的娱乐场所。此时已到消夜时分，食客们三三两两步出店堂，与下一拨乘兴而来的客人打个照面，人们像生活中常常发生的那样交换了座位。男人们醺红了脸，挥着手当街呼喝，摩肩接踵地大声告别，女人们咯咯笑着结束这一天最后的寒暄，然后松弛了面部，匆匆回家，剩下一些人继续欢乐。

在这个老城繁华的商业街区漫步，会突然见一座三层八面白墙朱顶的古楼从一片现代仿古建筑中显现出来。魁星阁是明朝的古迹，与邻近的建筑相比显得十分低矮，木楼梯盘旋而上是昔日登高览胜之处，经过几百年的烟尘，如今四周围充斥了灯红酒绿的所在。

从前这里是县学，后来只剩下这一样，伫立于一派市井喧嚣之中，孤零零的却不寂寥。真正的古迹都有一种安静的气质，把近旁的时间与空气凝结住，离它越近，离现时和现世越远。

我打量着它，忽然放慢了脚步。

罗彬背靠着塔内的一根红漆剥落的立柱，席地而坐，凝视着不知名的方向，黄色的白炽灯光照下来，直射在他身上。他看上去和周围纷扰喧嚣的世界毫无关联，只属于那个静止不动的时空。走到不能再近，我停下脚步站在黑地里，困惑，又惆怅。

他转过头看见我，一笑，右手撑地一跃而起，拍了拍身上的尘土，摇晃着走出光亮，朝我走过来。刚才是我的错觉，他还是原来的他。黑暗湮没了他高大的身形，附近闪烁的霓虹在他脸上忽明忽灭，带着醉意，我分辨不出他的面目。

“最近想我了吗？”他说。

先前的错觉蓦地索然寡味。

“没有。”

“没有吗？真的没有？——你在紧张。”

“你的判断力很成问题。”

“你一直躲着我。”

“你的想象力也过于丰富。”

“你那天真的生气了？——你在乎我。”

“是吗？”我厌烦地说。他在说哪天？

“你爱我吗？”

一瞬间，我想出声笑，我的生活是一出特别的喜剧，一个男人不肯说爱我，一个男人要我说爱他。

如果你跳出眼前的纷繁，从半空中朝下看自己的遭遇，一定会发笑，就像坐在台下看一出喜剧，演员们衣冠楚楚，一本正经，这本身就很滑稽。

“我说是，你相信吗？”

“你在骗我。”

“你对我的误会实在很多。”

“送你回家？”他试探道。

“好。”

“现在？”

“当然。”我脱口而出，两人都愣住了，他没有料到回答如此干脆，我也没有。

我不由得解释道：“这两天身体不大好，想早点回去。”

“哦，是不方便？”

没有比这更令人反感的，他以为对女人了如指掌。我淡淡地说：“前几天去过医院，是第三次。”

“他陪你去了？”

“他有事，完了去接我。”

“你就让他走？”

“我能照顾自己。”

“你喝酒了，这样对身体不好。”

“是。”

“你要是我的女朋友，我就不会让你这样，你这样会让我心疼的。”霓虹闪烁，我瞪着他，但看不清他的表情，他别过脸去，“求求你，别让我心疼，我不想看到你这样。”

真令人怦然心动，以前的我会虚荣，会动容，如今只觉得无趣。他是一个二流演员，扮演最熟稔的角色，念着最动人的台词，连自己都信服了，却只有这一刻的真实。

他把我送到楼下。“走走吧。”他说。我默许。

我们沉默地向前走。

过了半晌，他开口了：“前几天我公司的照办下来了。”

“嗯。”

又过了一会儿。“昨天我新认识的一个女孩要跟我过夜——我没答应——她年纪太小。”

“嗯。”

“知道么，上星期我和一个男人做了一回，”他偏过脸，悄悄观察我的反应，“感觉不错。”

“你做什么我都不会惊讶。”

他大笑掩饰沮丧。

又一阵沉默，我放慢半步落在他身后。拐进一条小街，他忽然转身停下，一把抓住我拉向自己。我吃了一惊，猛地向前推开他，人紧跟着向后退，伸直手臂用食指抵住他的胸口。

他看看我，耸耸肩，转身继续往前走。“你真聪明。”他说。

“比你想象的聪明。”

“但是不如我。”

“对显而易见的事实我不争辩。”

“你怎么看我？”

“你是独一无二的。”我说。他没料到，一时控制不住，露出惊讶的喜色，“——但不是不可或缺的。”

我不去看他。过了一会儿他恢复过来：“你最近怎么不去店里？”

“太忙了。”我不想跟他提装修的事，那是我的私事。

“我每次去你店里都想看到你。”

“别傻了。”

他不作声，沉默了片刻，柔声说：“好久没听到你说这三个字了。”

我说不出话来。对这个男人，我始终怀有怜惜。那个月夜，是的，不管怎样，有些记忆是温暖的，有些优美而惆怅，有些甚至有不可名状的哀伤，虽然它们都很短暂，因为它们都很短暂。

“告诉你件事，”他停了一下，“你老公好像和网上的一个女孩很好。”

刚刚涌起的感喟立刻消失了，一股寒意极快地从脚底升起，利刃般刮过全身。“我知道，他告诉我了，叫什么名字的——我忘了。”我迅速回答。

“有一次夜里3点多我从你们店门口经过，看见卷帘门拉着，里面有灯，我觉得奇怪，进去一看就他一个人在聊天。”

“要给男人一点空间么。”

“你这么大度？”他仔细观察我。

黑暗里，我的脸抽搐了一下：“当然。”

有时候，情感比理智更敏锐。理智说，他不会背叛你，要冷静，别听那个混蛋挑唆；情感说，他已经背叛了你，千真万确，你这傻瓜！受到爱人欺瞒的人会第一个站出来维护对方，或者不如说维护自己的尊严，但没有一个人此刻还能坚信对方，毫不动摇。

也许是觉得无趣，罗彬不再继续这个话题。我已经无心再听他说，我从没有这么迫切地想摆脱他，我一刻也不能跟眼前这个人在一起，我需要安静，我需要一个人待哪怕一秒钟，现在、立刻、马上！

“我得回去了。”

他询问地看我。

“明天一早电视台要来拍广告片。”我谨慎地说。

几分钟后，我独自站在楼梯口。现在我该做什么？我感到心急火燎，却只是痴傻地站着，什么也不明白。酒精的后劲似乎使头脑丧失了理性，失去了思考的能力，我抬起头，看着真空般的夜幕，有几点星星，不禁有些糊涂，我在哪里，要做什么，为什么会这样？直到打了个寒战，我才清醒了。拿出手机，我木然地拨通韩洌的号码。

“洌洌，有件事要问你。”

“说。”

“你姐夫是不是经常跟网上的一个女孩聊天？”

“谁告诉你的？”

“是不是？”

“谁告诉你的——我怎么不知道？”

“你保证？”

“绝对没有，姐夫——怎么可能？”

“唔。”

“好了别乱想了，回家睡觉去。”

挂了电话，我稍微释然。猫不会的，他没有韩洌的天赋，他甚至不会跟女人说话，但是——有什么能确信呢，在这世上。

42

这一夜，我睡得很不安稳，但酒精麻痹了意识，终于瞌睡了，一下子掉进去，沉到底。醒来时，我不记得梦到什么，但昨晚的一切历历在目，罗彬那张笑脸一直盘旋不定，我越来越心神不宁，下班前给猫打了电话：“下午上班前我在家等你，有话问你。”

“什么话啊？”他好奇地问。

“来了再说吧。”

吃完午饭，猫来了，我关上自己的房间门。猫在床边坐下，向后半躺半靠在墙上，玩他买给我的一只布袋猪。我走过去，站着看他，过了几秒他察觉出异样，“你不是说有话问我？”

“你自己明白。”

“我明白什么？”他惊异地笑，看到我的表情，笑容渐渐在脸上僵硬，最后他不自在地移开目光。

“最近有什么事瞒着我吗？”

“没有啊。”

“好。”

“干吗？”

“非要等别人先来告诉我——我看你还是自己说的好。”

“别人告诉你什么了？”

“这你别管。”

他动了动嘴，没说话，似乎在掂量形势，迅速地考虑如何应对。他本该理直气壮地质问。一阵令人难耐的沉默中，我已经知道，罗彬的话是真的。不知怎么，我反而有种胜利的喜悦，愤怒与鄙弃把眼眶蒸干了，亢奋撼动着身体，我抑制住呼吸，等待着。

“真要我替你说？”

“是不是我跟网上的女孩聊天的事？”

我慢慢坐到床沿上。

“她叫什么？”

“叫深谷幽兰。”

“聊多久了？”

“没多久。”

“是她说你幽默？——看来上次你告诉我，是给自己打伏笔呀。”

猫靠在墙上，僵硬地保持姿势，用手指小心翼翼地从上至下刮布袋猪的鼻子，一下，一下，一下——我伸手一把夺过来，摔向墙角。他抬起头看看我，又低下去，目光骤然黯淡了。

“你和她都聊什么？”

“也没聊什么。”

“那你半夜三点一个人没有还在店里干吗！”

他不出声。

“你平时和我多一句没有，跟网上的‘美眉’”，我压低调子咬着牙，“倒有说不完的话。我以为你每天在店里忙到两三点，我心疼你瘦，担心你不安全，我每天等你的电话，睡觉前你不来电话，我就把闹钟调到两点好到时候叫醒自己打过去——”我一下子哽住了，眼泪逼上来，心口紧紧一阵裂痛。

“小猪，别生气了。”他伸手想拍拍我。

“手拿开。”我低声说。

他把手缩回去。

“我就问你一句：你跟她说过‘我爱你’吗？”

“没有。”

“好，今天我不想再说了。我去洗脸，等会儿送我上班。”

抬起头，镜子里有一张布满水雾的脸，水落下来，显出下垂的嘴角。我撑着水池，愣愣地对着镜子，过了半响，我看见镜中人正定睛看我，她颧骨微凸，面颊瘦长，表情平静，目光消沉。她盯着我，直到我目光涣散，一切细节化为模糊。

店门口稀稀落落停了几辆车，横七竖八地，是匆忙丢下直奔进去打游戏的学生。

和看店的女人打了招呼，我找个空位坐下，打开电脑。这是我第一次查看猫的OICQ，如果他没改，密码是我的生日，网名是伊阿宋，我替他取的。

登录的一瞬间，我不寒而栗。他的好友栏密密麻麻排列着几十个网络头像，一眼看去都是女性。我慢慢向下移动鼠标，直到“深谷幽兰”这个名字，她不在线。心在腔子里突突跳动，竟无人察觉，带着窥视的快意和越来越接近答案的狂热，我开始查看猫和她的聊天记录。出乎意料，内容令人失望，聊天的双方显然是相熟的，但话题漫无目的，也不投机，不用说有任何暧昧。

罗彬、韩洌、猫，三人之中至少有一个在说谎，可能是任何一个。停了片刻，我回到最前面从头查起。当一个秘密就在手中时，即便它将使自己堕入深渊，人们也不会抗拒真相，反而本能地屈从于好奇，玉石俱焚亦在所不惜。

我一个一个地浏览聊天记录，从中寻找情敌的蛛丝马迹，这会儿兴冲冲地简直如同一个急切要与爱人私会的女人。我的手不停地颤抖，滚烫的头脑异常清醒，假如旁人此刻观察我，不会认为有什么不寻常。每排除一个，我心里就起了一阵宽慰和惶恐交织的波澜，这一个不是，下一个呢。与此同时，猫在虚拟中的大方自如和能说会道越来越使我震惊。各种头像在眼前跳动、默不作声或者沉寂，那后面是一个一个现实中的女人，而每天注视她们的那双眼睛在想些什么。

一份记录让我停下来，屏息宁神。

冰儿：我回来了。

冰儿：你在和谁聊，怎么不理我？

伊阿宋：没有，我在！

冰儿：你肯定是找别人去了。

伊阿宋：真的没有，我一直在等你。

冰儿：我不相信。

伊阿宋：我一直对着显示屏发呆，听张宇的歌，快绝望了！

冰儿：那你的速度怎么那么慢？

伊阿宋：心里乱，手指不听使唤了。

冰儿：对不起，我来晚了，原谅我啊！

伊阿宋：没关系，来了就好。

伊阿宋：想你。

冰儿：我感觉到了。

伊阿宋：感觉到我的脉搏了？

冰儿：是的！老公，你真好。

伊阿宋：我只对你好。

冰儿：我不相信，你一定有很多女朋友。

伊阿宋：她们都不如你。

冰儿：真的吗？

伊阿宋：当然了！

冰儿：不知道你会爱我多久？

伊阿宋：爱你一万年。

冰儿：我是不是很傻？你一定在笑我。

伊阿宋：怎么会？你一直不来我都担心了，等了你一个小时，摩托车还没放起来。

冰儿：你快去吧，骑车小心。

伊阿宋：等我，我就来。

伊阿宋：来了。

猫每天晚上要把摩托车放到附近的一个停车场里，走时再去拿。出了巷子，过一条马路才到停车场，来回要三四分钟。从留言时间看，他在22：52：39出门，22：54：26回到电脑前，用了不到两分钟。我不知道他是怎么做到的，但我能想象出他飞快地骑车过街，又拼命往回跑的景象，一个被爱情驱使的人。

五年来，我听他说得最多的话是：回去吧。

我信任他，不因为他不会背叛我，是因为他不会甜言蜜语，但没有一个女人不喜欢听爱人这样说，我以为他不会说，其实他是不对我说。

我爱的人又一次骗了我。

一字一句，犹如重锤敲打在心上。我感到恶心，手脚冰冷，浑身无力，疲惫得如同一只空口袋，一股潮水涌上胸腔，胃抽搐起来，我直想干呕。心脏蓦地一阵剧痛，紧张的神经一下子垮了，热泪融化，滚下来，在面颊上引起一阵战栗。我坐着不动，希望无人察觉。

她所熟悉的他，于我竟完全陌生；我离他如此之近，却根本不了解他的生活；她叫他老公，他对她说我爱你；她不知道我的存在，却轻易得到了我想要的一切；他又一次彻底忘了我，我像一个多余的人。

他是这样陌生。那个孩子般的、眼里总有笑意的猫，那个温顺随和，少言寡语的猫，那个疏于交际、沉溺游戏的猫，那个不和女孩说话的猫，那个我爱着也爱着我的猫，是这样陌生。我从未真正了解过他。

我迟缓地打开她的资料，1981年出生，四川自贡人，似乎还是学生。她的头像是一个浅紫头发、大眼睛、柔弱而娇羞的女孩。这是OICQ上使用频率最高的女性图标，天真中包含着妩媚，无邪里透露出诱人，使异性自然地产生一种征服和保护的欲望。

眼泪风干了，我不动声色地换了一台电脑。每台电脑都有他们的聊天记录。

3月7日

伊阿宋：还在为那些事难过吗？

冰儿：有你陪好多了。

伊阿宋：呵呵。

冰儿：你是个好人。

伊阿宋：假如不是呢？

冰儿：不会的。

3月9日

冰儿：来了。

伊阿宋：等你好久了。
冰儿：骗人。
伊阿宋：怎么这样想！
冰儿：生气啦？逗你的！

3月21日

冰儿：老公，还在听张宇的歌吗？
伊阿宋：是啊。
冰儿：别听那些伤感的歌了，我会难过的。
伊阿宋：因为你我才听。

2月28日

伊阿宋：你好，四川美女，可以聊聊吗？
冰儿：你怎么知道我是美女？
伊阿宋：呵呵，你是学生？
冰儿：是的，你呢？
伊阿宋：我工作了。

3月2日

伊阿宋：你的胸大吗？
冰儿：不和你说这个。
伊阿宋：不高兴了？
冰儿：你怎么老是问这种问题？
伊阿宋：哦，以后不说了。

3月10日

伊阿宋：你回去吧，再迟我会担心的。
冰儿：学校门早关了，要爬围墙了。
伊阿宋：以后别跟我聊这么晚了！
冰儿：怎么了？
伊阿宋：我担心你，你那么漂亮，不安全。
冰儿：你怎么知道我漂亮？

伊阿宋：我猜的。

3月13日

冰儿：你的普通话很标准。
伊阿宋：真的吗，以前没人说过。
冰儿：不会吧，你的声音很好听啊。
伊阿宋：呵呵，你也是！
冰儿：我不相信。
伊阿宋：为什么？
冰儿：男人都喜欢骗人。
伊阿宋：我不会的。

3月14日

冰儿：昨天你打电话来的时候，我到家刚进房间，还好没被我妈听见。
伊阿宋：呵呵，你害怕吗？
冰儿：有一点，我平时很听话的。
伊阿宋：现在怎么不听了？
冰儿：因为认识你了。
伊阿宋：那我把你带坏了？
冰儿：是啊，就是你。
伊阿宋：呵呵，我得下了，明天单位有活动，要早起。
冰儿：那你下吧，别管我了。
伊阿宋：真不想走。
冰儿：我也是。
伊阿宋：吻你的额头。

3月17日

冰儿：对不起，昨天叫你陪我那么晚！
伊阿宋：呵呵，今天早上迟到了一个小时。
冰儿：那怎么办，领导说你了吗？
伊阿宋：没关系，我经常迟到。
冰儿：这么懒呀！
伊阿宋：呵呵，我是猫。
冰儿：懒猫。

3 月 24 日

伊阿宋：老婆。
冰儿：干吗？
伊阿宋：呵呵。
冰儿：真傻。
伊阿宋：爱你。

没有什么比亲眼见到身边人的欺骗更令人战栗，更鲜血淋漓。

在时序错乱的记录中，我眼前时而是他们开始的相识，时而是途中的试探，那一次是误会释然，这一次是坚冰融化。那些文字逐渐在我眼前汇集，陆续以时间为序，呈现出事情的全貌。短短十多天，她从矜持到依赖，他从逐猎到倾心，他们从两个陌生人到彼此爱慕，相互怜惜。每天，他们都焦急地渴望相会。他们卿卿我我时，我在和木匠讨论家具式样；他们两情缱绻时，我独自躺在医院的床上；他们在电话里喁喁情话时，我在睡梦中等待铃声响起。

这不是单纯的寻求刺激，其中包含有热烈的、真实的情感，是我没有得到过的爱情。

43

夕阳的余晖使公司大楼笼罩着一层淡薄的金彤，楼前人流来往，市声嘈杂，人们脸上是劳作一天后的沉默。

我站着，不说话。猫跨坐在摩托上，我可以感到他逐渐上升的怒气。

“你不说话我走了。”

他随时会弃我而去，我不是第一天明白这个事实，但最后一点尊严让我抬头直视他。一股冰冷坚硬的东西横亘在我们之间。在三月末温暖的空气里，我直想发抖。

我吐出一口气。“该说的不是我，是你。”

“我没什么好说的。”

“你有‘我爱你’三个字好说。”

“我随便写的。”

“是么。”

他的寻呼机叫起来，他没有看，由它不停地响。

“我要走了。”

“你就走了？”

“不走站这儿干吗？”

“就站着，不干吗。”

他伸手转动钥匙就要打火，血一下子涌上我的大脑，我一把抓住车头，死死地不放。僵持了一会儿，他坐回去，抄起手，看向另一边。寻呼机又响了，单调的铃声让我冷静了些。

“看看谁打的？别是单位里有什么事。”

他置若罔闻。

我走到他身旁，伸手取下别在腰带上的寻呼机。最新的一条信息是：等你电话，冰儿。往前一条是：老公，等你的电话，冰儿。再往前没有任何信息。我从没想过查他的寻呼机、手机、聊天记录，我一直以为他是个单纯的男人，只会在肉体上背叛我。

我把寻呼机递给他。他看了一眼，一言不发地收起来。

“猫，别再和她来往了。”

“根本没跟她怎么样。”

“告诉她你有女朋友。”

“嗯。”

“告诉她我们要结婚了。”

“嗯。”

“答应我。”

“嗯。”

“你怎么告诉她？”

“你别烦了。”

“如果要打电话，不如现在打。”

“叫你别烦！”

“我怎么能不烦！”

“我今晚写信给她。”

“你打算怎么写？”

“我走了。”他没有等我回答，立刻打火发动了摩托车。车发出巨大的噪声，满腔怒火似的向前冲出去，一些行人惊觉地往两旁让开，他马上在视线中变小，越来越小，人流随即合拢，经过我继续往前流动。我站在人行道上，落日照在身上。

我沿着热闹的街道疾步向前，一路走，一路按手机重拨键。气温渐渐回升，晚上外出的人多起来，城市中心熙熙攘攘，人们脸上露出一天紧张后的松弛。滤过周围的嘈杂，忙音清晰地透进耳膜，一声，一声，一声紧似一声。

拐进小巷，猫的车在，推门进去，人不在。店里聒噪不堪，范荣头也不回地说猫出去了。去哪儿了？不晓得。多久了？不晓得。他什么都没说吗？哼，他就叫我看店，我都成你们小二子了，忙着呢，别烦我！我小小地透了一口气，眼下范荣的注意力集中在屏幕上，此刻我有点怕他那种默默观察的：叫人心虚的神情。

走回巷口，就着路灯微弱的亮光。我看看手机，8 点 25 分，再打，还是忙音。心彷徨忐忑，惊疑不定。

没有目的地，我顺着墙根慢慢向前挪，大脑迟疑地在思想里摸索，不知道该往哪里去。他在打电话，在给她打电话，我几乎可以肯定，他说今晚写信给她，但他在打电话给她，他让你相信过么，没有，我再也不会相信了，我应该做什么——如果现在给寻呼机留言他也不会回——不会，他不会为我掐断她的电话——而且他会知道我在找他，一个总是搅他好事的女人。我就是要去找他，我要看看——谁有这样的魔力，我要问他为什么这样对我。没有骑车，他不可能走得太远，应该就在附近，也许就在平时和我散步的那些小路上，他从来不愿陪我，他宁可几小时握住手机，抛开命一样的游戏和店，跟一个年纪和骨头一样轻的小姑娘情话绵绵，在和我走过的路上。也许，就在前面的某一条小巷里。

他就在前面某一条小巷里，就在某一条小巷里……头脑不断地盘旋着一个声音，凭着一股惯性我脚下越走越快，脚步在寂静的空巷里发出急促响亮的回声，听上去有点瘆人。心因为紧张和激动挣脱了压抑，猛跳起来，听着腔子里突突的沉闷的撞击声，我感到一阵晕眩，好像在起伏不定的甲板上奔跑，四周是狂风和突然掀起的巨浪，下面是深不可测的海水，随时等待着脚步踉跄的人，吞没他！吞没他！

我走得太快，真的趔趄起来，路在眼前晃动，像蒙了一层薄翳，视线混沌一片。胸腔里撞击声更响了，敲打在耳鼓上，我猛地住脚，小声喘息，像嗅出了危险的动物连自己的心跳也感到害怕。站在路中央，昏黄的灯光向下把影子投在墙壁上，我觉得自己像一个被挤扁的娃娃，扔在这条小巷一个黑暗的角落里，我应该倒下，停止思想，安静地等待天蒙蒙亮时扫地人的扫地声。唰——唰——唰——

有人骑车过去，车轮在青石板路上咯咯地轧响。我继续往前走，一时间不知道自己要去做什么，就又停了下来。哦，我是去找他。

之前的那股力量在停下来的片刻涣散了，我向前拖动空虚的身体，仿佛随时都会跪倒在地。

老城的巷子在春夜里寂静地蜿蜒，两旁的人家屏住呼吸似的，有时传来一声咳嗽或者大人唤孩子的话音，敲打在我麻木的脑膜上。有行人从身边经过，我就尽力摆出漠然的表情。路灯之间离得很远，每次走进一大段黑地里，我才感到一点安慰。光亮中，人们是演员；黑暗里，才是观众，是看客。

远远地，有一个人站在路灯下，强光照在他背上，我默默祷告，希望他在我走近前走开，但他专心地低着头，一动不动，好像在看什么。终于，他挪动了一步，我看出他拿着手机放在耳边，他——我突然喘不上气——是猫。一时间，心放了下来，委屈、狂怒、轻蔑随之涌上来，我浑身打战，加快步子，镇定地向前走。起先他背对着我，后来听见脚步转过身，眼里露出一丝胆怯，电话那头一直在说，他小声回应着。

我走近他："在跟她打电话？"在黄色的灯光下，他脸色发灰，眼睛变窄，对我做了个噤声的表情。我继续说，"告诉她，我在，一会我要跟她说话。"显然，她听到了我的声音，因为猫立刻解释道："嗯，她在我旁边。"他的声音很轻柔，怕触碰什么似的，是我从没听过的，但听上去那么古怪和陌生，和他平时对我说话完全不同，我的心揪成一团。

我站着，双手环抱，看着他，没有打断他们。想到我近在咫尺，旁听他们的私语，觉察他们的每一声呼吸，这一定让他们感到不安，不过在享受了那么多无所顾忌的快乐之后，这么一点应该承受。

那个叫冰儿的女孩不知在说什么，他一直讷讷地应声。有两只猫一前一后从附近贴着墙脚悄然经过，淹没在黑暗里。凉风穿过小巷，迎面渗进心窝，一阵哆嗦，腿僵硬了，我倒了倒脚。我是这样多余，他们已经把我忘了。不能再等了，我不想再等了。“让我跟她说。”我伸出手。

猫欲言又止地很快说：“她要跟你说话。”

接过手机，我慢慢走到黑地里。“是冰儿吗，你好。”

原始的冲动在血管里主宰着我，我一直等待这一时刻到来，一直跃跃欲试准备扑过去，就像母兽之间来一场撕咬。

“是我。”

出乎意料，她的声音是那种天生的沙哑，并不动听，更不撩人，语速很慢，口气迟疑而稚嫩。她只是个孩子，一时间我有点错愕，旋即镇定了，她不是想象中的强硬对手，即便如此一样侵占了我的领地。

“也许他没有向你提到过我，我是他未婚妻。”

“我知道，他告诉我了。”她畏缩地，一个字一个字地说，用拖长的沙哑的嗓音。

“今天告诉你的？看来是。”没容她回答，我迅速说下去，“就像我以前不知道有你的存在，你和我都被一个男人欺骗了，不过这件事你没有责任，责任在他。”

“我也有责任……”

“你确实有错，在完全不了解对方的情况下就盲目投入感情。他并不像你想象的那样是个好男人，我和他在一起 5 年了，为他怀过 3 个孩子，上个月刚去医院做了一个。他曾经背叛过我，也差一点毁了自己，在他可能一无所有时我原谅了他……”

“如果是我我也会原谅他的……”

她竟然想跟我比谁更爱他！“这话只能证明你是个孩子——对一个因为嫖娼被拘留很可能身败名裂的男人，对一个和你上床却不爱你的男人——原谅？恐怕不那么简单。”猫站在黑暗里，我不知道他脸上的表情。

她被吓住了。

“我想我对他仁至义尽了，但是没用，他还要背叛我。也许你觉得我妨碍了你们，那么与其让你错到底，不如现在知道真相。”

不知为什么，我一口气说下去，却酸楚地感到自己始终处在下风，有的只是表面的厉害。我应该理直气壮地斥责，却喋喋不休地诉说种种苦劳，想要借此胜她一筹——其实我是在说给自己听，让自己理直气壮。

这么多年来，我始终没有得到一个心理上的名分，我认定我是他的女人，却不敢肯定他是我的男人。这个女孩和我根本没有可比性，却明明平起平坐地竞争，甚至她的优势还超过我：新鲜、刺激、稚嫩、温顺，她可以满足他作为男人的各种需要与幻想，远远好过身边的旧爱。如今她占据了理应我拥有的位置，享受着理应我拥有的爱情，这些理应也就不复成立。

我像一张过时的挂历，曾经记载着过去，曾经承望着未来，但终于要揭下来，被更光鲜的一张代替。

“其实我们真的没有什么……”她怯怯地，固执地申辩。

“你多大？19 岁，1981 年的？在上大学吧。现在你还小，犯点错是好事，以后为人处世要三思，别人说什么不重要，自己要有分辨力，不能那么轻信。”我动了恻隐之心，和缓了口气，几乎是诚恳地说，“有些事实可能你一时接受不了，但总有一天你会明白。找一个好男孩好好谈恋爱，即使通过网络，也要进入现实，实实在在地面对。”

“我知道，我会好好面对的。”

“这一段，我正忙着装修新房，以后有机会欢迎你来家里做客，虽然我们不是朋友，也算相识了。不过今天我把话说明白，希望你从今以后不要再和他联系，我也会跟他讲清楚，不去打扰你。好了，现在我把电话给他，有什么话现在说吧。”我把电话递给猫，他一直蹲在地下抽烟。

猫顺从地接过电话，刚才那一刻，他的自尊被完全击碎，现在反而显得从容不迫。他说得很少，一直在应和，或者轻声安抚。他们似乎说了很久，说些什么我没有真正留心，有时听出大意，有时思想游离出去，漫无目的。人在一旁踱来踱去，身心还处在方才的亢奋之中，难以平息。

我做的对么？我不知道，生活不能暂停、倒退、重来，也许反而是我拆散了他们。浮生若梦，多少人错误地相遇，多少事无谓地发生，多少场戏，没有正角。

又过了一会儿，我恍惚听见他说再见，手机嗑——哒一声挂断了，像一句叹息的尾音，包含着淡淡地遗憾。

远远地传来钟声，铛，铛，铛……响彻在老城的上空，在春夜的空气里微微颤动。

忽然之间，我感到无限的惆怅、惶惑和迷惘，不由得裹紧了自己。

44

有人推门进来，我若无其事地合上抽屉抬起头，来人是办公室的小王。她掩上门，又往外张了一眼，然后靠过来，紧张地压低声音："告诉你件事，老板好像得癌症了。"

"别瞎说！"我哑着嗓子惊叫出声。

"嘘——"她像要过来掐我似的。

"你听谁说的？"

"谢学文打辞职报告的事你晓得吧，今天他到我们办公室把报告拿回去了。"她惊魂未定，竟有些气喘吁吁。

谢学文是老板娘那边的表兄弟，为人处世上路子，老板把他安排在材料上，除此以外也看不出对他有特殊关照。多少仗了这种关系，他口直，颇有义气，前日和厉萍为手下小家伙的工作安排口角了一场，本意显显自己的本事，不承想厉萍一点情面不给，闹得老大不痛快，回去就写了辞职报告来。亲戚关系虽远，还是家里人，老板没有批，只等他气平了再说。

"怎么……"

"我本来跟他开玩笑问他怎么不辞职了，结果他说'你不晓得你不晓得'，我看他神秘兮兮的就没问，过了一会儿，他又告诉我了，说老板可能得了癌症，叫我不要讲……"有人从外面经过，她立刻噤声，等脚步声走到走廊那头，"我就告诉你，你千万不能跟人说。"

"癌症？——不可能吧？"

"到现在我也觉得不可能，但他真这么说的。他还说，老板还没确诊，下个星期要到上海看大医院。"

"这件事你当不晓得，自己有数就行了，也别再传了——再说也许是误诊。还有，假如有人告诉你你就听着。"

"知道了。假如是真的，不知道以后会怎么样，唉，我才来了几个月，真倒霉。"

"是老板真倒霉——他现在情愿跟你换。"

"我不换。"小王连忙说。

“赵燕呢？她刚才不在？”我想起来。

“她出去了。”

“那你快回办公室吧，记着，最近放小心些。”

一转身，小王带上门走了。我坐着发愣，心里有种捉摸不定的迷茫。癌症，这样的恶病会生在天天见面的人身上，会生在身价千万的老板身上，似乎不像真的，又千真万确，普通平常。人生充满了未知和变数，深不可测，不知道生命中那些理所当然的东西何时会弃自己而去——虽然其中有些无论怎样努力，终要离去，差别只是早晚。

出了半天神，我拉开抽屉，拿出刚才在看的一叠纸，这是3月猫的手机通话清单。短短一个月里，他的手机话费共计652.46元，市内话费135.54元，其余是长途。按规定凭本人身份证才能打出清单，我只替他缴了50元话费就在电信局验明了正身。

我用铅笔在清单上标出我和他通话的记录，又用圆珠笔标出长途记录，然后细细地研究。除了几个只打过一回的号码，从3月9日开始几乎每天都有同一个区号的两三个长途号码被叫或主叫。打114询问，是四川自贡的区号。

通话时间多在午夜，有一两次是凌晨3点多。铅笔的划痕和圆珠笔的划痕紧挨着，显示当我接到他午夜来电时，他刚刚挂断给她的电话，或者正打算尽快挂了我的电话，然后打过去。我想象着他在两个角色间变换心理和声音，不禁在心里冷笑。通话时长有三五分钟，有几十分钟一个小时，最后一次两小时——3月28日，就是我和冰儿通话的那晚。

面对明显的事实猫不再狡辩，很快承认了和冰儿的交往，不过矢口否认和她之间存有任何情愫，他说他只是追求刺激，反正在网络里不用负责任。如果真是这样，就值得原谅吗？何况不是。

信任已经土崩瓦解，我不会停止猜疑，他也不会停止欺骗。那晚过后，我开始每天借故离开公司，到店里检查每一台电脑的聊天记录。看店的女人开始诧异，现在已经习以为常，有几次我遇见下夜班的范荣和那个女大学生，韩洌来过两三回，他缄口不言。

晚上我不去店里，免得碰上罗彬，现在我看得清清楚楚，他那番话不是为我着想，而是居心叵测。很久以来，他抓住每一个机会设法诋毁猫，离间我们，有了现成的口实怎么能放过——这就是他那天忽然打电话约我的目的。他一定暗自欣赏自己的手笔，急着想要检验成果，幸灾乐祸地观察我和猫的情形，研究我们究竟何时决裂，并且等待我投进他的怀抱。

他的怀抱，对我，只是毫无想象空间的前胸和肉感的香水味。罗彬并不真正了解我，看他走马灯似的带着女人出现在我面前，我觉得理所当然；而猫仅仅在网上和一个素未谋面的女孩聊天，我就心急如焚，立刻像被激怒的母兽扑上去维护自己的领地。我可以漠视前者的一切荒唐，却不能容忍后者的一个错误，是因为我对他们的预期不同，更因为他们对我的意义——一个是游戏的对象，一个是生命的伴侣；一个是瞬间耀眼的流星，一个是美狄娅的伊阿宋。生活如果崩溃，还去顾及游戏？

猫就像我的眼睛，长在脸上理所当然，当要剜去，却有彻骨的痛。

但罗彬还是得逞了。我不可自拔地跌进去，变成一个疯狂的妒妇，一遍遍看着猫过去的聊天记录，如同一次次揭开愈合中的痂。我不在乎何时痊愈，失心疯般地追逐痛苦，只想知道自己究竟要承受多少，究竟能承受多少。

那晚之后，猫似乎一直没有上网聊天，但几天后我在一台电脑看到这样一段话。

伊阿宋：那天的事真对不起。

冰儿：没什么。

伊阿宋：呵呵，都怪我。

冰儿：是我让你为难了。

伊阿宋：是我的错。

冰儿：她后来没跟你怎么样吧？

伊阿宋：没有。

冰儿：那就好。

看得出，那天我的话对他们毫无作用。猫看上的就是这么个货色，原先她不知情还情有可原，现在却明知故犯。更让我恼恨的，是他们之间心照不宣的默契和相互体恤——竟是我妨碍了他们。

好。

我拿起电话，按照通话清单上一个频率最高的号码拨过去，通话音响了很久，终于有人拿起话筒："喂。"听不出是个男人还是个男孩。

"你好，我是长途，昨天我手机上有个未接来电，请问你是什么地方？"

"我这是网吧。"

"哦，那可能是网友，是不是有个网名叫冰儿的女孩在你这儿上网？"我和颜悦色地问。

对方怀疑地沉默了一秒："有啊。"

"她在吗？"

"现在不在。"

"噢，你知道她真名么。她可能有急事找我。"

"她啊，叫朱雨虹。"对方懈怠了，只想尽快打发我。

"好，谢谢你，我再找她。"

我按下叉簧，开始拨另一个号码，这次很快有人接了，是个声音枯索的中年妇女。

“请问朱雨虹在家吗。”

“你是哪一个？”

“我是她的网友，有点事想问她。”

“网友？她在学校里，平常不回家。你找她什么事？”忽然起疑使她的声音变得很尖。

你是她妈妈吧，好好管教你女儿，少让她在外头勾引别人的男朋友。

“你是她妈妈吧，没什么要紧事，过一天我再找她。”

挂上电话，心犹自跳得厉害。刚才我一直冲动地想和盘托出，终于还是克制了。这事在自己是心念，到父母眼里便是天大的丑事，我于心不忍。

我不想伤害任何人，不想伤害一个和我一样的女人。

45

4月里的夜短了，7点天才将将黑透。各种草木的清香渐次浓郁，浮动在空气中，裹着夜色不经意抚过来，一时又无迹可寻。店门前还是一层白蒙蒙的光，嗡嗡的人声恍惚传出来，夹杂着一首鼻音浓重的流行音乐。

不可思议吗 / 梦在瞬间崩塌 / 为何当初那么傻还一心想要嫁给他

推开店门，我想起来，这是首张宇的歌，这一向非常流行。过年之后，我来过几次，似乎都听到这首歌，店里常有人循环放一首歌，那时我并没有在意。

就是爱到深处才怨他 / 舍不舍得都断了吧 / 那是从来都没有后路的悬崖
就是爱到深处才由他 / 碎了心也要放得下 / 难道忘了那爱他的伤已密密麻麻……

狭窄的空间里人满为患，很多人站着，范荣、罗彬和韩洌都在，猫在主机前，我走过去，歌是他放的。他抬起头看到我，又转向电脑。

我始终打不开猫的电子邮箱。原先我从不进他的邮箱，也不清楚密码，此时问等于提醒他提防，但凡是能想到的我都试过几遍，最后只有放弃。今晚，我是来问他密码的。

“你邮箱密码是多少？”我弯下腰压低声音问他。

“干吗？”

“我要用。”

“你自己不是有邮箱吗。”

“我不能用你的邮箱？”

“不能。”他斩钉截铁地说。

我噎得回不出话，过了一会儿，我说：“看来你邮箱里真有什么。”

“有什么？”

“有你和冰儿的信。”

他不回答。音乐结束了，又从头开始。

雨一直下，气氛不算融洽 / 在同个屋檐下你渐渐感到心在变化
你爱着他，也许也带着恨吧 / 青春耗了一大半原来只是陪他玩耍……

罗彬先是默默留心，现在转过脸来朝这边看。眼下我对他的一举一动异常反感，但我不能让他看笑话。

“你邮箱密码多少？”

“我忘了。”

“你——好，我不跟你在店里吵，省得丢人，我们出去说——快点！”我拨他的肩膀，他不动，半晌猛地站起来往外走。我回头找到范荣，请他代为照看。

“不看！”范荣意味深长地瞄了我一眼，“你们有什么事非要出去说。”女大学生坐在他隔壁的电脑前，晃着大腿，一脸漠然。

“我们就回来，快得很。”

“钱少了不关我事。”

我半嗔半笑出了门，还在回想范荣的表情，假如他看出我和猫不睦，一定疑心因为罗彬。这种无法解释的误会堵在心头，压迫我，让我每一声呼吸都如鲠在喉。想到这里我就恨——原因不是罗彬，却恰恰因他而起，同样的做法，他比赵燕的那个人还要不堪。其实他很不必如此算计，或者我反而应该多谢他的苦心，他让我真正了解到，和猫相比，任何男人的任何感情都狗屁不值。

巷子那头，猫站在墙根抽烟，火星一明一灭。当人们害怕别人的冷漠时，往往首先冷漠相向，我走过去，每走一步，片刻前涌上的柔情便收起一分。

“你刚才说什么？——密码你忘了？”我冷笑道，“怎么我一问你就忘了，什么时候忘的，你记性真好，用了这么久说忘就忘，不如连我也忘了，省得讨你厌。”

他不说话，嘴角下垂。

“好，你不说，你只跟她有话！平时我多说一句你都烦，一个字你也不愿多讲，我以为你多老实，连情书也不会写，结果呢，你是没碰到你想写的人是吧。你怎么不说话，你不是挺能说么，你不是还能写么，你就是不会编谎——请你以后编圆点，老这样有意思么。”

“没意思！”

他冲口一句，我不由得气短，旋即怒上心头，伸手使劲扳住他的脸：“谁没意思！谁没意思！你不是有种嫖娼么，怎么没种把密码给我！有什么东西我不能看，你在派出所我都看过了！”

他摔开我的手，就势把我推倒在墙上，我气喘吁吁地挣起身，用手来挡，又抬起脚猛蹬过去，他忽然“嗷”地喊了一声，两手抱住腿，弯腰含胸地站住，然

后蹲下去。

我愣住了，又害怕又担心，心想不知道踢在哪里了，赶快走上去拉他，他不吭声，也不看我，蹲着不动。

“怎么了？踢哪儿了？是不是很疼？我不是有意的……”我瞅见他眼里有一星闪烁，但他的表情不是伤心，是怨恨，还有厌恶，让人害怕。

不知为什么，我的委屈和愤恨消失了。我们怎么会到这一步。这真像一场梦。

沉默了一会儿，我在他身边蹲下。“我打电话到冰儿家了。”

他显然很惊讶，虽然没有表现出来，但开始留心听，气氛不像刚才那么紧张。

“她妈妈接的，她不在家，我就没有多讲。闹大了对她不好。”

“你怎么知道她的电话？”他忍不住问。

“我给你的手机交了 50 块钱，然后就拿到了通话清单——都像你那么呆。”我温和地说，“我还知道她的名字，你知道吗？”

这回猫露出一个孩子般的惊奇表情，摇摇头。

“叫朱雨虹——难听吧，她知道你的真名吗？知道，那你怎么不问她，呆猫。唉，你还告诉她你叫猫，这是我叫你的，你也跟她说。”我一阵揪心，声音发抖，眼泪夺眶而出。

他垂着头，两眼盯着面前的地。

“你知道我看你的话单什么感觉？你认识她一个月，给她打电话的时间比一年里给我打的都多。我们那么久了，经过的事不是一两件，但我觉得不管我做过什么，现在都没用了，除了过去我还有什么比得过她呢。”

“其实你不用跟她比。”

“不是我要比，是你要我比。”我叹了口气，“也许真像你说的，你跟她在一起是刺激，但你这么做难道对么。她也许不坏，但一定不够自重，你喜欢的就是这样的女孩？你喜欢她是么？”

“不啊。”

“你不是告诉她你爱她么。”

“我说着玩的。”

“你没天天打电话？”

“噢。”

“说真的，你爱她吗？”

他摇摇头。

“唉——我也想相信。”

“我真没跟她怎么样。其实，她有点像你。”

“她怎么会像我？”

“我也说不清，就觉得她挺傻的。有一次她说四川工作好找，物价也便宜，还说等我去了，下面给我吃。”

“好，你明天就去。”

“我又没要去。再说她太小了，什么都不懂。”

“人家会下面。”

“会下面有什么用？”

“我就不会下。”

“我会下就行了。”

我蛮横道：“我知道，你想拿面骗我，让我不问你邮箱密码，哼！我马上就自己把它破译出来！”

他偷眼看我，“噗嗤”一下喷笑出来。

我禁不住也破涕为笑：“以后你别再跟她联系了，好吗？唔，刚才是我不好，踢你，现在还疼么？蹲着也不嫌累，起来吧。”我一把拉起他来，才发觉自己已经筋疲力尽。

闹过这一场，两人都怀着急于修复的愿望，虽说不曾真正释然，却比先前畅快、明朗，像大雨后澄清了空气里的浮尘，污浊还在，沉淀到底。说我完全相信了他，那不是真话，眼下，我不想让别人看出我的感情薄弱得不堪一击。

猫拉着我的手，往回走。

46

装修进行到最后一道漆工，开工前我们去过一次，送油漆，然后冰儿出现了，我就此丢开手，再没过问，仿佛那所房子从未存在过。

猜疑占据了我，我不断地旋转着一些念头，想要扑灭炙人的疑虑，说服自己，为猫开脱。每时每刻都会有一些新的从来不曾发现的角度乍现，让人一时豁然开朗，其中大部分是片面的，一些甚至相互矛盾，深究下去往往无法自圆其说，只能给我暂时的安慰。我被自己的思想从情感的谷底抛向理智的顶峰，随后又坠入深渊，永无休止。

我仍旧每天找出各种借口在上班时间去店里，坐下来，查每一台电脑上的聊天记录。白天连续几个小时面对冰儿静止不动的灰色头像，成了我每天的工作，我对自己失去了控制，像个瘾君子，备受折磨，欲罢不能。除了邮箱，我查聊天记录，查寻呼机留言，查手机清单，查他的包。

他的包。

他在打游戏，包撂在沙发上。包里放着他的笔记本、会议资料、笔、驾驶证、一些记了一两行字的废纸、通信录。我翻了翻通信录，有几个号码像是QQ号码，旁边注着长途电话。我抻开包的内袋，有两个信封，收信方写着猫的单位地址和姓名。一个牛皮信封的寄出地址为陕西某市，里面没有信，只有一张照片，一个化着浓妆、门牙突出的女孩向人媚笑。

另一个白色信封是四川大学的，字很小，秀气而稚嫩，没有落款。信封里有一页折好的信纸，抬头也是四川大学。我展开信纸，目光下移，看最后的落款：老婆　冰儿。

一股胜利的冲动促使我捏紧信纸，盯着看，一些字句从字迹中跳进眼帘，亲爱的老公……千万别笑我啊……觉得奇怪……不安全……你身边的那些女孩……一直喜欢我……

我强迫自己镇定下来，一字一句地看下去。

亲爱的老公：

我现在正趴在宿舍床上给你写信，写得歪歪扭扭的，字好难看，你千万别笑我啊。我今天走在路上，走着走着，想到你忽然笑起来，如果有人看到我一定会觉得奇怪，他们不知道我在想你，想到你我就快乐。不过，你可不要一边骑摩托车一边想我啊，不安全。你还整天听张宇的歌么，太伤感了，我会担心的。给你寄了一张照片，是去年暑假我到成都拍的，我长得不漂亮，肯定比不上你身边的那些女孩，你看了别不理我呀。不知道你喜欢我什么，也不知道你会不会一直喜欢我，唉，不说了。最近我要考试，不能每天上网，你别等我，早点睡觉吧，不然又要迟到了。马上就要熄灯了，不多写了，吻你……

老婆　冰儿

2000年3月26日

血冲上太阳穴，我不由自主地浑身发抖，分辨不出自己的感受，轻蔑、愤怒、厌恶、疼痛、嘲弄、嫉妒、鄙夷、同情，还有辛酸，层层叠叠裹在一起，掰开，揉碎，在胸中搅动。写信的人也万万想不到，自己的一腔柔情会被一个视她为死敌的女人握在手中。

邮戳显示是两周前寄到，算起来寄出时我和她都不知道有对方存在，那时两个女人都在甜蜜的梦乡里。信上提到的照片不在信封里。我继续翻找，包里没有发现更多的东西，我停下来，想了想。笔记本有个深色封套，我拆下封套，封底后有件东西露出来，用手一抽，是一张照片。

一个椭圆脸、尖下巴、长头发、鼻梁挺直、身材修长的女孩右侧靠墙坐在一个石雕旁的荫凉处，两腿向前半踢，脚踝交叠。她嘴角上扬，眼睛睁得很大，略带一点惊奇，神情里有种明显的不谙世事的单纯。照片照得很好，在仿旧的褐色调子下，她的眸子很亮。

冰儿，以这样具体的方式呈现在我面前。

这就是我的对手。平心而论，她是个美丽的女孩，而且，看得出，她不坏。我无法真正憎恨她，但也绝不会喜欢她。要说恨，我应该恨猫。藏起照片，证明他对她有情有义，一个粗心的男人去做这种事不单单要避祸，还为珍藏吧，可惜他到底粗心，信本身出卖了他。他在外面打游戏，我冷冷地注视着他，一个人永远不会知道，自己的背后有怎样的目光。

韩洌哐地推开大门，穿过人群径直往里走，我迅速把信和照片塞回包里，他找了个空座坐下，把臂包搁在身后。那包是山东的新女友送的，上个月她来看过他。有一天我在街上看见他和一个穿着平底鞋还比他略高的女孩一起走，两人紧挨着，攥着手，如胶似漆，当时我和猫去买油漆。

我把照片重新拿出来，捏在手里端详。冰儿比我小6岁，和我遇见猫时一般大，她躯体里青春的柔嫩与生动的朝气，抑制不住地透过照片。也许不能谴责一个男人对她的钟情。她确实年轻，不是孩子，不是成人，是介于两者间的少女，不早不晚，正当年。她的眼神清亮，一目了然，让人印象深刻。

我从来不是个漂亮的女人，但我也曾有一双毫不逊色的眼睛。是的，那时的我……

当你拿起旧照片，才知道自己老在哪里。皮肤、肌肉、血管暴露出身体的变化，而眼睛，是一面心镜。我们看到的，从看到的那一天起根植在心中，生长，一天一天茁壮。欲望、诱惑、伤痛、忧虑、世故、势利、怯懦、冷酷、虚伪、麻木，所有这些汲取了最多的养分，毫不留情地把纯良、率真、热诚挤压到一边，奄奄一息。它们生气勃勃地、赤裸裸地生长在眼睛里，微笑也掩饰不住。

我们成熟了，也枯萎了。

我才 25 岁，最好的年华，看上去拥有一切，应该充满梦想，然而生活把它的背面展现在我眼前，早早泯灭了希望。我什么都不信，什么都不敢相信。没有人能给我发热的额头带来清凉，因为没有人了解我的秘密，我唯一可以依靠的人把我推倒在地。

我始终是爱情的遗孀。

除了间或一阵风着意渲染空气里的干燥，4 月的夜是怡人的，月光铺在地下，巷子像用水洗刷过，偶尔有人骑自行车，车轮轧过在两侧墙壁上引起一阵回声。猫垂头走在我身边，拖着脚步。

“我知道，我看了邮戳，她写的时候还不知情。她那张照片不错——不过以后要藏得连信一起，免得此地无银——你就是笨哪。”我摇摇头，轻声笑起来。

“小猪，你生气啦？”他怯怯地抬头看我一眼。

“没有啊。”

“你肯定生气了，听你这么笑我就知道。”

“生气，不生气，有什么用呢？”

“是我不好，我怕你看到又气才——”

“才藏？——是想留个念吧。别解释了，我真不生气。我只怪自己，从今往后，我不会查你的东西了。”

“干吗，你要跟我分手？”

“不是，我只是不爱了。”

等了一会儿，他开口说：“你不爱我了吗？”

“以前，不管你做什么，我都原谅你，因为我相信你是个好男人。到今天我才明白你不是，你不是我以为的那个人，你的好是种伪善。”

他沉默了。

“还有一件事要告诉你，我曾经跟你说过的那个本地网友，是罗彬。”我不看他的反应，径直说下去，“说实话。他和我很相像，也很聊得来，但他不适合做朋友，现在我跟他没什么来往。告诉你没别的意思，原来没说怕你担心——当然你不会担心，现在说是希望我们今后能尽量坦白，我要求你，我也应该做到。”我在心里泛起冷笑，我要把他对我的伤害反过来报复在他身上。

他想说什么，还是没说。

我从包里拿出一样东西，举到他面前："认得它么？"

他好奇地辨认，开始没看出来，又仔细瞧了瞧，有点讶异："是我给你买的玫瑰。"

我慢慢把玫瑰折成几折，压在手心里揉搓，长时间的脱水使它很脆，枯萎皱缩的花瓣发出噼啪噼啪的声响，直至碎成粉末。它在卧室的窗台上陪我度过了一年多的时光，现在它该走了，和万物一样，尘土里来，尘土里去。我松开手，碎屑和枯枝纷纷落在地下，有一些沾在手心里，我认真地掸干净。

他呆呆地看着，在路灯黯淡的黄光下，脸色一刹那变成灰白。

47

老板周一动身去上海考察，说去三五天，他没有像往常那样带着亲随，出人意料的，老板娘跟去了。公司里少数几个了解内情的人都不动声色，其余的则高兴可以放个长假，小王假装若无其事，朝我使了无数眼色。到周四下午一上班，噩耗悄无声息地传遍公司上下，老板去上海做了诊断，初步确诊肺癌。

这消息来得实在突然，连原先有心理准备的人都感到猝不及防。人人都在询问消息的来源和真实性，得知是老板娘中午忽然打长途到公司，话中透出来的，这样看来十有八九了。

一时间，公司的气氛完全变了，窗外 4 月的阳光仿佛也骤然暗淡了。人人都无心工作，心中惊惶不定，到处三五成群，神色凝重地咂舌摇头，感叹：人这东西真假。有人来办事，大家才恢复镇定。疾病是个平易的话题，在它面前不分贵贱人人平等；疾病也是个令人感兴趣的话题，说别人的不幸才能深深体会自己的幸福。说来说去都是那些话，也还要说，这边说完，又到那边叙叙，仿佛多沾些人气才能开解沉重的心情。

都说肺癌就是个死，老板从不吸烟，还不断更换御用医生，不知怎么会得这个恶症。有人分析，问题出在老板的房子上。

去年夏天公司在商业区开发的楼盘交付，其中有本市第一座设电梯的 10 层点式小高层。繁华地段、高楼大厦完全符合一个乡下暴发户进城的心态，早在立项时老板已经开始筹划自己的新宅。他变更图纸，把东户型朝东的房间和西户型朝南的房间划给自己，那两户一个几乎不见天日，一个只得夕阳西晒，好久都卖不出去。

他喜欢 8，后来听有名的大师的话选了 9 楼，意味长长久久，又请大师定了进宅的吉日。为了赶时间，他提前装修，谢学文那阵天天往他家运材料；小区的路还没平，他家的木工就进了场；户主们刚拿到钥匙，他的家具电器落户；楼上下如火如荼地装修，他忙着进宅；人家开着窗子吹房子，他入住快两个月了。

那次公司全体去参观他的家，刚进门时每个人都闻到一股刺鼻的气味，熏得眼睛睁不开，直到告别都没能适应。这件事很快被忘了，现在回忆却令人惊心动魄。

追想起来，他似乎去年秋天就开始咳嗽了，断断续续一直没好，中医西医看了好几伐，如今这唯一的症状越看越像。

别人口气犹可，肖琴冷笑着指出，风水随人，房子好没用，命要好。说了一阵，人渐渐散了，回去做自己的事，但都提不起精神。老板的性命和一些人的生计、另一些人的前途息息相关，眼下的惶惑夹杂着对未来的担忧。

两天之后，老板在没有预告的情况下回来了。他经过大玻璃，大家都大吃一惊，手足无措，不晓得应该怎么反应才正常。老板穿得很多，戴着帽子，围了一条厚围巾，一路走过去，伴随着咳嗽声，一声、两声，片刻寂静后，又是一阵压抑着的急促的撕裂声。正好瞥到的人发现，他比以前胖，但是种不健康的虚胖，面色介于灰黄与灰白之间，脸上说不清是什么表情，却难以形容的，衰弱了。

有不少事需要他批示，但现在没有人敢去敲他办公室的门，都怕见他。这怕不是惧怕，是出于同情，面对他就等于面对那个公开的秘密，并且提醒他一起面对。站在大班桌前，什么都不说，也像什么都问出了口。

开始，大家屏息凝神，大气不出，公司安静得像医院的重症区，后来，他把厉萍叫进办公室，紧张才得到缓解，嗡嗡的说话声逐渐高起来，人们恢复了一些常态。

以后的几天里，每天他来两三个小时，这段时间高层和中层陆续被叫去谈话，出来时的表情沉默、沉重而自重。肖琴不再冷笑，显出淡漠的态度，还有一点若有所思的恍惚，或者，是伤感，其余人对他尽量表现出公事化的谦恭。

一天下午他打电话过来，简短地叫我去办公室。推开门，他举着一份报告在看，见我来了就放下，我避开他的眼睛，佯装平静地走过去坐在他对面："邵总，您找我？"

他想要开口，喉咙里发出一阵"喉喉"的声音，像一个风口里的窟窿，他用几声咳嗽把嗓子清一清，说："你晓得了吧，我这个病。"

我默认。

他接下去说，"下面我可能要离开一段时间，到上海看病，宣传就由你全权负责了。你责任心强，这些事交把你就放心了。你到公司几年了？三年，喔——"他停下来，在想什么，然后说，"你也是公司的老人了。"

老人。这两个字里有一种难以形容的惨淡。

他说话的时候，我悄悄地向他脸上投了一眼。他凝视着某处，浮肿的脸孔上没有表情。

他的外表出现了骇人的变化，先前特征鲜明的面目风化一般失去了光泽，眉眼变得散乱模糊，面颊和两肩似乎受到某种强大重力的作用而下垂，原来的踌躇满志、意气风发不见了，像一副无形的支撑被什么力量从他身体里抽走。人，还是原先那个人，又不是那个人了。忽然他长长地吁出一口气："唉——报应啊。"

我吃了一惊，想不到他会这么说。

停了一会儿，他说：“我生病的事，不要对外讲。”

“我知道，一定不会。”我由衷地保证，“我先出去了，您安心休息。”

我退出去，把门轻轻带上。

隔天，办公室向各科室下发了一纸通知，厉萍被任命为执行副总，老板不在期间，她全权主持工作。任命一下，不少人完全不服，其他人摇着头苦笑，再想想，疾风知劲草，也非她莫属。

二娘临危受命，第一件事是整顿。她召开了全员大会，讲得慷慨煽情，强调上下一心共渡难关，又当场立下规矩：恢复由于种种原因暂歇的周例会；增加月中各部门上报工作小结的制度；报支5000元以内由她最后签字把关，5000元以上由她转交老板定夺——这一项是重点。与会者哗然。

第二件事是安居。公司规定，普通员工内部购房优惠1万元，中层优惠2万元，副总级优惠4万元。荣升后，不日她去销售科定下一套169平方米的楼中楼，价格超过40万元——那是面积最大的户型，因为大一直卖不动。她刚做上财务科长时曾经对那套房子产生过兴趣，始终念念不忘。

老板的病实现了她的雄心，成全了她的愿心。

跟着，老板又去上海了。

身为最高权力的代表，厉萍搬进姚建国空下的办公室。她端起当家人的身份，神气活现，颐指气使，每一两天与老板通话一次，表面庄重，却抑制不住的兴奋。看她胸有成竹地走在公司的过道里，听她清脆的步音，仿佛能听到那一颗勃勃的野心，跳动得前所未有的有力。

48

这是个多事之春，一波不平一波又起，重重叠叠，搅乱了往日的平静。

愁云惨雾笼罩在公司上空，人们心猿意马，开始盘算今后的出路。如果老板一病不起，二娘手下的生活定非长久之计，万一老板不行了，恐怕公司都不久矣。谁也算不出未来，目下暂且捱一天是一天，苍蝇撞玻璃似的有光明没前途。

房子里的漆工结束了，看下来手艺平平，因为无人监督更不上心，不过装修这一桩大事总算告一段落。我打起精神，又和猫频繁地往装饰城跑，一趟一趟选家具，挑布艺。表面上，我们还是一对和睦的爱人，其实，我们都很清楚现状。猫小心翼翼地对待我，我对他，却从没有如此麻木不仁，不喜，不悲，不伤心，也不快乐。

一个执着的人会突然之间完全懈怠，完全放任，因为原本支撑他的坚强信念不复存在。我的支柱，不是猫对我的爱，是我对他的爱，现在，我似乎不爱了。

但我没有遵守自己的诺言。我养成了一个习惯，每天必须把每一台电脑检查一遍，像有洁癖的人一遍一遍清洗双手，担心不干净。坐在电脑前，看着冰儿灰色的头像纹丝不动，原先的聊天记录一成不变，我才会放下心。

偶尔，我厌倦了这项枯燥的“工作”，转移目标看看猫和别人的聊天内容。通常我只看女性，他和她们都会聊些不三不四的话，不过都是逢场作戏，和冰儿相比不值一顾，我的承受力明显增强了，对这些无动于衷。

至于男性间的聊天，不外乎实际的就事论事和直率的嬉笑怒骂，不是我所关心的，直到我无意间打开他和韩冽的聊天记录，寥寥几段对话引起了我的注意。

皮影戏：泡到了?

伊阿宋：嗯。

皮影戏：跟我，女人有多少灭多少。

……

皮影戏：最近泡了几个?

伊阿宋：还是那个。

皮影戏：衰。

伊阿宋：呵呵。

伊阿宋：我好像有点爱上她了。

皮影戏：完了，你可别对不起老姐。

伊阿宋：我知道。

我蓦然想起，韩冽跟女孩聊天时经常这样告别：先发一句"吻你"，再发一句"的额头"——猫如出一辙。我以为这一段时间韩冽从我的生活中渐渐淡出了，其实没有，他在我毫无知觉时干这些勾当。我早该知道——这该死的家伙什么都晓得，怪不得猫和女孩聊天这么熟练，都是韩冽的言传身教，他口口声声叫我老姐，却是个家贼。

他人在另一台电脑上，十指并用噼噼啪啪地敲键盘。我怒火中烧，立刻上线。

美狄娅：你小子干的好事，少装得那么干净。

皮影戏：你大脑进水了！

美狄娅：你教你姐夫在网上泡小姑娘，还帮他蒙我，当真以为我不知道。

皮影戏：关我屁事。

美狄娅：我把你当弟弟，你把我当老姐吗?

皮影戏：可笑，回家管你男人去!

美狄娅：你就这么回答我。

皮影戏：不就是上网聊天，又没上床，你急什么?

美狄娅：我不像你对感情那么无所谓。

皮影戏：少来。

美狄娅：这你知道。

皮影戏：我知道，你太认真了。

美狄娅：女人都认真。

皮影戏：有病。

美狄娅：你早告诉我就没病了，至少现在应该理解我。

韩冽敲打键盘的声音响亮、高速、持续，他专注于聊天，但不是跟我，过了很久，他才回话。

皮影戏：好。

我突然泄了气，感到说不出的疲惫。我想得到证实，如今已经证实了，现在再来追究有什么用。

推开键盘，我回身进了里屋，仰躺在沙发上，睁着两眼，虚空地看着。记得有一天晚上，我在看《苔丝》，罗彬走进来——那是多久之前的事了，过得真快。

手机响了，猫打来的："在干吗呢？"

"在店里。"

"又不上班。"

"公司没事。"

"我下午不能跟你看窗帘了。我要出差去南京，开会。"

"什么时候回来？"

"晚上吧。"

"那你路上小心。"

"知道了。"

一挂断，手机又响起来。

"是我。"是暄，"你家具买了吗？"

"你想送我当嫁妆？那就一样没买。"

她佯怒："没钱！还等你送呢。问你，是不是6月装饰城搞优惠活动？"

"你干吗？"

"我男朋友要买家具。"

"你还跟他——"

"不是不是，是之前人家给我介绍的那个，我告诉过你——在机关的。"

我依稀有一点印象。

"是嘛，够快的啊。"我有些不快，都谈婚论嫁了，她竟然没告诉我。

"还好吧。"她的声音听起来并不起劲，像要敷衍。

"说，怎么藕断丝连的？"

"也没什么。"她顿了顿，"上次我分手之后正好他又打电话给我。原来我觉得他太闷了，没有情趣，不过现在他比以前开朗多了，嗯——他说他因为我改变了很多。他对我真的很好，我们现在蛮好的。"

过去的男人在暄的心里掘开了一条沟，目前的这一位是水，水到渠成，来得恰是时候。

"顿悟了？"

"不像以前那么幼稚了吧。"

"那你爱他吗？"

她迟疑了一下，"要说爱，肯定不像那次那么……但那种感觉太不踏实了，我宁愿和现在这个好好过日子，而且我也不是对他没有感情，不过不像那么——强烈——其实谈恋爱，激情最靠不住，轰轰烈烈根本不是好事，回头想想什么情趣才华，咳——还是找个有责任心的人好。"

每个女人仿佛都会遇见一个宿命中的男人，经历沧桑，从此成熟。

“我明白。打算什么时候结婚？”

“最早年底吧。他家是二层小楼，准备把二楼给我们，房子去年就装修好了，就是家具和电器一直没买。”

“哦，不过我没听说最近会打折。”

“知道你忙装修，所以问问。”

“结婚记得说一声。”

“肯定的。”

这一回……

外屋，一个女孩的后侧面对着我，刚才接电话时我一直无目的地盯着她，有一瞬间我感到这个背影里有些熟悉的东西，虽然不能肯定，但一定在哪里见过。她穿着黑色薄纱外套，里面是白色裹胸，肉感的起伏清晰可见，白色中裤，今年流行的松糕鞋。她和一个男孩相互依偎，像一条软糖黏在对方身上，过了一会儿，那男孩俯在耳边跟她说了什么，她转过脸看他，笑得有点痴——我一下子认出来，她是“艳丽”。

上一次见她还是去年，再见时她的气质和笑容一如既往，只是身边人不同。同时我也认出了那个男孩，他来过几次，每回都是聊天。他长着一双大眼睛，总是兴高采烈，看起来有点傻气，一副比实际年龄天真的表情——像一个满怀憧憬、不知世事凶险的处男。

在周围专心一意的男人中间，他们显得十分忘我，他搂着她小声交谈，用使人尴尬的含情脉脉的目光看她，不住地亲吻她。其实，除去丽俗的打扮，艳丽像个单纯的女子，头脑简单，没什么心计，带着几分无邪，往事在她身上似乎从未留下印迹，她始终欢乐而兴奋。

也许，她找对了人，一个真正欣赏她的人。

别人都有了心之所属，但也可能还不是真正的归宿，像我一样，忙前跑后地装修房子，买家具和电器，心却彷徨迷茫，无处皈依。

每个女人都是美狄娅，她要得不多，要他的爱。

每个女人都是美狄娅，她要得太多，要他的爱。

49

是你的就是你的——这话总是用来形容众人追求的好处，却想不到拿它去比方祸事，例如离婚、失业、破产，还有疾病。病是你的就是你的，身心的折磨旁人代替不了，万一碰到不治之症，对比身边活蹦乱跳的健康人——尤其是平常各方面不如自己的，更会生出“怎么是我”“为什么是我”的痛苦。这大概是老板感慨“报应”的缘故。

报应这话，后来有人也从老板嘴里听到过，“应”了什么不必说，什么所“报”呢？说真的，老板不坏，至少他对员工是厚道的——他有心机，但不刻薄；好色，但很随和；无情，但还念旧；唯利是图，但不斤斤计较。可是，他为谋财做了多少巧取豪夺的事，弃绝了多少为人的德行，只有自己知道。

从老板病下的第一天起，老板娘就在左右，眼下陪住在上海的高级病房，不管他曾经对她如何，这时候都摈弃前嫌，任劳任怨，一心一意地望他好。她信不过别人手脚轻重，连护工都没用，全是自己一个人服侍。他们的地位也发生了变化，原来颐指气使的依赖着原来百无一用的，像婴儿般脆弱。

得了癌症，老板比普通人有利的是钱，他的钱足够负担一切昂贵的医疗费用，为自己延续生命；他比普通人不如的也是钱，他的钱足够享上几辈子福，却没有命来花。他的员工倒因此省了开销，假如在企事业或机关碰到同事领导生了这种病，出于人道主义理当要出一些，而给私人老板钱，那是羊毛出在羊身上，不合适。大家合计了，打算找时间三五结伴去上海，带些鲜花水果之类，预备了温言软语宽慰病人。

其实，之前已经有人陆续去过上海，一为探病，二为汇报工作，还有一项秘密使命，就是清君侧。

老板走后，二娘消停了一星期，忙新房贷款，然后开始发威。她是明枪爱好者，不喜欢用暗箭，第一周例会上毫无理由地把和她不睦的开发科第一副科长调到新成立的物管科做正科长——这次扶正真好比叫飞行员挖战壕，从天到地。而之前她推荐来的新人（开发科第二副科长）三个月考察期快满了，正职指日可待。跟着谢学文被她指派到最远的工地上现场办公，每天上下午上班必须先到公司打卡，气得谢学文在走廊上骂匿名人的娘。这些窝里斗都不算，厉害的在后头。

为房子厉萍贷了 35 万元，几乎是房款的 90%，按银行规定只能贷到 50%，作为交换她给副行长在公司买的房子优惠了 10%，破了老板 8% 的纪录，创下历史新高，瞠目之余，谁也摸不准老板点头没有。

另有一处待交付的商业楼，因为擅自变更了当时核定的土地用途，手续又不全，被处罚 25 万元，厉萍火急火燎地忙了一阵，最后罚了 19 万元。她在众人面前一再表白，表示自己鞠躬尽瘁，账面没有问题，但可靠消息称，主管部门实际罚款 12 万元，那 7 万元的下落是个谜。

种种行迹证明她利用老板的信任，利用公司的资本肆无忌惮地为自己牟利。公司有难当头，她却趁火打劫，大家义愤填膺，恨得牙痒，借去上海的时机到老板面前告御状。不知怎么，每次话都比人回来得快，第二天上诉人一上班，厉萍立刻过来，开门见山地“反问”“解释”，这种直来直去撕破脸的做法，使原先有理的一方成了背后捅刀的小人，而她不疾不徐，竟如享受这争斗的快感一般尽情。

往上海去过三拨人后，那种热切报恩、急切报仇的心迅速冷下来。老板信任那女人到这种地步，任谁也无力回天，一看她眉开眼笑地走过来，心里就止不住打鼓。一片沉寂中，叹息声此起彼伏。

除上所述，那些探病归来的个个情绪低落，和老板见面除了正经地谈公事和委婉地宽心，就再无多话，医生说话也很有技巧，既让人充满有限的希望，又让人做好一切心理准备，横竖他们看惯了生死，生命的去留有时也真不全在他们手上。据说老板戴了顶帽子，老得多了，这形容让所有没去的人心情黯淡。

就在此时，传来老板病情恶化，确定已到晚期的消息。乱了一阵，终于闹清楚，是外面的讹传，没有根据。早期晚期这个问题打开始人们就非常关心，先前公司封锁老板生病的消息，盖着盖子摇，搁不住坏事传千里，出去办事，总有人问“你们老板怎么样了，听说不行了”，开始还“辟谣”，后来便不谋而合地对外称“早期早期，情况还可以”，心情却格外忐忑。

不过半个月光景，谣言漫天。身为公司一员，前途未卜，想想平日里说起公司时旁人羡慕的眼光和自己脸上的风光，不禁有一种大家庭的家长出了事的灰溜溜，或大厦将倾的恐慌。

外面的人猜测，自己人也雾里看花，不知底细。众人议论纷纷，除了厉萍和她的门生一门心思捞好处，都采取观望姿态，没有人希望老板死，可是半死不活的，管什么用呢，暗无天日的生活几时才会到头呐。

前天，二娘借口忙不过来，把小王暂时调过去当答应，小姑娘咬着嘴唇，一言不发地收拾东西，有人来了就勉强笑笑，比哭还像哭。这回，赵燕成了孤家寡人，她推门进我办公室，愤愤不平地把自己往转椅里一抛。

我懒洋洋地窝在椅子里，不想说话。

唉——她叹了口气。

唉——我也叹了口气。

“你怎么也叹气？”

“没什么。”

“你说说，一个大公司的办公室就办公室主任一个人，可笑。我晓得她要跟我过不去。”

“她跟谁都过不去。”

“我倒要看看她能横到几时，假如老板——你想，她能有好果子吃？”

我笑笑，想到老板娘文过眼线的眼睛。

“也怪了，老板就那么信任她。”赵燕继续不平。

“这是用人不疑。”

“谢学文去跟他说都没用。”

“他们说他头发又掉了不少，化疗的。”

一时间，两个人沉浸在对化疗无知与无名的恐惧中。

“你还没去看过老板吧，下次我们一起去。”她打破沉默。

“最近我走不开，到这个月中可能有空。”

“你房子装好了？”

“现在在开着窗子吹，家具进得差不多了，电器还没定。”

“准备什么时候办？”

“6月中。”

“时间蛮紧的。”

“所以我老在上班时间出去。”我补充道，眼前是冰儿灰色的头像，“哦，我不想请公司全体，就请几个平时要好的。”

“那你以前出的份子收不回来咯。”

“我请的，也说好不要出。”

“你就是跟人不同，不管你。”

“你在这儿要紧么，万一办公室有电话。”

“随它去。对了，我把那件事告诉刘恒了。”

“哪件——你怎么说的？”

“星期六我跟刘恒去参加他们局的聚会，碰到他了——他爸爸和刘恒不是一个系统的么。”

“他跟你说话了？”

“他居然过来问我最近怎么不跟他联系，好像什么事也没有一样，简直莫名其妙。而且他又谈了一个小学老师，没多长时间已经住到一起了——他们局里都晓得。你看看，怎么是这种人呢。我现在真后悔认识他，我当时怎么会喜欢这种人呢，真是丢人。后来回家我就告诉刘恒了。”

“刘恒怎么说？”

“他一点都没怪我，还跟我开玩笑说我眼光太差。不过我眼光是差，当时怎么会看上这种人，还想过和刘恒分手呢。”

提到他，赵燕的说法已经从“那个人”变成“这种人”。

她与他偶然邂逅，就以为注定要生出一段惊心动魄的故事。其实每段故事的开端都是一次平常的相遇，这和上班路上一拐弯看到鱼贩子，下班出电梯迎面撞见隔壁公司中年女会计没有本质的差别，不同的是，当你把自己的欲望寄托在对方身上，故事就开始了。

“你不怕刘恒生气。”

“我实在太气了——我一个人在这儿翻来覆去地烦，上次还跟你讲了那么多，他倒快活呐，根本就没把我当一回事！我就要告诉刘恒，反正是我不对，反正我不想再跟他有任何来往了，说出来以后心里舒服多了，刘恒就是比他好。”她决然地说，“所以呢，最近工作是不顺心，想想家里还有个人对我好——也满足了。”她歪着头，冲什么东西笑。

“那是。厉萍那种日子给你你也不过。”

“她呢，老公不回家，孩子也不问，光有钱有什么意思。”

“各是各的追求。”

往好里说叫追求，说到底就是欲望，它时刻存在着，但我们到底有多需要实现某一种日夜折磨我们的欲望，又有多少必要去实现它呢。

这光景，也许病人有了答案。

50

临近 5 月，空气中的湿度增大了，能嗅到春末的葱茏和夏初的蓊郁，周围是暖洋洋的、懒懒散散的气氛。白天长了，天还亮店里的人已经多起来，不断有放学或下班的人在门前迅速停好车，奔进来找空位。

范荣的女友出现在店门口，她有一段时间没有露面。每次见到这个小家碧玉型的女子，我都会以一个女人对同性的欣赏向她的漂亮注目。这一次，还掺杂着复杂的情绪，好奇、猜测、同情和怜悯。

她安静地在范荣身旁坐下，看起来很平和，显得比平时沉默。她知道范荣和女大学生的交往么，难以相信这么久没有任何破绽。不知道，那太可怜了；如果知道，至少眼下她克制着。遇到这种事，女人要么真傻，要么对外装傻，无论哪种情形，都是不幸的。我细细观察眼前这个和我遭遇相仿的女人，似乎能觉察出她眉宇间的一抹忧虑。

和我一样，她准备嫁给身边的男人，这跟男人娶一个女人不同。前者把一生的幸福交给对方，后者没承想有这样的重托——他以自由换取老婆还不够么。

旦旦誓言，言犹在耳，女人信以为真，在承诺的摇椅中酣然入梦。她想不到认定的男人，投入的感情和养成的信任，种种甜蜜往事，未来生活的憧憬，一朝一夕间会灰飞烟灭。有时我恍惚觉得，这不是真实的，它应该发生在旁人的生活里，我不过远远地望着。

结婚是因为相互不信任，你怎么看？
结婚是因为相互信任，相信对方值得相信。
如果有一天他背叛你，你会怎么做？
我会原谅他，留在他身边。

我还相信婚姻么，我还相信他么。我不知道会不会原谅，但我还是留下，留在他身边。

我不再每天查看猫的聊天记录，这件事和它开始迅速地萌芽、生长、成熟一样，迅速地枯萎了，我想我是疲惫了。

平心而论，猫待我很好，他平静地接受了我的一切反应，表现得很有耐心，常常想各种办法逗我开心，但无济于事。他还是叫我小猪，我还是叫他猫，他身上那种陌生感，我却挥之不去。我不再猜疑一切，因为一切已然一丝不挂地呈现在面前，未来在我眼里只剩下每天的例行琐事。我持续消沉下去，对什么都没有兴趣，吃饭无味，做事散漫，懒得说话，懒得行动，一坐就是半天。

这件事形成了一个巨大的阴影，笼罩在我的生活之上，我的大脑偶尔会一片茫然，寂静地、迟缓的、毫无目的地转动，不知道正在想些什么，不知道应该想些什么。我担忧自己这样下去，会变成一具言行自如的空壳，但这担忧并不强烈。

谁的手机响了，是王菲的《流言》，电子音乐使原先空灵的旋律变得很滑稽。继而范荣女友的声音响起来，她和平时一样脆声脆气，时而用极快的语速反驳对方，时而发出一阵高分贝的笑，此刻却格外刺耳，我的愁肠受了致命一击。不可想象，一个满腹心事的女人能发出这样的笑声，看来她什么也不知道，不知道好。电话似乎是她闺密打来的，很快，她跟范荣说了一句，就起身出门，娇小的身材在门口一闪便消失了，大概是会朋友去了。

现在，我坐在主机前，呆呆地望着一些光怪陆离的新闻标题。一个常客约猫出去买新的游戏盗版碟，过了一会儿，我下意识地打开猫的 OICQ，虽然我知道他不会再和冰儿联系了，有时候我甚至期望起那颗灰色的头像能转为明亮的浅紫色，跳动起来。

几十个女性头像密密地排在一起，间隔一两个男性头像，一个人和这么多陌生女人聊天是多么无谓的一件事，但光顾店里的男人们多半如此。即使随便删几个名字猫也不会知道——我看得反胃，不禁想做些手脚。我挨次查看聊天记录，删除记录少的，还有名字暧昧，资料轻浮的。在进行这项工作时，罗彬出现了，他一来就用目光寻找我，发现我在立刻移开，然后顺势在范荣女友刚才的椅子上坐下。

我谨慎地继续。猫和一个叫羽虹的网友聊得不少，这名字似乎有点耳熟，但我以前没见过，可能是新加的。我翻了翻记录，一开始没看懂。

伊阿宋：来了？
伊阿宋：时间定了吗？
羽虹：下个星期。
伊阿宋：哦，你来么？
羽虹：应该吧。
伊阿宋：是陪小满，还是来找我。
羽虹：你说呢？
伊阿宋：呵呵。

羽虹：南京离你们那远不远？

羽虹，羽虹——朱雨虹，难怪，是冰儿，是她的另一个网名。号码和聊天时间都显示是在相当近的时间里注册的，为了掩人耳目——猫一定告诉她我会不断地上网查看。

伊阿宋：坐车要两个多小时。

羽虹：我们坐火车去好像要十几个小时。

伊阿宋：到时候打电话给我，我去接你。

羽虹：她知道吗？

伊阿宋：不知道。

羽虹：哦。

为了和一个在网络里结识的女孩见面，猫背着我，特地坐车去外地，如果一个月前有人这样告诉我，我一定会笑对方糊涂了。现在我却笑不出来。

伊阿宋：安全到家了？

羽虹：是啊，回来就睡觉。

伊阿宋：呵呵，在南京玩得怎么样啊？

羽虹：没怎么玩，时间太紧了。

伊阿宋：你是不是觉得我很傻？

羽虹：没有啊。

伊阿宋：呵呵。

羽虹：那天谢谢你招待我们。

伊阿宋：不客气。

羽虹：有事先下了，下次再聊。

伊阿宋：886（拜拜咯）。

最后这段记录的时间，正是猫打电话说去南京开会的那天。他是去南京，但不是去开会。

他骗我，他又骗我。

这是第几次了？第三次？第四次？——他在这件事上骗我被我发现。我一直在努力地说服自己，说服需要一个过程，过程需要时间，而最有效的说服常常就是时间，但随着时间的脚步，我不断发现一个又一个真相，揭破一个又一个谎言，刚刚寻获的理由被事实生生扼杀，刚刚建立的信心被欺骗无情推倒。我独自挣扎着挽救，他却要扑灭所有希望。身后遍地废墟，眼前茫茫灰暗，我再也不能从这场变故中恢复。

我真的灰心了。

灰心了。

店里乌烟瘴气，男人的气息和烟味呛得人几乎要流泪，游戏嘈杂的配乐交织在一起，此起彼伏。我软弱无力地站起身，蹒跚着穿过两排椅背之间的空隙，推门出去。巷子里空无一人，身后是混沌的喧闹，我想痛哭一场，想向任何一个方向狂奔，想对着任何一样东西嘶喊，想用最猛烈的方式把压抑着的最深的苦痛发泄出来，但我眼中无泪，脚下沉重，喉头喑哑，只像一个疲惫的人那样一步一步往前挪动。

走了一阵，不觉转进一条热闹的巷子，小贩推着车吆五喝六，车上不知哪里挂着铃铛，带孩子的母亲停下来挑水果，两个少年弓起身骑着车一阵风般钻过去，投入前方的黑暗，几个老年人坐着拉家常，一手拖着要往外跑的孙儿。两边有不少开店的人家，卖杂货的、卖花圈寿衣的、卖糕点糖果的，大瓦数的灯泡明晃晃地吊着，把货物照得通亮，时间在这灯光里走得异常缓慢，仿佛一年只移动钟表上的一格。一切都是庸碌的、平常的、安详的，这景象与我无关，也不关心我。我不停地向前走着，在灯光中无处藏身，满怀孤独和仓皇。

一条幽暗的窄巷出现在附近，我松了一口气，疾步拐进去，才慢下来。这一路的路灯只有远处一盏发出混浊的光，勉强映成一圈，今晚没有月亮。巷子很寂静，穿堂风低低地刮过来，我抱紧双臂，摇晃着往前走。

一个东西从我前面穿过，在路边的垃圾箱旁停下，它偏过头，瞪着我，一动不动。我站住，看着它，有一会眼睛适应了黑暗，我看出它是一只猫，全身漆黑，一双眼睛发出月白色的光。它端详着我，一点不怕，也没有离开的意思，但它太黑了，我痴痴地看着它，摸不透它的表情。

有人迎面走过来，悠闲地停在路中，我抬起头，马上恢复了常态，对他淡淡地一笑。

罗彬转过身，和我并肩而行。他一定是在我之后出了门，我奇怪他竟能遇见我。他又像什么都没发生一样，漫不经心地跳过了疏远后的陌生。不过，我都记得。

“你干吗躲着我？”他笑着说。

“你又在幻想。”

“我就那么讨厌吗？”

“你不讨厌。”我不想再和他争辩，我忽然清楚地意识到，他对我已经失去了意义。

“你怎么了？”他很诧异。

“累了。”

“你肯定有什么事。”

“谁都有。”

他绕到我面前，仔细打量我。他衬衣的第一颗扣子开着，我闻到熟悉的、刺鼻的香水味道。

“你爱过我吗？”他问。

我摇摇头，出奇的平静。

“可以吻你吗？”

“不。”

他慢慢俯下脸，我没有躲，也没有移动目光。他停顿了一下，然后轻轻地碰了碰我的面颊。

我们肃穆地往前走。不久能远远看到店门，他止住脚步，说“你先去”，就拐进一条岔道。看来他是为我考虑，事实上，公厕在那儿。

店门前停着猫的车，猫回来了。

51

周末的晚上，店里人很多，空气闷热混浊，有人脱了外套只穿T恤，我偎在里屋的沙发上默默思忖。

单纯看记录，猫和冰儿在南京似乎没做什么出格的事，我仿佛握住一缕稀薄的安慰。我打算暂时不问猫，看看他们下面会聊些什么。暂时忍住一个秘密叫人难受，还有各种设想蠢蠢欲动，我想找个人说，又不愿意真让对方得知这是秘密。

范荣端着杯子进来，他来了半天没等到空位，这会儿无聊地到处溜达。他冲我说："过去！"然后一屁股在我身旁坐下。

"我才说撵个小孩走让你玩，你不要。"我一边往旁边挪动，一边嗔怪着应酬他。

"用不着。"

"反正我不吃亏。"

"就能让你亏了么。"

"今天店里人太多了，烦。"

"噢，人少了你不烦！"

"好好，我不对。"

"他呢？"

"你们不是要点卡么，他去买了。"

"房子弄得怎么样？"少有地，范荣似乎打算久聊。

"快了。你也要考虑了吧，你比我们还大一岁呢。"

"没钱。"

"骗人。"

"钱都把你们了。"

"瞎说。"我转移话题，"还没说你呢，你跟那个大学生少来往，常在河边走鞋要湿的，你女朋友人不错又漂亮，不知道你怎么想的。"他横我一眼，不回答。"说真的，你两边应付不嫌麻烦么？"

"哪有你老公好？"

"好什么呀，他上星期还跑到外地跟女网友见面呢。"

“这有什么说头。”他不屑。我说出了秘密，见其他男人不以为然，感到一阵安慰。

“哎，问你句话。”他的语气有微妙的变化，我心里一惊。

“什么？”

“你跟罗彬，没怎么样吧？”

“我能跟他怎么样。”

“没有就好。”

“他那么花。”

“嗯。”

“你已经第二次问了，怎么回事？”虽然心虚，我强迫自己看着他。

“你跟他没事，就别问了。”他避开我的眼睛。

“到底怎么回事？”现在我必须问下去，“不行，今天你非告诉我不可。”

“你别说我说的。”他虎着脸，不看我。

“我知道。”

“他说你经常跟他在一起，给他打电话，还到他家里去。”

“还有什么？”

“他说你最近去医院做人流，是第三次。”

这狗娘养的！“好，就算我给他打过电话，到他家里去过，又——又怎样？我不用解释，反正我做什么都不瞒我男朋友。”我心惊肉跳，同时也气得发狂，“他说我去医院，对，我是告诉他了——我就是要让他知道，他少动我的心思！”

各种强烈的情绪在我身体里搅动，假话和真言、假意和真情混在一起，连自己都分不清，话音一落，热泪汹涌而下。

最后那句话是真的，范荣相信了。他若有所思，半晌伸长手点点我的肩：“别哭了别哭了，被人家看到，还以为我把你怎么了。”

我抽着鼻子，不断地擦眼泪，又问：“他还说什么？”

“你别问了。”

“他还说什么？”我疑虑地盯着他，对答案毫无概念。

范荣闭紧嘴唇，忽然做了决断：“他说你跟他上床了。”

我吓呆了，浑身的血液凝固，忘了哭，跟着血冲上脸来，我像确有其事似的赧然。

“我——他——”

“我叫你不要问。”

“他——他——说话总要有根据吧。”

“你不是不晓得，他孩子脾气。”

“但他干吗要这么说我？”

“嘴上说说嘛。”

范荣为我找到了理由，也找到了台阶，我无言以对，同时暗暗庆幸。

“我告诉你，你别去找他，找了也没用。”范荣嘟哝道，他撑着手臂，保持着随时起身的姿势，不自在地陪了我一会儿。外面有人要结账。“来了来了。”他赶紧站起来，留下我一个人。

此时此刻，我希望自己从没遇见过罗彬，我想到与他的瓜葛羞愧难当，我愿意付出任何代价洗刷这一耻辱——他像一个黥字烙在我身上。

人们以女人来往的对象参考女人的品位，评判女人的德行，于是一个坏男人便是女人的致命伤。他曾经的存在时刻提醒你和他人，他是你堕落的标记，是你浅薄的证据，是你不愿承认的事实和不堪回首的过去。他像瘟疫一样阴魂不散，你也许能把他从生活中彻底清除，但永远不能从心里铲除。

谣言从这一刻起压得我抬不起头。到底他对多少人说过，到底有多少人知道，他们会怎么看我，一时间我不寒而栗，仿佛所有人都对我投来或鄙夷、或好奇、或嘲笑、或讶异的目光，事不关己地在我周围指指点点，窃窃私语，我却浑然不觉。

为什么他要这样对我？范荣说得对，他是在意淫，但私下的意淫一经公开，叫人真伪难辨。冲动让我迫切想找到一个捷径，消除一切不良后果，但我立刻明白这是徒劳的，适得其反。名声是自己的，却在别人嘴里，我不能向每一个可能受谣言蒙蔽的人解释，因为你不能反驳别人没有说出的话。

这件事超出了我的想象力，也超出了我的经验，我坐在沙发上，思维急遽地飞旋，力量之猛竟像上一刻把我抛向半空，下一刻又迎头撞上地面。名声越好越经不起玷污，好比贵重的东西脆弱，廉价的就可以破罐子破摔，所以我战战兢兢，罗彬就可以肆无忌惮。一旦我走出这扇门，我就不是原来的我，而是众目睽睽下的丑闻主角。

紧接着，我想到更可怕的一层，我不仅自取其辱，也让另一个人蒙羞。哪有你老公好。范荣说。我回味出话里的含义。

我一直站在道德的立场上谴责我的爱人如何不忠，如何伤害我，如何儿戏感情，似乎我自己无懈可击，如今颠倒过来，恰恰是我陷我们于不堪。作为当事人，我也算咎由自取，他一个男人，又该怎么做人，旁人看他的眼神又会有多少怜悯和嘲弄。哪怕这样想一想，我都为他难过。那个曾经想把最美好的东西全部给他的女人，现在却把他拖入了耻辱。

一想到这里，我万箭穿心，直想放声大哭，却如鲠在喉。我该怎么办，怎么办，怎样才能弥补，才能赎清。我捂着脸，在沙发上蜷缩起身体。

52

上一个瞬间，我还在为猫的不忠哀叹自己的命运，以受害人的身份在道德上凌驾于他，下一个瞬间，生活已经发生逆转，我萎缩在被告席上，等待宣判，而猫成为无辜的受害者。在这剧烈的动荡中，我麻木的爱情像停跳的心脏受了电击，重新搏动，我彻底抛开了对爱人的怨恨，只想得到他的赦免。

理智渐渐回来，冷静代替了猝不及防后短暂的惊慌失措，事到如今，我对谣言无能为力，只能任由它自生自灭，别人的目光将把我和猫钉在耻辱柱上，直到他们淡忘的一天。我决定把真相告诉猫。他有权知道，有权指责，有权选择留下和我共渡难关，或者离开。因为如果是我，我宁可我的爱人信任我，而非欲盖弥彰，粉饰太平。

向人示爱尚且不易，忏悔就更难，我打算先去找韩冽，他很可能早知谣言，并且无动于衷。这一次我不想责怪他，我需要他告诉我更多的内情来坚定自己。

最近一段时间韩冽显得很沉默，独来独往，行色匆匆。自从上回受我质问之后，他谨慎地和我相处。他讨厌别人责怪他，因为他总是责怪人的那个，他也讨厌别人烦他，因为他不烦任何人，包括那些女人，合则聚，不合则散。

在店门口我堵住上厕所回来的韩冽。“冽冽，有事问你。”

“说。”

“罗彬是不是在背后说我什么？”

他睁大眼睛惊异地看看我，继而心虚地咧开嘴：“你知道了？”

这些男人们洞悉我的生活，他们惯性般把女人推来搡去，蓄意地、本能地、嬉笑地、漠然地。

“刚知道。”

“你想怎么样？”

“我能怎么样？”

“你不会找他算账吧——”我摇摇头，“那就好，他是无赖，你千万别跟他一般见识。”

他们说的都一样，是普通的忠告、怕事的自保和无用的宽心话——就像告别时习惯说“慢走”。

“他说我什么？”

“你不是知道么？”

“说我跟他上床——不会更糟了吧！”

韩洌不出声，专心致志地拿中指和食指捻耳郭上的耳环。

“他什么时候开始造我谣的？”

“两三个月前。”

“你听到怎么不告诉我？”

“我相信你，又不相信他。”

“你信我，别人不一定。”

“那我也没办法。”

“至少你可以早点让我知道。”我还是忍不住发怒。

“你有一次跟我说的那个人，是罗彬吧。”

我的气焰马上低下去，似乎今天我要向所有人坦白和忏悔。

“是。”

“我早就猜到了。”

“也没什么可瞒的。”

“算了老姐，别生气了，你又不能拿刀砍了他。”

“是。”

“其实也没什么，我最近才烦呢。”

“怎么了？”我正想结束目前的话题，此刻从一个受害人转为安慰者正合我意。

“我一个朋友，爸爸心肌梗死刚死了一星期，妈妈又自杀了。我最近一直住在他家陪他。”

我倒抽了一口气：“天，他妈妈怎么死的？”

“跳楼。之前她已经自杀过好几回了，家里亲戚轮流看，结果那天以为她睡着了就离了一下人。”

“那你这朋友以后怎么办呢？”

“他跟我一样大，也在上学，不过他家蛮有钱的，估计有上百万元，遗产肯定都给他。”

“可怜。”

“是啊，这年头还有人殉情。”他捻完耳环，伸着懒腰推开店门，我跟在后面。

别人的苦难灾祸对我们，犹如看一场悲剧，情节离自己越远的，眼泪越痛快，哭完还有种通畅，因为发泄了坏情绪，满足了高尚感，了解到自己身在福中。若是触景伤情，同病相怜，便如鲠在喉，郁积在胸，因为悲剧是自己的。

不知怎么，我听到这个与我无关的悲剧，格外伤怀。

曾几何时，我也有一颗为爱人而死的心，后来不知不觉改变了，是他不值得么，还是我不执着。不是说为他去死就好，也不是说这就能证明爱的程度，而是感慨于一颗心为什么会起这样的变化。几经沉沦，我的感情依然是真实的，但失去了最初的纯粹，虽然它终究会失去，成为爱情的祭奠，供人凭吊，供人追念，但我想不起，它在何时离我而去。

然而，我是多么的幸运，我的爱人还在，一切都来得及。

手机响起来，我茫然地听着铃声，半晌才会过意来。

暄的声音很远，游离于意识之外："我刚才遇到他了。"

"他？"我自己的声音也很远。

"嗯。在十字路口，我们正好迎面。"

"他看见你了？"是愤青。

"嗯，我就跟他点点头，没笑，这样不错吧？"她疑惧地自问，"我以前也想过这种情况，但今天一点准备都没有。"

"你一个人？"

"嗯，"她懊悔道，"他还带了个女孩，长得还可以，长头发，不过是很俗的那种。"

"有失落感，是么？"

"不知怎么搞的，我很难过。"说到最后那个词时，她"哇"的一声哭出来，一阵撕心裂肺的痛哭伴随着抽噎和断断续续的字句，电话那头有朦胧而嘈杂的市声，一辆车按着喇叭从附近经过。

身在曹营心在汉，我们总是这样，越牢靠的，越不屑一顾，越无法掌握的，越想拥有，不管值不值得。得不到的痛苦焦灼使我们误以为爱上了那样不该自己拥有的东西，有多痛，就有多爱。

"哭吧。"

"我当时真想躲起来。"

"躲不过自己的。"躲不过。

"其实你知道我还是喜欢他。"她转为抽泣的声音在一片电脑游戏杂乱的背景音乐中显得十分虚弱。

"我知道，但没关系，总有一天他会成为过去，总有一天你回头看，会觉得现在完全无谓。"

"我清楚和他不可能了。"

"暄，人是不会满足的，只有知足。哭完了回去，跟你的公务员好好过。"熟悉的马达声逐渐靠近，在店门前戛然而止，把意识划开一道裂口，我急遽地坠回现实。"好了，我这边有事了，回头再打给你。"

"别打了，我都知道了。你去忙吧。"

挂了电话，我振作精神，怀着恐惧和希望，以匆忙得几乎欢快的步子穿过那些男人、椅子和游戏配乐。一瞬间，我仿佛又一次回到儿时，从座位走向讲台，一路上铺着棉花，在眼前晃动，我觉得自己就要晕倒了，但我没有，我只是踉跄着迎出去，迎向我的命运。猫锁好挂锁，正直起腰，我一步上前投入他的怀抱，我从未这样需要他。

“干吗，小猪？”

听他这样叫我，我忽然泪如泉涌。“猫猫。”

“咦，怎么又哭了？”

“我做了一件坏事。”

“什么事啊？”

我深深庆幸不久之前自己把罗彬的事告诉了他，虽然动机完全相左。“刚才范荣告诉我，说罗彬在背后造我的谣，说我跟他怎么怎么样。我知道他不是什么好人，”我被眼泪噎得上气不接下气，口齿不清地继续，“但我真没想到他这样，别人我还不怕，像他什么都无所谓的你根本没办法，女孩最怕这个，而且说不定人家背后还会笑你，怎么办呢猫猫，小猪错了，小猪对不起你。”我越说越伤心，号啕大哭起来，像一个闯了大祸的孩子不再逞强。

“算啦，别哭了，为这种人哭不值得。”

“怎么办呢，小猪给你丢脸了？”

“造谣的人才丢脸呢。”

“人家笑你怎么办呢？”

“笑就笑吧。”

“你不生气啊？”

“不生气。”

“你怎么会不生气呢？”惊讶和疑问占了上风。

“我相信你，我自己倒没什么，就怕你难过。”

问题竟然迎刃而解。我决心坦白时确实做了权衡，有把握他不会因此丢下我——他有大错在先，但我仍旧胆怯于男人的自尊心。一时间，我糊涂了，理不清因果。

“你一点都不生气吗？”

“你都告诉我了，又没瞒我，我还生什么气。你把事情看得太重了——你就爱钻牛角尖。反正已经这样了，你越气，人家越高兴。”

我真的这么令他相信么，一度，我连自己都不再信任，何况信任他人。也许他说得对，也许天底下没有比我更幸运的骗子，即便我可以使自己的每一个错误都变得情有可原，但那些理由和他的宽厚相比，没有一个能说出口。

我忽然领会到，他以往对我的信任都是真的，是我误以为他毫不珍视我，当现在我需要他的宽恕时，才发现这个“致命的缺点”竟是世上最珍贵的东西，而我不认得。

我在宽慰和羞愧中小声抽泣。

我的爱人简单而纯良，我配不上他。

“我们进去吧，店里没人。”

“不要，再陪我一下。”

“好。”他温顺地答应。

“抱抱。”

“好。”

我喜欢猫的怀抱，猫会突然紧紧地抱住我，我就不能呼吸了。

“抱紧点。”

“好。”

53

猫的信任使我获得了解脱，我曾经最深恶痛绝的东西现在最感恩戴德。一件事物的缺陷就是它的优势，优势就是缺陷，这取决于你所持的立场，好比抱怨太阳刺眼的同时也在享受它的热量。换一个角度，事物就显现出它的另外一面，这个道理，我刚刚有了切身体会。

如果不是罗彬，我就不会把猫送上被告席，同样，如果不是罗彬，我就不会自己坐上被告席，不会因此和猫“平起平坐”，不会有机会了解猫对我的信任，不会像猫原谅我一样原谅他，不会在患难中和我的爱人重新结合在一起，牢不可分。

但我不能因此原谅罗彬。

第二天晚上，罗彬又出现在店里，他迈着特有的步子径直在我身旁的电脑前坐下。我立刻被一团无形的怒火包围了，手开始发抖，字不断地打错，需要清除再来，我咬着牙，抿紧嘴唇。

过了一会儿，他感到空气中的紧张。“老板娘，倒杯茶。”

“自己倒。”我轻声说。

“跟你换台电脑，我有东西存在上面。”

“对不起，我在用。”

他一下子跳起来：“你做不做生意！”

我青着脸，不开口，盯着屏幕，猫在另一台电脑前不吭声。众人奇怪地张望，看不出端倪。我痛苦地想到这些目光里可能的猜度和窃笑，我永远无法了解有多少人听到了谣言，地雷埋在看不见的所在，等待我踏上去。现在我必须尽力在众人面前拆除引信。

罗彬像扔了一个炸弹，结果没炸，怒气冲冲无处发泄。范荣忽然冲他嚷道：“你什么东西在主机上——烦啊！快上快上等你打对战！”范荣为所有人铺了台阶，包括自己。罗彬嘴里不干不净，悻悻地另选了一台电脑坐下，我赢了一仗，浑身冷汗涔涔。

罗彬什么都不知道。人们常常会遇到的一些令自己莫名其妙的遭遇，在对方那里却顺理成章。人事的微妙变化，往往由于我们先前某一时刻的行为的影响到后来某一时刻才得以显现，有点像不是不报，时候未到。昨天是我的报应，今天是他的。

一投入游戏，众人都忘了刚才的不快，急速地敲击键盘鼠标，互相鄙薄或兴奋地叫嚣，猫偶尔发出几声高亢的呼喊——我能感觉到他对我的激赏。罗彬似乎兴致也很高，虚张声势的。相安无事了 40 分钟，伴随结束音乐，他们的对战告一段落，罗彬掏出 20 块钱低声说要买饮料请客，往常这种采购都是由我代为。

范荣恐怕正在后悔自己的善心，他爬起来，怪叫着伸了一个懒腰，然后朝我走过来，把钱放在我手边："9 个人，6 听可乐，我要红茶。"

"我要绿茶。"罗彬说。

"我不去。"我轻声说。

"快噻！别烦！——我请你你不去啊！"范荣敲敲我的胳膊。

打狗看主人，我一把抓起钱起身出去。他们一起对战的连猫 8 个人，看来范荣把我也算进去了，他真有心。我权衡了一下，没有把猫剔除。几分钟后我带回了 6 听可乐、1 瓶红茶、1 瓶绿茶和找钱，在桌上搁下就回到原位。罗彬和范荣在心里默数，但都没再作声。

又打了两节游戏，消磨了一个多小时，男人们对这场"群殴"心满意足，同时感到意兴阑珊，纷纷结账离去。店里很快清净了，只剩下几个独来独往的。

初战告捷，但我不准备再和无赖正面冲突。说真的，我怕，你可以让站着的人屈膝，但你能对一个已经躺倒在地的人做什么。罗彬从此像冰儿那颗永远沉寂的灰色头像一样，失去了色彩。我和他的最后一点联系很实际，就是他欠我的钱。

我考虑了两秒，拨他的手机，他接得很快，用一种装出来的无所谓的口吻："喂？"

"你借的钱，什么时候还？"

"现在不。"

"你什么意思？"

"我不还，你就会来找我。"

他无耻得令我震惊。

"你可以做个让我看得起的人么？"

"你太浪漫了。"

"行，你等着！"我啪地挂了手机，一把摔向沙发。

浪漫，这是我得到过的最恶毒的评价。他无疑认为，在他现实的眼里，我是一头骄傲而不知深浅的猎物，应该成为自己不切实际的祭品。我从前给他的善意，他看来一钱不值，这善意如今于我，是莫大的反讽。我在为自己献祭。

12 点 50 分，我和猫站在罗彬家的院子外。远处小路上的路灯勉强照出花园里植物的轮廓，什么地方发出花的幽香，在鼻息里若隐若现，使 5 月的性质温存而轻柔，但我无暇注意这些。夜深了，凉意微微透过脚底蹿上身体。

过了一会儿，罗彬推门出来，他穿着一件白色 T 恤，两手插在口袋里走过来。他在我们面前停下，看了我一眼，递过来几张钞票，我数了数，说："正好，两清了。"

他一言不发，转身离开。

54

“想什么呢？”猫说。

“没想什么。”

“开心点，”他用胳膊捅捅我，“钱都要回来了。”

“猫，你不生我的气吗？”

“我干吗生气啊。”

“我让你丢脸了。”

“只要你开心就行了。”

“你真不在乎吗？”

“反正都丢脸了，在乎也没用。小猪你就是想得太多。”

“噢。”

“有蚊子。”他拍着脖子。

“咬你啦？”

“你要坐在水边上唉。”

“是我不好。”

“算了，难得陪你的。”

四下静谧，夜凉如水，只有蛙声。间或乡风经过，远近沙沙作响，透了些油菜花的甜香。这是湖的尽头，佛塔最近在修葺，外围搭了脚手架，基座的灯没有开，倒映在深色的湖水里，黑乎乎的一团辨不清轮廓。我见过一次的幻景打回原形呈现在眼前。

这个地方，不只属于记忆，也属于现在。

“猫。”

“唔。”

“你要是不跟冰儿好就好了。”

“我本来就没跟她好。”

“那你不给我看邮箱。”

“那个邮箱要收费，被没收了。”

“你——你们肯定写过信。”

“写过两三封吧。”

“写的什么？”

“记不得了。”

“你那天说要写信给她的——就是晚上我接电话那天——你写了吗？”

“接电话之前我写好发给她了，后来在 QQ 上告诉她叫她看信，她看过就打电话过来，说了几句，我就出去打给她了。”

“你写的什么？”

“我跟她说，我有女朋友，你对我太好了，我不能对不起你。”

“噢——因为我对你好，不是因为你爱我。”

“呵呵。”

“就会笑，你没写别的？没请她原谅你？”

“我说是我不对，欺骗她，请她把我忘掉。大概就这些。”

“你还是喜欢她。”

“瞎说。”

“你不是特地见过她了，去南京。”

他挠挠头，心虚地弯起嘴角：“你怎么知道的。”

“她长得怎么样，和照片一样吗？”

“差不多吧。”

“胸大吗？”

“好像不大。”

“就晓得你会注意。在南京跟她都干什么了？”

“什么都没干，她跟她一个朋友一起来的，我们就一起吃了一下肯德基，然后就分手了。”

“没干不等于不想干”，我眼前出现猫直手直脚坐在肯德基卡座上的滑稽表情，“老实说，是不是想象冰儿投怀送抱来的？”

“嘿嘿。”他扭捏地傻笑。

“结果人家根本没理你。不过，假如她脱光了站在你面前，你肯定跟她上床。”

“也许吧。”

这些想法，他老老实实地告诉我，我反而觉得坦然。

“现在你知道了，告诉我真话，我未必不能接受。”

“知道了。”

“嗯，你听张宇是听对了，顶好听他的《圆谎》：‘说一个谎言，圆一个谎言，我们爱的多么危险。’”

“我不是要骗你，是怕你生气。”

“你骗我我才生气。”

“小猪，你有时候太凶了，我好像什么都瞒不住你。”

“你不凶——每次你有错都不肯承认，还摆个死脸。”

“呵呵，男人不喜欢什么都被女人看透了。”

“女人不喜欢被男人骗，你要是透明，我还看个屁。”

“我们都不好。”

“所以我们好。”

“呵呵。”

“猫猫，你以后不要再背叛我了。”

“冰儿的事是我不对，不过，这不是背叛，应该叫背离。”

背离，是的，就像我自己。

“你为什么跟她说‘我爱你’？”

“网上的事不能当真。”

“为什么你不跟我说？”

“我没这个习惯，不说也不代表不爱你。”

我不作声。

“小猪，可能我做得不好，但我在用我的方式爱你。”

我们都在用自己的方式爱对方，用自己的标准衡量对方，所以，我们总不满足。

“其实，”他顿了顿，“我一直觉得她像你……”

这话他说过一次。

“她怎么会像我？”

“我也说不上来，就觉得她人蛮好的，跟你一样很善良，你们都有点傻，都有点，有点不顾一切的。”

我开始理解了，冰儿身上的确有种天真的执着，我把它看成幼稚、轻浮，猫却觉得看到了当年的我。

“我知道——都傻乎乎地喜欢你，上你的当。”

“呵呵。”

“也就是我才这么呆，真要换了冰儿，人家早走了。”

“所以我离不开你。”

“骗人。”

“真的，其实这也不全是坏事，要不是这样，我可能不知道自己离不开你。”

“不过你还是喜欢她？”

“有一点吧。”

“你为什么喜欢她？”

“她比较好哄。”

“你是说——她比较简单？”

“差不多。”

我沉默了。他说得不错。她比较好哄，她比较简单。我不好哄，我太难哄了，我自己都哄不住自己。爱我是一件辛苦的事。

“生气啦？”他探问道。

“猫，你为什么爱我？”

“因为你呆。”

“因为我是小猪你才爱我，是吗？”

“那当然。”

“是因为我那些简单、快乐的地方，所以你爱我？”

“是啊。”

“猫。”

“唔。”

“你知道么，只有和你在一起小猪才是小猪。要是没有你，就再也没有人叫我小猪了。”我的眼泪，夺眶而出。

“高兴点，想想钱都要回来了。”

“那件事，你真的不生我的气？”

“不生啊。”

“你也不问我以前跟他都说了什么话，做了什么事？”

“有什么好问的，我相信你就行了。其实你以前有一回跟我说的时候，我就想到是他。”

我的心突地跳了一下，说不出话来。

“他这种人只会跟女人游戏，是不会爱你的。”

“猫……你怎么会不怪我？”

“你又没做错什么，就算错了也没关系，人偶然犯个错很正常，只要不一直错下去。”

“猫猫，你不怪我，是不是因为自己背叛过我？”

“也许吧。”他伸出一只手，抱着我，温柔地说，“千万别把男人想得太好，也别把他们想得太坏。”

我从来没有听过他用这样的语气，也从来没有见过他像今天这样从容和安详。我第一次开始真正了解这个我朝夕相处了多年的男人，也第一次感到，他是个男人。

“你是不是觉得女人都挺傻的？”

“嗯。”他点点头，轻声笑笑，“女人都挺好骗的。”

这个 5 月的午夜的湖岸边，我靠着他的肩膀。

近处蛙声一片。

果果，果果果……

55

我蹲在厕所蹲坑上，赵燕急急忙忙推门奔进隔壁一间，一阵悉悉娑娑，她蹲下来，猛出一口气："有报纸吗？"

"给你，我好了。"我从下面的缝隙里把报纸递过去。

"今天热死了——哎，明天下午时代广场5点到晚上12点限时抢购，包括新上柜的夏装。"

"真的！"

"我一个邻居在里面做专厅。"

"又要花钱了。"我一边站起来一边说。

"女人就是……"

门被猛地撞开，"嘎—嘣"一声撞到墙上，我们都吓了一跳，包雯冲进来，她扯住自己的衣服前襟，瞪着我，声音细细的。

"老板走了。"

停顿了片刻，赵燕大叫一声："啊！"

彻骨的寒冷霎那浸透了全身，我两手拽着裤子说不出话来。

噩耗就这样猝然来临了。不久之前，就在上个星期，还有老板已经好转的消息，给忧虑的人们带来一丝希望，死亡随即终结了生命的回光返照。他只熬了60天。

这时我才想到，我还没有去上海看过他。

遗体告别仪式定在两天以后。

到了这天气温骤冷。前晚刮了一夜的风，早晨起来风停了，天气晴朗，太阳像洗去了一层尘埃亮得发白。8点25分，我离开公司来到附近一家花店，肖琴正从花店出来，她怀孕四个月了，刚刚看出肚子。她昂着头，两手端住一个花篮，我们互相点点头。

店里陈列着各种颜色的鲜花，分类养在水桶里，一个三十多岁的男人在花丛后搬东西。

"老板，给我插个花篮。"

"你要什么花？"

“有人去世用什么花？”

“刚才才有人来做过。”他顺手递给我一本相册。相册里是专为丧礼做的花式照片，大多是白色、黄色、粉色，也有黄色和蓝色的组合，偶尔缀一些红，可能给高寿的老人。那些花照样鲜艳得奔放，但沾染上幽幽的肃杀，仿佛照片里的故人，音容笑貌依旧。

我定了定神，仔细挑选。“照这个高脚花篮做，蓝色用鸢尾和勿忘我，黄色就用菊花——给中年人应该可以吧——我想稍微艳点。”

“多少岁啊？”

“四十小几。”

“可以。周围加点绿叶，要不要加两枝天堂鸟。”

“不要了，颜色太杂了。”天堂鸟好像八九块钱一枝。

他选好花，开始做。“老板，你给我把花篮插高一点。”

“好。”

“再给我写副挽联。”

“好。”

“多少钱？”

“你给 50 块吧。”

“40 块。”

“40 块我就亏了。”

“怎么可能——那 45 块。”

“好好。”

“给我做大点。”

“你放心。”

9 点 20 分，我在殡仪馆门前停好车，打赵燕的手机，她一早就过来帮忙了，电话没人接。眼前是一片广场，远远的有三两个公司同事在一座礼堂前转悠，好像都很茫然。事前只通知 9 点半到殡仪馆开追悼会，不晓得在哪个礼堂，我想找个工作人员问问，但附近看不到一个像是工作人员的，而且我也不知道应该怎么问，报死者的名字，问他人在哪里？

早晨的郊外空气清冽，寒意刺激着鼻腔，让人不由自主地瑟缩，我捧着花篮小心翼翼地往前走，一边默默打量。这里是城市的边缘，四周空旷，看不到任何高楼大厦，除了一些低层建筑便是大片蓝天白云，没有风，空气是静止的。景色大概太贴紧自然了，反而有一种失真的压迫感，人渺小得心慌，脚下有点发软。殡仪馆用了汉代建筑，色调素净，形式庄重，散发出一股药水和燃烧的气味，也许是想象。这是一个完全陌生的场所，不属于活着的人，活人在里面走动似乎都不正常，会惊动阴灵，一个人一辈子总会来几次，告别最亲爱的或者不相干的人，但只有一次为自己而来。

经过一栋办公楼样的建筑，迎面是一座告别厅，匾额上写着“极乐”二字，隐隐地有音乐和哭声。我走到近前张望，里面一些陌生而哀苦的面孔也回头辨认，其中有些人头上裹着白布，身上穿着一水白的孝服，灵堂上挂着一个老太木然的相片，我赶紧后退几步，从一侧绕开。

眼前这一座是“西方”，规模大了一套，偌大的厅空落落的，几个人在里面打扫，一个男人站在梯子上往下摘遗像，地上到处散落了一些纸屑和鲜花，像是刚刚结束不久。走过去已经听不见前一间的声响，我不禁胡思乱想，觉得当初设计时可能考虑到隔音，亡人们彼此互不相扰，不至错收听了给他人的哭泣。

再向前的一座更宏伟了，大门外悬着“往生”，一共有两进，里面传出节奏缓慢的哀乐，上方高悬着一条白底黑字的横幅，恍惚写着老板的名字，在幽深的背景里白寥寥得瘆人。远看灵堂里人头攒动但出奇肃静，间或瞥见几张熟悉的脸庞。

我屏息跨过门槛，经过带回廊的庭院草坪中间的青石小径，在门口的签到台前留了姓名，戴上白花。前面到达的人在献花，轮到我，我赶紧上前放好花篮，然后退到最后为公司安排的区域。站定了，我发现前面是肖琴，赵燕就在两三个人外，但我不好过去，那边小王拎着一个小花圈急急忙忙地签到，很快蹑手蹑脚地掖进人群。昔日离开公司的人来了好几个，张琦站得靠后，她推推眼镜，似乎在擦眼泪，她时髦多了，穿了件短款中袖的修身黑外套，下面是米色长裙。看不到厉萍，想必站在前面几排。

灵堂两边的墙上挂着六七副挽联，有“未弭前思顿成永别，追寻笑绪皆为悲端”之类。鲜花把半个厅堆得满满的，我站的位置可以看到政府办、市政协、市土地局、市建设局和两个房产公司送的花圈和一个副市长送的花篮，我那个花篮在一个业务单位的大花篮下面。陆续还有人来，都依照程序行礼，我认出其中有房产公司老总、报社总编、规划局办公室主任、广电局副局长等，姚建国和跟他走了的开发科副科长也到了，两个人表情严肃，各提一个一人高的花篮进来。

我定了定神，注意到遗像镶在灵堂正中的汉白玉台上，用了一张老板的彩照。我盯着它，眼泪倏地涌出来，簌簌地往下掉。我知道，这是他生前满意的照片，和两年前我给他写省报的人物访谈时配发的是同一张。那是在照相馆拍的半身相，背景是本地风景名胜，颇有乡下人进城的味道，如他的出身气质般土气。现在取了他胸口以上的部分，身后是蓝天白云。

照片里的人自信笃定，神采飞扬，活生生的，朝这个世界微笑。遗像总是竭力承担逝者最好的形象，那人的英俊美丽、温柔和蔼、爽朗豪迈。我怔怔地望着相中人，他的神情和往常一样，仿佛还有许多未竟之事待他今后去做，却只留一张薄薄的纸给生者追怀。

哀乐在逐渐狭窄的空间里缓缓回荡，绵绵延延，一个段落结束，又往返到开始，笼罩在人的心上，心情随之下沉，越来越重。几百个相识或不相识的人靠在一起噤声不语，悄悄注视这一场面，不时从角落里传出几声压抑的咳嗽。每个人都受到了感染，变得容易伤怀，脸上流露出凝滞的忧伤，也许他和死者不相干，但和死总是相干的。

一个人，无论多么天真无知或者老于世故，多么循规蹈矩或者玩世不恭，多么善良正直或者奸险狡诈，多么卑微低贱或者飞黄腾达，多么富有朝气或者垂垂老矣，在死亡面前，都会安静下来。死者昭示我们安静下来，享有短暂的思考和深深的虚无。

人活着为什么？为理想，为成功，为一日三餐，为优越的物质或高尚的精神，为拥有什么，为留下什么，还是只为活着？活着是一种自己的权利，一种对他人的责任，还是一种身为人的义务？活着是上天的眷顾么，或者竟是上天的捉弄？或许，活着是一个人的使命，不管生命是玩笑还是悲剧，作为主角，应该尽力活得有尊严，有价值。

从出生起，人就面临活着的现实，一生之中只有少数时刻会陷于迷茫，在各种似是而非的目标间彷徨——比如参加追悼会时，多数时间盲目向前。固然存在另一种选择——自动结束这荒谬，但面对立死，我们马上想紧紧地攫住生命，宁可苟延残喘。

如此，活着几乎就是命运。

那么，死是什么？

56

哀乐停止了，黑压压的人群鸦雀无声，有人从前排走到话筒后面宣布追悼会正式开始，接着宣读治丧委员会名单，宣布前来参加追悼会以及送上花圈的单位和个人——其中详细说明了各级领导。长长的名单结束后，致默哀，三鞠躬。哀乐又响起来，人群面对遗像同时缓缓地弯下腰，停一两秒，慢慢直起身，再弯下去，如此三遍。

我们说一个人死了，仿佛他从死亡那一刻起直到时间的终结永远在死亡之中，其实，这里的“死”只对生者而言。死之于经历死亡的个体是一个短促的动词，与生相比，死只有一瞬，不论死前有怎样的恐惧、惊吓、挣扎、折磨、平静和麻木，都是生的组成，之后便无所谓生死。如此，生实在是一场痛苦，临了，也唯有死能终止磨难，平息纷繁。

不过没有人因此不畏惧死。一个悖论出现了，当人们急于缩短与目标的距离，幻想迎接一个个成功或欢乐，也正在缩短与死的距离，耗尽生命去追逐，却直奔死亡。

没有人因此不恋生。你有一双明眼，有一颗镜心，有一付不易醉的愁肠，仍旧愿意在俗世里游弋，享受美酒，享受一时酣醉，享受宿醉的悔痛，享受下一杯。

死是这世上唯一确定无疑的事实，它将一切变得虚无，还是恰恰相反，它使人有限的生命显出鲜艳夺目的光彩，赋予一切以意义？

接下来，政协秘书长致悼词，总结了逝者生平，充分肯定了他对社会的贡献，缅怀他的各种优秀品德，痛悼他为大众事业鞠躬尽瘁以致英年早逝，并表明要化悲痛为力量，节哀奋进。人们注意到，逝者终年44岁，心里不禁一阵战栗。悼词写得感情充沛，在事实的基础上做了妥帖的艺术处理。低低的啜泣声此起彼伏，此刻在场的人纷纷回忆起逝者往日的好处，并且由衷地惋惜。

下一项仪式是宣读唁信，出人意料，这是老板生前捐助过的八个贫困学生集体写的。无论如何这真是一桩好事，有些人听着听着忍不住失声哭起来。我胸口一热，眼泪潸然而下。前面小王低着头拿手背挡着眼睛不住地抽泣，赵燕悄悄伸手到包里摸面纸，包雯噙了一包眼泪扬着脸，肖琴站得直直的，她的肩头仿佛微微抽动。

唁信读毕，老板的儿子走上前去，看来是作为家属代表致辞。他穿了一身黑西服，和平日大不相同，往常的不知天高地厚今天一扫而空，那张有些酷似父亲的俊秀面孔一夜之间变得老成持重，人们伤感而赞许地望着他。

他的致辞真挚动人，举止也非常得体，他感谢各位到场的父亲生前友好，追思父亲在家庭中对妻儿的拳拳关爱与谆谆教诲，恳切表示将承其遗志，以慰在天之灵。中途他几次哽咽了，随后又坚持读下去，让人觉得这冥冥中和他的身世吻合——不成气的少年失去父亲庇护，从此成为家中的男人，前路困难重重，少不得跌倒了爬起，擦干眼泪向前。没有比孩子的责任感更让人痛心的，追悼会掀起了高潮，全场的人都在泪光闪烁地唏嘘，不去吝惜眼泪，任它尽情流淌。

主持宣布遗体告别仪式正式开始。哀乐仿佛没有间断似的响起，伴随缓慢的哀乐，人们一点一点挪动，摩肩接踵地摇晃肩头。到场者从前排排着队踏上汉白玉石阶，绕行水晶棺向下瞻仰遗容，再从另一侧的石阶下来和家属握手。

姚建国经过自己的花篮一步跃上台阶，脚步竟有些欢快。厉萍果然在前面，老板娘面无表情地和她拉拉手，她张了张嘴，好像准备说点什么，但老板娘已经把手递给下一个人了。老板的女儿跟在母亲后面，女孩长得不好看，有一张平板单调的脸，不像她弟弟继承了父母的优点。

终于轮到我了，就要见老板最后一面，我带着预备流泪的哀痛和好奇紧跟上去。水晶棺被一圈汉白玉栏杆围住，离观众站的地方足有一米，开始我惊愕地几乎认不出他，他躺在一床大红的锦被下，戴着一顶帽子，身材似乎短了一截，他的脸像是另一个人的，骨骼和肌肉都发生了变化，面颊说不清是浮肿还是塌陷，因为化了妆粉红而有光泽，使人联想起秋天水果店里打了蜡的苹果。锦被下的人和我刚才一直在回忆的那个形象仿佛毫无关联，我只能依稀辨认出一些相似之处，而那个形象也瞬间模糊了，不再切实可靠，甚至这相似根本是心理暗示。我完全认不出他了。

队伍在踏上台阶绕行时拉开了距离，非常松散，每个人都想多看几眼但又不能掉队或妨碍后面的人，这一段主要的路程因此十分匆忙。看了十几秒我不得不往下走，沉浸在刚才的疑惑中，一滴眼泪也没有。

前面赵燕默默地握了握老板娘的手，几个人之后是肖琴，她抿紧嘴，不看对方，伸手一拽就立刻抽回来。我走过去和老板娘握手，有点愧疚脸上干了的泪，嘴里嗫嚅着“节哀”，她似乎没听见，但微微点头，她的内眼角和鼻翼分别有两道皱纹斜挂下来。在这过程中，除了对各级领导她有些反应，其余时间一动不动，抬着一只手等人来握，她把头歪向一边，神情迟缓，垂着发红的眼睑，慢慢地眨着眼睛，瞪着来人的胸口。谁也不知道她在想什么，也不便打扰她。

走出去的人一部分还聚在庭院里，三五成群踩着草坪。我经过姚建国，他正在和一家房产公司的副总低声讨论，大意是为了什么原因拖下两个月的一个合作项目。外面一进靠大门处，政协秘书长表情丰富地和一个男人交谈着，他们走走停停，抑扬顿挫并手舞足蹈。我觉得那男人经常坐在电视里的主席台后面。厉萍在和打扮入时的规划局办公室主任叙旧。包雯拉着张琦问她新公司的事，几个女同事也围着她寒暄，她的头发似乎刚锔过，卷曲油亮。这儿比里面的气氛舒缓多了，仿佛脱去了一件黑色外衣，重新回到阳光下，人们浅浅地呼出一口气，觉得意犹未尽，红肿的眼睛露出一丝温情，像淋湿的动物急于抖掉身上的水，开始有节制地社交。

赵燕从回廊的某个地方冒出来，她抓住一个同事说，先别走，帮着搬一下花篮。很多人听到了她的话，纷纷直起脖子向里望，最后一些参加告别仪式的人走出来，后面是死者家属，礼堂空了。赵燕停下和老板娘说了两句，就疾走进去搬起一个高大的花篮，一面招呼公司的人进来，指挥他们照做，大家见状拥进去。

每人拎一两个花篮盲目地跟着前面的人，伸展开脚步，沿回廊一路急匆匆地小跑，最前面的已经有人回头了。两三条回廊结束后踩着土地绕到一堵白墙前的一块空地上，前面的人正把花篮搿进一台冒着白烟的偌大的不锈钢炉子，一个穿藏青色工作服的人用根铁扦子往里前后地戳。之前我还纳闷要把花篮拿到什么地方做什么用，我走到炉子跟前，把左手拎的一个大花篮塞进去，又有点留恋地把自己那个花篮扔进去，退后看着。

炉子张着一张黝黑的大嘴，里面还能看出一点原来的银色，大多经过烟熏火燎结了一层碳垢。火舌从重叠的鲜花下面蹿出来，在空隙间游动，卷着新的供给，遇到花篮藤条就贪婪地裹上去，爆出噼噼啪啪的火苗。最底下的花叶早已萎缩变黑，不一会就塌陷下去一点，上面又摞上来，我的花篮压在中间找不到了。炉子向外腾起一小股一小股青雾和潮湿的焦味，那是燃烧植物特有的气味。

站了一会儿，我回去拿其余的花篮。我很想拿下一两朵娇嫩的花，但马上打消了念头，私自拿走死人的东西不吉利，而且可能会有报应，即使是花。跑了两三趟，花搬完了，人们无所事事，懒懒散散地走回去。厉萍还在跟规划局办公室主任密谈，看不到老板娘和那些亲戚，应该去火化室了。暂时无事，也没有留下的必要，众人决定回公司，我和赵燕边走边有一句没一句地说话。

绕过“西方”，“极乐”的哀乐不知什么时候换成了崩脆的锣鼓和嘎亮的号，音量像有个旋钮陡然调大了，震得人头皮发麻，一群披麻戴孝的人在起起落落地磕头，有人号啕大哭，听不出男女，纸钱撒了一地，几张被微风撩动，挪了位置。刚才在后面并没有听见锣鼓声，我想起肖琴的婚礼，当时楼下那家喜宴的声响听得很清楚。

快 11 点了，外面还像来时一样空旷，但紧张感消失了，橙黄的太阳光照在地面上，一些人把车停在外面，正慢吞吞地向外走。我这才注意到两个偌大的广告牌竖在大门一侧，一个是“丧属至上，服务入微”，上面有介绍殡仪馆的具体图文；一个是“人生后花园——风宝公墓”，背景山清水秀，绿树如荫。

众所周知这是个好单位，虽然很多人忌讳和死人打交道的工作，但正因为晦气，殡仪馆是事业编制，每年想进去的人还是挤破头，里面除了老职工都是有相当关系的，好几个市政府领导的亲戚都在，现在编制外的名额也满了，即使招聘也要求大学本科。

世上有三种财容易发：孩子、病人、死人。一个需要生长，一个需要健康，一个需要安息，他们都柔弱无力——也许还应该加上女人，她们需要自信。生前怎样不论，人不会对逝者吝啬，两百块的寿衣、两千块的骨灰盒、两万块的安息所不在话下，觉得有了交代，所以这里的福利待遇好得惊人。

一声尖利的喊叫划破寂静，振动着耳膜，一个穿工作服扎马尾巴的粗壮中年妇女在招呼老远的一个男人，叫他把什么东西送到什么地方去。

工程科的项目经理倒摩托车时把一溜边几辆自行车带倒了，哐里哐当在广场上响成一片。似乎做了件不合时宜的事，他自己也像受了惊吓，连忙跳下来扶车。众人都凑上去，有人自然而然地打趣，大家都轻轻微笑，肩头松弛下来。

到了中午天热起来，车坐垫发烫，晒了一上午的水泥路蒸腾出热量。大门外阳光明媚，射在街两边花坛绿油油的叶片和自行车钢圈上，亮得刺眼，沉重的心事渐渐落在身后，一切又恢复了生气，焕发出世俗的光彩。

57

春天快要结束了，天渐渐燥热，春困不知不觉转成夏乏，季节的生物钟滴答滴答地侵食人们的心身，让他们变得懒散郎当。下午公司空荡荡的，群龙无首，头上没有紧箍儿，同僚们一天不知在干些什么，也不知道干的究竟有什么用，心里空得慌，总想出去放放风。厉萍不在，最近不大看到她活泼的身影，老板去世后她没有特别的动作，她知道老板娘不是老板，绝不会欣赏她，但也许还用得着她，这点谁都不确定。

对老板的死，人们很快地，差不多是尽快地忘记了，或者说接受了事实，眼下只关心这个事实带来的可能性。偶尔还有人感叹人生无常，但这种声音越来越小。

手上没事，我打了几个私人电话后，又想起办结婚证用的身份证和户口簿带来两天了，老忘了复印，于是拿着去了办公室。

赵燕窝在大转椅里看报纸，神气有点落寞，下午橙黄色的阳光从百叶窗的缝隙漏进来，落在报纸上。小王已经被厉萍还回来了，现在不在，去买办公用品顺便逛街。

“不高兴吗？”我掀开复印机的挡板。

“没有，就是无聊。”

“不对吧。”

“无聊还有对错。复什么呢？”

“身份证、户口簿。”

“领证用的？忙得差不多了？”

“咳，每天都又想起几件新事，昨天我还去超市买衣领净什么的。”

“以后你就知道了，有个家不简单。”

“已经开始知道了。”

她不回答，瞪着报纸独自出神。我复印完了，准备离开，她开口说：“昨天我又碰到他了。”

“他”，我愣了一下，明白过来，“在哪？”

“我跟刘恒在小区里散步，正好看到他放摩托车。他好像多长时间不住他父母家了——他不是跟个老师同居吗？”

“他看到你了？”

“应该是吧。其实一开头是刘恒看到然后告诉我的，我反正没睬他。”

“就是，犯不着。”

“我都快把这个人忘了。”

“嗯。”

她又无精打采了。

我抬头看看她：“你真把他忘了？”

她动了动嘴唇，像在选择措辞：“说真话，我，当时看到他，心里还是一惊，就像触电一样。”

“你跟我说过。”

“昨天我都有点不敢看他的眼睛，唉，不晓得——可能我还是喜欢他吧。”

两个人一阵沉默。

她眯起眼睛，盯着桌上的电话，“是不是人只要有感情就会痛苦。”

“应该是，尤其女人。”我收拾好东西，拉开椅子坐到她对面。

“如果感情只会让人痛苦，要感情有什么用。”

“感情的痛苦大概不能全怨对方，爱是自愿的，所以付出是自愿的，没有人强迫你——因为你不会为自己不爱的人付出。爱的好坏要看值不值得，不过在爱情面前，‘值得’可能一文不值。所以，”我一边思忖，一边说，“爱是，愿不愿意。”

她轻轻颔首。

我停顿了一下，“让人痛苦的不是感情，是人。所有痛苦的原因都是人——得不到他想要的。”

不论那东西是否重要，是否必要。

人呐，重复着无止境的苦役，每一个都是西绪福斯；人呐，永远受欲望驱使，推动起沉重的巨石；人呐，始终那样茫然无知，察觉不出不同的巨石里同样的乏味和虚妄。

也许，既然这是人为的，就是人所追求的，那么理当尽情享受。也许，我们真在享受。

赵燕沉思着，叹了口气，问：“他把钱还给你了？”

“我要回来了。”

“你怎么要的！”

“我们两个一起去他家。”

“你们——不尴尬呀？”

“不该我尴尬。”

“也是。”她声调降下来，“这方面你比我聪明。”

“我和你不同，他是吸引过我，但我没喜欢过他。”

“所以说你比我聪明。”

我不聪明。

她对那个人触电般的感觉，我对罗彬也曾经有过。至今我依然能感到他身上的魅力，野性的、优雅的、强壮的、温柔的、粗鲁的、细腻的，或生气勃勃，或温情脉脉，所有这些对立的气质在同一个男人的身体里杂糅，每一种都如此强烈，如此摄人心魄。但正因为此，我不能够对他产生任何一种纯粹的情感。

他对于我是独一无二的，但不是不可或缺。

然而，我对他始终怀有一份怜惜，如同怜惜自己。

他认定自己是天生的恶棍，必须服从于欲望和诱惑，因此害怕天性中美好的东西，竭力否认与美德有丝毫联系。他的自甘沉沦正如我的道德。我们像一片树叶的两面，有相同的经脉，一面向阳，一面背阴，以为自己眼前的世界无比广阔、无可代替，对另外那个陌生、未知、深不可测的所在满怀恐惧。其实，真正令人恐惧的是前者，我们唯恐被它抛弃，成为孤独无傍的一员乃至毁灭，于是被那赖以生存的一湾浅水禁锢。

我并不更高尚，他并不更自由，我们都是可怜的困兽，被心铸的铁栅困死。

电话铃响，赵燕不满地接起来，对方追问拆迁的计划。公司春节前征下一块地，一直在办理各项手续，地块很有商业价值，情况却相当复杂，是老城区的住宅区，住满了三教九流。拆迁户们有单门独院小二楼的，有六七家挤在一个院里的，有人愿拆愿搬，有人宁死不动窝，有人嫌拆迁费少，有人偷偷换个铝合金窗，各有各的盘算。从春节起公司开发科就不断收到匿名信，办公室先还一一送到收信人手上，但很快就统统拆开，看小说似的看写信人字斟句酌揭发邻居的各种违法行为，包括迁户口增加人口、不正宗的台湾亲戚、几几年搭建了违章建筑等。

如今风向变了，老城到底小，老板一走就开始有人打电话来问还拆不拆。

接完电话，赵燕还沉浸在说服辩论的情绪里：“我今天少说接了四五个，下次要他们把电话直接打到开发科工程科。”

“公司下面不晓得谁来问。”

“包雯说老板最后把公司章什么的全交给老板娘了。”

人之将死，其言也善。结发妻子的好，患难中才知道，归根结底只有这个女人的心在自己身上，不是奔着钱来的，只有这样的人，才能放心把钱交给她。

“厉萍的日子恐怕要到头了。”

“老板一死，老板娘也熬出头了。”

是啊，她终于扬眉吐气，接手偌大一份家产，不必再看丈夫的脸色，期期艾艾地悲叹世道人心和命运。

“老板娘这两天没露面吗？”

“可能去殡仪馆做法事了，头七吧。”

“殡仪馆怎么还做法事？”

“我也是这次才知道的，当时用的告别厅是最好的一个，殡仪馆请东菩寺给里面所有东西都开了光，只要用那个厅再加一千块钱，就可以请和尚过来做七。”

“不怪那个厅叫‘往生’。你听过没有，人冥寿满 100 岁才能投胎，这样算，老板还有 56 年。”

“给你讲得寒毛都竖起来了。告诉你件事，你记得去年老板进宅我们去他家，我一进门就觉得身上一凉，寒浸浸的，当时根本没有风。”

“他要不赶进宅，说不定没事。”

“就是啊，选什么吉日……”

电话又响起来，赵燕探身接了，似乎还是刚才那个人。

钱、运气、地位、权力、爱情、肉欲、尊严……

拆迁户、老板、老板娘、厉萍、赵燕、罗彬、我……

所有你追求、你向往、你梦想、你引以为豪的都是束缚，都可能反过来将你吞噬，不用说那些你拥有、你依赖、你不可或缺、你惧怕失去的——这些盘踞于心，使人们成为它的拥趸和案上鱼肉，因它顽强生存，又因它痛苦终生。

也许人类事实上拥有同一种命运，所有人都在重复同一个生命过程，将支柱化为桎梏。

58

伊阿宋：那天的事真对不起。

冰儿：没什么。

伊阿宋：呵呵，都怪我。

冰儿：是我让你为难了。

伊阿宋：是我的错。

冰儿：她后来没跟你怎么样吧？

伊阿宋：没有。

冰儿：那就好。

这是两个月前的聊天记录。一段普通的对话，聊天的双方很有节制，客气而疏远。仍旧是这段话，仍旧是我，再看时，离开了当时的情景与心境，剥离了当时的附会与联想，像灯光下的变幻莫测，拿到白日里变得稀松平常。

我多么傻啊！

我的心蒙住了我的眼。

我以为我在探知真相，然而，所谓真相，不过是先前不曾看到的部分，就像我先前看不到这段对话多么普通。眼前的一切不是黑色的，黑的，是眼睛。

也许他的邮箱还在，也许他还隐瞒着什么，也许他还保留了什么，也许有种种也许，但我不会再去深究，就像他让我收藏自我，那些回忆和错误。

猫说得是，不要把男人想得太好，也不要把他们想得太坏。

不要把生活想得太好，也不要把它想得太坏。

我们所感知的生活永远片面，所体验的情感始终主观，我们只看到想看到的东西，我们的心认为那就是全部，于是永远被自己的心眼迷惑。

即便罗彬也并非十恶不赦，他是个无赖，但可能比我诚实——“我不还，你就会来找我”——这话听上去无耻，却是实话，所以会刺痛我那颗虚伪和虚荣的心。

门从外面推开，一个人低下头伸手扯住雨衣的领子一掀，下面露出韩洌的脸。门在他身后关上，雨声立刻小下来，很快混合进游戏配乐和人声，要仔细听才听得到。前天开始淅淅沥沥地下雨，隔天阴了半日，转成一场大雨，下了一整夜，后来小下来，时断时续，空气里像布下一张密实的网，湿和热交织在一起。江南的梅雨到了。

有人过来，拍我的肩："老姐。"

"干吗？"

"找你有事。"

我关掉聊天记录，站起来，经过猫时伸手揪了揪他的耳朵，他抬起脸冲我亲昵地一笑，又专注地看回屏幕。每次一见到他，我就会忘掉烦恼。

进了里屋，韩冽整个人横着往沙发上一掼，一只阿迪达斯搁在扶手上，我不吭声。

"小气，你沙发本来就不干净，没说把我鞋弄脏了。"

"你最干净，你走的路雨都不下。"

"嘿嘿。"

他前天把头发剪了，剪成极短的板寸，可以看到白色的头皮，只在前面发际线中心处留了一簇，说是为了对抗学校禁止艺术系男生留长发的新规定。这使他看上去头轻脚重，每个新看见他的人都忍不住惊异地要笑，这使他的表情既沮丧又自尊，有一种滑稽的忧郁。

"你的头不错。"

"少来。"

"我说真的，发型跟季节走是对的，6月了么。"

"我可能要出国了。"

"出国？"

"嗯。"

"去哪？"

"加拿大。"

去年年底他有过一阵想去欧洲。"不去欧洲了？"

"哪年的话了，再说也去不了。"

"这次怎么又心血来潮。"

"Tean（人名），我跟你说过的，她离婚了，现在在加拿大定居。"

我不记得他曾经跟我说过这个名字。不过这无关紧要。

他自顾自说下去，"学音乐本来在国内也难出头，最后只能做老师。她一直希望我去，联系学校什么的应该没问题。"

雨声大起来，有儿点拍在窗玻璃上，随即又小下去。

"你喜欢她吗？"

"她对我不错。"

我看着他。

他沉默了一会儿，"没有女人能满足我。"

“你要满足什么？”

“从一个女人身上只能得到一种感觉，能满足什么？”

他似乎和罗彬一样，但又不一样。他最需要满足的不是原始的肉欲，是感觉，是艺术气质的感情，这是他高于罗彬之处，也是令他永远无法真正乐在其中，永远品尝着失意和苦闷，永远不能休止颓放的苦痛之源。而罗彬呢，他确实在享受，在畅饮欢乐，但沉沦不过是逃遁的另一副面孔，对那些始终追随着自己的自卑、失败、惶惑，那些他想要得到却望尘莫及的好东西，唯有如此才可以安慰。

“从一个女人身上只能得到一种感觉”是他们无奈的事实、合理的狡辩、认定的谬误。能够从一个异性身上获得各种体验的人，才拥有丰富的感情；需要从许多异性身上得到各种体验的人，只剩贫乏的心。

时间不间断地蚕食生命，际遇不停顿地侵蚀魂灵，一年前的韩洌不会预知此刻他的思想，他的选择，他说出的话。但是，他怎么想都可以，我们怎么想都可以，自己的人生要自己承担。

我不想争辩：“出国的事跟你父母商量过了？”

“他们同意了，准备把家里的一套房子卖掉，本来给我以后结婚用的——我就是想请你帮忙，看能不能放在你们公司代卖。”

“噢，我得先问问，这事不好公开，要找个可靠的同事。”

“嗯呐，你看着办。”

“好。”

“你们什么时候结婚？”

“本来打算 6 月中，事情实在太多，定在 7 月 2 日了。”

“现在像你跟姐夫这样的不多了，好好珍惜吧。”他的口气像个老夫子，“你们后来在哪儿买的钻戒？”

“钻戒？没有啊？”

“姐夫上次问我什么地方买钻戒便宜。”

我愣住了，惊异地瞪着他。

我从来没有钻戒的概念，我从来没有想过买钻戒，我从来没有要求猫给我买，我从来没想过猫会给我买，我也从来没听他说过要买，那东西华而不实，和我的爱情、我的爱人完全不搭调，但是——当这话从一个第三人嘴里说出来——我忽然发觉，我喜欢那颗小东西，像所有女人一样发疯地喜欢那颗昂贵而夺目的小东西——这让我觉得自己是个女人，是个被爱着的女人。

“他真跟你说过？”

“嗯。”韩洌的手机短促地响了一声，紧接着又响了一声，他开始查看短信。

“他没跟我说过。”

“噢。”答话的人已经把注意力全部转移到右手拇指上。

“他怎么跟你说的？”

半晌，他说，“啊？”

“问你他怎么跟你说的？”

“什么怎么说的？”

“他怎么跟你说要给我买钻戒的？”

“你不会问他自己！”

我喜欢我的男人对别人说，他要给我买，而不是对我。

我回到主机前，OICQ的消息正在闪动，一个陌生号码申请加入，查对方的资料，名字是流星。想了想，我加进陌生人栏，如果不查，这栏只显示号码。

流星：你好。

美狄娅：哪位？

流星：你看不到？

美狄娅：抱歉，你在陌生人栏。

流星：告诉你不要不理我。

美狄娅：不会。

流星：罗。

美狄娅：？

流星：有很多姓罗的吗？

美狄娅：好。

流星：在干吗？

美狄娅：在忙。

对方迟疑了片刻。

流星：你是不是很恨我？

一时间，我盯着这句话，不知如何回答。停了很久，也许有十秒，已经不能再等下去。

美狄娅：男人而已。

59

梅雨从6月中起，有时滴滴答答，淅淅沥沥地不爽气；有时蒙蒙细雨，轻烟薄雾似的笼着，事物都淡了一层，和缓了一步，迷离得叫人愁绪暗生；有时一阵急雨，筛子似的往下筛，在地上远远近近溅起一片白烟；有时滂沱大雨，往往先前天色透亮得不善，正踌躇间雨铺天盖地地来了，不由分说倾盆而下，夹着几个霹雳，路上的人来不及躲就浑身湿透，雨点砸在身上生疼。

天漏了一般接连不断地下了半个月连阴雨，心性再好的人也捺不住气躁，皮肤汗津津的，喉咙不清爽，胸腔直想逼出一股闷气。晾的衣服总也不干，又不能不换，潮湿加上闷热，这时节不用的衣物用具都容易长霉，等到出梅，已经长出一点一点青灰的斑，要在日后拿到太阳下暴晒。

不下雨，天阴沉沉的。难得出了太阳，阳光也若隐若现，若即若离，若有还无，总不似好天里的光景，像休息日加班的人，只肯使一半的力气，笑都怠懒几分。

迎宾小姐笑容可掬地拉开玻璃门，我冲她点头示意，走出红门艳婚纱影楼的前厅。今天天不错，没有雨，日光在人行道上投下淡淡的影子。

离结婚只有一周时间。最后这一个月，我和猫急行军似的筹办每一桩事，时间越临近，事情反而越多，越具体，越迫在眉睫，像一个去爬山的人，越靠近山，才越感到山的庞大，越明白爬山的艰苦。望山跑死马，这时节，人真切地领会到光阴似箭。新的一天来不及停顿回顾就要迎难而上，连坐下休息都不得松弛，身心被满脑子庶务压迫，脖颈四肢腰腹全紧张僵硬，一触即发，仿佛随时预备跳起来，唯有情绪足够亢奋，赖以支撑。

先是领结婚证，我们辗转找到一条小巷子里的区婚姻登记处，一个正在看报纸的中年男人说要先去指定医院婚检。从优生优育角度婚检是必要的，但当事人不是嫌麻烦，就是感到受了制度的愚弄，大家都相信自己没病，许多人也提前检验了对方的性能力。常有本人不去，找医院的熟人代交270块开证明了事的，我们没有熟人，老老实实用掉一个上午。

拿到合格证，又被登记处遣到附近一家指定照相馆，拍立等可取的黑白结婚证件照，拍出来一看，两人目光炯炯，吃了兴奋剂一般。至此手续齐全，名正言顺。

跟着准备婚礼事宜。饭店是早订好的，这一项不定婚期都要后延，好在7月是结婚的淡季。围绕婚礼，要请司仪乐队摄像，请伴娘伴郎，安排节目，布置会场，买请柬喜糖，预约车辆，置办花束花车和烟火炮仗，确定菜单，排定亲友名单，填写发送请柬，等等，有一大半要当事人亲为。其间还有一件贯穿全程的大事：打扫、整理、添置和布置新家——这一项又衍生出无穷枝节。

然后去拍婚纱照。询价、看样本、谈折扣、比优惠，转到第三家，猫开始东张西望，抖着腿挠头，或者目光呆滞地瞪着地砖上的花纹。第三家因此接到一笔生意。

择日拍照，一早到了影楼，化妆师开始往我脸上打粉底，猫这时听说男人也要涂粉，愕然地张开嘴。上完腻子般的粉底，化妆师用剪刀剪出塑料双眼皮贴在我眼睑上，那东西硌得两眼酸痛。接下来，她拿出几副假睫毛，毫不犹豫地摘下最浓密的一副，我跟她协商用那副稀疏的，她略带警告口吻说：一般都用大号，否则拍出来不好看。我记得和工头讨论门套尺寸时，他的表情语言如出一辙。几分钟之后，镜子里我的眼睛陡然大了一倍，看上去很陌生，眨一下，下眼睑发凉。猫被晾在一旁，无所事事地打呵欠。

照片出来了，猫大致没有走样，但脸色干净得虚幻，我那些根据要求摆出的扭腰、挺胸、耸肩、转脸、抻脖子、低头、抬下巴、睁大眼睛向上看的造型比料想得好，睫毛并不扎眼，照片还依稀像是本人，但妩媚得多。我和猫看着面熟的相中人，正在犹豫不决地选入册照片，电话来了。广告公司要把刚做好的楼盘宣传册小样送过来——就是那块尚未拆迁的地。

我出了电梯往办公室走，广告公司的人还没到，打开门，撂下包，往椅子里一沉，不由长长出了口气。好了，又办完一件事，明天，就……走廊那头传来一声沉闷而尖脆的响动，像是什么金属物件掉在大理石地上，片刻，又是一下，这回更响了，似乎是有意的，然后，有一扇门猛地开了，人声撞出来。

是两个人在争吵，两个女人，听不出是谁，门一扇接一扇打开，凌乱的脚步布满了走廊，顷刻喧闹起来，有人一路小跑经过大玻璃。我跳起来，开门出去，走廊那头已经聚集了很多人，每扇门前都有人驻足观望，更多人像受了磁铁的吸引一般黏上去，到了跟前又不知所措地停下。争执的中心不时飞出一只手或抛起一只脚，此起彼伏，在狭窄的走廊里扭作一团，忽左忽右时松时紧，有几个人被吸附在上面，拖的拖拽的拽抱的抱，彼此牵扯，牛筋似的富有弹性，仿佛在跳一支繁难的群舞。争执的双方面红耳赤，五官扭曲，青筋毕露，口沫横飞，互相破口大骂，一声高过一声，语调因为激动而高亢嘶哑，气喘吁吁，听起来全是刺耳的破音。是老板娘和厉萍。

“你还有脸跟我上家伙！你做的事当我不晓得！”

“我做什么事的！你说！你说！”

“死不要脸！”

“你别血口喷人！”

“告诉你现在他人死了，你这些玩意头给我收起来！”

“你给我收起来！”

“我收什么东西啊！我收拾你！”

“你也没得好果子吃！”

“呸！××！”

“你××！”

“你××！”

“你老××！”

……

混乱中，我好像听到一声冷笑。

我醒了。天还黑，泛一点灰。窗台上的玫瑰呢？我合上眼皮，头疼得厉害，太阳穴像被什么软而韧的东西一捅，一捅。有一家人家有人打鼾。我忽然清醒了，今天我结婚。

我想坐起来，但还是闭着眼睛心神不宁地又躺了几分钟。过了一会儿，我想起应该看看几点，慢慢从枕头下摸出手机，困难地打开一只眼，上面显示5点差一刻。我又看了看，我的天，我该起了，按照本地的习惯，新人结婚这天要比环卫工人起得早。昨天一天我还在忙着房子的最后布置，晚上洗澡，出去吹头发，回来准备第二天的随身物品，比如装红包用的手袋——因为估不准红包的体积，用哪一个手袋又举棋不定。最后终于睡下，已经散了神，心里晓得要早起越发紧张不安，辗转反侧，昏昏沉沉，到后半夜才一下子堕进睡眠。一睁眼，却要起了。

再看外面，天色褪成深鸽灰，蕴着一些白，像是太阳露面的前兆，老天保佑，天气预报还是准的。不过我的样子一定很糟，一夜睡了4个小时，不照镜子也知道。但是，我要结婚了！

13个小时后，我踩着高跟鞋站在饭店门口，猫在身边。今天是入梅以来天气最好的一天，阳光普照，毫不吝啬，一天中只有几次踱进云里小憩，连日阴雨造成的湿度稍微得到缓解，热度又上去了，脸上的妆像一张黏黏糊糊的面具，婚纱的衬里胶似的贴着身体。

赵燕20分钟前到了，陪我站了一会儿，现在进去看有什么事要帮忙，因为我事先说明不收朋友人情，她买了一束百合。

暄是男友送过来的，他们打算10月结婚。我初次和他照面，他长相敦实，看起来不机灵，倒也不显得笨，像忠厚可靠的那一类人。临走时，暄递了个撒娇的眼色给他，表情里尽是恃宠。

猫那边的乡下远亲来了两三个，其中一个说是小俞的大伯。他们穿戴得很整齐，衣服是过了时的灰外套，言行有些拘谨，讪讪地打量我脸上的妆。我想问问小俞的情况，但下一批客人又到了，径直上前往我手里塞红包。

韩洌刚来，正跟猫嬉笑，相互在肚子上乱捅。他坚持送了一小瓶香水，说是托他在加拿大的未来担保人连同其他东西一并邮回的。

整整一天猫不停地裂开嘴傻笑，活像个兴奋的小孩，也许应该用“发自内心”这个俗套的形容。我好像很久没见过一个人这样笑了，看着他，我抑制不住地有一种想大笑着流泪的冲动。

晚上9点，我和猫坐在花车的后座上，回我们的家。车窗外，平淡的路灯、闪动的霓虹、几千瓦的大型灯箱与饭店商场室内金碧辉煌的照明相融，交织成片，起伏变幻着扫进车内，像一帧一帧慢放的镜头。光带偶尔从我左手的无名指上滑过，折射出很小一朵摄人心魄的光。

我凑近猫的耳朵悄悄说：“猫猫，我的小包塞满了，我就怕钱掉出来，要真掉一个我也不知道。”

“小猪发财了。”

“还发财呢，一会儿回去先要顺，看看哪些要退，哪些以后要还。还有，我饿死了，刚才什么都没吃，家里只有糖，等会干脆出去吃面吧，我还要先洗脸——这妆晚上出去吓死人。”

他没回答，笑吟吟地不知在想什么，过了一会捏捏我的手：“你发现没有，1234这样排下来，虽然1、2最小，但2是1的2倍，3就不是，到4才是2的2倍。怎么样，我这个发现，啧！”

“对噢，越往后靠在一起的数字之间的比例越小，到99、100只多99分之1——不过它们之间的差始终是1。”

“这倒是。”

“如果你拿1和0比，比2和1更不得了，一个是多和少，一个是有和无。”

“唉，还是小猪聪明。”他摸摸我的头。

“聪明不容易快乐，想太多。你多好，发现一个1和2就那么高兴。”

“嘿嘿……”

车经过熙来攘往的商业街，速度慢下来，在一片光怪陆离的仿古建筑中，魁星阁远远伫立着，霓虹和街灯映照下，白墙朱顶忽红忽绿，忽而灰黄。到了近处，我看见罗彬席地而坐的地方，有几把清扫大街用的竹竿笤帚戗在红漆立柱上，黄色的白炽灯光从顶上照下来。

我转向猫。

“别把男人想得太好，也别把他们想得太坏，是么？”

“啊？”

“不是你说的么？”

“噢。”

我的爱人还是这样，忘掉的总比记得的多。

尾声·2000 年 7 月

7 月的一个酷热的下午，我在邮政局大厅的柜台前办代缴水电煤气费的卡，附近有个女孩在询问往国外寄包裹的费用，她忽然说："是你啊。"我以为她在对别人说话，但她是对我说。

我进来时注意到她醒目的背影，棕黄色的头发，粉色的背带工装短裤。现在我看清了，她是曹薇。

一开始我有点不敢认，她的头发剪短了，做成细碎蓬松的发型，装束变得年轻而西化——是那种有时会出现在 20 元一本的时尚杂志上的特立独行的工装女郎。她的下眼睑有浮肿的眼袋和暗黑色的细纹。

她打量着我："你比以前胖了。"

"是胖了。"

"你结婚了吧？"

"嗯。"

"挺好的。"她目光里有一点羡慕。

"是啊。"

接下来我们没有再交谈，她转向柜台继续询问。本来我一直犹豫是否要跟她道别，但办好手续时她在打电话，笑得很专注。我小心地从她身后快步走向大门，自动门向两边退开，一股热浪扑面而来，街道和人流反射出耀眼的白光。

我下意识地回过头，匆匆一瞥，她还在打电话，她的笑容是那样熟悉。

2007 年 2 月 15 日

天涯社区读者评论集萃

男性读者

张佳玮（天涯舞文版主、作家）

pulpfiction

终于看完这个小说，令我惊讶的是其中的插话。

叙述本身的娴熟已不在话下，在写一个小说时，作者的插话其实是最难的。

过了会失于冗长，比如雨果，福楼拜就取消插话。

像这个小说的句式和洞察力，巴尔扎克或者奥斯丁的风格都有。

很冷。

红。

zilinzou

在王小波之后很久没有什么文字这样让我激动了，有如在桑拿房般的夏天，突然临头浇下来一盆井水，叫人打激灵。

看了这么多的正文、评论，比较一致的声音是冷静、睿智。

我还觉得犀利，像王朔说的“一把未出鞘的大刀”，特别是对人物心理和情境的描写，隔着文字让人感到冷冽的锐气。除了保持最本来的面目，我们不能有任何有意的掩饰——似乎一切都逃不过你的眼睛。

一直喜欢潜水的，还是忍不住来赞一下。

先问一下女主人，打不打算出书啊？我有个坏毛病，就是觉得像这样的文字值得在深夜很平静的时候心无旁骛地读。

zilinzou

从一开始看到现在。

看你的文字是享受，睿智的语言，超强的感受力，不管是对于景物还是人物的描写，经常有一些让人叫绝的句子。

但是对于你想表达什么主题我还是没看得很清楚，但这并不影响我对你文字的喜爱。无端的想象你会在快结尾的时候给我们来个震撼，期待。

还有，这小说的名字取得好，符合我这种听反话的人的一贯逻辑，我就是一俗人，不想附庸风雅，况且什么是俗，什么是雅，我还真弄不明白，我只知道什么叫腻。

老枯藤

余华说他写《兄弟》是“正面强攻”，其实不是，他写得很“讨巧”，你这个才是呢。强攻要凭实力说话的，像郎平，有高度有力度，落地开花，一锤定音。没这个条件，就只能学学张蓉芳，变变球路，搞搞怪了。

很难得你丝毫不媚俗，俺可做不到。

此类作品的大忌是所谓的“白领趣味”，这里居然没有，这是顶让人吃惊的了。

葵花小子（连载作者）

老实说，我是跳跃着看的，这是我一贯缺点，不知道为什么，我不太喜欢看小说，说真的，姐姐，不光你的我没仔细看，就是杜拉斯的我也没看，也就是说我几乎没读过什么小说，我只是个喜欢写东西的人。但今天还是看了一些你的东西，感觉就是，你的文字品质要比一般人高一些，以上的这段可以作为凭证。

对于一部好的小说，对话尤为重要，我认为是要胜过叙述的，对话容易让人感到苍白空洞，因此能把对话写好是不太容易的，但你就把对话写得不错，整体读下来，感觉很随意，没有刻意的电视对白感觉，就是说很自然、很平实。还有就是你的语言感觉很好，让人读起来很舒服，这段是我看的几段中，感觉非常经典的一段，文字方面，场景的再现方面，以及智慧方面，做得都很好！希望姐姐人气越来越旺！

雷五（连载作者）

我看小说第一件事就是整体翻阅一下，看看文字怎么样，一直觉得各种各样的情节，如果把外面的包装纸去掉，都是差不多的，但用不同的文字来表述，出来的味道肯定不一样。

舞文里有趣的作品很多，吸引人的题材或者情节也很多，但真正的好文字实在是太少，包括很多广受欢迎的作品，但读到狄娅这里，有一种特别的感觉。

和她不熟悉，但总感觉这个讲故事的人有着一种超越年龄的冷静感，她的文字很少失控，总是慢条斯理地徐徐道来，看起来不经意，但仔细观察，却发现如果那不是一种天赋，就是精心修饰过的。长长一段文字下来，她竟不舍得多用一个字，总是那么干净、简洁，甚至有点冷漠的味道。这让我想起了海明威，不同的是，海明威的文字里总是透着一种力量，狄娅的文字流露出的却是一种女人的细腻和感伤，还带了一点点坚强。

小说只是粗粗浏览过，没有细细品味，但感觉有些过于细腻了，我现在的心境难以很好地体会这样的作品，不便妄论，日后静下心再来耍回斧子吧！

柴火棍（连载作者）

我来了，不砍你，不拍你，只说我的读后感，认真的，冷静的，思考的，也是正经的，收起以往的嬉皮笑脸，至少能让你觉得我是诚恳的。

初读你的文章，感觉一个字“酷”，两个字“很酷”，三个字“相当酷”，正如你自己说的，你的作品一开始给人男性的感觉。文字的刚力不在我之下。但是越往后读，越觉得非女人写不出这种笔触。你的东西在刚与柔之间游走。刚不是极端的刚，如石头，柔又不是无骨的柔，如琼瑶。你的刚在你的哲学的思索和评论中，你的柔在女主人公在喜欢的男人如“猫”面前，卸下面具的心态和举止。也许符合你自己，在陌生人面前是刺和茧，但在深爱的人面前就是裸露的根。

你有情绪，你很会控制，作品反映人性。你没有刻意去控制情绪和控制文字，因为你本身就会驾驭自己的情绪，在不同的人面前有不同的面孔。所以你根本不用控制。

读你的作品很痛苦，这种痛苦像一个丑人去照镜子。生活中的你或许会考虑婉转地提出批评和质疑，但作品中，对人性的探讨是赤裸裸的。你的作品让人读起来会流血，但不会流泪。思考有余而感动不足。一个完美的东西需要感动和思考并重。当然，也如你所说，这是风格，不是缺点，你不必改。

hantt8848

好文！

开头有些闷，越看越顺，越看越爽。

作者年龄应该在30岁左右。

讨论价值观与存在，呵呵，似乎是70后们常有的想法。

还没看完，迫不及待地先赞一个！

yanyu56658

花了两天才看完这篇小说，的确是篇难得的好文章。呵呵

看到精彩的部分，忍不住念出来与旁人分享。

我看网络的小说，很少连跟帖人的评论一起看的，在这里却分享到了大家的快乐和情感……

所以也来浮个脸，支持一下！

盛飞鹤（连载作者）

每天读你一千字。小说有两种，一种以情节引人，另一种以文字引人，前者如稀饭，快吃才有味道，后者如你的，如槟榔，只有慢嚼才能嚼出味。

姚乾戍

推介作品：《低俗小说》（严肃，慎入）作者：美狄娅

鬼精鬼精的呀！小说的名字配合附加说明，把“有意的落花”和“无情的

流水”这两大族群一网打尽，哪还有比这更好的？！自然，那附加的其实才是“主角”吧？！

本文没有奢华的辞藻，没有纷繁的语句，乍看稍带平庸，然慵懒之余，字里行间却鼓噪着一股灵气。那该是笔者倾注的精气、魂灵吧。甚至，笔者在文中夹杂了自己的心路历程。以致我迷惘了：这篇文章该算小说，抑或散文呢？（自然，小弟生平还未见过这么长的散文）让我总感觉像是在听王菲的歌，一样乍看平凡兼带着慵懒，却如同雨后梨花、雪里红梅般，沁人心脾，令人忍不住念起“梧桐更兼细雨，到黄昏，点点滴滴”。

其实我觉得文章的故事情节并不出色，但清秀精练的文字功底，把小说打扮得是如此诱惑，令人垂慕。

小说的亮点之一是简洁犀利的对话，令人折服。想来现实生活中的笔者当属能辩之士！不过小弟觉得，对话中似乎精简得有些过分了……

而镜子前的天鹅及前面的那段，把高情商女性的自我赏析表露无遗。不管男女过客，想必都会为之步履阑珊吧……

不过正如某君所说，这里的支持者太多，想好好看看正文都难呀，俺看了一个多星期了，才看到这里来（你跟网吧老板啥关系？！）。

姚乾成

在时下这个浮躁的文学社会环境中，如果不以惊心动魄的故事情节取胜，不与大街小巷地做爱的下半身写作者同流，不打批判、宣扬为旗帜，不沉溺于唯美、华丽，不假想那玄幻、科幻、神话、鬼话，小说还有何方向可走？别急，让《低俗小说》来告诉你！

作者美狄娅剑走偏锋，自辟蹊径，仅以一内向的江南女孩两年的经历为故事主体，便拓展出生动的丰富的趣味十足的小说情节。小说两线出击，分别以公司和网吧为两线的主场景，将善思的敏感的主人公的“爱情”与“面包”同时缤纷呈现。向年轻的、较之更年轻的人们，诉说了爱情道路上的“现实”与“残酷”。

小说的公司线，向读者叙述了小说主人公的处世哲学，教育味十足，引人深思！而小说的网吧线，更是拍案叫绝！简单的故事情节，经作者奇妙的文笔，不仅让众多读者们“啊”“哦”“咦”“呀”“唉”“嗯”……还让读者们不知不觉地被小说俘虏、在小说的文字里沦陷。大学中文系出身、现为心理咨询师的本小说的作者，她的心理描写更是一大绝活！

经典之笔：我始终是爱情的遗孀。

精彩指数：四星半

库尔干

在盛世狂欢之后，读到了永直的评论，今天又看到了雪山飞熊用心撰写的“读中感”，由此证明美狄娅的小说越发受到读者的重视和关注，我想这本身就说明《低俗小说》是一篇耐读的作品，一篇能被人关注并让读者认真思考的作品，无疑是一部有价值的作品，而美狄娅的这部作品最大的意义，在我看来就是它有助于我们认识生活。

雪山飞熊说：文中故事，完全是对真实生活的模拟再现。由此引发了我的思考。人们常常会问：我每天都在经历生活，为何还要从文学作品中观察生活？实际上，我们希望从小说中看到的是经过艺术概括、渗透了作者情感、思想的对生活的评价和认识，尽管它可能以各种形式呈现出来。我要承认，美狄娅看似冷静的叙述和凝聚理性的议论，让我看到了某些以往未曾经历和未曾认识到的现实，它对于丰富我对生活、对人性的认识是有意义的。

雪山飞熊说：回想我们的25岁，谁又能说她所经历的人和事不是我们曾经和正在经历的生活？也许有人不肯承认自己的生活是低俗的，然而谁又能自豪地说这其中有多少高尚的成分呢？这也是我一直琢磨的：数年后的今天，美狄娅叙写这一段人生过程，究竟为什么？我猜想，美狄娅在重复每个坚定的成长者的故事：用今天的眼光审视过去，反思以往，为今天的行为找到理由和根据，从而走得更稳健。因为我相信，每个人的经历都是自己最宝贵的财富，反思它，就是在利用它，而深刻的记忆为此提供了可能。能够反思的人是幸运的，能够将这种反思以文字形式带给别人的人是幸福的。

黑马

《低俗小说》写的确实是“低俗”的故事，“低俗”的人物，甚至是“低俗”的纠葛。因为是女性作者，又是从女性角度切入，故而呈现的是女性的思考。我谓之“深度抚摸”，是因为作者从“低微”和“世俗”中温和地触摸着人性的深处，让读者不由泛起阵阵“寒噤”，感觉着难以抑制的震颤。

作者所写的任何一个人物，都被给予了充分理解的理由，哪怕是心狠手辣的厉萍、放浪形骸的罗彬，他们都有着自己行为的动因，都有着自己无法控制的人格弱点。或者说，他们多少都有着令人同情的地方。这应该就是一种“抚摸”，是近似于扪心自问的温柔和悲悯的抚摸。没有人是真正无辜的，没有人是不可原谅的，没有人不在承担自我。

吠月老翁

作为这本书一个正在进行时的读者，很多的感触还是新鲜的。我想最应该写出来的，还是它和其他网络小说的几点不同之处：

1. 张力

一部中长篇的小说，如果能吸引读者，最常见的是以情节取胜。靠着作者不凡的想象或是特殊的经历，用新鲜的故事紧紧抓住读者。《低俗小说》没有这个优势，作品一直是在描述一些生活中的感情琐事，平凡得似乎还不如我们很多人亲身的情感经历。然而，一旦读下去，这小说就会让人舍不得放下。

作者的文字一直保持着一种不急不缓的张力，把情节和人物一点点铺张开，整个的场景和人物越来越清晰，也越来越丰满。作为一个读者，就好像亲身来到书中所描写的小城，逐渐了解身边的景物，也逐渐认识、熟悉文中的人物。但是在整个过程之中，又有一条隐隐约约的主线在牵动着读者，让你忍不住去猜测，甚至想去参谋书中人物的生活。

正因为背景的平凡，每个人都有能力去猜故事的下一个情节，人物的下一个反应，猜的时候就不由自主把自己放进去，然而小说的主人翁却是个性格很独特的人物，所以常有出人意表却情理之中的反应。再加上作者有极佳的节奏感，让情节的发展有张有弛，因此小说一直都很引人入胜，总是给读者没读过瘾的感觉。作为连载，真是非常合适。

因为连载还没结束，老翁还没看到结尾，所以唯一的担心就是结尾可能会令一些读者失望，会有“啊？结果就是这么一回事儿啊！”的感叹。但是这并不能影响读书的过程给人带来的乐趣。

2. 细腻

细腻的描写一直是女性作者的强项，因为细致是女人的天性，女性的本能对细节的在意和记忆远远超过男性。但是细致并不代表细腻。现代人对大段的景物描述和心理刻画不会有太多的耐心，这也是很多“名著”只有简写本流行的原因。也像是传统的工笔画，人们欣赏的往往是画家的技术，而不会被作品本身打动。

动人的细腻才是这本小说的特点。作者并没有把焦点放在客观地描写景物和人物的细节上，而是精准地刻画了主人公当时的感受，而且把这些感受很真切地传达给读者。

如果同样用画来比拟，这样的文字，就像是早期印象派的作品，传递的不是客观的图像，而是真实的感觉。

3. 理智

女人是情感的动物，喜欢文学的女人似乎更应该是。大多数成功的女作家的作品都是以赚取读者的眼泪见长，但是这部小说却非如此。

虽然是以第一人称描写情感的经历，但书中的“我”的个性本身就有一种女性少有的极端的理智。老翁相信整本小说的一个核心就是围绕着这种少有的理性和女人天生的感性之间的矛盾。而作者对“我”心理矛盾的刻画更达到一种真实到无情的程度。小说中到处穿插着这样精辟的剖析，有的是针对人物心理，有的是针对世态炎凉。

和其他女性情感小说不同，这不是一部让人看了掉眼泪的书，而是一部让人看了会去思索的书。

我们这个时代是一个价值观混沌的时代，更多的选择意味着更多的诱惑。旧的价值体系已被打破，新的体系是否有存在的必要都是一个问题。思想上的混沌必然伴随着生活中的混乱。谈论别人的时候都是头头是道，清醒明白，事情轮到自己头上却一样不能自拔，到头来谁也不比谁强多少，都是俗人。现实中到处都是这种“低俗”的故事。

读着这部小说，就好像在看着我们周遭的生活。所不同的，乃是透过作者打造的那副清晰明澈的镜子。作者并没有把自己超然在“低俗”之外，对笔下的人物评头论足，指手画脚；也没有淹没在“低俗”之中，单单描述、记录着俗人俗事。而是专心地解剖着每一个人物的内心，揭开里面的美丽和丑陋，展示着那些矛盾和挣扎。冷静，却带着感情。

小说还没读完，正如身边的故事。

女性读者

雪山

喜欢小美细致入微的描写，总能在几笔间有最传神的刻画。让低俗的生活真实深刻的体现出来，本身也是一种真实却艺术化的美。

总是平淡不经意的小事，却越回味越深刻。写大事不难，尤其是那种戏剧化的，需要的不外乎精巧和丰富的构思，女人的想象力本来就丰富，如果文笔再优美一点，就可以吸引人了。写小事就不一样了，本来就平淡，要写出韵味和深意来，对作者的写功要求更高，没有细致的观察、深刻的思考、入微的刻画，想写出引人入胜的东西怕是很难。

在快餐文化肆虐的年代，读者们往往会跳过大段的心理描写，而作者们为了迎合读者的口味，往往追求情节的新颖，结果忽视情节发展的合理性和真实性，落入俗套的浮浅。而《低俗小说》却长于心理描写；这些心理描写，绝非一个无所事事的少女的闺中思春式的胡思乱想，相反，它们散发出理性的魅力，深刻的让人心服口服，有时候，因为过于真实，甚至看后会产生不舒服的感觉。

最后晚餐（连载作者）

读了几段，深陷其中。

我要做笔记了，亲爱的聪慧的小娅，不愧是心理咨询师，以冷眼打量现实，然后，将它理性地勾勒出来，剖析事情背面的意义，我叹为观止。

真的，好久没看到这样好的小说了，没有一点是低俗的，你用了低俗的小说名，寓意深矣，是一块普世的美玉。

继续读。

水泥观音

我是一个无法用文字表达心情的人，而你的文字真的是在敲击我的心灵。一口气看到现在，意犹未尽。不像一般的小说，看完就算了，我却总有种一定要回头细细品味的念头。

从此掉入了这个大坑……

仙人球的花

美姐文字清新，思路明晰，人物心理刻画相当细腻，相当到位，由浅入深，层层递进。

文章人物虽然繁多，但是，主线相当清晰，因此，虽然我是一口气看完，但丝毫没将人物混淆。

小说的架构非常不错！

仙人球的花

喜欢美姐的文字，是从这部小说开始的。心理描写特别细腻，到位。美姐作为心理咨询师的优势在人物心理的描述上明显地体现出来了。小说源于生活而高于生活，美姐的这部小说做到了这一点。小说和现实非常挂钩，是纪实的，和现实相关的，完全没有脱节。

并且，美姐的写作功底相当好，在阅读的时候，我时常和美姐的文字有着相同的感受，这样的感觉于我而言，是一种享受，因而也能更好地沉浸到小说的本身当中，和小说里的主人公共同感受情节的变化。好的小说，细腻的小说，纵然一冲眼是不能看出或者体会到什么，因为这样细致的小说是需要静静地品味的。

倘若没有阅读体会小说实质的情绪而去阅读，说得严重一点是对作者创作的“亵渎”。小说的每个人物都是被作者赋予了灵魂和血肉的。小说人物的原型，很可能是作者周遭的什么人。因为我曾经有过写小说的念头，并且写了一点点，但就这一点点对我来讲，也是“难产”的。因为人物的定型，至少，对我来讲，是件辛苦的事。如果是浅显单纯的娱乐大众的小说也就罢了，但是对于有着细腻的心理描述的小说，于我，在没有阅读状态和情绪的情况下是不会去读的。

池中鱼食

我很少来这里
却很幸运地看到美美的文字，没有直观上的好与坏
但是很吸引我
可惜的是，回帖字里行间找你的文字真的很费劲
顺便声明一下：因为要告诉你一些什么才来注册天涯的
加油！

冷月一弯

刚开始看的时候，感觉——累，我要全神贯注，脑子还要飞快并使劲地转动才可以明白。越往后看，感觉——好，非常好，特别好，有要一口气读下去的欲望，可惜眼睛不争气，先是疼然后就开始模糊了，因此我只能读读停停，延长了我赶上你们的时间。

目前来说，心理刻画，人物对白，景色描写，都特别棒，尤其是月色下那段，景色怡人的背后我看到了凄凉（别人的回帖中我没看到有人有这个感觉，所以我提到这个）别的都被别人赞过了，我就不说了。

暂说这么多，奋力追赶中……

冷月一弯

从发现这是一篇美文时，脑子里就常常惊叹：怎么能写得这么好？？！！！后悔曾经因“低俗”二字绕道而走，不过庆幸没有失之交臂。一路读来，很多话想说给你听，但现在我心不静，先说点我最想说的吧。从猫出问题开始，我就几乎不怎么看回帖了，只抓紧看下文，背叛一点点被证实，手脚发抖，脑袋发蒙，心跳过速——我的反应！这部分让我有身临其境的感觉，全文至此，也是我唯一想哭的部分。

看到背叛后的和好，暂且的和好，想问下：可以如此简单容易的和好吗？可能会有这样的人，可我不行！我承受不了背叛，一直说自己如果不幸遭遇如此，会决然的掉头离开，实际上发现我不能，我会死掉！不是为了让他受良心的惩罚折磨，而是我自己承受不住这样的苦痛，没有活下去的勇气！

我乱，我乱！！！有点语无伦次，被美美的文章刺激的，我平静下来时，再来发表别的意见（全是赞的）。

美美，谢谢你，写出这么精彩的文章，让我贫瘠的精神粮库得以及时供汲，真话，这个绝对不是语无伦次。

冷月一弯

美美，你是目前我认识的人中，最最认真的一个。前面是否病句的探讨让我惊叹对待事物还有这样认真严谨的人，实在是佩服！看你给我的回帖，竟然连我文中的错字你都给我改过来了，对你是敬佩了！——罕见的认真细致！

你文中对人物的心理刻画和对白，笔锋精湛！（太多精彩之处，我就不摘举了，大家都看得到，我也不浪费地方了）

季节景色的描写（特别特别欣赏！！），不管多么美好的景色，我看后的感觉都是美的背后透着苍凉辛酸和悲哀无奈，总觉得表面是风光无限，实际已满目疮痍（从景中理解到人物）。个人感觉，不知道是否错解你的意思。也可能是不同的人看起来是不同的理解。

另外，写景手法颇具鲁迅之风，应该有不少人这样以为吧！

总之，是好文章没错的！

清醒始于混沌

才看了第一页，后面还有27页未看，舞文现在的小说真的没有特别吸引人的，也不光舞文了，整个图书市场也是，要么低俗不堪，要么矫情造作，让人看不下去。本文是收藏下来看的，我看得很认真，差不多一个字一个字看过去。好几天才看了一页。

作者对生活的体会很敏锐，尤其是些心理或者细节描写非常之细腻传神，很多的语句和对白也很精彩。记得有个作家说过，只能看一遍的是故事而已，小说才值得一看再看。有些小说，即使情节倒背如流，还是能再次阅读，并且不能释卷。这点似乎跟好的电影有相似之处。

每个出场的人物都有点好奇心，我也不知道专业的术语是线还是什么，他(她)跟主人公有什么关系，是亲密的还是疏离的甚至是敌对的？部分情节和描述，一些地方过于散漫了，虽然这是种风格，个人觉得还是收一点更好。

我的见解完全是一个读者的角度。

pisceslynn

新来的冒个泡儿^_^

今天无意中在天涯发现了这个跟了很多很多人的帖子，荣幸啊^_^

美美姐姐的文笔是犀利而透彻的，读时常常惊讶于自己深埋的心事被某些言语说中。似乎无处可逃，谢谢姐姐给我一个面对自我的机会……

不知道是否更多的现代人如同文里主人公们一样，在很多人、事面前，习惯(抑或是“不得不”？)用冷静而理智的外表来掩饰内心无法抑制的悸动。其后也会用反思和剖析来给自己的行为找个理由抑或是借口。

男人和女人似乎是永远的话题，从姐姐这里学到了很多，对陷在一份不知是否无望的感情中的我来说，很有好处，谢谢姐姐对男人和女人心理精辟而入微的分析……

之逸(连载作者)

从一开始看到这篇文字的时候，就被吸引，一路读来，感慨良多。作者的深刻自不待言，难得的是理性，一种深刻的理性。这样的一个人是很聪明的，但是也聪明的可怕。

作者说模拟生活的状态，我觉得，很真实地再现了生活，真实的就像是发生在自己身边的事情一样。常听见有人在嘀咕某某故事是不是真的，我想，这篇小说不会让人有此疑惑，虽然它不是真的。

曾经和一位同是写小说的人讨论过小说的写法，他坚持小说就是靠情节取胜，没有离奇的情节就没有市场，但是我认为，写小说不是为了市场，是为了展现自己认为的生活。如果一篇小说没有思想的话，那么看过也就忘了，或者会为作者丰富的想象力折服，但是也仅此而已，好的小说是要能让人记住的，反复看反复品的。这部小说就是。

像一杯好茶，要细细地、慢慢地、用心地品。“我”的故事还在继续，是清淡的龙井还是馥郁的乌龙，个人细心体会吧。

期待读下去，期待有更多的人关注这部小说！

之逸

毫无疑问，每一位认真读过《低俗小说》的人，无不会击节称叹，为作者的睿智，为小说的深刻，也为自己不知不觉对应中的小说中的某一个人物。以前我一直认为美狄娅代表的是复仇，如此看来，或者美狄娅代表的是一种深爱，一种想要得到却又得不到的绝望的爱。

曾经无数次看到《低俗小说》这个题目，也无数次绕道而行，因为自己心里存有一点所谓自矜的清高。看多了网络上横流的欲望之后，我对这位作者公然宣称的低俗感到惊讶，也隐隐有卫道者的高傲。如今看来，是我的浅薄了。

俗，并不是一件搬不上台面的事情，如果自己内心先存着某种低下的想法，那么，任何高尚的作品都会是“低俗”的，如果以一种对待生活的泰然宽容的心情来看，这篇小说，无疑可以称为网络池塘一枝田田的荷花。

小说开始，可以说波澜不惊。1999 年 7 月一个闷热的夏天，在一个烟雾缭绕的网吧，似乎没有任何的特别之处，但是故事就此渐渐展开。一路看下来，居然觉得心惊肉跳，为作者对于生活尖刻的剖析，不由得想起鲁迅的一句话，悲剧的美在于把美好的东西撕碎给人看。

这篇小说当然不是悲剧，却将人们戴在脸上的面具生生揭开，让每一个仗着有面具而在生活中扮演着各色角色的人无所适从。然而这种揭示下显示出来的真实未必不美好，她只是让我们更加贴近生活的本身，驱散人们有意或无意散布的烟雾。如给一个近视的人戴上眼镜，眼前的一切忽然变得如此清晰，你能说这是悲哀还是喜悦？

故事并不复杂，无非是几个男人几个女人之间发生一些寻常的事情，没有轰轰烈烈赚人眼泪的拙劣的情节，没有光怪陆离稀奇古怪的莫名的描写，有的只是对生活的冷静、理智和深刻。没有哪一部小说能比生活更加波澜起伏，更加摄人心魄，作者比任何人都明白这一点，所以，她忠实于生活，所以，让人看到心惊肉跳。无论什么人，都会在这里看到自己的影子。这才是一部现实主义的小说成功之处。

小说的主旨是爱情吗？似乎从表面上看来是，但是我要哗众取宠的独树一帜，我认为是生活。人生、爱情、两性、死亡、沉浮，归结为两个字，生活。因为生活，所以我们需要面对；因为生活，所以我们避无可避；因为生活，所以我们都是低俗的。一切都是生活。

小说的成功不仅在于它的思想，也在于它的描写。作者是一个心思缜密的建筑师，建造好一座似乎其貌不扬的迷宫，带你一头栽进去。一路看来，似乎山重水复，然而却又别有洞天。细腻深入的心理描写加上深厚的景物描写功力，让人从平实的文字中见识到作者的深刻。

一般的小说最忌讳在写作过程中由作者发表大量的评论，但是本文作者却合理的利用第一人称的优点，细细的剖析，将所有的一切真真实实的展现在你的面前，读下去不觉滞涩，反而会因见解的独到而拍案称奇。我没有读过严格意义上的心理小说，所以也不敢妄称这就是心理小说，但是作者的职业，或多或少在作品中有所体现，人物心理把握的真实细腻，总让人觉得自己隐秘的心思被人看穿了一样。

这让人读到了一种别样的小说的写作方法，不靠离奇波折的情节取胜，不靠文采飞扬的文字吸引眼球，却因为思想的深刻而赢得了大批的读者，在这个快餐文化盛行的网络和现实，不得不说是作者的巨大的成功。这是一种尝试，也是一种“挑战”，现在小说的出路在哪里，或许是每一个写小说的人都在思考的问题吧。

最后，强调一下，我并不认为我读懂了小说，真正的小说在作者那里，但是，读者也有自己理解的小说，上面我写的，就是我理解的小说。

书评一：唤出情境

——读美狄娅《低俗小说》

王苍芳*

美狄娅的小说最大的特点是心理分析，这和她的职业有关，更和她的性格有关。一个人坐在写字楼里，听别人说那些内心角落里的隐秘往事，这是她的职业。在网上看了一段踩小猫的视频，哭了五回，这是她的性格。因此，《低俗小说》里精彩的心理描写，赢得了满堂喝彩。这在众多美丝（新造的词，意为美美的粉丝）们的精彩留言中可见一斑。但我这文却不是从她最擅长也是小说最出彩的心理描写入手，而是对她文中"唤出情境"这一描写手法的运用作一点评。

米兰·昆德拉在《客体世界的唤出》（《世界文学》1994 年 5 月）的长篇评论里，将现代小说的描写手法和传统的描写手法做了对比。昆德拉指出，作者并不需要用冗长乏味、细致入微的描写（在文中，昆德拉举了巴尔扎克的描写为例），就能够让读者身临其境。"作家的任务不是写出，而是唤出。不是描写世界，而是火辣辣地唤出这个世界的形象，辣得让读者流出眼泪。"和传统的描写相比，现代描写手法由于掺入了作者对客体世界的感知、顿悟等主观因素，因而更为直接简洁，也更有深度。

基于自己的阅读体验和其他一些优秀的评论，我将昆德拉所推崇的描写称之为"唤出情境"。

它和传统的描写一一对应的地方在于：唤出对应描写或叙述，情境对应环境或人物。它和传统的描写的区别，可以用我国传统文化的传承载体——汉字的两种形成方式来做对比，即象形、会意。象形是描摹事物的表面特征，会意是提炼事物的内在精神。传统的描写就是象形，大的方面，可以描绘一栋房子或一座山的全部，详尽得有如列一个清单或填写一张表格。小的方面，可以细致到一条桌腿的木质，或一个人眼睫毛的密度。

所谓的"唤出情境"，往往寥寥几笔就提炼出人物、环境的精神内核。这样做直接的好处是，读者不需要耗费太多的精力就能够走进事件或人物的真实情境。因为我们知道，读者在阅读的过程中，往往直接跳过那些冗长乏味的描写，并最终影响其对作者所企图达到的共鸣之彼岸。

---

* 湖南省作家协会会员，青年小说家，中文阅读平台——天风网创始人。

在美狄娅的《低俗小说》中，“唤出情境”这一特质表现得非常明显，请注意“唤出”这个词语，它本身即具有感性色彩，让我们想起母亲呼唤孩子回家的动人场面。再看看昆德拉的标题——客体世界的唤出，和昆德拉另一篇评论的标题——寻找失去的现在。在昆德拉的广阔的思维视野里，客体世界和现在是相对应的。然而，谁能够再现现在？恐怕没有一个作家，即使是声称用现实主义手法写作的大师，也不能够大无畏地说：我能。既然不能够再现现在，因而我们所能掌握的永远只能够是——失去的现在。对于失去的现在或曰客体世界，我们只能够“唤出”，而不能临摹。

美狄娅虽然也许并没有意识到这一点，但因为她的敏锐的女性心理和艰苦卓绝的广泛阅读——她自称是学院派——使得她和现代主义的潮流不谋而合。

“7月的一个闷热的夏夜，我推开门，空调的冷空气直扑过来，一瞬间侵入了全身的毛孔。透过呛人的烟雾，有几个人抬头看了看，其他人都紧张地盯着电脑。……

“很快，他们从桌旁站起来。长发小子的身高远不及我的想象，只有一米七左右，在几个大个头中像是孩子。一群人伸着懒腰往外走，叫罗彬的忽然回过头向着猫：“你以前是附中的吧，我比你低一届，是校友。”说话时他一直看着猫，临了瞥我一眼，那眼光是戏谑的，带着不加掩饰的好奇。”

这是美狄娅《低俗小说》的开头，我之所以借用这一段文字，并不意味着我没有去阅读下面的内容，而是因为这个开头，即将《低俗小说》所具有的特征鲜明地呈现出来，给一个成熟的作家写评论，似乎是一件非常容易的事情，因为他总是一出手就带着鲜明的个性，对于阅读者而言，这是非常幸运的。我就是看了美狄娅的这一段文字就被深深地吸引住了。呵呵，这是题外的话。

索性让我再懒惰一点，只分析美狄娅的第一句话。“7月的一个闷热的夏夜，我推开门，空调的冷空气直扑过来，一瞬间侵入了全身的毛孔。”这一段话很简单，但我读出了很丰富的暗示，首先是“一瞬间侵入了全身的毛孔”，唤出了一个主人公的性格特征，即内敛、紧张，因为使用了“侵入”这个词语，是一种防守的姿态。阅读下文，小说主人公的性格确如我所言，在纷繁复杂的人际关系中，“防守”是一种基本色，对罗彬是一种有限度的进攻，更是一种深刻的防守；对办公室的同事、上司、老板娘和整个世俗社会是一种有所保留的融入，更是一种小心翼翼的防守。此外，这句话也为全文的铺开奠定了基调。也就是一“热”一“冷”，外面的世界是“热”，热情、狂热等，主人公内心世界是“冷”，冷静、冷漠等。

再看看对罗彬的第一印象，“一个身材壮硕的男人两手插在裤兜里，懒洋洋地走进来，他下巴上有一道切口似的裂纹。‘你们还打，操！’他说着，用手去拧桌边一个胖子的脖子，‘到时间了，你们不走？我走了——下次别求我。’”

寥寥几笔，同样将罗彬的特征、性格刻画得栩栩如生。“一道切口似的裂纹”，喻示罗彬这个人具有一定的危险性和攻击性，由于小说主题的限制，这种危险性和攻击性更多针对女人。“到时间了，你们不走？我走了——下次别求我。”简单的一句语言描写，点出了罗彬玩世不恭的个性。

这样精到的描写在文中比比皆是，比如写罗彬的这一句：“比起那些惯于赊欠赖账的，罗彬是受欢迎的客人，付账及时，但花销有限，看得出不愿意与人有任何经济纠葛。”写范荣的这一句：“说话时他不看人的脸，偶尔对你看一眼，目光无畏直接，叫你觉得一定有什么就在这一瞬落到他眼里了。”对人物性格的敏锐把握和精到描述，是《低俗小说》最明显的特点。对次要人物的刻画，也是如此，读者可以在这一段话里进行分析、比对。

“它们极其简练，以致与其他的叙述汇合成一个连贯的整体，同时它们又具有极大的暗示性；一下子就唤出了有性格特点的人物形象。它们只用一两个细节或富有诗意的画面，抓住人物的本质，这些本质会告诉我们的想象力，人物的其他外表是什么。”昆德拉说。

在《低俗小说》中，所有的描写莫不如此。

作为这一新的描写手法，昆德拉精确地指出：

（1）一切都表现为感官上的有立体感的形象；

（2）摒弃作为一种分隔开的独立表现手段的描写；

（3）表达有高度的唤出力，这特别归功于非同一般地、卓有成效地运用细节。

《低俗小说》中，这三个方面的特征同样明显。首先，《低俗小说》中找不到单独的，与情节分隔开的描写或叙述（心理分析除外），以往阅读习惯中，跳过一段接着往下看的技巧非常地不适用。其次，我们能够从《低俗小说》的一个细节中把握人物或环境的精神内核。请看，她是如何用一个具体的细节唤出了客观世界在人们的主观印象里的投射。

“毫无预告的，雨忽然落下来，打在南窗上，噼啪作响，开始一点一点，猛地变大了，密密匝匝地，而后越来越响，越来越急，铺天盖地地砸过来。光线霎时变暗了，屋里的人躁动起来，提高了音量，嘈杂的人声和雨声汇成一片。过了一会儿，人们安静下来，重新把注意力集中在眼前的屏幕上，雨仿佛小了些，夹杂着雷声不紧不慢熨过天空。”

这一段话，寥寥数语，把网吧那种激动、热烈的情境成功地唤出来了。而“雨仿佛小了些，夹杂着雷声不紧不慢熨过天空”这一细节描写，除了让人感受到一种大气，更让人感受到一种精致的巧妙。“这里，气氛的唤出不仅借助于揭示某一生动细节，而且用具有强烈抒情潜力的富有诗意的形象来展示这一细节”（昆德拉语）。再比如，“应付闹酒，女人扭捏作态与舍命相陪，好比割肉时用钝刀还是快刀，痛痛快快等于相互给足面子，一了百了。”

作为唤出情境这一特别的手段，暗示虽然不是唯一的但却是必不可少的技巧。暗示使得小说中每一个字的含义都大大地扩展了，因而可以用最短的篇幅包含最大的信息量。“他当时从大衣底下抽出一个东西——样子很像掏枪，原来是枝弯茎的黄玫瑰，他跑了很多地方才找到，是别人预订而没有取的，花了15块才买过来，我拿着意想不到的礼物站在巷子里，欣喜极了。”只有受到过伤害并且从某种意义上来说，这种伤害是一种自虐——的女人，才能联想到掏枪的动作，而此时的女主人公在美狄娅的笔下，是经历了一次背叛（猫的堕落）和一次金属器械的蹂躏（引产）的。

再看这一段：“有一回有个个头不高形容猥琐的男人来找她，小俞不情愿地跟他进了里屋，两人压低声音谈了很久，他走之后小俞一直闷闷不乐，见了我也笑得很勉强。后来我才知道那是她丈夫，并且想起他以前也来过两次。”这里面的暗示虽然不见得很高明，也是很到位的。“压低了声音”这个细节的把握，暗示了小俞对自己婚姻的不满意，对自己的丈夫有点“拿不出手”。后面的情节虽然还没有出现，但已经有网友指出“小俞也有故事，这是伏笔”。

当罗彬有意无意地透露了猫的疑似出轨，女主人公“刚刚涌起的感帽立刻消失了，一股寒意极快地从脚底升起，利刃般刮过全身。”这段文字给你怎样的第一感觉？是感同身受，身临其境，还是每一个字的字面意思，纯粹的、极简的，一字一字侵入身体。我不做评价，你不妨读一遍。

和随处可见的心理分析比较，描写在《低俗小说》中占的分量并不重，但以这不重的分量，却显示出美狄娅不俗的功力。

书评二：一头女性主义的猪

——朱佳《低俗小说》评介

王向东*

2008年的个人阅读史上，我曾数度与朱佳的长篇处女作《低俗小说》失之交臂，只因犯了一个经验主义错误：一个女心理咨询师，她会写下何种文字呢？职业化的窥秘？安顿式的“绝对隐私”？神神叨叨的精神分析？很不幸，我贫乏的想象力严重失职了——这部小说的确离心理很近，但此心理绝非利用职业之便轻易获得的浅表化心理故事，而是作者用训练有素的敏锐之眼与智慧之心观察生活、拥抱人生、贴近各色人等尤其是70后时尚青年的结果，这里的心理内容经过融合、重铸的过程，早已如盐入水，化入了小说所表现的别样青春，浸透字里行间那浓浓淡淡、点点滴滴的人生之慨。

小说采用双线结构：一边是铁打的网吧流水的顾客，另一边则上演着房地产开发公司上自老板下至普通员工的杯中悲欢。两条线索在叙述者“我”（网名美狄娅、昵称小猪的公司白领、网吧老板娘）这里交汇。“我”娴熟自如地穿行在职场与网吧之间，将一群小人物悸动不安的青春残简和低微世俗的人生断片尽收眼底，间或驻足凝望，品评生活的万千滋味，时而步履匆匆，追踪情节的微妙进展。于是同样低微世俗的我们和游走于尺幅之间的他们劈面相撞：追逐感官刺激而难以自拔的韩冽，深陷欲望旋涡终至沉沦的罗彬，外表朴实甚至木讷而内心热烈、敢于冒险的暄和打工妹小俞，专钓老外的新新人类曹薇，精于算计终不免被算计的公司元老，不安于室而终归于室的少妇赵燕，烙印着“乡下人进城”标识的短命老板以及资深怨妇老板娘……他们就在我们目力所及之处，猎艳或被猎，逐欲或被逐，吵吵嚷嚷，热热闹闹，耐心十足地煲那锅人生的八宝粥。

如果仅是热闹和另类，这部小说将迅速湮没于浩瀚的网络世界。不，《低俗小说》显然丰富和深邃得多，它书写尘埃，却又尖锐地穿透尘埃，它观看世俗，却征用一双透明的眸子，一双仅仅25岁却拥有52年智慧、足以洞察一切的眸子，即小说的叙述者兼主人公“我”，小猪，这个奇异人物，她显著地提升了这部小说的品质，尤其将作品的性别意识提高到相当自觉的程度，我们毋宁称之为“一头女性主义的猪”，尽管在先，有王小波经典之作《一头特立独行的猪》，我的

* 文学博士、文字评论家。

提议难免抄袭之嫌。

“我”是在现实的夹缝中艰难求生的女性的标本，代表着社会、文化重重压迫之下她们的困境、抗争和无奈妥协。在男友“猫”面前，“我”“呆啃啃的满脸天真”，一副快乐小猪的模样，但温驯呆笨的表皮底下，分明埋藏着美狄娅式的热烈、决绝的内核，这种极具象征色彩的分裂注定她难以过上简单的猪样生活，从而顺利抵达世俗的幸福；她不得不时常痛苦地跳出尘俗俯瞰人间繁华，逼视庄严体面背后的真相，并履行智者的义务，三言两语间，为读者剖示光鲜华美的袍下那不堪的内质。然而，世俗的幸福是每个女人与生俱来的向往，主人公无力破解这性别的宿命，唯有挣扎，与心灵对抗，与记忆拔河，在现实面前闭紧双眼……她装痴卖呆，企图蒙混心灵；她埋葬记忆，希望粉饰太平；她尝试精神出轨，指望借用公平法则删除内心的痛楚与不安；她终于手无寸铁，不得以启用性别本质主义观念为女性的柔弱和依赖寻找源头。

至此，我预料在人生的大戏之中，女人，她败局已定。果然，接下来的情节急转直下，罗彬的恶劣烘托出猫的宽容仁厚，“我”以小猪的身份甜蜜地投入猫的怀抱，一切内心与外在的对抗统统消解。这是现实交给一个聪慧女子的现成答案，接受它，意味着与现实的和解，也意味着文本中关于性别平等的那些闪光的思考与锐利的追问无疾而终，还有，意义的部分逃逸乃至消失。

但我始终相信这头女性主义的猪只是过于疲惫了，需要进行短暂的休整，她终究会重新抖擞精神，从各式各样的围城中或天花板下探出脑袋，大口呼吸新鲜自由的空气。因为朱佳的文学路才初初启程，朱佳的思索与追问才刚刚踏上征途。一切都值得期待。

2008年10月30日

后　记

这是我第一次写长篇小说，这个念头一直都有，真正下决心是在一次车祸之后。三个月里我坐在床上下不了地，是个时间的富人，而且忽然体会到生命有限而无常，想做的就要做，等不起。之前我关于长篇小说的认识全部来自阅读，这个决定显得有点不知深浅，倒过来看，人生事常有冒险性质，比方说，结婚之前你不知道婚后是否幸福，结婚以后你也不能抱怨自己没结过婚缺少经验，婚姻尚且如此，何况写小说。

写长篇小说的好处是，你可以随时停下，不至于打断思路，坏处是，如果你永远停在那儿，就前功尽弃。除了出于社交礼貌我不假意谦虚，说自己很懒是句实话，这书我写了两年多，算上动笔前的构思和完成后的修改，连头带尾有五年。多数时间我把它丢在那里，自己浮想联翩，想下文，想写完后的种种情形，想明天后天要做要玩要吃的，想干脆不写了，但无论在想什么，它时刻让我不得安宁，像服一个刑期不明的徒刑，不把它写完，我是不会有好日子过了。我不能勤快，就拿坚持来弥补，坚持到底就是胜利。终于写到全文的最后一个字时，我心跳加快，如释重负，豁然开朗。要问这部小说给我带来的最大的成就感，那就是：我写完了——这可不是谁能给我的。

《低俗小说》这个名字是写到四分之一时定下的，低俗，对应高雅，是一种低微和世俗的姿态。有人建议换掉这个刺眼的名字，顾虑有几种：

一来容易产生误解，有情色的联想；

二来这误解会让真正的读者鄙夷，而无聊的人又觉得失望；

三来与一部著名的独立电影（也是我心头所好）同名。

形式和用意不同，同名不要紧，就当我致敬。重点在误解上——既是误解，名字本身没错，错的是我们。不论多么唯物，人们始终被自己的心眼迷惑，既然天性这般，现实如此，与其一尘不染，不如清者自清，将错就错，洒脱点。

《低俗小说》是现实主义的，这个术语的根本意义是真实客观地再现社会现实，反对幻想和伪饰。确立这种风格，既因为我是个缺乏想象力的人，只会这样写，也因为这是我敏感和擅长的途径，最能达到我想表达的内容。但到底什么是真实，凡人并没有了解、裁定和验证的能力——于是，我不用全知全觉的第三人称，选择管中窥豹的第一人称，她的肉眼凡心是我对真实的追索与致敬。

真实很困难，我找到一个替补：诚实。我让小说的主人公尽可能对自己说真话，说那些绝对不会说出口的话，说那些冠冕堂皇下的潜台词，她只对自己说，读者却听得清清楚楚，然后将心比心，扪心自问。第二个办法是描写流动和琐碎的情节，彼此似乎没有关联，其实息息相关，个中因果要到很久之后才会蓦然显现，就像侦探小说里的线索，当时视而不见，临了恍然大悟——生活是最高明的作者，高明在它下笔的逻辑总是意料之外，情理之中。而设定小说发生在一年这个时间段里，是对真实在形式上的临摹，时间到，小说完，留下开放式的结尾，犹如生长在时间中的故事，起与止是模糊的。

写长篇小说，像一个人徒步旅行，不能一蹴而就，不是一时半刻，你只有你自己，没有旅伴，没有喝彩和嘘声。人有一种近似荒谬的心理，从痛苦中寻找快感，而满足安乐的状态难出好东西，所谓生于忧患。当眼前的纷扰逐渐后退到意识背景，仿佛出神与入定，沉思的、沉默的、不欢乐，不轻浮，略略惆怅，微微消沉，这时往往从心所欲，心手合一，非常美妙。作者是孤独的，也安于孤独，在有限和无垠的孤独中独自纵情，一意孤行，哭哭笑笑，痛快莫名。

另一种愉快来自作者天生的优越感，作者可以信手拈来。比如暄的外貌来自我有一天在街上匆匆看到的一个女孩；赵燕不愿收而被那个人塞给路人的一大束百合，原来是我一个男同学被拒收后愤而扔在电影院座位下的。作者可以从心所欲借，比如我喜欢周华健，就让他的歌做某段情节的背景音乐；我讨厌一个熟人，就拿他作愤青的原型。

更妙的是，我向来不大正经，碰到写小说绝不肯放过。比如写老板在车上让“我”看手相，“他用左手开车，摊开右手掌伸到我眼前……”有意疏忽了男左女右，实则写他的醉翁之意，她的心神不定，考考读者的眼力；比如前面说老板喜欢8，后面他去世时的年龄是44；比如把“我”的网上情敌冰儿的籍贯放在四川自贡（恐龙的故乡），但她后来露脸了，是个美人；比如“我”的名字始终没出现，只有代称“小猪 / 美狄娅”，但冰儿有名字，而且作者还把自己的姓给了她，她姓朱，她也是“猪”；比如小俞一直在织的那件鱼图案的绿毛衣，实际上是我先生的妈妈给他打的，其实非常暖和，但因为毛线太硬只穿过一天，从此躺在衣橱抽屉里休眠，我们每次一说到它就笑得要命。

全书最后一章写到了一个数学逻辑问题，那确实是我和先生之间的讨论，我一贯语文好数学差，只能在小说里证明自己的数学功底。全书写完恰好是2月15日，情人节后一天，有情人终成眷属之后，天下太平与否不得而知，脉脉一笑。

当然，作者不能滥用权力。小说拥有一个虚构的完整，是独立的、有尊严的，要知道人物不是作者的代言，作品才是——否则作者将与人物失去距离，对作品失去控制。如果说开头是我塑造人物，那么越往后，人物一个个活起来，渐渐像在引导我，他们各行其是，说他们该说的话，做他们该做的事，形成他们的环境与社会，一切顺理成章，我竟是在“记述”。他们是有灵性的，我不由得感到敬畏，很想感谢他们向我透露那些内情和潜意识，甚而感谢他们给了我身为作者的机会。

我写小说的动机有两个，一是希望写出来能对别人有点用，这和我工作的目的一样；二是有东西想写。所以我不做作家，只做票友，保留激情和自由。小说写了什么，什么是真正的主旨，每个人的理解不同。我相信，作者首先是思考者，如蚌含沙，磨砺成整部作品，以此呈现他的困顿，读者通过阅读，孕育出自己的珍珠。我还相信，每个作者心中都有一块冰，冷而透彻，一块碳，黑而火热。

原以为写最难，想不到出版才真正是，无名作者的严肃作品有何遭际不提也罢，其间种种波折一言难尽，而且完成任何一桩事，先要做大量看似不相干的其他事，但我依然是幸运的。不遗余力帮助我的明芬姐，不问回报扶持我的刘学江老师，素昧平生关怀我的舒乙先生——三位师长都是性情中人，一样的爽直与无私，让人如沐春风。没有他们，小说将不见天日。

还有一直等待出版的我的读者们，没有你们，小说将失去价值。

朱　佳

2008年2月7日

再版后记

时隔八年，因故化名《一年》的《低俗小说》再版了，和新书《心迹》一同。

这年头好好拿本书在手的人越来越少，连我先生都没完整读过我这本书，基于他也没看过《红楼梦》，可以原谅。我是写一段给他看一段，问他意见。他不爱表扬，直觉很好，提出的看法往往是我写作时的踌躇之处。我信得过他，他是我的“白居易的老太婆”。

其实，我也没完整读过自己的书，一读，就开始琢磨哪里要改。上个月，我翻了翻书的后半部，竟然坐下来心无旁骛地看了两章。之后，我惊魂甫定——我居然写了这么一个凌厉的女人。当然，我安慰自己，“我”这样事出有因，情有可原。

我一直保持着读书习惯，从世界名著到侦探小说到专业书籍，读自己感兴趣的，所以读书是桩爱好。在北京多年的老友昭最近开始自学素描，每晚一小时放空自己。她让 4 岁的女儿尧尧上绘画班，初衷是希望孩子在今后有一样可供排解压力的爱好。我们都是 70 后，小时候没有兴趣班一说，我从小画画不错，画学校板报当美术课代表，但没系统学过，算不上专长。生活总是有压力的，我想，什么都不学，爱读书会思考，也能够排遣。

除去楔子和尾声，《一年》一共 59 章，《心迹》有 59 篇，离一个循环差一点，有心不去圆满。

不圆满是人之常情，就像读书的人少。

我呢，还想做个好好写书的人。

朱　佳

2015 年 11 月 6 日